RICHARD MONTANARI

Richard Montanari est né à Cleveland, dans l'Ohio. Journaliste, il a écrit des essais, des critiques littéraires et des articles, notamment dans le *Chicago Tribune*, le *Detroit Free Press* et le *Seattle Times*. Romancier, il s'est rendu célèbre par ses thrillers. Il introduit avec *Déviances*, paru en France en 2006, le duo de détectives Byrne et Balzano qui réapparaîtront dans *Psycho* (2007), *Funérailles* (2008), *7* (2009) et *Nocturne* (2013). Pour *Cérémonie* (2011) et *300 mots* (2014), il abandonne temporairement le fameux duo pour une variation sur le thème du serial killer. Son dernier livre, *Confession*, a paru en 2018. Tous ces ouvrages sont publiés aux Éditions du Cherche Midi et repris chez Pocket.

Retrouvez toute l'actualité de l'auteur sur www.richardmontanari.com/france

CONFESSION

DU MÊME AUTEUR
CHEZ POCKET

DÉVIANCES
7
CÉRÉMONIE
NOCTURNE
300 MOTS
CONFESSION

RICHARD MONTANARI

CONFESSION

Traduit de l'anglais (États-Unis)
par Fabrice Pointeau

cherche
midi

Titre original :
SHUTTER MAN

MIXTE
Papier issu de sources responsables
FSC® C003309

Pocket, une marque d'Univers Poche, est un éditeur qui s'engage pour la préservation de l'environnement et qui utilise du papier fabriqué à partir de bois provenant de forêts gérées de manière responsable.

Éditeur original : Sphere/little, Brown and Company

ISBN 978-2-266-28847-7
Dépôt légal : février 2019

Pour Dominic et Mary

Car il vient, l'enfant des hommes,
Vers le lac et vers la lande,
En tenant la main d'une fée,
Loin du monde où il y a plus de larmes
qu'il ne peut le comprendre.

William BUTLER YEATS, « L'Enfant volé »
(*Les Errances d'Oisin*, traduction
de François-Xavier Jaujard,
éditions Verdier, 2003)

Qui es-tu ?
Je suis Billy le Loup.
Pourquoi Dieu a-t-il fait en sorte que tu ne voies pas le visage des gens ?
Afin que je puisse voir leur âme.

PHILADELPHIE, 2015

Au moment où le SUV noir passa pour la seconde fois devant la maison des Rousseau, une coquette demeure en pierres de style colonial dans le quartier de Melrose Park, Laura Rousseau était en train de mettre la touche finale à un gigot d'agneau.

C'était le quarantième anniversaire de son mari.

Angelo Rousseau avait beau dire tous les ans qu'il ne voulait pas qu'on en fasse toute une histoire, ça faisait trois semaines qu'il parlait de la recette de sa mère. Il possédait de nombreuses qualités appréciables, au rang desquelles la subtilité ne figurait pas.

Laura venait de ciseler le romarin frais lorsqu'elle entendit la porte d'entrée s'ouvrir et se refermer, puis des pas dans le couloir qui menait à la cuisine. C'était son fils, Mark.

C'était un grand garçon musclé doté d'une belle élégance naturelle. À dix-sept ans il était vice-président du conseil des élèves de sa classe et capitaine de son équipe d'athlétisme. Il lorgnait le 1 000 et le 5 000 mètres aux jeux Olympiques de 2016 à Rio de Janeiro.

Lorsque Mark pénétra dans la cuisine, Laura glissa l'agneau dans le four et enclencha le minuteur.

« Ça a été, l'entraînement ?

— Bien », répondit-il. Il tira du jus d'orange du réfrigérateur et était sur le point de boire à même la brique lorsqu'il perçut le regard cinglant de sa mère. Il sourit, attrapa un verre dans le placard et le remplit. « J'ai fait un quart de seconde de moins sur le cent.

— Mon Speedy Gonzales, dit Laura. Comment se fait-il qu'il te faille un mois pour ranger ta chambre ?

— Ça manque de pom-pom girls. »

Laura s'esclaffa.

« Vois si tu trouves un œuf dans le réfrigérateur, dit-elle. J'ai regardé deux fois et je n'en ai pas vu. Il m'en faut seulement un pour les chaussons aux pommes. S'il te plaît, dis-moi qu'on en a. »

Mark farfouilla dans le réfrigérateur, déplaçant des boîtes en plastique, des briques de lait, de jus et des yaourts.

« Non, répondit-il. Pas un seul.

— Pas d'œuf, pas de chaussons. Et c'est le dessert préféré de ton père.

— Je vais aller en chercher. »

Laura jeta un coup d'œil à l'horloge.

« C'est bon. J'ai passé toute la journée à la maison. J'ai besoin d'un peu d'exercice.

— Faux, répliqua Mark.

— Comment ça ?

— Tous mes copains disent que tu es la plus canon de toutes les mères.

— Mais non.

— Carl Fiore trouve que tu ressembles à Téa Leoni.

— Carl Fiore a besoin de lunettes.
— Certes. Mais là, il a raison.
— Tu es sûr que ça ne te dérange pas d'aller à l'épicerie ? » demanda Laura.
Mark sourit, tapota l'horloge numérique du four. « Chronomètre-moi. »

Quarante-cinq minutes plus tard, Laura sortit de la douche et se regarda dans le miroir embué. Son reflet était flou, lissant toutes les imperfections.

Peut-être que Carl Fiore a raison, songea-t-elle. *Peut-être que je suis vraiment la plus canon de toutes les mères.*

Lorsqu'elle se fut essuyée et séché les cheveux, le miroir était de nouveau limpide, et Laura Rousseau, qui approchait elle-même des quarante ans, était de retour.

Quand elle rangea le sèche-cheveux dans le placard du couloir, la maison lui sembla étrangement silencieuse. D'ordinaire, à cette heure du début de soirée, elle entendait Mark qui passait de la musique ou jouait à des jeux vidéo dans sa chambre, ou Angelo qui regardait SportsCenter dans le salon.

« Chéri ? »

Silence. Un silence plat, troublant.

Lorsque Laura tourna à l'angle en direction de l'escalier, elle remarqua des ombres qui s'étiraient sur le sol. Elle leva les yeux et vit deux hommes qui se tenaient dans le couloir. Ils étaient trop âgés pour être des amis de Mark, trop débraillés pour être des connaissances ou des clients d'Angelo. Elle ne les avait jamais vus dans le quartier. Ils avaient tous deux une trentaine d'années, l'un avait les cheveux coupés à ras, l'autre, longs jusqu'aux épaules.

Quelque chose ne tournait pas rond.

« Laura Rousseau », dit celui aux cheveux courts.

Ce n'était pas une question. C'était une affirmation. Il connaissait son nom.

« Oui », répondit-elle malgré elle.

L'homme aux cheveux longs alluma la lumière du couloir, et Laura vit qu'il avait un pistolet enfoncé sous la taille de son jean. L'autre tenait un rasoir de barbier.

« Votre famille vous attend dans le salon », dit l'homme aux cheveux longs.

Lorsqu'ils s'écartèrent pour la laisser passer, Laura se rua en avant et pénétra dans le salon, en enfer.

Son mari et son fils étaient assis sur des chaises au centre de la pièce, avachis en avant, les pieds et les mains liés par du ruban adhésif. Ils en avaient aussi sur la bouche et les yeux.

Le sol sous eux était trempé de sang.

Tandis que le monde commençait à tourner violemment, Laura sentit des mains puissantes la forcer à s'asseoir à son tour.

« Qu'est-ce… que vous… avez *fait* ? » parvint-elle à prononcer.

Ses mots lui semblèrent faibles et lointains, comme s'ils avaient été murmurés par quelqu'un d'autre.

L'homme aux cheveux longs s'agenouilla devant elle.

« Connaissez-vous mon visage ? » demanda-t-il.

L'horreur croissait en elle, menaçant de la faire exploser.

C'est réel, se dit-elle. *C'est réellement en train d'arriver.*

L'homme tira une photo de sa poche, la tint près du visage de Laura. À cet instant, elle crut percevoir quelque chose dans ses yeux bleus et froids. Une réticence peut-être. Une brève hésitation.

« Mettez ça », ordonna l'autre.

Elle se tourna et vit qu'il lui tendait un de ses chemisiers.

Lorsqu'elle eut enfilé le haut à col boule, l'homme aux cheveux longs regarda de nouveau la photo. Il acquiesça, se leva et alla lentement se poster derrière elle. Il lui attacha les poignets à la chaise avec du ruban adhésif, posa les mains sur ses épaules.

« *J'ai vu un étranger aujourd'hui*, dit-il. *J'ai mis à manger pour lui à l'endroit pour la nourriture. Et à boire à l'endroit pour la boisson. Et de la musique à l'endroit pour écouter.* »

Laura osa jeter un coup d'œil à son fils mort. Soudain, Mark Rousseau était de nouveau un bambin, marchant d'un pas chancelant à travers cette même pièce, s'appuyant au mur de sa main minuscule.

« *Au nom de la Sainte-Trinité. Il nous a bénis, moi et ma famille...* »

Elle regarda son mari mort. Angelo David Rousseau, son grand amour, le pilier de sa vie. Il l'avait demandée en mariage le jour de son anniversaire – exactement dix-neuf ans plus tôt –, affirmant qu'elle était le seul cadeau qu'il voudrait jamais.

« *Et l'alouette a gazouillé : Souvent, souvent, souvent le Christ va avec l'apparence de l'étranger.* »

L'homme ôta ses mains des épaules de Laura, revint se placer devant elle.

« *Oh, souvent et souvent et souvent, le Christ va avec l'apparence de l'étranger.* »

Il actionna la culasse de son arme. Le cliquetis du métal sur le métal résonna comme un murmure de guêpes, puis ce fut de nouveau le silence. Il plaça le bout du canon contre le cœur de Laura.

Connaissez-vous mon visage ?

Dans ses derniers instants, Laura Rousseau se rappela où elle avait vu cet homme.

C'était dans ses cauchemars.

1

DEVIL'S POCKET

1

PHILADELPHIE, 2 JUILLET 1976

L'homme au costume blanc froissé traversa la place en titubant tel un pinson blessé. La semelle de ses chaussures était attachée à la partie supérieure par du scotch d'électricien noir, sa braguette était ouverte aux trois quarts. Il portait des lunettes à monture métallique sombre.

Son nom était Desmond Farren.

Bien qu'il n'eût pas encore quarante ans, ses cheveux étaient grisonnants, longs mais peignés avec précision, sa raie pointant vers le milieu. Du côté droit, juste au-dessus de son oreille, il y avait un petit cercle blanc parfait.

Desmond Farren s'assit sur le banc devant le magasin de chaussures, sa silhouette rachitique se perdant presque au milieu des affiches aux couleurs vives qui se trouvaient derrière lui – *Moins 50 % sur une sélection d'articles ! Une paire gratuite pour toute paire de sandales de plage achetée !*

Les quatre garçons assis sur le banc d'en face – dont aucun n'avait encore atteint l'âge de quatorze ans, pas plus que sa taille adulte – ne prêtèrent guère attention à lui. Du moins, au début.

Une radio sur la place diffusait « Philadelphia Freedom » d'Elton John, qui était déjà un hymne dans la Ville de l'Amour Fraternel.

Les garçons étaient en vacances d'été depuis un mois, et les filles en bustiers et shorts courts qui l'année précédente avaient fait l'objet de blagues maladroites et nerveuses avaient soudain atteint un état de grâce qui éclipsait tous les actes de contrition.

Dans une ville constituée de quartiers, dont Philadelphie se targuait d'en posséder plus de cent, les frontières fluctuaient uniquement dans l'esprit de ceux qui n'étaient pas vigilants.

Si vous suivez la rivière Schuylkill vers le nord, depuis son point de confluence avec la Delaware – passant devant le jardin Bartram et Grays Ferry –, vous trouverez dans l'ombre du pont de South Street un petit quartier d'environ soixante-dix familles replié sur la rive est du cours d'eau, un amas de maisons mitoyennes à bardeaux délabrées, de terrains de jeux bitumés, de petites épiceries et de bâtiments en briques brunes, aussi vieux que la ville elle-même.

On l'appelle Devil's Pocket.

Dans la langueur de juillet, quand le soleil se reflétait sur les maisons en bois sans couleur et étincelait sur le pare-brise des voitures rouillées qui bordaient Christian Street, les femmes de Devil's Pocket portaient des robes d'été en coton sans manches, souvent avec un mouchoir en dentelle coincé sous la bretelle de leur soutien-gorge au niveau de l'épaule. Les hommes arboraient des pantalons de travail Dickies, des T-shirts blancs et un paquet de Kool ou de Camel qui formait une bosse carrée à l'avant. Leurs bottes Red Wing et le revers de leur pantalon étaient couverts de la poussière de la briqueterie.

Les bars, qui étaient au nombre d'une demi-douzaine dans autant de pâtés de maisons, servaient du whiskey bon marché et des bières de marque nationale à la pression. Le vendredi, tout au long de l'année, pas seulement pendant le carême, on y proposait du poisson frit. Le dimanche, c'étaient des dîners à la fortune du pot.

La théorie dominante pour expliquer l'origine du nom du quartier était que, durant les années 1930, un prêtre de la paroisse avait affirmé que les enfants y étaient si malhonnêtes qu'ils « iraient jusqu'à chaparder la chaîne dans la poche du diable ».

Et Devil's Pocket était le domaine des quatre garçons – Jimmy Doyle, Ronan Kittredge, Dave Carmody et Kevin Byrne – qui étaient assis face à l'homme au costume blanc.

Des années plus tard, quand on leur poserait la question, ils se rappelleraient ce moment, ce tableau immaculé de l'été, quand l'obscurité avait commencé à s'abattre.

Ils regardèrent Desmond Farren sortir un mouchoir plein de glaires séchées, se moucher dedans, s'essuyer la nuque, puis le replacer dans sa poche.

« Philadelphie Freedom » reprit, cette fois dans un appartement au premier étage qui donnait sur la place.

Jimmy posa une main sur l'épaule de Ronan, agita un pouce en direction de Des Farren.

« Je vois que ton petit copain bosse pas aujourd'hui, dit-il.

— Très drôle, répliqua Ronan. Attends, est-ce que c'est le mouchoir de ta sœur ?

— Va te faire enculer.

— Très peu pour moi. »

Kevin attira leur attention, porta un doigt à ses lèvres, désigna de la tête le coin de la place.

Ils se tournèrent comme un seul homme, s'attendant à voir une nonne de St Anthony, ou la mère de l'un d'eux, et à recevoir une gifle du revers de la main pour avoir été grossiers. Mais il ne s'agissait pas de ça.

À quelques mètres se tenait Catriona Daugherty.

C'était la fille unique d'une mère célibataire qui travaillait en tant qu'infirmière assistante à la Naval Home, et à onze ans Catriona avait les cheveux blond clair et les yeux bleu saphir. On la voyait rarement sans une fleur à la main, même si ce n'était qu'un pissenlit. Elle portait toujours un ruban dans les cheveux.

D'aucuns affirmaient qu'elle était un peu attardée, mais ces gens-là ne venaient pas de Devil's Pocket, et ils disaient ça à leurs risques et périls, surtout en présence de Jimmy Doyle.

La vérité était que Catriona Daugherty allait très bien. Peut-être qu'elle réfléchissait plus que la plupart des gens, qu'elle accordait aux choses une plus grande considération, mais elle n'était pas attardée.

« Salut, Catie », lança Jimmy.

Catriona détourna le regard, puis le porta de nouveau sur lui et rougit. Aucun d'eux n'avait jamais rencontré quelqu'un qui rougissait aussi intensément et aussi vite que Catriona Daugherty. Tout le monde savait qu'elle en pinçait pour Jimmy, mais elle était en sixième, ce qui faisait de lui son protecteur, pas son petit ami. Un jour peut-être, mais pas tout de suite. Catriona était, aux yeux des adolescents de Devil's Pocket, et même du reste de Philly, encore une petite fille. Ils étaient tous attentionnés envers elle, mais Jimmy était l'élu de son cœur.

« Salut », répondit-elle doucement.

Jimmy se laissa glisser du banc. Elle recula un peu, instinctivement, et elle se retrouva à chanceler au bord du trottoir. Jimmy la saisit doucement par le coude et la retint.

« Qu'est-ce que tu fais ? » demanda-t-il.

Elle prit une profonde inspiration.

« Je vais chercher un sorbet ? »

La grand-mère de Catriona venait d'Irlande, et la fillette passait une grande partie de ses étés avec elle. Moyennant quoi elle avait cette étrange inflexion irlandaise qui faisait que toutes ses affirmations ressemblaient à des questions.

« Quel parfum ? » demanda-t-il.

Nouveau rougissement. Elle marqua une pause, attendant qu'un bus de la SEPTA passe, puis répondit : « J'aime bien la fraise.

— Mon préféré ! » s'exclama Jimmy. Il enfonça la main dans la poche avant droite de son jean, sortit son rouleau de billets, qui n'était en réalité constitué que de trois ou quatre billets d'un dollar avec un de dix à l'extérieur. « T'as assez d'argent ? »

Catriona porta son regard sur sa maison, puis se tourna de nouveau vers lui. Elle leva un petit mouchoir blanc maintenu par un élastique, qui renfermait quelques pièces.

« Maman m'a donné assez. »

Deux étés auparavant, ils avaient vu Catriona s'arrêter alors qu'elle se rendait à l'épicerie du coin pour sauter à la corde avec quelques filles du quartier.

Ils l'avaient tous vue laisser tomber son porte-monnaie de fortune pendant qu'elle sautait, puis avaient vu, quand il s'était ouvert, les pièces se déverser sur le trottoir. Il avait suffi d'un regard dur de Jimmy Doyle, alors âgé de onze ans, pour que personne n'ose bouger. Quand elle avait eu fini de sauter, elle avait ramassé les pièces – sans se douter que c'étaient les siennes – et couru jusqu'à Jimmy, pleine d'excitation et de fierté.

« Ils m'ont jeté de l'argent, Jimmy Doyle ! De l'argent !

— Oui, avait-il répondu. Tu étais *géniale*. »

S'ils avaient été plus âgés, ils se seraient peut-être étreints à cet instant. Mais à la place ils avaient tous les deux reculé.

Ce jour-là, alors que Jimmy rangeait son rouleau de billets, Kevin sentit que quelqu'un sortait de l'épicerie et traversait le trottoir. C'était la mère de Catriona Daugherty.

« Bonjour, les hommes », leur lança-t-elle.

Ils la saluèrent tous. Elle était plus jeune que la plupart des mères d'enfants en âge d'aller à l'école dans Devil's Pocket, et son sens de la mode était plus proche de celui des adolescentes qui obsédaient les garçons, un peu plus dans l'air du temps. Elle était toujours prête à s'amuser.

« Vous n'allez pas faire de bêtises ? demanda-t-elle.
— Faut bien qu'on rigole un peu, répliqua Jimmy.
— Ne me forcez pas à appeler votre maman, monsieur Doyle. Vous savez que je le ferai. »

Jimmy leva les deux mains, paumes en avant, faisant mine de capituler.

« Je serai sage. Promis.
— Et moi, je serai Miss Amérique l'année prochaine. »

Elle sourit, agita un doigt dans leur direction, puis tendit la main vers sa fille. Catriona la saisit.

« Bon sorbet, Catie, lui lança Jimmy.
— Merci », répondit-elle.

Elle s'éloigna dans la rue, tenant la main de sa mère, semblant flotter au-dessus du trottoir.

Ronan tapa sur l'épaule de Jimmy, désigna le cabas à ses pieds, celui qu'il avait trimballé toute la journée.

« Donc tu les as, dit-il.
— Comme si t'avais pu en douter », répondit le garçon.

Il plongea la main dans le sac, en sortit quatre magnifiques talkies-walkies neufs qu'il avait habilement subtilisés dans un Radio Shack du centre-ville quelques jours plus tôt.

Ils crevaient d'envie de s'en servir, mais il y avait un petit obstacle : les piles.

Les piles coûtaient de l'argent.

F & B Variety était une boutique à l'ancienne située dans Christian Street. Tout le monde l'avait toujours vue là, même les trois vieux qui étaient assis dans des chaises longues devant, occupés à dénigrer tour à tour les Eagles, les Phillies et les Sixers. Les Flyers, qui avaient remporté la Stanley Cup les deux saisons précédentes, étaient pour le moment épargnés.

À l'intérieur, F & B n'était pas plus moderne que le jour où elle avait ouvert. On y vendait les produits de base – charcuterie, pain, condiments, lessive et produit vaisselle – ainsi qu'une sélection de cadeaux et d'articles pour touristes, comme des Cloches de la Liberté en plastique et des petites figurines à tête mobile qui n'avaient qu'une vague ressemblance avec Mike Schmidt et Greg Luzinski.

Vers le fond de la boutique, il y avait un rayonnage de livres de poche et de bandes dessinées, et une allée consacrée aux jouets de contrefaçon.

Sur le présentoir du bout, le plus éloigné de la caisse et de l'œil constamment vigilant du propriétaire revêche, le vieux Flagg, se trouvaient les piles. C'était l'été, ce qui signifiait qu'on ressortait les radios portables, donc F & B en avait un stock conséquent.

Le plan, comme toujours :

Ronan ferait la queue au comptoir. Quand il arriverait à la caisse, il demanderait de la monnaie sur un dollar. Kevin se tiendrait au rayon des bandes dessinées, avec l'air aussi suspect que possible, ce qui n'était pas si difficile que ça vu qu'il était le plus grand des quatre, et donc le plus menaçant.

Alors que Dave observerait par la vitrine, Kevin ferait tomber quelques bandes dessinées du présentoir, attirant l'attention du vieux Flagg pendant quelques secondes. Mais c'était tout ce dont Jimmy aurait besoin. C'était un voleur-né.

Une fois le butin empoché, ils sortirent tranquillement de la boutique, se retrouvèrent à l'angle et marchèrent jusqu'à Catharine Street. Lorsqu'ils l'atteignirent, Dave s'assit sur les marches d'une maison et commença à ôter le cache des talkies-walkies.

Ils pourraient communiquer dans quelques minutes.

Mais avant que Jimmy ait le temps de sortir les piles de sa poche, une ombre apparut sur le trottoir à leurs pieds.

C'était le vieux Flagg. Il avait tout vu.

Charles Flagg avait une soixantaine d'années, et c'était un fouineur de premier ordre. Il faisait en sorte que les affaires des autres soient aussi les siennes, allant jusqu'à créer un groupe de surveillance du quartier afin de pouvoir fourrer encore plus son nez dans la vie des habitants de Devil's Pocket. La rumeur affirmait qu'il se faisait faire des manucures dans un salon du centre-ville.

« Vide tes poches », ordonna-t-il à Jimmy.

Le garçon recula d'un pas. Il sembla pendant une fraction de seconde sur le point de prendre la fuite. Mais ils avaient tous vu la voiture de police qui était garée un bloc plus loin. Et nul doute que Flagg l'avait également repérée. Jimmy n'avait pas le choix. Il enfonça lentement les mains dans ses poches de devant et de derrière et en tira huit piles de neuf volts encore emballées. Sur chaque carton un petit autocollant orange annonçait clairement le prix. Flagg les lui prit des mains.

« Je te connais, dit-il. Tu es un Doyle. Je connais ton père. »

Jimmy serra les poings. Rien ne le rendait plus furieux que ça.

« C'est pas mon père ! »

Le vieux Flagg sembla estomaqué.

« Pardon ?

— J'ai dit, c'est pas mon père. Il m'a adopté. »

Flagg haussa les épaules, regarda par-dessus l'épaule de Dave. Il pointa le doigt en direction du Well, une taverne où on servait de la bière et du whiskey. Ça résumait la vie de Tommy Doyle ces temps-ci. Bosser. Picoler. Dormir. Recommencer.

« Je sais qu'il est là-bas en ce moment, déclara Flagg. Bouge pas. »

Les trois minutes suivantes s'écoulèrent en silence. Chaque garçon en profita pour essayer de concocter l'explication la plus plausible à ce qui s'était passé. Le seul qui avait une chance d'y parvenir était Dave – vu que c'était le plus malin –, mais même lui sécha.

Jimmy était foutu.

Ils virent son beau-père franchir la porte ombragée du Well.

Tommy Doyle mesurait plus d'un mètre quatre-vingts, il avait les épaules larges, des mains aussi grosses que les gants de Tim McCarver. Tandis qu'il traversait la rue, ils virent tous qu'il zigzaguait légèrement. Il avait une Lucky sans filtre dans la main droite, presque entièrement consumée.

Quand il atteignit l'angle, ils sentirent l'odeur de l'alcool à deux mètres.

Tommy Doyle désigna Jimmy :

« Tu fais pas un putain de geste », dit-il. Son doigt balaya les autres garçons. « Et vous non plus. »

À une époque, Tommy Doyle – si vous étiez tombé sur lui après seulement une ou deux bières – aurait pu être le type le plus sympa qu'il vous aurait été donné de rencontrer. Un jour, quand la Dodge Dart de la mère de Kevin s'était retrouvée coincée dans une congère, il avait passé près d'une heure à la dégager en creusant avec rien de plus qu'une plaque d'immatriculation tordue qu'il avait dégotée dans le caniveau.

Mais il y avait aussi eu la fois où il avait cassé la mâchoire de sa femme d'un crochet du gauche, soi-disant parce qu'il restait de la moutarde séchée sur une assiette qu'il avait sortie du placard.

Kevin, Ronan et Dave faisaient tout leur possible pour ne pas poser les yeux sur Tommy Doyle ou le vieux Flagg. Jimmy, en revanche, regardait droit dans ceux de son beau-père.

« Qu'est-ce que t'as à dire ? » lui demanda Tommy.

Jimmy demeura silencieux, les mots coincés dans sa gorge.

Tommy leva la main. Jimmy ne recula pas.

« Je t'ai posé une putain de question. »

Jimmy le fusilla du regard et répondit doucement : « Je suis désolé. »

La main de Tommy Doyle s'abattit violemment, atteignant le garçon sur le côté de la mâchoire. Tous virent les yeux de Jimmy se révulser brièvement tandis qu'il allait heurter le mur de briques. Il parvint à conserver son équilibre et ne tomba pas.

« Articule ! hurla Tommy Doyle. Tu bafouilles encore et je jure sur le bon Dieu que je te démolis ici et maintenant. »

Les yeux de Jimmy s'emplirent de larmes, mais aucune ne coula. Il regarda le vieux Flagg, prit une profonde inspiration et, tout en expulsant l'air de ses poumons, répéta, suffisamment fort pour que tout le monde dans le quartier l'entende :

« Je suis *désolé* ! »

Tommy Doyle se tourna vers Flagg, enfonça la main dans sa poche arrière, tira un portefeuille relié à une chaîne.

« Combien elles coûtent ? » demanda-t-il.

Flagg sembla confus. Il leva l'objet du délit.

« Quoi, les piles ?

— Oui.

— Vous en faites pas. Je les ai récupérées.

— Combien elles coûtent ? »

Flagg haussa les épaules, jeta un coup d'œil aux étiquettes.

« Quatre dollars en tout. »

Tommy Doyle tira un billet de cinq et le lui tendit.

« Ça couvre la taxe ?

— Oui. »

Tommy saisit les piles, déchira les emballages, puis il marcha jusqu'au bord du trottoir et les balança une à une dans l'égout.

Le visage rougi, le menton moucheté de postillons, il retourna à l'endroit où se tenaient les garçons et jeta les paquets vides sur la poitrine de son beau-fils.

« Vous venez bosser avec moi demain matin, dit-il. Tous autant que vous êtes. »

Tommy Doyle travaillait pour une société de démolition de maisons, mais il était également jardinier les soirs d'été et le week-end.

Il était clair que Dave Carmody voulait se désolidariser, peut-être en protestant qu'il avait été dès le début opposé au plan, mais il suffit d'un regard de Jimmy pour que les mots ne franchissent pas ses lèvres.

Tommy désigna Kevin, Dave et Ronan.

« 7 heures pétantes. À l'angle de la 26e et de Christian. Si vous venez pas, c'est moi qui viens vous chercher. »

Ronan et Kevin arrivèrent à l'intersection indiquée à 6 h 45, après avoir pris leur petit-déjeuner et fait le plein de sucre. Le père de Ronan – qui était un cousin du père de Byrne, Paddy – travaillait pour la société qui confectionnait les Tastycakes, et les garçons avaient avalé autant de mini-beignets saupoudrés qu'ils avaient pu, car il y avait de grandes chances pour qu'ils soient privés de déjeuner.

Quand ils tournèrent à l'angle, Dave était déjà là, vêtu d'un jean propre et repassé. C'était l'œuvre de sa mère, naturellement. Dave allait travailler sur un chantier de jardinage pendant toute la journée, probablement agenouillé dans la terre, et son pantalon était impeccable.

« Venez, dit-il à voix basse, comme s'il communiquait un secret d'État. Faut que vous voyiez ça. »

Ils longèrent la 26e Rue, face à la centrale électrique, jusqu'à un terrain vague situé au croisement avec Montrose. Dave pénétra dedans, sauta sur une vieille benne rouillée qui avait été repoussée contre l'un des garages croulants, puis il ôta deux briques du mur et plongea la main dans l'orifice. Quelques secondes plus tard, il en sortit un sac en papier et redescendit.

Il l'ouvrit lentement, montra son contenu aux deux autres garçons.

C'était un revolver calibre .38 nickelé.

« Bon Dieu de merde ! s'exclama Ronan.

— Et tous les putain de saints ! surenchérit Dave.

— Il est à toi ? » demanda Kevin.

Dave secoua la tête.

« Il est à Jimmy. C'est lui qui me l'a montré. Avant, il appartenait à Donny. »

Donal Doyle, le beau-frère aîné de Jimmy, avait été tué au Viêt Nam. D'aucuns disaient que c'était ce qui avait fait perdre pied à Tommy, et qu'il avait alors plongé une bonne fois pour toutes tête la première dans la bouteille.

« Il est chargé ? » demanda Ronan.

Dave libéra le barillet et le fit tourner. Cinq balles. Il le remit prudemment en place, prenant soin de laisser une chambre vide face au percuteur.

« Ouah », fit Ronan.

Kevin ne dit rien.

À cet instant ils entendirent le bruit guttural du silencieux rafistolé de la camionnette de Tommy qui approchait dans la rue. Dave renfonça l'arme dans le sac, bondit sur la benne et replaça le sac dans le mur.

Quelques secondes plus tard, ils rejoignaient un Jimmy Doyle à la mine très morose à l'arrière du Ford F-150 rouillé de son beau-père.

Il avait un pansement sur sa joue gauche enflée.

Personne ne lui posa de questions.

C'était une journée chaude et humide, avec un ciel chargé de nuages gris sombre. Des moustiques par millions. Le chantier était situé à Lafayette Hill, dans l'une des grandes bâtisses à proximité de Germantown Pike.

Vers 10 heures, la maîtresse de maison, une femme massive au rire facile avec des pansements aux deux genoux, leur apporta des verres givrés de limonade bien fraîche. Aucun d'eux n'avait jamais rien bu d'aussi bon.

À deux reprises, Jimmy, qui manœuvrait la grosse tondeuse dans le jardin latéral, fut dangereusement proche d'aplatir la spirée parfaitement sculptée qui se trouvait de ce côté de la maison. Et les deux fois on aurait dit que son beau-père allait l'écrabouiller à son tour.

Si la limonade avait été un don de Dieu, ce n'était rien comparé aux mots qu'ils entendirent vers 14 h 30 de la bouche de Bobby Anselmo, l'associé de Tommy :

« On remballe, les gars. On en a fini pour aujourd'hui. »

Ils bondirent de la plateforme de la camionnette juste après 15 heures, près de l'angle de Naudain et South Taney Street.

Jimmy était inconsolable. Pas parce qu'il s'était fait prendre à voler et avait dû s'excuser, ni parce qu'il avait entraîné les trois autres dans cette galère. C'était à ça que servaient les amis. Mais parce qu'il avait été rabaissé et humilié par son beau-père toute la journée, devant ces mêmes amis. Il grandissait, devenait plus massif, et les trois autres se demandaient en secret quand viendrait le jour où il serait en mesure de tenir tête au vieux.

Mais ce jour n'était pas encore arrivé.

Ils savaient cependant tous que quand Jimmy était de cette humeur, ça précédait toujours un défi, une entreprise potentiellement dangereuse, un larcin bien plus sérieux que celui qui l'avait placé dans le collimateur de son beau-père. C'était comme si un mécanisme était lentement remonté en lui, prêt à se détendre d'un instant à l'autre.

Sans dire grand-chose, les quatre garçons longèrent South Taney Street en direction du parc. Alors qu'ils venaient de traverser Lombard, Ronan s'arrêta et pointa le doigt.

« C'est qui, ça ? »

Ils se retournèrent tous pour voir qui il désignait. Quelqu'un se tenait au bord de la pelouse, derrière un arbre.

Bientôt ils le reconnurent. Le costume blanc froissé. Les gestes saccadés. C'était Desmond Farren. Il n'arrêtait pas de se pencher sur la droite pour regarder de l'autre côté de l'arbre, avant de rentrer la tête comme une tortue démente. Bizarrement, il semblait en mouvement, alors qu'il était juste planté là.

Sans un mot, les quatre garçons se dirigèrent vers le parc. Il allait sans dire qu'ils étaient soudain très curieux de savoir ce qui avait attiré Des Farren à cet endroit.

C'est Dave qui comprit le premier.

« Dites-moi que je rêve, dit-il.

— Putain de merde ! » s'exclama Kevin.

Il fut bientôt clair que la raison pour laquelle l'homme semblait en mouvement était qu'il était en mouvement.

« Il se branle ? demanda Jimmy.

— Ici ? » fit Ronan.

Ils s'approchèrent un peu plus et virent ce que Des Farren regardait.

Là, au milieu du parc, à moins de dix mètres, se trouvait Catriona Daugherty. Elle portait une robe jaune citron, des socquettes blanches, des chaussures en cuir blanc verni qui dataient probablement de sa première communion. Elle était assise en tailleur sur l'herbe, inconsciente de l'obscénité qui se produisait et du fait qu'elle était observée.

« Espèce de *tordu* ! » lança Ronan.

En entendant ça, Des Farren se retourna et repéra les garçons. Il se mit à courir en direction du bosquet qui bordait le terrain de baseball.

Jimmy le rattrapa en premier, à toute berzingue, et l'envoya au sol.

Les quatre garçons lui sautèrent dessus et l'entraînèrent parmi les arbustes. C'est Jimmy qui prit la parole.

« Kevin, prends ses lunettes. »

Celui-ci se baissa, ôta ses lunettes noires à Des Farren.

Sans prévenir, Jimmy se laissa tomber à genoux et le frappa, deux fois, au visage. Des coups rapides et puissants. Le nez de Farren explosa dans une projection visqueuse de sang rouge vif. Le bruit de l'os et du cartilage sembla résonner à travers le parc.

Sonné, Farren tenta de rouler sur le flanc. Chacun des garçons attrapa un bras ou une jambe, l'immobilisant.

Jimmy le fouilla, vida ses poches par terre. Il n'avait sur lui qu'un peu plus d'un dollar en petite monnaie, principalement en pièces de cinq et dix cents. Dans sa poche arrière, il avait un passe de bus et un mouchoir qui avait la couleur d'un treillis militaire. Il y avait aussi un peigne auquel manquait une demi-douzaine de dents.

« Qu'est-ce que tu foutais là-bas ? » demanda Jimmy.

Les lèvres de Des Farren tremblaient, mais il resta silencieux.

« Je vais te reposer la question, espèce de tordu de merde. Une dernière fois. » Il se plaça à califourchon sur lui, se pencha au niveau de la taille. Ses poings étaient fermement serrés. « Qu'est-ce que tu foutais là-bas ?

— Je faisais rien.

— Tu reluquais Catriona.

— Qui ? »

Jimmy brandit un poing, s'arrêta net.

« Joue pas au con avec moi. Tu sais de qui je parle. La petite fille. Tu la reluquais.

— Non.

— Tu la reluquais et tu tripotais ta petite bite minuscule, espèce de détraqué.

— J'ai jamais fait ça.

— Avoue et je te laisserai peut-être la vie sauve. Tout ce que t'as à faire, c'est avouer. Avouer ce que je t'ai *vu* faire. Nie et je jure sur le Christ en croix que je te démolis sur place.

— J'ai rien fait !

— Tu sais où t'es ? » demanda Jimmy.

L'homme se contenta de le regarder fixement.

« T'es dans notre parc. On veut que tu te casses d'ici. On veut que tu te casses et que tu reviennes jamais.

— Je vais le dire à mes frères. »

C'est alors que tout dégénéra.

Jimmy arma de nouveau son poing, mais retint son geste. Il fouilla dans sa poche, en tira son petit cran d'arrêt à manche nacré, l'ouvrit.

« Jimmy, intervint Kevin. Arrête, mec. »

Des Farren se mit à sangloter.

« Le dire… à mes frères. »

Jimmy lui planta la pointe du couteau dans la cuisse droite. Pas profondément, mais suffisamment. Des Farren hurla, du sang assombrit l'avant de son pantalon blanc crasseux.

« Ça suffit, Jimmy ! cria Kevin. Laisse-le. »

Jimmy hésita quelques instants.

« C'est bien ce que je pensais, dit-il. Si jamais tu reviens dans ce parc, si jamais tu *regardes* une nouvelle fois Catriona, je t'étripe avec ce couteau et je te file à manger à mon chien. Et après je balance le reste dans la putain de rivière. Tu m'entends ? »

Silence.

« Tu m'*entends* ? »

Rien.

« Baisse-lui son froc ! ordonna Jimmy à Dave Carmody.

— *J't'entends j't'entends j't'entends !* » hurla Des Farren.

Jimmy Doyle se releva, referma son couteau. Le soulagement sur le visage de Dave était manifeste.

Avant de s'éloigner, Jimmy ajouta : « Si jamais tu *penses* à raconter à tes frères ce qui s'est passé ici, réfléchis-y à deux fois, pour autant que t'en sois capable. Tu me connais pas, tu connais pas ma famille. Ce sera ta dernière putain d'erreur. Vous autres Farren, vous êtes les plus minables des Irlandais. Vous avez pas une putain de chance. » Il brandit le passe de bus de l'homme, le tendit à Kevin. « Si jamais il arrive quoi que ce soit à un de mes potes – *n'importe quand* – je viens chez toi. Je viendrai la nuit, et je serai pas seul. Pigé ? »

Des Farren acquiesça, roula sur le flanc et tint sa cuisse en sanglotant. Le sang s'était écoulé jusqu'au milieu de sa jambe.

Jimmy se tourna vers Kevin.

« Rends-lui son bordel. »

Kevin laissa tomber le passe de bus et les lunettes.

« Maintenant dégage », dit Jimmy.

Des Farren se releva lentement et traversa le parc en titubant en direction de Devil's Pocket. Il ne se retourna pas.

Les quatre garçons restèrent un long moment sans rien dire. Finalement, c'est Dave qui brisa le silence.

« Jimmy ?

— Oui ?

— Depuis quand t'as un chien ? »

Ils éclatèrent tous de rire, mais c'était un rire sans joie.

Tandis qu'ils regardaient Des Farren disparaître parmi les arbres, chacun songeait de son côté à ce qui venait de se passer et à ce qui risquait de se produire ensuite.

La rumeur parmi les résidents de Devil's Pocket était que la naissance de Desmond Farren s'était mal déroulée, quelque chose à voir avec le cordon ombilical enroulé autour de son cou, le privant d'oxygène. Aucun des garçons n'était sûr que ce soit vrai, mais il y avait deux choses à son sujet qu'ils savaient avec certitude.

La première était qu'il parlait tout le temps tout seul.

Et la seconde, plus importante, était qu'on ne jouait pas au con avec lui. Car il était l'aîné de trois frères qui opéraient depuis une taverne miteuse de Montrose Street, un trou à rats nommé The Stone.

Depuis que Liam Farren avait emménagé dans le quartier au début des années 1940, la véritable activité de la famille n'avait pas été la taverne et la restauration, mais plutôt l'extorsion, l'intimidation et une violence acharnée qui instillait la peur chez les habitants comme chez les commerçants.

Outre le fait qu'ils soutiraient de l'argent en échange de protection aux entrepreneurs locaux, les frères Farren avaient à travers toute la ville une réputation de cambrioleurs, uniquement concurrencée par celle du tristement célèbre gang K & A, un groupe de criminels qui opérait depuis le quartier de Kensington et Allegheny dans le nord de Philly.

Mais même le K & A n'approchait pas de Devil's Pocket.

Une légende affirmait que Danny Farren, quelques années auparavant, avait balancé un homme d'un toit à Point Breeze, mais pas sans lui avoir préalablement arraché un œil avec une bouteille de bière brisée. Inutile de dire qu'il n'y avait aucun témoin disposé à l'attester. Une autre prétendait que Danny et Patrick avaient suivi un homme depuis le Stone après que celui-ci avait soi-disant insulté une serveuse. On disait que Danny avait maintenu l'homme au sol pendant que Patrick lui coupait les petits doigts et les petits orteils avec un sécateur.

Patrick et Danny Farren avaient tous deux fait des séjours en prison depuis leur adolescence, mais jamais pour leurs crimes les plus violents.

C'était l'une des raisons pour lesquelles, même s'il était complètement tordu et empestait comme un tas de compost, personne ne cherchait trop de noises à Desmond.

Jusqu'à ce jour.

Car Jimmy Doyle l'avait non seulement menacé, mais il lui avait donné un coup de couteau.

C'est avec ces réflexions que les quatre garçons regagnèrent l'avenue en silence et, sans ajouter un mot, partirent chacun de leur côté.

Le 4 juillet s'annonçait chaud et humide. Dès 6 heures du matin, les queues autour des meilleures tavernes irlandaises avaient été interminables. Et tous les autres bars étaient bondés à 8 heures. Des hélicoptères de la télé survolaient la ville.

Tout le pays parlait de Philadelphie. On discutait bien un peu de Boston, New York et Washington, mais c'étaient des bleds de troisième ordre ; tout le monde à Philly le savait et le faisait savoir à quiconque consentait à écouter.

On célébrait le bicentenaire de ce qui était incontestablement la ville la plus importante de l'histoire américaine. Et Jimmy, Dave, Ronan et Kevin n'en perdaient pas une miette.

Même le président Ford avait visité Independence Hall.

Le pays avait deux cents ans, et son cœur, la Ville de l'Amour Fraternel, était électrisé.

Jimmy Doyle avait passé la nuit sur le canapé de son salon, batte de baseball à la main, son couteau ouvert à côté de lui, à boire du Coca et à attendre que Danny ou Patrick fasse irruption.

Ni l'un ni l'autre n'avait débarqué.

Les quatre amis se retrouvèrent à l'extrémité sud de la rivière Schuylkill, où des badauds étaient venus de partout pour voir le feu d'artifice.

Ils se rassemblèrent près du marbre du terrain de baseball.

Quand Jimmy arriva avec un pack de six Colt 45, la soirée commença officiellement. La bière était tiède, mais c'était de la Colt. En moins de quinze minutes, ils avaient tous la tête qui tournait gentiment. Puis le feu d'artifice débuta.

À plus d'une reprise, les garçons se retournèrent pour voir le vieux Flagg qui les observait, son badge débile de surveillant du quartier épinglé à sa chemise. Il avait clairement remarqué qu'ils buvaient de la bière, mais maintenant qu'il n'y en avait plus, il ne pouvait rien y faire.

Après la sixième énorme volée de fusées, une

voûte d'étincelles rouges, bleues et blanches au-dessus d'eux, les garçons se regardèrent.

« À Devil's Pocket ! » s'écrièrent-ils à l'unisson.

Le feu d'artifice était peut-être le plus beau qu'ils avaient jamais vu. Ou peut-être que c'était la Colt.

Plus tôt dans la journée, ils avaient fait appel aux deux cousins de Dave, Big George et Little George, pour qu'ils récupèrent les piles dans l'égout. Big George avait soulevé la grille en fonte relativement facilement, et Little George n'avait pas tardé à trouver les piles. Comme il n'avait pas plu, elles fonctionnaient encore.

Tommy Doyle les avait payées, après tout.

Ils passèrent l'essentiel du feu d'artifice à se communiquer l'emplacement des filles du quartier en utilisant les talkies-walkies.

Tandis que la foule se préparait au spectaculaire bouquet final, les quatre garçons remarquèrent un autre spectacle à travers les arbres à l'ouest du parc. Manifestement, quelqu'un avait allumé une petite girandole. Comme il était illégal de tirer ses propres feux dans le parc de la rivière Schuylkill, les garçons furent immédiatement attirés par cette deuxième attraction, ne serait-ce que pour voir qui se ferait embarquer.

Mais tandis qu'ils se frayaient un chemin à travers les arbres, ils s'aperçurent que ce n'était pas un feu d'artifice.

C'était une voiture de police.

Deux agents se tenaient devant le véhicule et parlaient à une femme. Sans s'approcher plus, les quatre garçons cherchèrent un meilleur emplacement.

Ils voyaient désormais que la femme était la mère de Catriona. Un homme en costume marron avait un bras autour d'elle. Il semblait la soutenir.

Les garçons se rappelleraient toujours le léger décalage entre le moment où la mère de Catriona ouvrit la bouche et celui où son cri leur parvint aux oreilles.

Là, à la lueur des phares de la voiture de police, ils virent ce qui l'avait fait hurler, la petite forme qui gisait dans l'herbe.

Ça n'avait pas l'air réel, et pourtant ça l'était.

Catriona Daugherty était morte. Elle était morte et le monde ne serait plus jamais le même. Le soleil se lèverait peut-être le matin, l'*Inquirer* serait livré à l'heure, mais rien ne serait plus jamais pareil.

Elle portait la même robe jaune citron que la veille, mais le ruban dans ses cheveux avait disparu.

« Il est là, dit Dave.

— Comment ça ? demanda Jimmy. *Qui* est là ?

— Ce taré. Des Farren. Je l'ai vu. »

Ils regardèrent autour d'eux. L'homme était invisible.

« Où ? demanda Kevin. Je le vois pas.

— Près des voies ferrées, répondit Dave. Je l'ai vu là-bas. »

Ils marchèrent aussi vite que possible sans attirer l'attention. Ils atteignirent les voies et le virent.

Des Farren était assis par terre, en train de contempler la lune. Pendant que les fusées explosaient derrière lui, il regardait dans l'autre direction. Il avait une rose entre les mains.

« Je vais prévenir les flics, dit Dave.

— Non, répliqua Jimmy, posant la main sur son

bras pour l'empêcher de partir. Je ne veux pas que vous le lâchiez. »

Dave ouvrit de grands yeux.

« Comment ça, pas le lâcher ? Comment on fait ? »

Jimmy, qui avait plus tôt récupéré les talkies-walkies, enfonça la main dans son sac et les sortit. Il en tendit un à Dave, un autre à Ronan, le troisième à Kevin, et tint le dernier dans sa main gauche.

« Je veux que vous le gardiez à l'œil, dit-il. S'il bouge, je veux que vous m'avertissiez. »

Dave semblait confus.

« Tu vas pas prévenir les flics ? demanda-t-il. Tu vas pas leur dire ce qu'on l'a surpris en train de faire hier ?

— Quoi, pour qu'il leur dise ce que *moi* je lui ai fait ? Pile ce dont j'ai besoin. Ses putain de frangins sont probablement en train de me chercher en ce moment même. »

La réalité de l'énorme bêtise qu'avait faite Jimmy en plantant Des Farren leur apparut. Ils savaient que ça avait été une erreur, mais ça semblait de plus en plus sérieux à chaque minute qui passait.

Jimmy posa les mains sur les épaules de Dave et le fit se tenir devant lui.

« Je veux que vous le gardiez à l'œil. Tous les trois. Séparez-vous, mais ne le quittez pas des yeux. Où qu'il aille, quoi qu'il fasse, vous me le dites par talkie-walkie. Ne le laissez pas vous échapper.

— Où tu vas ? demanda Kevin.

— Je reviens tout de suite. »

Quelques instants plus tard, alors que le bouquet final commençait à illuminer le ciel de Philadelphie,

Kevin Byrne regarda l'endroit où ses trois amis s'étaient tenus.

Ils étaient déjà tous partis.

La deuxième semaine de juillet fut la plus chaude jamais enregistrée. Les Phillies rétrogradèrent à la quatrième place.

Le 9 juillet, le corps d'un homme fut découvert dans la rivière Schuylkill, juste sous le pont de South Street. D'après la police, il avait été abattu par-derrière. Une balle de 9 mm s'était logée dans sa nuque. Aucune arme ne fut retrouvée.

L'homme fut identifié comme étant Desmond Malcolm Farren, ancien habitant du quartier de Schuylkill, pas de femme, pas d'enfants, pas d'emploi.

La brigade criminelle de la police de Philadelphie lança une enquête. Étant donné la nature des nombreuses activités criminelles de la famille Farren, on supposa que le meurtre était d'une manière ou d'une autre lié aux frères de Desmond, Danny et Patrick, ou à leur défunt père, Liam.

Aucune arrestation n'eut lieu.

2

À L'OMBRE DE LA FLÈCHE

2

PHILADELPHIE, 2015

Ils firent deux fois le tour du pâté de maisons, cherchant des gens qui les auraient épiés.

Ils n'en trouvèrent pas.

Il était un peu moins de minuit par une soirée de printemps étonnamment douce. Malgré la chaleur, seules quelques personnes avaient la fenêtre ouverte, surtout au rez-de-chaussée ou dans les appartements en sous-sol, bien que la plupart des logements aient été munis de barres d'acier.

Mais parfois les barres d'acier et les fenêtres bien sécurisées ne suffisaient pas à empêcher les intrus d'entrer. On racontait l'histoire d'un violeur du nord de Philly dont la spécialité était de pénétrer par les fenêtres dotées de climatiseurs portatifs. Il avait fini par se faire prendre parce qu'il était incapable de s'arrêter.

Billy se demandait si *lui* s'arrêterait un jour.

Ils se garèrent au bord du trottoir et le chauffeur éteignit les phares du SUV. Ils entendaient au loin le brouhaha d'un débat à la radio, mais le son était trop distant, trop indistinct, pour qu'ils discernent le sujet de la discussion. Sous la cacophonie de voix, le seul bruit était le ronronnement du moteur.

Ils observèrent la rue. Des lumières s'éteignirent, des stores et des rideaux furent tirés, des portes, verrouillées et des chaînes de sécurité, mises. Des télévisions devinrent noires tandis que les chiens errants tournaient trois fois sur eux-mêmes avant d'aller dormir.

Alors qu'une ville se débarrassait de sa journée, l'autre – celle de Billy – la revêtait comme une peau boursouflée.

L'homme au volant du SUV regarda en direction de la maison mitoyenne et la désigna du doigt. Elle était en bon état, semblait avoir été récemment dotée d'une façade en briques rouges. Chaque fenêtre arborait une jardinière en pleine floraison.

« Il est réveillé », dit-il.

Billy lui jeta un coup d'œil. L'envie de regarder à l'intérieur de sa veste était presque irrésistible. Il parvint à se retenir.

« Maintenant ? » demanda-t-il.

L'autre secoua la tête.

« Pas encore. »

Le conducteur avait l'âge de Billy. Il avait les cheveux blond-roux, mais contrairement à ceux de Billy, qui lui descendaient jusqu'aux épaules, les siens étaient coupés à ras, comme ceux d'un soldat. Il avait des yeux bleus et durs, de la couleur d'un ciel de bande dessinée, ainsi qu'une balafre sur la joue droite, une ligne noueuse d'environ trois centimètres de long qui partait juste sous l'œil et se terminait en haut de la joue.

Billy ne se rappelait pas précisément comment il se l'était faite, même s'il avait été présent. Il se souvenait de ce moment comme il se souvenait de tout ce qui avait constitué sa première vie, comme s'il regardait à travers un mur fait de blocs de verre, un théâtre d'ombres diffuses, des silhouettes figées dans une glace blanche.

On disait que Billy avait immédiatement soulevé une tasse brisée et s'était coupé le visage exactement de la même manière. *Une folie à deux*[1], avait déclaré un médecin, une femme en surpoids nommée Roxanne. Elle avait des cheveux roux cassants, un rire à transpercer les tympans.

Comme l'homme assis à côté de lui ce soir-là, Billy n'était pas allé à l'hôpital pour faire soigner sa blessure. Les types dans son genre ne le faisaient jamais. Ça aurait été risqué, qu'ils affirmaient, ça aurait soulevé trop de questions. Comme on le disait parfois à la télé, Billy n'avait pas besoin de points de suture.

Mais ça, c'était bien des années auparavant. Billy était comme déconnecté de son âge, et il ne se voyait pas comme les autres devaient le voir. Il avait vingt-six ans dans *cette vie-ci*. Et il en avait vécu dix avant.

Le conducteur tira une petite fiole de sa poche de manteau, la déboucha. Il sniffa furieusement la méthamphétamine, regarda dans le rétro et se moucha.

1. En français dans le texte.

Il tira une dernière taffe sur sa cigarette, l'écrasa soigneusement dans le cendrier.

« Prêt ? » demanda-t-il.

Sans un mot, Billy ouvrit la portière côté passager du SUV et sortit dans la nuit.

Après avoir dévissé l'ampoule au-dessus de leur tête, ils se tinrent sur la véranda derrière la maison. Le conducteur regarda Billy, acquiesça.

« Veste », prononça-t-il doucement.

Billy ouvrit sa veste. Il y avait six photos épinglées à l'intérieur, du côté droit, trois rangées de deux. L'homme désigna le deuxième cliché de la rangée du haut. C'était un portrait pris de jour, avec en arrière-plan un mur de parpaings colorés semblable à celui qu'on aurait pu trouver dans une cour de prison, ou dans un bâtiment administratif.

L'homme sur la photo portait une salopette de travail bleu foncé avec une chemise d'un bleu plus clair en dessous, boutonnée jusqu'en haut. Sur le côté droit de sa poitrine il y avait un fil rouge, peut-être à l'endroit où un nom avait été autrefois brodé.

Il était habillé exactement comme l'homme qui se tenait à côté de Billy.

C'était l'homme qui se tenait à côté de lui.

Billy regarda le nom imprimé en grosses lettres noires au bas de la photo.

« Sean, dit-il

— Oui, Billy. »

Ce dernier appuya sur la sonnette, une main sur la crosse de son Makarov.

Quelques secondes plus tard, ils entendirent la

chaîne de sécurité glisser de gauche à droite, un verrou tourner.

L'homme qui ouvrit la porte était plus âgé que ce à quoi Billy s'était attendu. Il portait un peignoir en coton jaune citron par-dessus un pyjama bleu foncé. Billy repéra une tache sombre sur le revers droit du peignoir. Peut-être que l'homme buvait un chocolat chaud quand ils avaient sonné. Peut-être qu'il avait sursauté.

Peignoir jaune. Pyjama bleu. Tache.

Billy baissa les yeux. Il n'y avait rien dans les mains de l'homme. Il prenait systématiquement soin de regarder les mains des gens qui lui parlaient. *Observe les mains, observe l'homme*, disait toujours son père. Il remarqua que le type avait de la crasse sous les ongles. Il pouvait être jardinier, songea-t-il, ou ouvrier, même si, à son âge, il était sûrement retraité. Peut-être qu'il avait un atelier au sous-sol. Billy songea qu'il faudrait vérifier, s'ils avaient le temps, même s'il savait qu'il oublierait de le faire.

« Je peux vous aider, les garçons ? » demanda le vieil homme.

Il les regarda tour à tour, un sourire prudent sur les lèvres.

« On a un petit problème de voiture », répondit Billy.

Il pointa le doigt par-dessus son épaule en direction de la rue qui se trouvait de l'autre côté du terrain vague. Comme Billy, le SUV était dans l'ombre. Il n'y avait pas de réverbère à proximité.

« Vraiment ?

— Oui, monsieur. »

Le vieil homme se pencha en avant, scruta un côté de l'allée, puis l'autre. Seules quelques lumières brillaient dans la rangée de bâtiments, au-dessus des issues de secours des petites boutiques. Des veilleuses et des éclairages de sécurité.

« Pas de téléphone portable ? » demanda-t-il.

Sean leva une main vide, pas celle qui tenait la crosse de l'arme dans sa poche.

« Plus de crédit, répondit-il. J'ai oublié d'en racheter chez Radio Shack. »

Le vieil homme acquiesça d'un air compréhensif.

« Je serai ravi de vous aider, dit-il. Ne bougez pas. Je vais vous apporter le téléphone sans fil. Vous pourrez appeler qui vous voudrez. J'ai les communications longue distance illimitées. »

Billy fut le premier à franchir la porte, passant devant le vieil homme avec aisance. La cuisine et le coin salle à manger étaient petits, comme dans la plupart des maisons mitoyennes de ce genre. À droite se trouvaient une gazinière et un réfrigérateur. À gauche, l'évier et les placards. La seule chose présente sur le réfrigérateur était un bon de réduction pour une pizza à emporter, maintenu en place par un magnet en céramique en forme de banane.

Devant eux s'étirait un petit couloir qui menait au salon. Au milieu de celui-ci, sur la droite, il y avait une petite salle de bains, depuis longtemps en attente de rénovation, ainsi que des escaliers qui menaient à l'étage et au sous-sol.

Billy entendit la porte de derrière se refermer et être verrouillée, des bruits de pas qui approchaient.

Quelques instants plus tard, le vieil homme longeait le couloir et entrait dans le salon.

Peignoir jaune. Pyjama bleu. Tache.

Billy souleva une chaise et la plaça au centre de la pièce. Puis il marcha jusqu'aux fenêtres, s'assura que les stores étaient tirés et qu'il n'y avait pas de lumières à l'avant de la maison. Il vérifia le verrou. La porte était fermée à clé.

Lorsqu'il revint, Sean avait forcé le vieil homme à s'asseoir sur la chaise. Son visage était désormais flaccide. Ses yeux étaient ouverts, mais tombants. Sean ouvrit rapidement son sac en toile et en tira le ruban adhésif. Il en déchira un morceau et l'enroula autour de la tête du vieil homme, lui recouvrant la bouche. Quelques secondes plus tard, il lui avait attaché les mains dans le dos, et les jambes à la chaise, au niveau des chevilles.

Billy s'agenouilla devant le vieil homme, attendit qu'il se concentre sur son visage. Le type ne lui semblait plus familier. Billy avait sa photo dans son album. Il décida de la regarder plus tard, avant de partir.

« Est-ce qu'il y a quelqu'un d'autre dans la maison ? »

Le vieil homme se contenta de le fixer. Il semblait au bord de la crise de panique. Derrière lui, dans le coin, Billy remarqua une bouteille d'oxygène verte. Un tube fin était enroulé autour de son embout ; une canule nasale pendouillait. Comme il était tout près de lui, il pouvait entendre un léger sifflement dans la respiration de l'homme.

« J'ai besoin d'une réponse, reprit Billy. Faites oui ou non de la tête. » Il se pencha, tout près de l'oreille droite de l'homme. « Je vous le redemande. Est-ce qu'il y a quelqu'un d'autre dans la maison en ce moment ? »

Le vieil homme secoua lentement la tête.

« OK. Est-ce que vous attendez quelqu'un ? »

Une fois de plus, l'homme secoua la tête.

« Bien, dit Billy. On va faire ce qu'on a à faire, puis on vous laissera tranquille. »

Maintenant que l'homme était dans l'incapacité de hurler ou de bouger, Billy observa la pièce dans sa totalité. C'était clairement l'antre d'un retraité, avec des meubles solides et confortables, un tapis tressé ovale au milieu. Le fauteuil inclinable était bien plus usé que la causeuse ou le canapé, et tous étaient recouverts d'un tissu à motif écossais d'un vert profond. Il y avait un paquet non ouvert de bonbons à la menthe sur un guéridon, à côté de quelques flacons de comprimés ambrés. Aucun des magazines grossièrement empilés sur la table basse n'était récent. Sur chacun, l'étiquette comportant l'adresse avait été découpée.

Billy examina une fois de plus le type devant lui. *Peignoir jaune. Pyjama bleu. Tache.*

Sean regarda l'homme, puis Billy.

« Bien sûr que c'est lui. »

Billy enfonça la main dans son sac, en tira son album photo en piteux état. Rien que des inconnus. Pourtant chaque personne avait un visage, un nom, un lien, chacune était une braise qui rougeoyait comme un briquet dans une voiture plongée dans l'obscurité.

Billy trouva la photo qu'il cherchait. Elle était fixée à la page avec un point de colle pour enfants.

« Regarde, dit-il. C'est pas lui. C'est pas le bon type. »

Sean lui tira l'album des mains. Il marcha jusqu'au vieil homme, tint le cliché à côté de son visage.

« Si, c'est lui. Je t'ai dit que c'était lui. »

Billy tenta de se rappeler la première fois qu'il avait vu cet homme, quand il avait pris cette même photo. Mais il n'y avait rien. Sa mémoire était une toile blanche et opaque.

« On se trompe, dit-il. Ça marchera pas si on se trompe. »

L'homme se mit à trembler. Aussi rapide que l'éclair, Sean arracha le ruban qui lui recouvrait la bouche. L'homme prit une grande inspiration.

« Où est votre chambre ? »

Le vieil homme ouvrit la bouche et émit quelques syllabes.

« Pre… pre…

— Première pièce à l'étage ? » demanda Sean, son impatience refaisant surface.

Tandis que ce dernier gravissait les marches trois par trois, Billy tira une chaise et s'assit face au vieil homme, se demandant comment ils avaient pu commettre une telle erreur.

Quelques instants plus tard, Sean réapparut dans le salon avec un tas de vêtements sous le bras. Il sortit son M & P 9 mm semi-automatique de sous son pantalon et le plaça sur la table.

Il tira un rasoir de barbier de sa poche, l'ouvrit, et de quatre petits coups de lame libéra les mains et les pieds de l'homme.

« Levez-vous », ordonna-t-il.

L'homme ne bougea pas.

Sean souleva son M & P, actionna le chien. Il lui plaça le canon de l'arme contre l'arrière de la tête.

« Levez-vous ou je vous fais sauter la cervelle ! »

L'homme tenta d'obéir, mais Billy vit que ses jambes refusaient de le porter. Il s'avança et tendit la main. L'homme la saisit. La peau sur sa paume était douce. Quoi qu'il ait fait dans sa vie, il n'avait pas été ouvrier, songea-t-il.

Sean fouilla dans une des piles de vêtements sur le sol, en tira une chemise bleue et une cravate bordeaux. Dans la seconde pile il trouva un blazer bleu marine à deux boutons.

« Enlevez votre peignoir et votre haut de pyjama, et mettez cette chemise. »

Lentement, le vieil homme s'exécuta et enfila la chemise. Ses mains tremblaient, ses doigts étaient noueux d'arthrite.

Il passa le blazer, mais ne parvint pas à nouer sa cravate. Billy le fit pour lui.

Puis il recula. Sean tint la photo à côté de l'homme, la photo sur laquelle il portait exactement ces vêtements, la photo que Billy avait prise quand l'homme était sorti du tribunal de Filbert Street.

Veste bleue. Chemise bleue. Cravate bordeaux.

C'était bien lui.

« Tu sais ce que t'as à faire », déclara Sean.

Billy plongea la main dans la poche droite de son pantalon, sortit un bout de papier, le déplia, lut les instructions. Elles étaient écrites en gros caractères.

L'autre poche contenait le mouchoir.

Dessus, un mot avait été inscrit en lettres de sang.

Billy marchait d'ombre en ombre au premier étage, telle une souris mécanique qui ouvrait chaque tiroir, chaque placard, chaque penderie.

Ces dernières renfermaient des cartons, qui eux-mêmes renfermaient des classeurs – une poupée russe de la vie d'un homme, son histoire sur cette terre. L'un d'eux contenait un album photo usé, où la plupart des clichés étaient collés aux pages de papier noir avec des adhésifs à l'ancienne situés dans les coins. Certains avaient disparu, victimes du temps.

Dans un carton, il y avait une photo encadrée de dix centimètres sur vingt-cinq, qui représentait un jeune homme en uniforme de marin, le bras autour de la taille d'une jeune femme en robe à fleurs avec des épaulettes bouffantes.

Billy avait déjà vu cet homme, mais il ne se rappelait pas où.

Alors qu'il avait trouvé ce qu'il cherchait, il entendit un bruit derrière lui. Il pivota sur lui-même, son Makarov dégainé et tenu à bout de bras, d'une main comme toujours ferme.

Le vieil homme lui avait menti. Il attendait quelqu'un, et la personne se tenait désormais dans le couloir.

Il pointa le Makarov sur l'inconnu, son cœur cognant dans sa poitrine. Il avait fait feu à de nombreuses reprises, mais était toujours un peu écœuré par le bruit du métal déchirant la chair puis, avec un petit claquement étouffé, fracassant l'os.

Néanmoins, s'il était obligé d'appuyer sur la détente, il le ferait. Il le savait avec certitude. Il n'avait jamais hésité.

L'inconnu plaça les mains sur sa tête.

« Veste », prononça celui-ci.

Le mot.

« Quoi ?

— Veste, Billy. »

Il plaça le canon du Makarov contre le front de l'homme.

« Comment tu connais mon putain de nom ? »

L'homme regarda le sol, mais ne dit rien.

« Pas un geste », ajouta Billy.

Il fit un pas en arrière, écarta le pan droit de sa veste. Il vit l'homme à la salopette bleue avec une chemise bleue en dessous.

« Sean », dit-il.

L'homme s'appelait Sean. Sean Patrick Farren. C'était son jumeau. Le nom de Billy était Michael Anthony Farren. Ou, plus précisément, son nom de baptême, celui qui figurait sur son acte de naissance, celui qu'il utilisait le jour.

Dans l'ombre, où les chants de mort lui disaient qui devait vivre ou mourir, il était Billy le Loup.

Le moment était venu.

Tandis que Sean dépliait son rasoir, Billy s'agenouilla devant le vieil homme, scruta son visage. Il était dépourvu de traits, vide. Il ne le retiendrait pas longtemps.

« Je veux que vous sachiez que tout a eu un sens, monsieur, dit-il doucement. Ne pensez pas le contraire. Je suis allé de l'autre côté, et je sais. »

Il attendit une réaction. Mais aucune n'arrivait.

« C'est – tout, chaque matin, chaque après-midi et

chaque soir, depuis ce jour de 1960 – un palindrome, quelque chose qui se lit dans les deux sens. Il est parfait. Il ne peut pas être déconstruit. »

Il plaça une main sur l'épaule tremblante de l'homme, lui laissa quelques instants pour qu'il retrouve une dernière fois sa dignité.

« Je suis sur le point de tout voir, reprit Billy. Tout. Chaque moment de votre vie. Avez-vous le moindre regret ? »

L'homme acquiesça.

« Beaucoup.

— Comme nous tous. »

Il lui saisit les mains, ferma les yeux, absorba l'essence de l'homme et…

... la porte s'ouvre soudain et une rafale de vent d'hiver s'engouffre, le bruit des os se fracassant sous la peau, l'acier figé dans la chair brûlante, le rugissement primal des hommes en proie à la folie, du sang éclaboussant la neige vierge, le plus grand des deux hommes se retournant, ses yeux féroces, bordés de feu, un homme agenouillé devant lui, son crâne fendu révélant une masse d'os blanc brillant, puis le plus grand courant, courant, son visage à jamais gravé en un bas-relief rouge tandis que...

Billy rouvrit les yeux.

Il se sentait léger, vidé, libéré. Il laissa les images de son esprit se fondre dans le noir.

« Connaissez-vous mon visage ? demanda-t-il à l'homme.

— Oui. »

Billy saisit le Makarov.

« *J'ai vu un étranger aujourd'hui* », commença-t-il.

Il tira le silencieux de sa poche et le fixa au canon de son arme. L'outil était parfait, le métal froid et lisse entre ses doigts. Il l'avait fabriqué lui-même dans la cave, cette pièce dont il appréciait la chaleur accueillante, comme un ventre sans fenêtre.

Lorsqu'il atteignit le dernier vers de sa prière, il inséra une balle dans la chambre.

« *Oh, souvent et souvent et souvent, le Christ va…* »

Il tendit la main, sentit les battements du cœur de l'homme. Puis il plaça doucement l'extrémité du silencieux contre sa poitrine.

« *… avec l'apparence de l'étranger.* »

Il pressa la détente. Le puissant Makarov recula dans sa main tandis que le corps du vieil homme était projeté en arrière puis en avant, comme une poupée de chiffon entre les mains d'un géant.

Billy se releva et regarda l'âme du vieil homme s'échapper de son corps et s'élever dans une délicate lumière bleue. Il vit le vieil homme enfant, jeune marin, père, tous les visages soudain clairs, rendus d'une main de maître. Il regarda sa force vitale faire un tour autour du corps inerte puis, voyant que le monde des vivants avait achevé son ouvrage, ondoyer en une volute nacrée et disparaître.

Billy savait que d'ici quelques minutes il ne se souviendrait pas du vieil homme.

Avant de quitter la maison, il prit deux photos.

Clic. Clic.

Comme les autres fois.

De retour dans le SUV, alors que Sean était au volant, Billy abaissa le pare-soleil.

Il connaissait l'homme dans le miroir, même si aucun visage ne lui retournait son regard. C'était le seul autoportrait dont il avait besoin. C'était la raison pour laquelle il s'était laissé pousser les cheveux. Pour se reconnaître, pour se souvenir, pour savoir qu'il était une tribu à lui seul.

Son nom était Michael Anthony Farren, fils de Daniel et Deena, petit-fils de Liam et Máire Farren.

Mais uniquement quand il sortait de l'ombre.

Car ici, dans l'écorce noire de la nuit, il était Billy.

3

Devant la maison de la mort, de l'autre côté de la rue, l'inspecteur Kevin Francis Byrne était assis dans sa voiture, en train de réfléchir, comme il l'avait fait tant de fois auparavant, à l'immobilité qui envahissait un lieu où un meurtre avait été commis, un calme qui s'abattait et gardait pour lui toutes les paroles qui avaient été prononcées, tous les frottements de talons, toutes les lamentations des gonds rouillés.

Même au cœur d'une ville, en pleine journée, la maison de la mort était silencieuse.

Et Byrne connaissait bien ce silence. Il s'était tenu dans plus d'endroits de ce genre qu'il ne voulait s'en souvenir, même s'il se souvenait de chacun. En tant qu'inspecteur de la brigade criminelle de la police de Philadelphie, il avait enquêté sur plus de mille meurtres et, si on lui en laissait le temps, il était capable de rapporter un détail pertinent sur chaque affaire. Ce n'était pas un talent dont il était particulièrement fier – il connaissait des flics qui se rappelaient l'adresse de chaque boulot, même vingt ans après leur retraite ; c'était comme ça.

Le type qui montait la garde à la porte – l'agent Skinner – n'était pas beaucoup plus vieux que lui quand il avait débuté dans la police. Et il était blanc comme un linge.

Alors que Byrne était en uniforme depuis environ six jours, il avait répondu à un appel pour une querelle domestique. Mais la querelle domestique s'était avérée être un meurtre. Il avait ouvert la porte de la chambre et trouvé une femme d'une quarantaine d'années quasiment démembrée sur le lit conjugal, du sang partout, y compris sur le plafond couvert d'enduit. Il se souvenait des inspecteurs qui étaient arrivés ce soir-là, quelques jours à peine après Thanksgiving, café froid à la main, du sel de déneigement collé au revers de leur pantalon de costume bon marché. Dans cette maison de la mort, il y avait une radio, un gros ghettoblaster comme on en voyait dans le nord de Philly, qui diffusait une chanson qui disait que le crack avait tué Apple Jack.

Il se souvenait que l'inspecteur principal à l'époque – un vieux de la vieille usé nommé Nicky Rocks – l'avait salué de la tête en entrant, portant un doigt à son oreille droite comme pour dire : « Beau boulot, gamin. Maintenant éteins-moi cette merde. »

Byrne regarda dans son rétroviseur latéral. Une nuit claire, un ciel couleur prune. Le faisceau de phares occasionnel transperçait la pénombre dans Morris Street.

Avec son ancienneté, Byrne pouvait effectuer les services qu'il voulait, naturellement, ou même ne pas travailler du tout. La plupart des inspecteurs de la criminelle qu'il avait connus au cours de sa carrière avaient déjà pris leur retraite à son âge, et il pouvait prétendre à une pension complète.

Mais plus il vieillissait, plus il s'apercevait que la nuit était son moment de prédilection. L'insomnie allait de pair avec le boulot, mais ce n'était pas la question. Il voyait plus de choses dans le noir, il en entendait plus, en *sentait* plus.

S'il prenait sa retraite, qu'est-ce qu'il ferait ? Travailler dans le privé ? Devenir agent de sécurité ? Garde du corps des gens riches et célèbres ? Il avait eu des propositions, principalement de la part d'anciens flics qui avaient monté leur propre boîte.

Certaines nuits il sentait le poids des ans. Mais il savait qu'après une douche chaude, quelques heures de sommeil et son premier café de la journée, il serait de nouveau ce jeune flic.

Un mois plus tôt, il s'était vu attribuer une nouvelle mission. Il faisait toujours partie de l'unité qui gérait les meurtres les plus récents, mais il était désormais aussi à la tête d'une équipe d'enquêteurs à sa disposition immédiate. En tant que chef de celle-ci, Byrne pouvait demander à tout moment à n'importe quel inspecteur, même ceux d'autres divisions, de prendre sur-le-champ une enquête si ça lui semblait nécessaire. Moyennant quoi il se retrouvait presque quotidiennement sur des scènes de crime.

Byrne savait à quoi s'attendre dans cette maison de la mort-ci, mais il devait tout de même s'y préparer. Il avait eu un bref résumé de la situation de la part de son superviseur, qui avait reçu le rapport initial des deux agents ayant répondu à un appel au 911.

Un homme nommé Edwin Channing demeurait

à cette adresse. Il avait quatre-vingt-six ans, vivait seul. Channing s'était inscrit à Med-Alert, un service d'alerte médicale d'urgence. Juste après 1 h 20 ce matin-là, le service avait reçu un signal en provenance de chez Channing et, n'obtenant aucune réponse, la police avait été alertée.

À en croire l'agent Raab, l'équipier de Skinner, la porte de derrière était déverrouillée. Il avait pénétré dans la maison et trouvé la victime dans le salon. Il n'avait pas immédiatement découvert l'appareil qui avait alerté l'opérateur de Med-Alert car celui-ci n'était pas visible, et la procédure interdisait à un agent de patrouille de toucher à un corps.

Byrne savait que ce qu'il allait affronter serait moche, mais, en prenant du recul, c'était pire encore. Dès qu'il avait appris les circonstances du meurtre, il avait su. Quand vous aviez passé autant de temps que lui dans une brigade criminelle, vous pouviez vous représenter mentalement la scène rien qu'après avoir entendu un résumé. La plupart des meurtres commis lors de braquages se ressemblaient, de même que la plupart des crimes domestiques.

C'était le deuxième incident en autant de jours avec un mode opératoire semblable, quoique pas absolument identique. Les deux résultaient d'une violation de domicile, ou de ce qui était censé *ressembler* à une violation de domicile.

Il y avait désormais quatre morts.

La première scène avait eu lieu dans une rue calme du quartier de Melrose Park. La famille Rousseau : Angelo, Laura et Mark. Angelo, le père, avait quarante ans. Il tenait une boutique de souvenirs dans

Old City. Sa femme Laura, trente-neuf ans, était femme au foyer. Leur fils Mark avait dix-sept ans. C'était un champion d'athlétisme.

La chronologie, ainsi que les inspecteurs la comprenaient, était la suivante :

Le vendredi soir précédent, Mark Rousseau avait été déposé chez lui vers 18 h 20 par un camarade de lycée, Carl Fiore. Les deux avaient terminé leur entraînement d'athlétisme plus tôt et s'étaient arrêtés manger un hamburger dans Montgomery Avenue.

Carl Fiore avait dit qu'il ne se rappelait pas si la voiture d'Angelo, une Ford Focus de 2012, était garée dans l'allée à ce moment-là.

Entre 20 heures le vendredi soir et 7 h 30 le samedi, au moins une personne avait pénétré chez les Rousseau – on l'avait manifestement fait entrer, ou alors elle avait une clé, car il n'y avait aucun signe d'effraction – et entrepris de mettre à sac le logement dans sa totalité. Des tiroirs aux placards, des penderies à la moindre boîte de rangement, il n'y avait rien qui n'avait pas été fouillé. Les enquêteurs étaient en train d'interroger les autres membres de la famille et les collègues, de même que les agents d'assurance des Rousseau, pour tenter de déterminer ce qui avait été volé, pour autant que quelque chose l'ait été.

Mais même si la maison avait été mise sens dessus dessous, même si les affaires les plus personnelles ayant appartenu à Angelo, Laura et Mark avaient été éparpillées à travers la maison, il ne s'agissait pas d'un cambriolage.

Quand la sœur d'Angelo, Anne-Marie, était passée

à 7 h 30 le samedi pour emmener sa belle-sœur au marché italien, ce qu'elle avait découvert était d'une horreur indicible.

Les membres de la famille Rousseau étaient attachés et bâillonnés sur des chaises qui formaient un petit cercle au centre du salon. Chacun avait reçu une unique balle, en plein cœur. L'équipe scientifique avait récupéré trois douilles, a priori toutes de calibre 9 mm, et probablement tirées avec la même arme.

Mais aussi brutaux qu'aient pu être ces meurtres de sang-froid, l'assassin n'en était pas resté là avec Laura Rousseau.

John Shepherd, l'inspecteur principal sur cette affaire, avait passé la nuit sur place à recenser soigneusement les divers papiers qui jonchaient la maison. En haut de sa liste, il y avait une découverte curieuse.

Même si un certain nombre de documents officiels avaient été retrouvés, l'acte de naissance de Laura Rousseau n'en faisait pas partie. Alors que ceux d'Angelo et Mark avaient été éparpillés par terre dans le petit bureau du rez-de-chaussée.

Un coup de fil à la banque des Rousseau avait confirmé qu'ils ne louaient pas de coffre.

L'équipe scientifique avait passé vingt-quatre heures sur la scène à collecter des indices : cheveux, fibres, sang, empreintes digitales. Pour le moment, les seules empreintes relevées appartenaient aux membres de la famille. L'unité de balistique était en ce moment même en train d'enquêter sur les douilles dans l'espoir de les faire correspondre avec une arme utilisée lors d'un autre crime.

Le fait qu'aucune empreinte ne figurait sur le ruban adhésif suggérait que l'assassin – ou les assassins – portait des gants.

Et maintenant, il avait de nouveau frappé.

Byrne devrait attendre le rapport de la balistique sur la balle tirée sur cette scène-ci, si elle était retrouvée, mais il était certain qu'il avait affaire au même animal.

Il le sentait.

Byrne alluma la lumière dans la petite cuisine d'Edwin Channing. De ses mains gantées, il ouvrit un petit placard mural près de la gazinière. Dedans, des boîtes d'aliments secs étaient disposées géométriquement : pâtes, riz, préparation pour pancakes. Un autre placard renfermait des conserves de soupe, de sauce à la canneberge, de maïs doux, soigneusement empilées. Rien que des marques de distributeur.

Il ouvrit un tiroir. À l'intérieur, il trouva des couverts pour deux. Deux couteaux, deux fourchettes, deux cuillers à soupe, deux cuillers à café. De toute évidence, cet homme vivait seul. Les photos sur le manteau de la cheminée suggéraient qu'il avait été marié, et pendant un bon bout de temps. Le cliché le plus ancien montrait la victime dans un uniforme de marin, un bras passé autour de la taille d'une femme menue aux cheveux bruns et aux yeux pétillants. Le plus récent représentait le même couple, mais plus âgé, assis sur un banc dans un parc. Il semblait avoir été pris quinze ou vingt ans plus tôt.

Byrne referma le tiroir en songeant que la victime n'avait pas pu se résoudre à jeter ou entreposer ailleurs la seconde série de couverts.

Il enfila des gants neufs, monta à l'étage, prenant

soin de ne pas poser les mains sur la rampe. Il y avait deux chambres au premier, ainsi qu'une salle de bains. L'une des chambres faisait office de pièce de stockage.

Avant de pénétrer dans celle d'Edwin Channing, il ferma un moment les yeux, absorbant les rares sons de la nuit, les odeurs. Désodorisant à moquette parfum pot-pourri, pommade, léger relent de cigarette. Il n'avait pas senti d'odeur de tabac au rez-de-chaussée, et il n'y avait pas de cendriers sur les tables.

Le tueur fume-t-il ?

Fréquente-t-il un endroit où les gens fument ?

Quand Byrne était jeune inspecteur, il avait toujours sur lui un paquet de Marlboro et un autre de Newport. Un normal, l'autre mentholé. Il n'avait jamais été un grand fumeur, mais les gens à qui ils parlaient – aussi bien les témoins que les suspects – l'étaient invariablement. C'était extraordinaire ce qu'on pouvait apprendre contre une cigarette très convoitée offerte au bon moment.

Il pénétra dans la chambre, actionna l'interrupteur. Deux lampes de chevet s'allumèrent, une de chaque côté du lit double. Celui-ci était fait au carré, avec une couette en brocart beige.

Mais c'était la seule chose en ordre dans la pièce.

Comme chez les Rousseau, tous les tiroirs avaient été ouverts, leur contenu éparpillé à travers la pièce. Une boîte à bijoux gisait à l'envers sur le sol. Une autre, en métal, qui servait peut-être de coffre-fort, était ouverte et vide à ses pieds. Deux valises, probablement prises sur l'étagère supérieure de l'unique penderie, étaient ouvertes et également vides à gauche du lit. Les tiroirs de la table de chevet étaient par terre, retournés. À côté d'eux se trouvait un assortiment de crèmes génériques et de comprimés contre le rhume.

Pendant que l'équipe scientifique passait le rez-de-chaussée au crible, Byrne descendit au sous-sol, alluma la lumière. Deux ampoules nues dans des douilles en porcelaine pendaient au plafond inachevé. La cave était principalement vide, bien entretenue. Il y avait un lave-linge séchant Maytag datant des années 1970 contre le mur du fond, sous les blocs de verre qui bordaient le trottoir. Sur la gauche, un évier encore plus ancien. Un porte-serviettes avait été fixé sur le devant, et deux serviettes à mains bleu pastel y étaient soigneusement suspendues. Chaudière, ballon d'eau chaude, humidificateur.

Sur la droite il y avait un petit établi. Une lampe était accrochée au plafond bas qui le surplombait. Byrne tira sur la chaîne. Au mur était fixé un tableau avec les outils de base. Quatre ou cinq tournevis, un marteau arrache-clou, une clé à molette, une pince à long bec.

Aucun des outils n'avait bougé. Si les tueurs avaient visité cette cave, ils n'avaient apparemment touché à rien, ou tout remis à sa place. Byrne détacha une pointe de colle à bois depuis longtemps séchée, tentant de tirer un sens de ces crimes.

« Inspecteur ? »

La voix de l'agent Skinner provenait du haut de l'escalier.

« Oui ?

— Le légiste est ici. Ils vont se mettre au travail.

Est-ce qu'il y a quelque chose que vous voulez faire d'abord ? »

Byrne prit un moment pour mettre de l'ordre dans ses pensées. Il tira son téléphone de sa poche, appuya sur l'icône de l'appareil photo.

« J'arrive. »

Il éteignit la lampe et remonta l'escalier étroit.

Même si ses photos ne seraient pas incluses dans les pièces à conviction – de fait, elles resteraient bien séparées des photos et vidéos officielles prises par l'équipe scientifique et les hommes du légiste –, il avait su qu'il les prendrait dès l'instant où il avait reçu l'appel.

Il se posta au milieu du salon, évitant soigneusement les petits marqueurs jaunes qui indiquaient de possibles taches de sang sur le tapis.

Étrangement, lorsqu'il regarda l'écran de son téléphone pour cadrer le corps de la victime, il eut un sentiment de déjà-vu. Il avait, naturellement, été témoin du même genre d'horreur chez les Rousseau mais, réduite de la sorte, sur un bout de verre de dix centimètres de long, elle était mise dans une sorte de perspective sombre et primordiale.

Après avoir abattu Edwin Channing d'une balle en plein cœur, le tueur avait – comme il l'avait fait avec Laura Rousseau, mais pas avec son mari ni son fils – pris un instrument très tranchant et lui avait minutieusement arraché le visage.

4

Byrne était assis au comptoir de l'Oregon Diner. Quand il était entré dans le restaurant tout juste trente minutes plus tôt, il y avait six clients, principalement des noctambules en fin de fête, ou des insomniaques comme lui. L'endroit commençait désormais à se remplir de travailleurs matinaux.

Il fit défiler sur son téléphone les photos qu'il avait prises sur les deux scènes de crime. Il avait vu son lot de logements mis sens dessus dessous durant ses nombreuses années de service, et il savait que les motivations de l'auteur du saccage ne variaient guère. Soit le type avait tenté de faire passer ça pour un cambriolage, soit il avait cherché quelque chose de précis. Mais même si tous les tiroirs des commodes et des tables de chevet des deux scènes de crime avaient été ouverts et balancés par terre, leur contenu éparpillé à travers la pièce, quelques détails ne collaient pas.

Tout d'abord, à côté de la boîte à bijoux renversée chez Edwin Channing, il y avait ce qui ressemblait à une alliance et une bague de fiançailles, modestes mais néanmoins précieuses. Rien d'exorbitant comparé à ce qui se faisait désormais, mais de l'or quand même.

Pourquoi ne les avait-on pas volées ?

Chez les Rousseau, un appareil reflex numérique Canon relativement onéreux avait été laissé sur l'étagère supérieure de la penderie de la chambre principale. Une console Play-Station 4 avait également été trouvée à côté de la télévision dans le salon.

S'il était notoire que les cambrioleurs savaient quoi chercher, ce qui était facile à écouler – certains allant jusqu'à ignorer les bijoux hors de prix s'ils savaient qu'il y avait de l'argent liquide dans la maison –, ici, c'était différent.

Les victimes avaient été exécutées. Deux d'entre elles avaient été mutilées.

Pourquoi Laura Rousseau, et non son mari et son fils ? Pourquoi Edwin Channing ?

L'unité opérationnelle avait déjà obtenu un mandat pour les relevés de cartes de crédit de la famille Rousseau. Le dernier paiement sur leur principal compte MasterCard remontait au vendredi à 16 h 16. Angelo Rousseau avait fait le plein de sa Ford Focus dans une station Sunoco de la 17e Rue. Deux inspecteurs de la division sud s'y étaient rendus et avaient visionné les bandes de surveillance. Rien ne semblait sortir de l'ordinaire, personne ne suivait Rousseau. Quand il était reparti, la voiture suivante s'était arrêtée quatre-vingt-dix secondes plus tard, et elle allait dans la direction opposée. C'était une impasse.

L'autre chose qui manquait, c'était une quelconque trace de lutte. Le seul désordre sur les deux scènes provenait des tiroirs, des penderies et des placards.

Il n'y avait pas de tables retournées, pas de chaises brisées ; pas le moindre signe de bagarre.

La fouille des tiroirs du bureau d'Edwin Channing n'avait pas permis de trouver de copie de son acte de naissance.

Byrne ferma les yeux, tentant de visualiser le meurtre des Rousseau. S'il n'y avait qu'un seul tueur, il avait probablement commencé par pointer son arme sur Angelo Rousseau. Non qu'il ait été particulièrement imposant ou sportif, mais il était plutôt grand, et tout homme dont la famille est mise en danger est non seulement imprévisible, mais potentiellement féroce.

L'auteur l'avait ensuite certainement ligoté et bâillonné. Mais que faisait son fils pendant ce temps ? Mark était costaud. Un mètre quatre-vingt-cinq, soixante-dix-sept kilos, en excellente forme physique. Si l'auteur avait posé son pistolet pour attacher le père – ce qui avait dû être nécessaire car il faut deux mains pour utiliser du ruban adhésif –, pourquoi Mark ne s'était-il pas jeté sur lui ?

Peut-être que le tueur avait forcé le fils à ligoter à la fois et son père et sa mère. Mais dans ce cas, pourquoi les empreintes de Mark n'étaient-elles pas sur le ruban adhésif ?

Il y avait deux assassins. Byrne en était certain.

Il avait enquêté sur de nombreux meurtres en série, et il savait que s'il y avait souvent une signature, un prisme fêlé à travers lequel le tueur voyait le monde, un motif psychologique aussi distinct qu'une empreinte digitale, parfois il n'y en avait pas. Ou, plus précisément, il y avait une signature qui brillait par son absence. Une méthode qui était une absence de méthode, juste de l'instinct.

Il y avait dans les rues de Philadelphie quelqu'un qui était entré dans deux maisons, puis qui avait collé une arme sur la poitrine de quatre personnes et fait feu.

Sans scrupule.

Byrne estimait que la plupart des personnes qui commettaient un meurtre, que ce soit par passion, par cupidité ou par vengeance, trouvaient le fardeau de leur acte presque insupportable. S'ils n'étaient jamais appréhendés et livrés à la justice, ils vivaient le reste de leur vie dans la prison de leur esprit, et finissaient souvent par se suicider par pénitence.

Il était sur le point de demander sa note lorsque son téléphone sonna. Il jeta un coup d'œil à l'écran. C'était son ex-femme, Donna.

« Salut, dit-il.

— Salut, inspecteur. Tu as l'air épuisé.

— Tu devines à un seul mot que je suis épuisé ?

— Qu'est-ce que tu crois ? »

Il sourit. Elle avait toujours su voir à travers lui. C'était l'une des raisons pour lesquelles ils étaient tombés amoureux. L'une des raisons pour lesquelles ils s'étaient séparés.

Bien que divorcés depuis plus d'une décennie, Donna et lui avaient recommencé à se voir, se retrouvant grâce à une maison que Donna l'avait aidé à acheter, maison qui n'était désormais plus debout. Donna Sullivan Byrne était l'un des meilleurs agents immobiliers de Philadelphie.

« Ça va, dit Byrne. C'est juste que la nuit a été longue. »

Depuis qu'ils avaient repris leur liaison, Byrne hésitait à lui refaire subir les angoisses et les rigueurs liées à son boulot. Il ne s'étendit donc pas.

« Comment se passe le voyage ? demanda-t-il, d'un ton qu'il espérait plus enjoué.

— Qu'est-ce que je peux dire ? C'est New York. »

Donna assistait à une conférence d'agents immobiliers. Elle devait aussi rencontrer trois des plus grosses agences de la ville. Byrne était au courant pour ce voyage depuis des mois, mais il avait préféré ne pas y penser.

« Comment se sont déroulés les entretiens ?

— J'en ai passé deux sur trois. Je crois que je les ai bluffés. Tu sais que je suis douée pour l'exercice. »

Il ferma les yeux un moment et demanda :

« Tu envisages d'accepter un poste là-bas si on t'en offre un ?

— J'adore ma ville natale… mais New York est le centre du monde pour l'immobilier, répondit Donna. Si je refuse une opportunité de bosser ici, je pourrais le regretter toute ma vie. »

C'était sa façon de faire passer les choses en douceur. Elle avait quelques semaines plus tôt évoqué l'idée de déménager à New York, et ça avait brisé le cœur de Byrne.

« C'est seulement à une heure et demie en train, ajouta-t-elle en guise de conclusion. Tu vas à la gare de la 13e Rue, tu lis le journal, et en un rien de temps tu te retrouves à Penn Station.

— Je sais.

— Ça pourrait même te plaire assez pour venir vivre ici. »

Byrne faillit s'étouffer avec son café.
« *Moi* ? Vivre à New York ? »
Il jeta un coup d'œil autour de lui, vit des gens qui le regardaient. Il avait parlé bien plus fort qu'il ne l'avait cru.
« C'est une idée tellement dingue ? » demanda Donna.
À peine moins que sauter en parachute dans l'Arctique, songea Byrne.
« Je suppose que non.
— Je suis sûre que le NYPD aimerait t'avoir. »
Depuis qu'il était gosse, Byrne n'avait jamais envisagé de travailler ailleurs qu'au sein de la police de Philadelphie, ni de vivre dans une autre ville. Et il ne le ferait jamais.
« Comme tu as dit, c'est seulement à une heure et demie de train », répondit-il.
Donna lâcha un éclat de rire.
« Faut que j'y aille, dit-elle.
— OK.
— Tu y réfléchiras ? »
Le dilemme était terrible. Il savait que s'ils vivaient à une heure et demie l'un de l'autre, dans des mondes différents, ils s'éloigneraient et il perdrait la dernière chance de vivre avec la seule femme qu'il avait vraiment aimée. Donna n'avait pas dit qu'ils emménageraient ensemble s'il allait à New York, mais elle n'avait pas dit le contraire non plus.
Il détestait mentir à son ex-femme.
Mais il le fit tout de même :
« D'accord. »
Dix minutes plus tard, tandis qu'il réglait sa note,

son téléphone se remit à sonner. Il était certain que c'était Donna qui rappelait pour lui dire que déménager à New York était en effet une idée dingue et qu'elle rentrait à Philly par le premier train.

Mais ce n'était pas Donna. C'était Josh Bontrager, un collègue de la criminelle.

« Salut, Josh, dit Byrne. Vous n'avez pas fait une nuit blanche, quand même ?

— Non, répondit Bontrager. J'ai reçu l'appel il y a environ une heure.

— Vous êtes où ?

— En face de la maison de Channing. L'inspecteur Caruso et moi avons essayé d'interroger les voisins avant qu'ils partent au boulot. »

Byrne s'en voulut de ne pas avoir organisé ça lui-même. Peut-être que la nouvelle équipe spéciale représentait une charge de travail trop grande. Cependant, Josh Bontrager était un des meilleurs flics avec qui il avait travaillé. Il n'avait pas vraiment besoin qu'on lui dise quoi faire.

« Du neuf ?

— Je crois, répondit Bontrager. On a quelque chose qu'on n'avait pas avec les Rousseau.

— Quoi ? » demanda Byrne.

Il entendit l'inflexion dans la voix de Bontrager lorsque celui-ci répondit :

« L'homme qui habite en face de chez Edwin Channing a vu quelque chose. »

L'homme qui se tenait face à la maison d'Edwin Channing, de l'autre côté de la rue, approchait de la trentaine. Il était grand et anguleux, semblait avoir en lui une énergie nerveuse qui ne lui permettait pas de rester trop longtemps en place. Tout en s'approchant de lui, Byrne examina ses yeux. Ils étaient limpides. Ce n'était probablement pas la drogue qui le rendait si agité.

Josh Bontrager fit les présentations. L'homme s'appelait Perry Kershaw.

En tant qu'inspecteur, Joshua Bontrager, qui n'avait qu'une trentaine d'années, avait un talent étrange pour gagner la confiance des gens presque instantanément. Élevé parmi les Amish dans la Pennsylvanie rurale, il avait le don de lancer une conversation avec presque n'importe qui tout en faisant croire à l'autre qu'il était la personne la plus intéressante de la planète. Mais sous cette affabilité, il y avait un enquêteur tenace doué d'un grand sens de l'observation. Depuis qu'il était dans l'unité, il avait régulièrement gravi les échelons et s'était gagné l'estime des grands pontes.

« C'est terrible, dit Kershaw. Je ne peux pas le croire. C'est… c'est un *bon* quartier. »

Byrne savait que dans sa ville – comme dans n'importe quel environnement urbain densément peuplé – les gens avaient tendance à penser en termes de quartiers, traçant une ligne de démarcation qui servait de limite officieuse à une portion de la ville. SoHo à New York était south of Houston ; Tribeca était le triangle sous Canal Street. C'était principalement une invention des agents immobiliers, une manière de dire où commençait et s'achevait l'embourgeoisement.

Josh Bontrager tira son carnet. C'est Byrne qui mènerait l'entretien.

« Dites-moi ce dont vous vous souvenez d'hier soir, dit-il.

— Eh bien, je m'apprêtais à me coucher – j'étais en congé aujourd'hui, alors je comptais faire la grasse matinée.

— Où travaillez-vous ?

— Je suis serveur au Tria Café dans la 18e.

— Ça s'est passé à quelle heure ? »

Kershaw réfléchit un moment.

« Voyons voir. J'ai regardé les infos, puis un bout de film sur TCM. »

Bontrager nota.

« Pendant la pub, je me suis levé, j'ai vidé le lave-vaisselle, puis je suis allé à la fenêtre. » Kershaw se retourna, désigna le premier étage de sa maison, la fenêtre qui donnait sur la rue. Celle qui faisait face au logement d'Edwin Channing. « Il faisait assez chaud, alors je l'ai ouverte. C'est à ce moment que je l'ai vu.

— Qu'avez-vous vu ? demanda Byrne.

— Je ne suis pas sûr. On aurait dit qu'Edwin Channing avait allumé et éteint la lumière de son salon très rapidement.

— Faites-vous allusion à un plafonnier ? Ou à une lampe, peut-être ? »

Byrne savait qu'il n'y avait pas de plafonnier dans le salon. Il voulait voir si Perry Kershaw le savait également.

« Je ne sais pas, répondit-il. Ça ne semblait pas assez lumineux pour être un plafonnier. Plutôt une lampe. Je me rappelle m'être dit sur le coup qu'il aurait besoin d'une nouvelle ampoule.

— Comment ça ?

— Eh bien, vous savez, quand vous allumez une lampe alors que l'ampoule est presque morte ? Vous l'allumez et *bam*, elle grille. Ça ressemblait à ça. »

Byrne voyait ce qu'il voulait dire. Mais Edwin Channing n'avait pas grillé d'ampoule la veille au soir, ou s'il l'avait fait, elle avait été remplacée par son ou ses assassins. Car il avait testé toutes les lampes du salon, et elles fonctionnaient parfaitement. Ce à quoi cet homme faisait allusion, c'était au flash produit par le coup de feu qui avait mis fin à la vie du vieil homme.

« Et il était quelle heure ? » demanda-t-il.

Kershaw réfléchit quelques secondes.

« Juste après minuit, je pense. Oui. Dans ces eaux-là.

— Vous vous souvenez de la couleur de la lumière ?

— La couleur de la lumière ?

— Selon le type d'ampoule, vous voyez ? Lumière vive, lumière du jour, blanc doux, LED, ce genre de choses.

— Je suppose que je n'y avais pas pensé. Ma première impression a été que c'était bizarre qu'Edwin soit encore debout si tard. J'ai tendance à garder un œil sur lui parce qu'il n'a plus vraiment de famille. »

Sur ce, Kershaw laissa passer une seconde tandis que ses émotions le rattrapaient. Il venait de dire à voix haute qu'il prenait soin d'Edwin Channing, et il avait peut-être désormais le sentiment de lui avoir fait faux bond.

Byrne poursuivit.

« Diriez-vous que la lumière était plutôt jaune, ou bleue ? »

Kershaw haussa les épaules.

« Je ne me souviens pas. Désolé.

— C'est bon, répondit Byrne.

— On n'imagine tout simplement pas que ça va être important, vous savez ?

— Aucun problème. Quand cette lumière s'est allumée et éteinte, avez-vous entendu quelque chose ?

— Je ne vois pas trop ce que vous voulez dire. Quelque chose comme quoi ?

— N'importe quoi. N'importe quel son en provenance de la maison de M. Channing. »

Kershaw secoua la tête.

« Non, désolé. »

Byrne lui posait juste cette question pour corroborer ce qu'il soupçonnait déjà. Même si ça n'avait pas encore été confirmé par la balistique ou le légiste, il supposait que la personne qui avait liquidé Edwin Channing et toute la famille Rousseau avait utilisé un silencieux. Ils cherchaient un assassin aguerri.

Soudain, Kershaw comprit.

« Oh mon Dieu. Vous parlez d'un coup de feu. Le flash, c'était un *coup de feu*.

— On ne le sait pas encore, répliqua Byrne. On essaie juste de reconstituer la scène. »

L'homme se frotta les mains, attendit. Byrne perçut un léger tremblement dans ses épaules. Il était sur le point de craquer. Il devait accélérer l'entretien, sinon il perdrait Perry Kershaw.

« Qu'avez-vous fait ensuite ?

— J'ai continué d'observer la rue pendant un moment. J'étais sur le point de refermer la fenêtre, puis le store, quand j'ai vu deux éclairs supplémentaires.

— En provenance de la maison de M. Channing ? »

Il acquiesça.

« Mais ceux-là, ils étaient différents du premier.

— Même fenêtre ? Celle du salon ?

— Oui.

— En quoi étaient-ils différents ?

— Ils n'étaient pas aussi lumineux. D'ailleurs, j'ai tout d'abord cru que c'était peut-être une télévision. Mais je sais qu'Edwin ne regarde pas la télé tard le soir. À moins qu'il ait une insomnie.

— Donc vous qualifieriez ces lumières de flashs ?

— Oui. Quelque chose comme ça.

— Comme des flashs d'appareil photo ?

— Maintenant que vous le dites, oui. C'est exactement ça.

— Et il était quelle heure ?

— Il devait être minuit dix. Dans ces eaux-là. »

Byrne médita ce qu'il venait d'entendre. Le légiste situait l'heure de la mort entre minuit et une heure du matin. Ce nouveau témoignage – s'il était crédible – indiquait que le tueur avait appuyé sur la détente vers minuit cinq. Et qu'ensuite il avait pris deux photos.

« Est-ce que vous pouvez me montrer exactement où vous vous teniez quand vous avez vu ces flashs lumineux ? »

Kershaw se retourna et regarda sa maison mitoyenne comme s'il la voyait pour la première fois. Il était clair qu'il ne s'attendait pas à ce que la police entre chez lui ce jour-là. Ni aucun autre jour. La plupart des gens ne s'y attendaient pas.

« Heu, bien sûr, entrez. »

La maison était décorée à la manière d'une chambre de résidence universitaire – affiches de rock, meubles IKEA, arrangée à la va-vite. À l'étage, dans ce qui était clairement une chambre d'amis, Kershaw marcha jusqu'aux fenêtres et leva les deux stores vénitiens.

La vue sur le salon de la maison d'en face était dégagée. Malheureusement, les fenêtres d'Edwin Channing comportaient des stores plissés en nid-d'abeilles, pas des lattes vénitiennes. Sinon, il aurait peut-être été possible de voir l'intérieur de la pièce à travers les interstices.

À cause de la lumière du jour, il était impossible de recréer ce que Perry Kershaw avait vu la nuit précédente. Mais il ne faisait aucun doute qu'un flash lumineux – de fait, trois flashs lumineux – serait visible sur la toile des stores d'Edwin Channing aux alentours de minuit.

Byrne désigna le premier étage de la maison de la victime.

« Avez-vous remarqué la moindre activité là-haut cette nuit ? » demanda-t-il.

Une fois encore, Kershaw réfléchit avant de répondre.

« Non, rien. Comme vous pouvez l'imaginer, Edwin évite de monter et descendre l'escalier. Je ne vois des lumières allumées au premier que de temps en temps. Et je n'ai rien vu cette nuit.

— Quand avez-vous vu M. Channing pour la dernière fois ?

— C'était hier soir. Alors qu'il commençait à faire nuit.

— Où l'avez-vous vu ?

— Je peux vous montrer. »

Ils redescendirent, traversèrent le petit salon et sortirent. Ils se rendirent de l'autre côté de la rue, vers l'angle sud-est du pâté de maisons. Comme de nombreuses rues du sud de Philadelphie, Morris Street était un mélange de bâtiments résidentiels et commerciaux. Si le terrain à côté de chez Channing était vide, il y avait à l'angle une maison mitoyenne récemment restaurée qui abritait désormais un cabinet d'avocats. À la diagonale de celui-ci se trouvait un restaurant cambodgien, fermé pour travaux.

« Vous avez vu M. Channing ici ? demanda Byrne.

— Oui.

— Et il était quelle heure ? »

L'homme réfléchit un instant.

« Ça devait être vers 19 h 30. Quelque chose comme ça. Je suis rentré du travail, j'ai pris une douche, je me suis préparé à sortir. Je devais rejoindre quelques amis pour boire un verre.

— Où exactement l'avez-vous vu ? » demanda Byrne.

Il désigna l'arrière du pâté de maisons, l'allée qui coupait entre les bâtiments.

« Il se tenait là, juste derrière chez lui.

— Qu'est-ce qu'il faisait ? »

Il haussa les épaules.

« Il se tenait juste là. Il me tournait le dos. J'ai pensé qu'il arrosait peut-être son petit jardin, mais il ne semblait pas avoir de tuyau à la main.

— Est-ce que vous marchiez sur le trottoir ?

— Non. Je montais dans ma voiture. Edwin avait l'air perdu dans ses pensées, alors je l'ai laissé tranquille. »

Byrne se contenta d'écouter sans rien dire.

« Mais maintenant que j'y songe, c'était un peu bizarre.

— Comment ça, bizarre ?

— En montant dans ma voiture, j'ai cru entendre quelqu'un chanter.

— Chanter ?

— Oui, c'était léger, mais je l'ai entendu.

— M. Channing chantait ?

— Non, ce n'était pas lui.

— Est-ce que ça pouvait être une radio ? demanda Byrne. Ou peut-être que quelqu'un avait la télévision allumée et la fenêtre ouverte ? Ou bien un autoradio ?

— Tout cela est possible, je suppose. Mais bizarrement j'ai eu la sensation que quelqu'un se tenait dans son jardin, et que c'était cette personne qui chantait. »

Byrne absorba cette information.

« Donc la personne chantait, elle ne fredonnait pas. Pas comme quand on fredonne tout en travaillant.

— Non, elle chantait vraiment. C'était une sorte de mélopée, en fait. Une voix de femme, ou de jeune fille. Assurément féminine. Une jolie voix.

— Et elle semblait provenir de derrière la maison ?

— Oui, répondit-il. En démarrant, j'ai jeté un coup d'œil et j'ai vu quelqu'un qui se tenait devant lui. Je ne peux en être sûr car il a ces deux colonnes en briques à côté de son jardin, mais on aurait dit qu'une enfant se tenait là, ou une femme très petite.

— Que pouvez-vous me dire au sujet de celle-ci ? »

L'homme haussa les épaules.

« Je ne suis même pas sûr de l'avoir vue. Je crois avoir distingué une silhouette blanche, mais le temps que je fasse demi-tour et repasse devant l'allée, il était déjà rentré chez lui, et il n'y avait plus personne dans le jardin.

— Et vous n'avez plus entendu chanter ?

— Non. »

Byrne lança un coup d'œil à Bontrager, qui secoua la tête. Il n'avait rien à demander ni à ajouter.

« C'est la dernière fois que je l'ai vu vivant », reprit Kershaw. Il regarda Bontrager, puis Byrne, l'œil légèrement humide. « On n'imagine jamais un truc pareil, pas vrai ? »

Byrne voyait ce qu'il voulait dire. Il avait eu affaire à ça pendant tellement d'années, avait tant de fois eu à annoncer une mauvaise nouvelle, que c'était presque devenu une routine. Il avait toujours souscrit à la théorie qu'il y avait deux choses auxquelles les gens ne s'attendaient jamais : le moment où quelqu'un entrait dans leur vie, et celui où il en sortait. Certes, si un proche était en soins palliatifs, vous pouviez le voir venir, vous pouviez essayer de vous préparer. Sa mère y avait passé les deux dernières semaines de sa vie. Ça adoucissait le coup, mais rien ne pouvait supprimer totalement la douleur. Ça faisait plus de dix ans qu'elle était morte, et il lui arrivait encore, quand il était dans une rue bondée, d'entendre un rire de femme et de se retourner en s'attendant à moitié à la voir approcher, vêtue de son manteau rouge, ses cheveux blond vénitien relevés en un chignon banane.

Mais ce n'était jamais elle.

« Non, répondit Byrne. On ne l'imagine pas. »

Il conclut l'entretien et donna sa carte à Kershaw tout en lui demandant de l'appeler si quelque chose lui revenait, ou s'il revoyait la mystérieuse femme en blanc.

Pendant que Bontrager prenait la direction du labo pour voir où en étaient les analyses du sang retrouvé sur la scène, Byrne se tint face à la maison de la mort, appuyé à sa voiture. Il regarda le bitume lézardé à ses pieds. Au cours des dernières vingt-quatre heures, quelqu'un s'était peut-être tenu au même endroit, prêt à commettre un meurtre.

Tandis que la vitalité du printemps baignait l'atmosphère, Byrne se coupa de tout, et se concentra sur trois questions.

Qui avait déclenché l'alerte médicale après la mort de Channing ?

Pourquoi l'assassin prenait-il des photos ?

Qui chantait ?

En relevant les yeux il vit Terry Nugent sortir de chez Channing. C'était un agent aguerri de l'unité scientifique, qui avait autrefois travaillé au sein de la police du Delaware.

« On l'a ? » demanda Byrne.

Nugent brandit une petite enveloppe en papier. Il traversa la rue jusqu'à l'endroit où était posté Byrne et, avec la pince qu'il tenait dans sa main droite, ôta doucement l'objet qu'elle renfermait. Même si Byrne avait eu peu de doutes, l'unique balle confirmait ce qu'il soupçonnait déjà. Il était loin d'être expert en balistique mais, à force de faire la même chose pendant des années, certains aspects du boulot devenaient familiers.

« Beau travail, dit-il.

— Tout ça en une nuit.

— Elle était où ? »

Nugent pointa le doigt vers l'angle droit de la maison.

« Elle s'était logée dans le tiroir du milieu de cette vieille armoire dans le salon. »

Byrne connaissait la réponse à sa prochaine question, mais il la posa tout de même. Ça faisait partie du boulot.

« Une seule ?

— Oui. »

Il le savait car il n'y avait eu qu'une seule victime, ligotée, bâillonnée puis exécutée. Ce calibre – que Byrne estimait être un 9 mm, peut-être un .380 – collé au milieu de la poitrine signifiait qu'un seul coup de feu avait suffi.

Les personnes attachées ne prenaient pas la fuite.

Tandis qu'une seconde camionnette de la police scientifique arrivait, Byrne marcha jusqu'à l'arrière de la propriété de Channing. Il y avait en effet un petit jardin dont toutes les plantes étaient encore très jeunes.

Sur le côté se trouvait un grand pot contenant ce qui ressemblait à un oranger flétri. Quelque chose dans l'arbre attira son regard. C'était un morceau de tissu, attaché à une des branches inférieures.

Il pénétra dans la maison et appela l'un des techniciens scientifiques, qui le suivit dehors. L'homme prit une série de photos du bout d'étoffe *in situ*, ainsi qu'une brève vidéo montrant son emplacement. Puis il tira une paire de gants en latex de sa poche et les enfila. Il tendit la main, dénoua doucement la ficelle.

Il marcha jusqu'à la petite table de la terrasse,

déroula un grand morceau de papier brillant, posa le tissu dessus pour éviter toute contamination et l'étala.

C'était un carré d'environ trente centimètres de côté. On aurait dit un mouchoir en lin couleur crème avec un ornement en dentelle bleue. En son centre était inscrit un unique mot. Les cinq lettres, toutes en capitales, s'étiraient d'un bord à l'autre.

Que l'assassin ait pu marquer son territoire avec ce message était certes troublant, mais deux autres choses sautèrent aux yeux de Byrne.

Le mot était écrit avec un fluide d'un marron sombre. Il ne faisait guère de doute que c'était du sang.

Puis il y avait le mot lui-même, un mot dont Byrne connaissait la signification mais qui n'avait aucun sens dans ce contexte.

Là, au milieu du bout de tissu, tel un message codé, était inscrit : *TENET*.

5

COMTÉ DE LOUTH, IRLANDE, JUILLET 1941

Máire Fay Glover était cachée derrière le rideau de la petite pièce qui jouxtait la salle d'opération.

Elle était depuis longtemps habituée aux odeurs, à la fois de pourrissement et d'antiseptique, mais ce jour-là le relent était particulièrement puissant, chargé d'un effluve métallique de sang et d'une puanteur infecte de matières fécales. Elle tenta de prendre quelques petites inspirations à travers ses lèvres serrées.

À quatorze ans elle était suffisamment âgée pour passer pour l'une des domestiques de l'arrière-cuisine, et souvent, rien qu'en attachant ses cheveux avec un foulard et en portant à la cuisine une bouilloire remplie d'eau du puits, ou une brassée de pommes de terre dans son tablier du jardin au garde-manger, elle passait quasiment inaperçue.

De fait, certaines infirmières et quelques médecins pensaient qu'elle travaillait là, ou du moins qu'elle était volontaire.

Certains jours, Máire s'arrêtait dans le vallon pour cueillir des fleurs, si c'était la saison. Les jeunes filles qui portaient des fleurs dans les hôpitaux recevaient des sourires, parfois des flatteries obséquieuses, mais elles passaient généralement comme des fantômes dans un clair de lune bleuté.

Le patient du lit 102 était à l'hôpital depuis plus d'un mois, et pendant tout ce temps il n'avait pas reçu une seule visite. Ni une seule fois ouvert les yeux. Il était nourri par une sonde, lavé au moyen d'une éponge et d'un gant de toilette, et il faisait ses besoins dans un bassin hygiénique. Une fois tous les quinze jours, le barbier de la grand-rue – M. Théodore Ferley – venait le raser avec un rasoir droit. Après quoi il appliquait de la lotion à l'hamamélis et une crème parfumée.

Mais l'homme n'avait toujours pas prononcé un mot.

Du moins, pas pendant la journée.

Un soir de juin, alors que Máire rangeait la cuisine, elle crut entendre une voix. Elle s'arrêta, inclina la tête en direction du son, écouta de nouveau. C'était l'homme. Il avait clairement marmonné quelque chose. Elle se glissa dans le couloir, parcourut le dortoir du regard. Il n'y avait que deux autres hommes, tous deux endormis.

Elle attrapa son balai de maïs, se dirigea l'air de rien vers le lit de l'homme. Il parla de nouveau. Puis encore une fois. Máire se rendit compte qu'elle avait retenu son souffle pendant tout ce temps. Après un court moment, il se mit à prononcer, les yeux toujours fermés, des phrases complètes, comme s'il était dans une sorte de confessionnal et tentait de se décharger d'un terrible fardeau. Máire l'observa, vit le mouvement sous ses paupières, les yeux qui allaient d'un côté à l'autre, de haut en bas. Elle se demanda si les choses qu'il disait se déroulaient dans son esprit comme une sorte de film.

Ce soir-là, et de nombreux autres par la suite, il parla des endroits où il était allé, des choses qu'il avait vues et faites, les yeux constamment rivés sur un monde invisible, un monde intérieur, un endroit qui n'existait que dans sa tête.

Máire Fay Glover se demandait si les médecins savaient ce que l'homme avait vu et fait.

Mais peu importait. Elle, elle savait.

Et c'était toute la différence.

Elle l'avait finalement trouvé.

Le dernier jour du printemps, juste après que la vaisselle du petit-déjeuner avait été débarrassée et que la tournée du matin des médecins avait été effectuée, l'homme ouvrit les yeux.

C'était si soudain, si *inattendu*, que Máire faillit faire un bond.

Elle n'avait jamais vu d'yeux si bleus.

Il tourna lentement la tête pour la voir. C'est alors qu'elle s'aperçut qu'elle ne s'était pas correctement préparée à ce moment. Après tout ce temps, elle n'était pas prête. Elle se réprimanda en silence d'être si stupide, si peu présentable. Elle n'avait pas de fard sur les joues et ses cheveux n'étaient pas lavés.

Mais tant pis. Elle regarda l'homme d'un air charmeur, talent que les femmes de son genre avaient toujours eu.

Et il vit ce qu'elle voulait qu'il voie : Máire Fay Glover, une jeune fille de quatorze ans aux joues rondes originaire du comté de Louth.

« Mon nom est Liam », prononça-t-il doucement. Sa voix était faible et rauque, rendue cassante par son silence prolongé. « Liam Farren. »

Elle connaissait son nom aussi bien que le sien.

« Je sais.

— Est-ce que je suis mort ? »

Elle lui saisit la main, resta un moment silencieuse. Puis : « Mon nom est Máire. »

Il leva lentement la main droite, tendit l'index, le seul doigt qui n'était pas bandé. À environ mi-chemin de son visage, il s'arrêta, épuisé. C'était comme s'il avait voulu lui toucher les cheveux, ce que, naturellement, elle ne l'aurait pas laissé faire, pas ce jour-là. Elle lui saisit de nouveau la main, se pencha en avant et passa sa joue dessus. Il ferma les yeux à la douceur de son contact.

« Es-tu un ange ? » demanda-t-il.

Máire sourit.

« Quelque chose comme ça. »

Plus tard le même jour, Máire revint. Tout en effectuant des petites corvées dans le service, elle croisa le regard de l'infirmière chef de la clinique, une femme sévère de quarante ans qui n'appréciait pas le désordre, ni qu'on enfreigne les règles.

Elle désigna Liam Farren.

« Il dit que tu es de sa famille. »

Máire regarda ses mains, ne répondit rien.

« Est-ce vrai ? »

Ne sachant que dire, elle se contenta d'acquiescer.

L'infirmière, n'en croyant pas un traître mot, regarda à plusieurs reprises Máire et l'homme, cherchant peut-être une ressemblance.

La jeune fille attendait la permission de s'approcher du lit. L'infirmière s'écarta finalement.

« Juste un petit moment, dit-elle. Maintenant qu'il est de nouveau parmi les vivants, le vrai travail commence. »

Parmi les vivants, songea Máire.

« Oui, madame. »

Tandis que Liam Farren dormait, Máire se glissa dans la salle d'opération et se lava la tête. Elle revint, tenant le peigne d'argent de sa mère, et commença à brosser ses longs cheveux.

Elle tira la petite poupée de sa poche, caressa la paille à ses pieds et récita le poème :

Là-bas où plonge dans le lac
Le versant escarpé de Sleuth Wood
Il est une île pleine de feuillages
Où les hérons qui battent des ailes
Éveillent les rats endormis.

Pendant les deux mois qui suivirent, Máire rendit visite à Liam Farren chaque jour, lui apportant des soupes préparées par sa grand-mère, se glissant souvent dans le dortoir au crépuscule juste pour le regarder dormir. Sa route vers la guérison était lente mais régulière, comme elle s'y attendait.

« Vous avez parlé dans votre sommeil », déclara-t-elle un matin.

Le visage de l'homme s'assombrit.

« Vraiment ? »

Máire acquiesça. Elle tenait secrètement un journal des choses qu'il disait. Certaines étaient inintelligibles, mais la plupart étaient aussi claires que s'il avait dicté le récit de sa vie à une sténographe. Elle-même avait un moment songé à devenir secrétaire, mais ses notes n'étaient que moyennes et elle n'avait pas d'argent pour aller à l'université.

Avant de s'en aller, par une soirée douce du mois d'août, elle s'arrêta au pied du lit d'un certain Joseph MacRauch.

MacRauch était un homme du coin, maréchal-ferrant de profession et père de cinq enfants, atteint depuis près de six mois d'un cancer qui lui avait pris non seulement la moitié de son poids, mais également sa jambe droite.

Máire n'éprouvait pour lui que de la pitié. Il lui était inconnu, pourtant son visage ravagé, sa bouche affaissée et son corps chétif lui pesaient sur le cœur lorsqu'elle passait chaque jour devant lui.

Une semaine plus tôt, les médecins lui avaient donné quinze jours à vivre. Et ils en avaient informé sa femme. Mais Máire savait que c'était faux, comme le savaient toujours les personnes de son espèce. Ce soir-là, elle jeta un coup d'œil dans le couloir et vit que tout était silencieux, toutes les lumières éteintes pour la nuit. Une brise douce gonflait les rideaux.

Elle ôta son manteau rouge. En dessous, elle portait sa chemise en gaze blanche, comme on lui avait appris à le faire.

Elle posa une main sur l'épaule de l'homme. Sa peau était froide au toucher. C'était presque comme s'il était déjà passé de l'autre côté, mais il respirait encore.

Elle se mit à chanter.

Au fil de la mélodie, elle s'éleva au-dessus de la campagne, planant au-dessus des moyettes de maïs, des arbres de la forêt qui encerclait la ville, toujours plus haut dans le clair de lune argenté.

Le lendemain matin, avant que le soleil n'apparaisse au-dessus des arbres, Joseph MacRauch était mort.

6

PHILADELPHIE, 2015

La procureure adjointe du comté de Philadelphie Jessica Balzano examina son témoin. Il était d'une beauté sombre, avec des cheveux couleur café, des yeux noirs, des cils à tomber par terre. Il portait un blazer bleu marine, une chemise blanche et un pantalon marron clair.

C'était le genre de témoin dont les procureurs rêvaient – direct, poli, franc et, surtout, crédible.

« Dites-nous, avec vos mots, ce qui s'est passé ce jour-là, dit-elle. Et je vous en prie, prenez votre temps. »

Le témoin laissa passer un moment.

« Il était tôt, répondit-il.

— Environ quelle heure ?

— Je ne sais pas.

— C'était encore la nuit ou il faisait jour ?

— Il faisait jour.

— Donc, aux alentours de 7 heures ?

— Je pense.

— Et nous parlons du vendredi en question ? »

Le témoin acquiesça.

« Je crains que vous ne deviez répondre à haute voix, dit-elle.

— C'était vendredi.

— Et que s'est-il passé ? »

Il haussa les épaules. Ce n'était clairement pas facile pour lui.

« La fenêtre a été cassée. »

Jessica laissa un moment sa réponse en suspens.

« Savez-vous comment elle a été cassée ?

— Je ne suis pas sûr.

— Bon, vous dites qu'elle a été cassée. Les deux panneaux l'étaient-ils ?

— Je ne comprends pas la question.

— La fenêtre a une partie supérieure et une partie inférieure, expliqua Jessica. Ce sont les panneaux.

— OK.

— Étaient-ils tous les deux cassés ? »

Le témoin secoua la tête.

« Juste celui d'en bas.

— Diriez-vous que la plus grande partie du verre brisé était à l'intérieur ou à l'extérieur ? »

Nouveau haussement d'épaules.

« À l'extérieur, je suppose.

— Seriez-vous d'accord pour dire que cette fenêtre ne s'est pas cassée toute seule ?

— Oui, répondit-il doucement.

— Et seriez-vous d'accord pour dire qu'il est fort possible que la fenêtre ait été cassée par un ballon de football ? »

Pas de réponse.

« Un ballon que nous vous avions à maintes reprises dit de ne pas lancer dans la maison ? » ajouta Jessica.

Toujours pas de réponse. Elle n'en attendait aucune. Elle fit le tour de la table, s'appuya dessus et croisa les bras.

« Qu'est-ce que tu as à dire pour ta défense ? demanda-t-elle.

— Je suis coupable ?

— Je crois bien que oui, mon chéri. »

Le fils de sept ans de Jessica, Carlos, était perché sur un tabouret de bar dans leur cuisine, les yeux rivés sur ses chaussures.

« C'est quoi, ma sentence ? demanda-t-il.

— Nous envisageons un allégement de peine puisque tu as aidé ta mère à parfaire sa technique de contre-interrogatoire.

— OK. »

Jessica consulta sa montre.

« Allons à l'école, dit-elle. On pensera à ta sentence quand je rentrerai du travail. »

Carlos Balzano regarda ses mains comme si elles étaient enchaînées. Lorsqu'il releva les yeux et sourit, la ville de Philadelphie et sa mère lui pardonnèrent tous ses crimes.

L'affaire était « la Communauté de Philadelphie vs Earl Carter ». Les accusations étaient vol et agression.

Lorsque la juge Althea Gipson fut assise, les avocats de la partie adverse revêtirent leur expression de combat.

Jessica attendait ce moment depuis des semaines.

Depuis qu'elle avait quitté la police, où elle avait été

inspectrice à la criminelle pendant près d'une décennie, elle avait régulièrement gravi les échelons au sein du bureau du procureur, à la grande consternation de certains de ses collègues. Mais Jessica s'était attendue aux intrigues de palais. Quand elle avait rejoint la criminelle, elle s'était vivement opposée à ceux qui murmuraient dans son dos qu'elle avait eu sa promotion grâce à son sexe, ou au fait que son père avait été l'un des flics les plus décorés de l'histoire de la police de Philadelphie.

À l'époque, elle avait plus de dix ans de moins que la plupart de ses collègues. Désormais, elle en avait au moins dix de plus. Ce qui la forçait à travailler plus dur. Depuis son premier jour à ce poste, elle était la première arrivée le matin et la dernière partie le soir.

Comme l'accusé, un soudeur sans emploi de quarante-six ans originaire du Kentucky, était quasiment indigent, on lui avait attribué un avocat commis d'office.

S'il avait existé un stéréotype hollywoodien de l'avocat accablé, ça aurait été Rourke Hoffman, qui, à près de soixante ans, exerçait en tant que commis d'office depuis plus de trois décennies. Avec ses costumes fripés et ses baskets sales, c'était un des piliers du tribunal situé à l'angle de la 13e Rue et de Filbert Street. Ce jour-là, c'était la première fois que Jessica était confrontée à lui.

Tandis que la juge finalisait quelques détails sur son ordinateur portable, Jessica parcourut une dernière fois ses notes.

Ce qui avait valu à Earl Carter de se retrouver dans ce prétoire était un heureux concours de circonstances. Pas pour lui, évidemment, mais plutôt pour la population de Philadelphie. Ses soucis avec la police, ce funeste jour, avaient commencé par un appel d'urgence à propos d'une femme qui hurlait dans sa maison délabrée du sud de Philly. Quand les agents étaient arrivés, ils avaient vu un Earl Carter en état d'ébriété avancé frapper à plusieurs reprises son épouse dont il était séparé.

Tandis que la police sécurisait et examinait les lieux, l'inspecteur en charge, Victor Cortez, avait aperçu sur le sol du placard du salon quelque chose qui avait réveillé sa mémoire : une chemise en flanelle au motif écossais rouge assez unique, avec des poches noires ornées d'un liseré doré. Sous la chemise se trouvait un Levi's usé avec une tache noire caractéristique sur le genou gauche. Et sous le jean, il y avait une paire de chaussures montantes Timberland marron clair avec des lacets rouges.

En retournant au poste ce jour-là, Cortez avait cherché sur son disque dur la vidéo d'un vol commis cinq mois plus tôt. Celle-ci avait été postée sur la chaîne YouTube de la police de Philadelphie, ainsi que sur son blog. Sur l'enregistrement, on voyait un homme entrer par la porte de service de DiBlasio's, un traiteur italien prisé du sud de la ville. Une fois à l'intérieur, il avait commencé à se servir dans le coffre-fort encastré dans le sol, qui était ouvert. Lorsque le propriétaire, Lucio DiBlasio, soixante-douze ans, était intervenu, le voleur avait attrapé le vieil homme à la gorge et l'avait projeté contre des étagères, lui faisant tomber une grosse boîte de sauce tomate sur la tête.

Puis le voleur avait pris la fuite.

Au cours des cinq mois durant lesquels la vidéo avait figuré sur le blog de la police et sur sa chaîne YouTube, il n'y avait eu aucune piste.

Jusqu'au jour où un Earl Carter furieux avait levé la main sur sa femme et où un inspecteur compétent nommé Victor Cortez avait eu l'affaire.

Durant l'interrogatoire principal, les trois témoins de l'État – le voisin qui avait appelé la police, l'agent qui s'était rendu sur place et l'inspecteur Cortez – répondirent comme Jessica s'y était attendue, sans que la défense émette la moindre objection.

Quand Cortez quitta la barre, Jessica jeta un coup d'œil discret à sa montre. Il était un peu moins de 16 h 30. Elle avait envisagé de garder son quatrième témoin pour le lendemain matin, mais elle était lancée.

« La cour appelle Reginald Kenneth Jones III. »

Alors que celui-ci traversait la salle, elle posa doucement son stylo sur son carnet, prit une profonde inspiration, leva les yeux et sourit.

« Bonjour, monsieur.

— Bonjour, madame. »

L'homme assis sur la chaise des témoins de la salle d'audience 603 était afro-américain, mince et athlétique, et il approchait de la cinquantaine.

« Pourriez-vous décliner votre identité, s'il vous plaît ?

— Reginald Kenneth Jones III.

— Occupez-vous actuellement un emploi, monsieur Jones ?

— Oui, madame.

— Où travaillez-vous ?

— Je travaille pour la police de Philadelphie, dans l'unité scientifique.

— Depuis combien de temps y êtes-vous ?

— Vingt-huit ans en tant qu'agent, dont vingt-deux dans l'unité scientifique.

— Si vous deviez brièvement expliquer ce que vous faites, comment décririez-vous votre travail ?

— Nous nous intéressons aux indices. Cheveux, empreintes digitales, sang, cellules de peau, empreintes de pieds. Notre tâche consiste à les collecter, les répertorier, les mettre à l'abri et les envoyer aux divers labos pour analyse.

— Et les photos ?

— Oui, madame. Nous photographions et filmons chaque scène. »

Jessica jeta ostensiblement un coup d'œil à ses notes, alors qu'elle connaissait chaque ligne sur la page par cœur.

« Laissez-moi vous ramener au 17 mars de cette année. Travailliez-vous ce jour-là ?

— Oui.

— Avez-vous été appelé sur une scène de crime dans le 500e bloc de West Porter ?

— Oui, madame. Nous avons été appelés par l'inspecteur Victor Cortez.

— Quand vous êtes arrivés sur les lieux, que vous a-t-on demandé ?

— Entre autres choses, l'inspecteur Cortez nous a demandé des photos du salon, répondit-il. Spécifiquement, du placard près de la porte d'entrée.

— Avez-vous remarqué quelque chose à propos du placard lui-même ?

— J'ai remarqué que le propriétaire de la maison en avait ôté la porte. »

Rourke Hoffman se leva d'un bond.

« Objection ! C'est de la spéculation.

— Objection accordée, dit la juge.

— Je vais reformuler, reprit Jessica. Avez-vous remarqué quoi que ce soit qui sorte de l'ordinaire à propos de ce placard ?

— *Objection !* répéta Hoffman, toujours debout. *Encore* de la spéculation. Comment le témoin pourrait-il savoir ce qui sortait ou non de l'ordinaire dans cette maison ?

— Accordée. »

Jessica laissa passer un temps.

« Agent Jones, quand vous avez regardé le placard, qu'avez-vous vu ?

— Il n'y avait pas de porte.

— Merci. »

Jessica marcha jusqu'au chevalet sur lequel elle avait disposé trois photos.

« J'aimerais que vous vous penchiez sur ces clichés. Particulièrement sur cet agrandissement. Est-ce vous qui l'avez pris ?

— Oui, madame. »

La photo représentait une paire de chaussures montantes Timberland. Plié sur les chaussures, il y avait un jean Levi's sale, et sur le jean, une chemise à motif écossais rouge avec des poches noires ornées de liserés dorés.

« Concernant ces trois objets, avez-vous reçu des demandes ou des instructions supplémentaires de la part de l'inspecteur Cortez ?

— Oui. Il m'a demandé de les récupérer en tant qu'indices.

— Qu'est-ce qui s'est passé ensuite ?

— Je les ai rapportés au labo situé à l'angle de la 8e et de Poplar, je les ai enregistrés et les ai mis en sécurité.

— Agent Jones, avez-vous la moindre raison de croire que ces trois indices ont été mal traités d'une manière ou d'une autre, ou que la procédure n'a pas été respectée ?

— Absolument pas, madame », répondit-il.

Sur ce, Jessica adressa un signe de tête à Amy Smith, une autre procureure adjointe qui se tenait près de la porte menant aux bureaux adjacents et attendait son signal. Cette dernière ouvrit la porte et apporta avec l'aide d'un collègue ce qui ressemblait à une statue grandeur nature enveloppée d'un drap blanc. Ils déposèrent l'objet entre la chaise du témoin et le banc des jurés, près d'un écran de télé.

« J'aimerais repasser la vidéo de l'accusé dans l'arrière-salle de DiBlasio's », déclara Jessica.

Elle souleva la télécommande, lança la bande. Lorsque l'enregistrement atteignit le moment où Carter agressait DiBlasio, elle l'arrêta. Elle acquiesça en direction d'Amy Smith, qui ôta d'un coup le drap blanc.

Dessous se trouvait un mannequin qui faisait exactement la même taille et le même poids que l'accusé, affublé des mêmes vêtements que ceux qu'il portait sur la vidéo de surveillance.

Si le public et les jurés avaient marmonné quand

le mannequin avait été apporté, ils émirent alors une exclamation de surprise collective.

« Reconnaissez-vous ces vêtements, agent Jones ?

— Oui.

— Pouvez-vous confirmer que ce sont bien les mêmes que ceux récupérés dans le placard de l'accusé ? »

Jones regarda la juge, qui acquiesça. Il se leva, fit quelques pas jusqu'à la pièce à conviction. Il examina les étiquettes à code-barres qui étaient accrochées à la chemise, au jean et à chacune des chaussures. Puis il regagna sa place et s'assit.

« Pour répondre à votre question, oui, ce sont les mêmes vêtements. »

Jessica savait que la juge allait ajourner la séance dans environ trente secondes, ce qui signifiait qu'elle avait trente secondes pour que le jury absorbe l'allure assez saisissante de l'homme sur la vidéo, qui portait les mêmes vêtements que le mannequin, qui appartenaient en fait à l'homme assis à la table de la défense.

La procureure adjointe Jessica Balzano n'en gâcha pas une seule.

« Ne t'énerve pas, dit Jessica.

— Est-ce que je suis du genre à m'énerver ? »

Elle fut forcée de rire. Bien qu'il fût l'homme le plus chaleureux et adorable qu'elle eût jamais connu, son mari Vincent avait un tempérament explosif et pétait facilement les plombs. Mais elle avait depuis longtemps trouvé le moyen de le contrôler.

Elle serra le téléphone un peu plus fort.

« Je suis coincée pour un moment au bureau. »

Silence. Puis : « OK. Les gosses ont mangé quoi hier ? »

En tant qu'inspecteur de la brigade des stupéfiants du nord de la ville, Vincent Balzano faisait lui aussi sa part d'heures supplémentaires. Et c'était comme s'ils venaient tout juste de parvenir à synchroniser leurs surmenages respectifs.

« J'ai commandé du chinois chez China House, répondit Jessica. Poulet au citron et nouilles aux légumes, je crois. »

Elle entendit son mari ouvrir le tiroir consacré aux menus à emporter.

« Santucci, ça ira ? »

La pizza carrée de Santucci était toujours une bonne option.

« Parfait. Je ne rentrerai pas tard.

— J'essaierai de te garder une part.

— Vous autres Italiens…

— Je t'aime. »

Jessica raccrocha. Elle se tourna vers la pile de chemises sur son bureau. Comme elle était toujours relativement nouvelle, elle devait faire tout son boulot elle-même, et aussi effectuer des vérifications et des recherches approfondies pour les superstars du bureau du procureur.

Elle tira la chemise du dessus, sortit un carnet et l'ouvrit à une page vierge. Elle avait cinq affaires sur les bras. La première concernait l'attaque à la bombe incendiaire d'un petit commerce dans le sud-ouest du centre-ville. L'accusé, qui était pour le moment détenu à Curran-Fromhold, était un criminel de carrière nommé Daniel Farren.

7

Située au rez-de-chaussée du bâtiment de l'administration de la police à l'angle de la 8e Rue et de Race Street – bâtiment depuis longtemps surnommé la Rotonde –, la brigade criminelle de la police de Philadelphie employait plus de quatre-vingt-dix inspecteurs, tous faisant les trois huit, sept jours par semaine.

Le lendemain de la découverte du corps d'Edwin Channing, Byrne retrouva John Shepherd et Josh Bontrager dans la salle commune. Deux autres inspecteurs étaient également présents.

Maria Caruso était l'une des plus jeunes membres de l'équipe, et l'une des rares femmes.

Il y avait en outre un inspecteur nommé Bình Ngô, un Vietnamo-américain de la deuxième génération qui avait quelques années auparavant été transféré de l'antigang quand une ouverture s'était présentée à la criminelle.

Aussi bien Caruso que Bình avaient mené leurs propres enquêtes par le passé, et tous deux étaient d'excellents inspecteurs.

Les agents comparèrent leurs notes.

« Je n'ai rien qui relie la famille Rousseau à Edwin Channing, déclara Shepherd. Les Rousseau allaient à St James, ils faisaient leurs courses à Whole Foods dans Jenkintown, ils avaient des abonnements à l'année pour les matchs des Flyers. J'ai interrogé le principal du lycée de Mark et, pour autant que nous sachions, aucun parent d'Edwin Channing n'y est inscrit. Ils vivaient, faisaient leurs courses et sortaient dans des cercles différents. » Il feuilleta quelques pages. « Laura était membre d'un club de tricot avec sa belle-sœur Anne-Marie Beaudry, qui a découvert les corps.

— Avez-vous pu la questionner longuement ? » demanda Byrne.

Shepherd secoua la tête.

« Pas encore. Comme vous pouvez l'imaginer, elle est dévastée. Elle a passé la première nuit à Hahnemann, sous sédatifs.

— Elle en est sortie ?

— Je viens d'appeler. Elle est rentrée chez elle hier.

— Vous voulez que quelqu'un d'autre se charge de l'interroger ? » demanda Byrne.

Shepherd réfléchit un instant.

« Ce serait peut-être mieux. Pour le moment, elle m'associe trop au meurtre.

— J'irai demain », dit Byrne.

Il plaça une grande photocopie du mouchoir sur la table, le carré de lin avec le mot *TENET* écrit en lettres de sang.

« Et nous avons passé au crible chaque centimètre carré de la maison des Rousseau ?

— Oui, répondit Shepherd. Mais on va recommencer.

— Que pensez-vous de ce mot ? demanda Byrne. Des idées ? »

Bontrager feuilleta ses notes.

« *Tenet*, d'après le dictionnaire, est "un principe, une croyance ou une doctrine généralement tenu pour vrai, surtout par des membres d'une organisation, d'un mouvement ou d'une profession".

— Un mouvement, répéta Shepherd. Je comprends que l'exécution puisse faire penser à un meurtre politique, mais je ne vois pas Channing ni la famille Rousseau être politiquement actifs ou radicaux. Et rien n'indiquait qu'ils aient été liés à la mafia.

— Et l'angle religieux ?

— Quelques documents que nous avons trouvés chez Edwin Channing étaient des déclarations fiscales concernant des dons à son église, répondit Maria.

— Les Rousseau étaient catholiques, ajouta Shepherd. Je ne vois rien de marginal ni de radical chez aucun d'entre eux. »

Byrne acquiesça.

« Bon, bien sûr, le mot *tenet* est un palindrome, dit-il, il se lit dans les deux sens. Penchons-nous sur cette idée, pour voir si c'est une signature qui a été utilisée dans un passé récent. »

Maria Caruso prit note.

« Avons-nous recherché Tenet comme nom de famille ? »

Bình acquiesça.

« J'ai vérifié dans les pages blanches de trois comtés. Juste une poignée de résultats. J'ai croisé ces noms avec les bases de données du NCIC et du PCIC : aucun résultat. Je me renseigne sur les quelques-uns qui vivent à Philly. Je n'ai trouvé aucune entreprise commerciale ni agence publique portant ce nom.

— Et l'autopsie de Channing ? »

Celle-ci avait eu lieu à 9 h 30 ce matin-là. Bình avait rencontré le légiste à la morgue d'University Avenue.

Pour les quatre victimes, la mort résultait d'une importante perte de sang due à un traumatisme balistique. Elles avaient toutes été abattues presque à bout touchant d'une balle au centre de la poitrine. Comme les projectiles étaient de gros calibre, les balles avaient transpercé les corps et été retrouvées sur les lieux.

Les seules autres traces étaient des marques de ligature aux endroits où les victimes avaient été attachées aux chaises.

« L'examen préliminaire d'Edwin Channing indique qu'il était en relativement bonne santé pour son âge, déclara Bình. Il souffrait d'un emphysème léger, prenait de la digoxine et de l'aténolol, et il avait la prostate légèrement gonflée. À part ça, il était en plutôt bonne forme.

— Et ce bouton Med-Alert ?

— Le légiste pense que quand les muscles d'Edwin Channing ont commencé à s'affaisser, son poids sur la chaise a pu l'activer. Les seules empreintes sur l'appareil étaient les siennes. »

Byrne réfléchit à ce qu'il venait d'entendre. Si le bouton n'avait pas été activé, son corps n'aurait peut-être pas été découvert avant des jours, voire des semaines.

— Et les Rousseau ?

— Pas grand-chose. Hypertension artérielle pour

le père. Laura Rousseau avait une bronchite. Le fils était en parfaite santé. »

Byrne songea qu'il lui fallait tenter d'obtenir au plus vite les rapports toxicologiques qui étaient en attente pour les quatre victimes. Ceux-ci, comme les comparaisons ADN, pouvaient prendre du temps.

« Et on n'a de vidéo de police ou de SafeCam pour aucune des scènes ? » demanda Byrne.

SafeCam était un programme de collaboration citoyenne relativement récent grâce auquel l'emplacement des caméras de surveillance privées – qu'elles appartiennent à des habitants ou à des propriétaires de commerce – était cartographié par la police de Philadelphie et par l'Agence nationale de sécurité.

Chaque fois qu'un crime se produisait à proximité d'une caméra SafeCam, le département contactait le résident ou le commerçant pour voir s'il y avait une vidéo. Mais tous les participants ne possédaient pas un système qui enregistrait l'audio ou la vidéo sur un disque dur ou sur une carte SD, et ils n'étaient nullement obligés par la loi à partager leurs enregistrements s'il y en avait.

Malgré ça, le programme avait jusqu'alors été une véritable réussite, du moins du point de vue de la police. Avec plus de trois mille caméras SafeCam, il y avait eu en un peu plus de deux ans près de quatre cents affaires résolues.

« Nous avons deux caméras de police dans cette rue, qui sont malheureusement en panne depuis presque un mois, répondit Maria. Il y a deux participants au programme SafeCam qui auraient pu être assez proches de la maison de Channing. » Elle feuilleta les pages de son carnet. « L'un est un résident, un certain Marcus Boulware. Il a vérifié son enregistreur vidéo pour l'heure indiquée, et il n'y avait rien. L'autre est un établissement commercial nommé Nail Island. Ils étaient fermés pour le week-end, et je n'ai pas été en mesure de contacter le propriétaire.

— La caméra de la boutique est-elle visible depuis la rue ? » demanda Byrne.

Maria acquiesça.

« Elle est fixée au petit balcon du premier étage, au-dessus de l'entrée principale. Si elle était allumée, et en train d'enregistrer, et si la vidéo n'a pas été effacée, on pourrait avoir quelque chose.

— Bien, fit Byrne. On ne lâche pas cette piste. »

Maria prit note.

« Quand il a été découvert, Edwin Channing était vêtu d'un blazer, d'une chemise et d'une cravate, reprit Byrne. Il portait également un pantalon de pyjama et des chaussons. Un peignoir en coton jaune a été retrouvé sur une petite pile de vêtements dans le coin du salon.

— Peut-être qu'il s'apprêtait à sortir, suggéra Maria.

— Le voisin d'en face, Perry Kershaw, affirme que Channing était plutôt du genre casanier. Je ne le vois pas se mettre sur son trente et un comme ça pour sortir la nuit.

— Peut-être qu'il venait de rentrer ? proposa-t-elle.

— C'est possible.

— Je ne sais pas pour vous, intervint Bontrager, désignant Byrne et Shepherd, mais si je me change pour sortir, je mets d'abord mon pantalon, puis ma chemise, puis ma cravate. Et si je suis sorti et que je porte une veste et une cravate, la première chose que j'enlève en rentrant chez moi, c'est cette dernière. Pas mon pantalon, mes chaussures et mes chaussettes.

— Pareil pour moi », convint Shepherd.

Byrne fut d'accord.

« Que portait Laura Rousseau ? » demanda-t-il.

Shepherd parcourut ses notes.

« Elle était pieds nus, avec un… pantalon Monte Carlo marron foncé. Maria ? »

Celle-ci acquiesça.

« C'est une tenue décontractée. Le genre de vêtement qu'on enfile comme ça, avec un élastique à la taille, expliqua-t-elle. Pas exactement comme un jogging ou une tenue de sport, mais une tenue relax.

— Elle portait également un haut blanc sans manches à col boule, reprit Shepherd. Calvin Klein. »

Les trois hommes se tournèrent vers Maria.

« Je suppose que ce n'est pas si étrange que ça, mais le haut est beaucoup plus élégant que le pantalon. Quand j'ai passé la scène en revue, surtout la penderie de Laura Rousseau, j'ai eu le sentiment qu'elle prenait soin de son apparence. Je ne pense pas qu'elle serait sortie dans cette tenue.

— Elle était manifestement en train de préparer le dîner, ou alors elle venait de terminer, quand quelqu'un est entré dans la maison, déclara Byrne. Si elle ne comptait plus sortir, on pourrait croire qu'elle se serait intégralement changée pour mettre quelque chose de plus confortable. »

Maria acquiesça.

« Quand je rentre du boulot, je quitte ma tenue de travail en environ dix secondes. Je caresse mon chien, je me sers un verre de chardonnay, puis j'enfile aussitôt mon jogging et un T-shirt. Certains jours, je me jette direct sur le vin. Mon chien me pardonne beaucoup de choses.

— Donc vous pensez que les victimes ont été forcées de mettre ces vêtements ? demanda Bình.

— Tout est possible à ce stade », répondit Byrne. Il tapota du doigt sur les photos de Laura Rousseau et Edwin Channing. « Une des grandes questions est : pourquoi Laura Rousseau a-t-elle été la seule à être mutilée ? Pourquoi pas son mari et son fils ? »

Personne n'avait de réponse à ça.

Le téléphone de Josh Bontrager sonna. Il s'éloigna, répondit. Quelques secondes plus tard, il revint.

« On a du neuf côté balistique, annonça-t-il.

— Channing correspond aux trois autres ? demanda Byrne.

— Allons voir ça. »

Le Centre de sciences médico-légales était un bâtiment hypermoderne et hautement sécurisé à l'angle de la 8e Rue et de Poplar Street. Au sous-sol se trouvait le département de la balistique. Le rez-de-chaussée abritait la police scientifique, l'unité d'analyse de documents, le laboratoire chimique – qui servait principalement à identifier les drogues –, ainsi que la criminalistique, qui gérait les analyses de sang, de cheveux et de fibres. Il abritait également le labo ADN.

Le personnel de la balistique, du service des documents et de la police scientifique était uniquement constitué d'agents des forces de l'ordre assermentés. Tous les autres étaient des civils.

À une petite cinquantaine d'années, Jacob Conroy était le commandant de la balistique. Après avoir passé des années à patrouiller dans le sud-ouest de Philly, il avait été transféré au service des scellés, l'unité au sein de laquelle toutes les pièces à conviction étaient stockées avant d'être expédiées au tribunal.

Avant ça, Jake avait gravi les échelons au sein de la deuxième division blindée de l'armée basée à Fort Hood, Texas. Ce qui lui avait été bien utile quand il avait postulé pour devenir expert en balistique. Au cours des dernières années, il avait collaboré avec le FBI, le BATFE (le Bureau de l'alcool, du tabac, des armes à feu et des explosifs), la Sécurité intérieure et un certain nombre d'unités opérationnelles.

Ce jour-là, il faisait faire un bref tour des lieux à un petit groupe de visiteurs, des agents des forces de l'ordre venus de Chine continentale.

« La mission de l'unité est de tout examiner, depuis les armes à feu jusqu'aux indices liés à celles-ci : cartouches, douilles, spécimens, disait Jake. Souvent, nous assistons à des autopsies, indiquant au légiste la munition utilisée, et quoi chercher. »

Tandis que Jake Conroy achevait la visite par un bref arrêt au petit, mais exotique musée de l'Armement qu'abritait l'unité, Byrne appela Anne-Marie Beaudry, la sœur d'Angelo Rousseau. Une fois encore, il tomba sur sa boîte vocale.

Il raccrocha au moment où Conroy revenait.

« Quand on parle du loup, dit celui-ci.

— Et le voilà, dit Byrne. Ça fait plaisir de vous voir, Jake. »

Ils se serrèrent la main.

« Vous connaissez l'inspecteur Bontrager ?

— Seulement de réputation, répondit Jake. Ravi de vous rencontrer, inspecteur.

— De même, répondit Bontrager. Et je vous en prie, appelez-moi Josh. »

Jake désigna les murs qui les entouraient. Il n'y avait pas de fenêtres à la balistique, naturellement. Il regarda Byrne.

« Ça fait un bail que je ne vous ai pas vu en plein jour. »

Byrne sourit.

« Je suis un vampire. »

Conroy hocha la tête en direction des objets sur sa table.

« Celui-ci, il m'a fait réfléchir, dit-il.

— Channing ?

— Oui. »

Quatre cadavres pour un seul tueur, ça attirait l'attention de tout le monde, jusqu'au niveau fédéral. Et la police de Philadelphie ne voulait rien plus que mettre ce psychopathe hors d'état de nuire avant une quelconque intervention des fédés.

« J'ai consulté Mark DeBellis. » Le sergent DeBellis était le légiste qui travaillait sur l'affaire Rousseau. « Je crois qu'on a quelque chose. »

Jake Conroy attrapa deux enveloppes sur son bureau, les ouvrit, puis tira leur contenu du tissu qui l'enveloppait. Il marcha jusqu'au microscope de comparaison situé contre le mur opposé.

C'était un appareil dernier cri, qui permettait d'effectuer des analyses comparatives de traces sur les munitions qui avaient été tirées, d'empreintes d'outils, de documents et ainsi de suite. Grâce à cet appareil, l'enquêteur pouvait examiner et corriger les images directement sur un écran haute définition et les imprimer immédiatement.

Jake plaça l'un des projectiles du côté droit de la platine, sur un bout de cire, et l'autre du côté gauche. Il tourna ensuite l'une des balles pour que les marques qu'elle portait correspondent à celles de l'autre.

Byrne regarda l'image à l'écran. Pour lui, elles étaient presque identiques.

« Qu'est-ce que vous en dites ? demanda Jake.

— Je pense à un Mauser .380, répondit Byrne.

— C'est également ce que je me disais.

— Les grands esprits…

— Mais maintenant j'ai une autre idée.

— Qui est ?

— Je pense à un Makarov. »

Byrne regarda Bontrager, puis de nouveau l'écran.

« Un Makarov, dit-il. J'en ai entendu parler, mais je serais incapable d'en reconnaître un.

— C'est un engin de conception russe, mais il a été fabriqué dans de nombreux endroits au fil des années. Allemagne de l'Est, Bulgarie, Albanie. Et aussi en Chine.

— Disponible ici ?

— Oh oui. Très bonne arme. On en a eu notre lot. »

Jake quitta un moment la pièce, revint avec un semi-automatique. Dans le monde des armes de poing, il y avait beaucoup de camelote, mais il y avait aussi des œuvres d'art. Le Makarov semblait appartenir à la seconde catégorie.

Il éjecta les chargeurs, tira doucement sur la culasse pour montrer à toutes les personnes présentes que l'arme n'était pas chargée. Ils le savaient, mais c'était un geste qui était compris et toujours apprécié. Aussi étrange que ça puisse paraître, le centre était l'un des endroits les plus sûrs de tout Philly.

« Makarov 9x18 », déclara Jake.

Byrne saisit l'arme, la soupesa, visa. Jake Conroy avait raison. Elle était parfaitement équilibrée. Il la tendit à Josh Bontrager.

« Je vais toutes les comparer au NIBIN plus tard dans la journée », ajouta Jake.

Le NIBIN – Réseau national intégré d'information balistique – était une base de données sophistiquée entretenue par l'AFTE qui automatisait les évaluations balistiques, remplaçant les comparaisons manuelles, fastidieuses et chronophages.

Byrne désigna les images imprimées des quatre balles scotchées au tableau blanc, les munitions qui avaient servi à tuer Angelo, Laura et Mark Rousseau, ainsi qu'Edwin Channing.

« Même marque ? demanda Byrne.

— Oui, monsieur. Toutes des Hornady.

— Vous êtes sûr ? »

C'était une question de routine. Et Byrne savait que Conroy le savait. Sinon il ne l'aurait pas posée.

« Sûr à cent pour cent.

— Même arme ? demanda Bontrager.

— À quatre-vingt-dix-neuf pour cent, répondit Jake. Les douilles, je suis capable de les comparer dans mon sommeil. Mais les projectiles brûlés laissent de la place au doute, à moins d'avoir l'arme.

— Même tueur ? » demanda Byrne.

Jake sourit.

« Ça, c'est votre boulot, inspecteur. Je peux lire le métal. Mais les gens, beaucoup moins bien. Demandez à mes deux ex-femmes. »

Byrne réfléchit à tout ce qu'ils avaient. C'était un bon début.

« Vous pouvez nous dire autre chose ? » demanda-t-il.

Conroy replaça chaque balle dans son enveloppe.

« Trouvez-moi l'arme, répondit-il, et tout sera révélé.

— Avec un peu de chance, on y parviendra, dit Byrne. Avec le type encore accroché au flingue. »

Il souleva son téléphone. Jake acquiesça. Il l'appellerait immédiatement si le NIBIN indiquait la moindre correspondance avec un autre crime ou un possesseur d'arme.

En sortant, Byrne remarqua une affiche de Clint Eastwood fixée au mur près de la porte. En bas était inscrit :

J'ai une politique de contrôle des armes très stricte : s'il y a un flingue dans le coin, je veux en avoir le contrôle.

« Donc on reste sur l'idée que c'est la même personne ou le même groupe de personnes qui a commis ces quatre homicides », déclara Bontrager.

Ce dernier, lorsqu'il était concentré, pouvait être très formel. Ils se tenaient près de leur voiture dans le grand parking du Centre de sciences médico-légales.

« Je crois, répondit Byrne. On dirait que les balles

et l'arme sont les mêmes ; aucune raison de penser que ce n'est pas le même tueur.

— C'est un chouette semi-automatique, au fait, déclara Bontrager, faisant référence au Makarov.

— En effet. »

Byrne savait que son collègue s'y connaissait en armes et qu'il avait d'excellents résultats chaque année aux exercices de tir. Mais il ignorait si les Amish utilisaient ou non des armes. Alors il posa la question.

« Oh, bon sang, oui. On chassait tout le temps, répondit Bontrager. De la vermine, principalement. Des cerfs qui causaient des problèmes.

— Quelle était votre arme de choix ?

— J'avais un Remington 700, mécanisme à verrou. 30-06.

— Pas mal, fit Byrne. Vous étiez bon avec ? »

Bontrager sourit.

« On mangeait à notre faim. »

Byrne consulta sa montre.

« Faut que j'aille questionner la sœur d'Angelo Rousseau.

— Je vous accompagne, si vous voulez.

— Vous êtes sûr ? »

Bontrager ouvrit la portière côté passager.

« On avait un dicton à l'église, je crois qu'il est tiré des Proverbes : *Celui qui fréquente les sages devient sage.* »

Byrne rit.

« Dans ce cas, je vais faire un détour par le poste et on embarquera John Shepherd avec nous. »

8

Anne-Marie Beaudry vivait dans une maison basse en pierres à Cheltenham. Lorsque Byrne et Bontrager arrivèrent, il n'y avait nulle part où se garer dans l'allée ni, d'ailleurs, dans une bonne portion de la rue. Manifestement, l'intégralité de la famille était venue en force.

La porte d'entrée était grande ouverte, la porte écran fermée. Josh Bontrager prit les devants, sonna. Quelques instants plus tard, un homme approchant de la cinquantaine apparut.

« Oui ? »

Bontrager avait sa plaque à la main. Il la leva, fit les présentations. L'homme regarda par-dessus son épaule, se demandant peut-être si c'était le bon moment pour ça – quoi que ça ait pu être. Puis il sembla se résigner au fait que plus vite ce serait fait, plus vite ils pourraient passer à autre chose. Sans parler de la possibilité qu'ils attrapent la personne qui avait fait cette chose atroce à Angelo, Laura et Mark Rousseau.

Il ouvrit la porte écran – une porte qui avait probablement été déverrouillée pendant l'essentiel du printemps et de l'été mais qui était désormais fermée à clé. Byrne avait vu ça bien des fois. Les petites mesures de sécurité qui avaient été nonchalamment négligées et qui redevenaient d'actualité après une tragédie.

Tout en tenant la porte ouverte, l'homme se présenta.

« Je suis Don Beaudry, l'époux d'Anne-Marie. Angelo était mon beau-frère. »

Les trois hommes échangèrent une poignée de main.

Don Beaudry approchait du mètre quatre-vingt-cinq, il avait le torse large et une barbe fournie qui tirait sur le roux et était mouchetée de gris.

Le salon était encombré, mais confortable.

Anne-Marie Beaudry était assise sur une chaise à haut dossier à côté de la cheminée. Pour une raison ou pour une autre, Byrne avait pensé qu'elle serait plus âgée. Elle semblait avoir une petite quarantaine d'années, avec des cheveux châtain coupés court, des yeux d'un vert profond. Elle avait meilleure mine et semblait plus reposée que ce qu'il s'était imaginé. Byrne connaissait les ravages du chagrin, et Anne-Marie Beaudry semblait contrôler ses émotions.

Ils s'assirent, chacun inconfortablement juché au bord de sa chaise. C'était fréquent. Les parents des victimes de meurtre s'enfonçaient rarement à leur aise dans un fauteuil ou dans un canapé durant les premiers jours, voire les premières semaines. C'était comme s'ils craignaient de devoir à tout moment se lever d'un bond, éteindre un incendie, se précipiter au secours d'un des membres restants de la famille. Les flics adoptaient souvent la même posture.

Du café fut offert, et refusé.

Les deux inspecteurs avaient décidé en chemin que Byrne mènerait l'entretien pendant que Josh Bontrager prendrait les notes.

« Que pouvez-vous nous dire de votre frère ? » demanda Byrne.

Anne-Marie laissa passer quelques instants.

« C'était un saint, répondit-elle. Toujours prêt à donner un coup de main, toujours là quand vous aviez besoin d'un conseil ou d'une épaule. »

Elle tira un mouchoir en papier de la boîte sur la table basse, se tapota les yeux. Peut-être qu'elle ne gérait pas si bien que ça la situation, songea Byrne.

Anne-Marie Beaudry raconta ensuite brièvement la vie d'Angelo Rousseau : major de sa promotion au lycée, un passage dans les marines, la naissance de son fils, Mark, le lancement de sa société, son travail au sein du Club des garçons et des filles. À l'en croire, la victime était un homme ouvert et sociable. Byrne n'entendit rien qui aurait pu l'aider à résoudre son meurtre violent.

« Savez-vous s'ils avaient un coffre-fort ? » demanda-t-il.

Anne-Marie se tourna vers son mari, puis de nouveau vers Byrne.

« Je ne crois pas. Laura n'en a jamais parlé.

— Et Laura ? Avait-elle des ennemis ?

— Oh, doux Jésus, non ! Laura ? Laura était silencieuse. L'exact opposé de mon frère. Peut-être que c'est pour ça qu'ils s'entendaient si bien. On dit que les contraires s'attirent, non ?

— Quand l'avez-vous vue pour la dernière fois ? »

Anne-Marie réfléchit un instant.

« Nous appartenons à un cercle de tricot. Notre dernière rencontre a eu lieu jeudi dernier. À Haverford.

— Et c'est la dernière fois que vous l'avez vue ?

— Oui.

— S'est-il passé ce soir-là quelque chose qui sortait de l'ordinaire ? demanda Byrne.

— Je ne vois pas trop ce que vous voulez dire.

— Y avait-il des rivalités ? Des disputes ? Des dettes impayées ? »

La femme regarda Byrne comme s'il venait de débarquer d'une autre planète.

« C'est un cercle de *tricot*, inspecteur. Il n'y a pas de disputes. Nous sommes toutes très amies. »

Byrne acquiesça, n'insista pas. Parfois il fallait poser la question, aussi triviale, ridicule ou désobligeante qu'elle puisse paraître. Plus d'une affaire avait été résolue de la sorte.

Pour étayer ses dires, Anne-Marie attrapa un iPad, lança l'application photo, fit défiler quelques clichés récents et tourna la tablette afin que Byrne et Bontrager puissent voir l'écran. La photo représentait une demi-douzaine de femmes assises autour d'un salon à l'air confortable, chacune avec un projet de tricot plus ou moins avancé sur les cuisses, des pelotes de laine de couleurs vives dépassant de paniers de couture en osier.

La deuxième photo montrait ces mêmes femmes sur le parking obscur d'un Applebee's, chacune tenant un pull, un châle ou une écharpe. L'image était loin d'être nette.

Byrne désigna celle qui se tenait devant sur la gauche.

« C'est votre belle-sœur ?

— Oui.

— Donc vous êtes toutes allées à l'Applebee's après la séance de tricot ? »

Elle acquiesça.

« Oui. Celui de City Line. »

Byrne tendit la main.

« Je peux ? »

Elle lui passa l'iPad. Byrne fit défiler les deux photos en alternance. Quelque chose était différent. Outre les sept femmes présentes au cercle de tricot, il y en avait une de plus sur le parking. Elle semblait plus âgée et très petite, avec de longs cheveux blancs, et se tenait à l'écart derrière le groupe, si bien qu'elle était floue. Seuls le côté droit de son visage, à moitié caché par ses cheveux, et son bras droit aussi fin qu'un crayon étaient visibles.

Byrne revint à la photo prise dans le salon. Il compta sept femmes, dont aucune n'avait plus de soixante ans. Il retourna à celle prise sur le parking de l'Applebee's. C'était indéniable. Elles étaient huit. Et la femme âgée se tenait derrière une autre, qui était la plus grande du groupe. Elle était presque complètement plongée dans l'ombre.

Byrne tourna momentanément la tablette vers Bontrager, qui acquiesça. Il savait où Byrne voulait en venir. Lui aussi avait vu la différence. Byrne rendit l'iPad à Anne-Marie.

« La femme à l'arrière, celle qui est âgée, fait-elle partie du groupe ? »

Anne-Marie examina attentivement la photo.

« Oh, ça alors !

— Quoi ?

— Je ne m'étais pas aperçue qu'elle était là.

— Vous la connaissez ?

— Oui, répondit-elle. Enfin, non. Ce que je veux dire, c'est que je l'ai juste vue ce soir-là devant l'Applebee's.

— Dans quelles circonstances ?

— Attendez. J'ai pris d'autres photos. » Elle fit glisser son doigt plusieurs fois sur l'écran. « Hum…

— Qu'est-ce qu'il y a ?

— Elle n'est sur aucune autre photo. Juste sur celle-là.

— Et vous dites qu'elle ne fait pas partie de votre groupe, que vous ne l'aviez jamais vue avant ?

— Non, elle n'en fait pas partie, et non, je ne l'avais jamais vue, répondit-elle.

— Comment se fait-il qu'elle se retrouve sur cette photo ?

— Je ne sais pas. » Elle reposa l'iPad, réfléchit quelques instants. « Nous étions dans le restaurant, sur le point de partir, et je me suis souvenue que j'avais laissé mon sac à main dans la voiture. J'ai quitté la table. Je suis sortie du restaurant et j'ai marché jusqu'à mon véhicule, qui était garé à l'autre extrémité, près des grandes haies qui séparent le parking de celui de Costco.

— Et qu'est-ce qui s'est passé ? demanda Byrne.

— Je l'ai entendue chanter. »

Byrne sentit une main froide se resserrer autour de son cœur.

« Chanter ?

— Oui. Quelqu'un chantait. Une belle mélodie. Envoûtante. Assurément dans une langue étrangère.

— Vous ne savez pas laquelle ?

— Non, répondit-elle. Désolée.

— Et vous dites que c'était cette femme qui chantait ?

— Oui. C'était très bizarre.

— Était-elle dans une voiture ? demanda Byrne. Sur un banc ?

— Ni l'un ni l'autre. Elle se tenait dans l'ombre de cette grande haie.

— Pouvez-vous la décrire ?

— Pas vraiment. Elle était un peu cachée. Mais je peux vous dire qu'elle était âgée.

— C'est-à-dire ?

— Je ne suis pas très douée pour ça. Quatre-vingts ans peut-être. Voire plus. Longs cheveux blancs, robe blanche.

— Quelque chose dans ses mains ?

— Pas que je sache.

— Que pouvez-vous nous dire sur la chanson ? demanda Byrne.

— Pas grand-chose. On aurait dit une sorte de… je ne sais pas. Vous allez me croire folle.

— Pas du tout. Dites-nous juste ce dont vous vous souvenez. Quelles ont été vos impressions.

— C'était une chanson plutôt triste. Comme une sorte de requiem. »

Les deux inspecteurs échangèrent à nouveau un regard.

« Un requiem », répéta Byrne.

Ce n'était pas une question.

Anne-Marie se contenta d'acquiescer.

Ils s'arrêtèrent à un petit restaurant de Frankford Avenue. Les deux inspecteurs mangèrent en silence, chacun avec son carnet calé contre son verre d'eau.

« Qui est cette mystérieuse femme qui chante ? » demanda Bontrager, n'attendant aucune réponse.

Comme ils finissaient leur café, le téléphone de Byrne sonna. Il aurait voulu l'ignorer, mais ces jours étaient révolus. Il avait quatre victimes de meurtre sur les bras. Et il était en première ligne sur les quatre affaires.

« Allô ?

— Inspecteur Byrne ? »

Il ne reconnut pas la voix.

« Oui. Que puis-je pour vous ?

— Mon nom est Joe Quindlen. Je suis agent de patrouille au 17e.

— Qu'est-ce qui se passe ?

— J'ai été hélé par un type dans Montrose, au niveau du bloc des 2 600. Il disait qu'il avait trouvé un objet intéressant dans une maison où il travaille. Il était un peu pâlot quand il m'a interpellé. »

L'adresse était située au cœur de Devil's Pocket.

« Qui est le type qui vous a hélé ?

— Un peintre, plâtrier, quelque chose comme ça. Il fait des restaurations, expliqua Quindlen. J'étais sur le point d'emporter l'objet au poste, mais un vieux type m'a arrêté dans la rue et m'a dit que je ferais bien de vous appeler.

— Quel vieux type ? »

Byrne entendit le bruit d'une page de carnet qu'on tournait.

« Un certain Eddie Shaughnessy. »

Ce nom réveilla en Byrne de vieux souvenirs. La seule fois au cours des vingt dernières années où Eddie Shaughnessy lui avait traversé l'esprit, c'était quand il s'était demandé si le vieux bonhomme était toujours en vie.

« Vous êtes sûr que c'était son nom ?

— Un type âgé, costaud, avec un cigare éteint vissé à la bouche ?

— C'est son portrait craché.

— Bien, monsieur.

— Et il a dit que vous feriez bien de me parler ? demanda Byrne. Pourquoi ?

— Aucune idée, répondit Quindlen. Mais j'ai le sentiment que c'est une affaire de quartier, et qu'il veut que ça le reste.

— On ne parle pas d'une boîte remplie de bouts de cadavre, n'est-ce pas ?

— Non, monsieur. Si c'était le cas, quoi qu'ait demandé le vieil homme, j'aurais d'abord appelé le central. Et *ensuite*, je vous aurais appelé. »

Byrne comprenait. Il s'était retrouvé à de nombreuses reprises dans cette situation quand il était agent de patrouille. Le réseau était une chose, mais votre boulot – et peut-être même votre liberté, si l'affaire finissait au tribunal – en était une autre. Parfois la ligne rouge était épaisse. Parfois elle était aussi ténue qu'un fil.

« Quelle est l'adresse ? »

L'agent la lui donna, Byrne la nota.

« J'arrive. »

Sur le parking, Josh Bontrager était appuyé contre la voiture, tentant de faire comme si le coup de fil ne le regardait pas. Byrne apprécia la marque de respect.

« Ça vous dit de faire un tour ? demanda-t-il.

— OK, patron, répondit Bontrager avec un sourire.

— Qu'est-ce que je vous ai dit à propos de cette histoire de "patron" ? »

9

Ça commença à l'instant où il s'engagea dans Grays Ferry Avenue. Quand Byrne était très jeune et que sa mère l'emmenait de l'autre côté de la ville depuis Pennsport, il avait l'impression de se rendre dans un pays étranger. Rouler dans Reed Street, passer devant les monuments, s'arrêter aux feux rouges, regarder les gens… C'était toujours le voyage qui comptait, pas la destination.

Son boulot l'avait souvent mené dans ces quartiers. Une affaire, quelques années auparavant, les avait forcés, Jessica et lui, à remonter la Schuylkill sur toute sa longueur, jusqu'au cœur des ténèbres, tandis qu'ils enquêtaient sur des corps qui jonchaient les berges.

Lorsqu'ils tournèrent dans Montrose Avenue, Byrne sentit les poils se dresser sur sa nuque. Il avait oublié tout le temps qu'il avait passé dans le coin.

L'agent de police qui les attendait avait une trentaine d'années, et quelques *cheesesteaks* en trop dans le ventre pour être en parfaite forme physique.

Par habitude, tandis qu'ils approchaient de l'homme, Byrne enfonça la main dans sa poche de manteau pour en sortir sa plaque. Puis il se rappela qu'il n'était pas en mission.

« Comment allez-vous ? demanda-t-il.

— Parfaitement bien, répondit Quindlen. Merci.

— On maintient l'ordre ?

— On essaie juste de ne pas le perturber.

— Où est M. Shaughnessy ? demanda Byrne.

— Juste au coin de la rue, dans l'avenue. Il est devant la maison. »

Évidemment, songea Byrne.

Toujours à l'affût.

Byrne n'avait pas vu Shaughnessy depuis plus de vingt ans. La dernière fois, il avait probablement dans les soixante-cinq ans. C'était un petit homme trapu qui avait passé l'essentiel de sa vie d'adulte à travailler pour une société de déménagement, et même à cette époque-là, il pouvait encore porter un fût rempli sur chaque épaule et gravir deux volées de marches étroites sans transpirer. Byrne l'avait un jour vu soulever le coin arrière droit d'une AMC Gremlin pour le poser sur un parpaing.

Pendant quelques années, après la guerre, Shaughnessy avait combattu professionnellement chez les poids moyens, notamment en ouverture du premier combat entre Bob Montgomery et Wesley Mouzon, qui s'était tenu à Shibe Park.

« Bon sang ! lança Eddie. Vous avez pris un sacré coup de vieux.

— Toujours aussi charmant. »

Byrne se pencha en avant, lui donna une accolade. Il était toujours costaud.

« Ça fait un bail, Eddie, dit-il.

— C'est quoi cette histoire d'Eddie ?

— Désolé.

— On m'appelle *monsieur* Shaughnessy.

— Et je vous présente l'inspecteur Bontrager », dit Byrne.

Les deux hommes se serrèrent la main.

Eddie scruta la rue, puis se tourna de nouveau. Inutile d'être extralucide pour savoir ce qui arrivait. Byrne avait vu juste.

« Cet endroit devient à chier », déclara Eddie.

Byrne désigna les blocs de maisons mitoyennes.

« Vous savez à qui elles appartiennent ? » demanda-t-il.

L'homme indiqua une pancarte qui disait :

Bientôt dans votre quartier : six nouvelles maisons de luxe. Une construction de Greene Towne LLC.

« Une idée de qui est Greene Towne LLC ? » demanda Byrne.

Eddie haussa les épaules.

« Ça appartient probablement à un richard. Je me rappelle quand on pouvait acheter n'importe quelle baraque dans cette rue pour dix mille dollars. Maintenant elles en valent un quart de million.

— Même celle-ci ? »

Pile au milieu du bloc il y avait une maison en bois délabrée, sillonnée de graffitis. Byrne avait une idée de la raison pour laquelle elle était encore debout. Le propriétaire refusait de la vendre tant qu'il n'obtenait pas le prix qu'il voulait.

« À chier, répéta Eddie.

— Comment se porte la famille ? » demanda Byrne, tentant de passer à autre chose.

L'homme haussa une fois de plus les épaules.

« Une moitié est morte, l'autre moitié – du côté de ma femme – est en taule. Et les autres sont cinglés.

— Deux moitiés et des plumettes, observa Byrne. Une grande famille.

— Vous vous souvenez de mon petit-fils Richie ? »

Byrne se rappelait vaguement Richard Huston. Un demi-dur qui aimait malmener ses femmes.

« Oui.

— En taule.

— Laissez-moi émettre deux hypothèses, dit Byrne. Primo, c'est une histoire de violence conjugale, n'est-ce pas ? »

Eddie acquiesça.

« Secundo, Richie n'a rien fait.

— Bien sûr que si, il a fait quelque chose. Mais il méritait tout de même pas de prendre un an et demi. »

Eddie leva la tête, plissant les yeux face au soleil qui brillait au-dessus de l'épaule droite de Byrne. Ce dernier se décala sur la droite, plaçant l'homme dans l'ombre.

« Vous avez déjà rencontré la deuxième femme de Richie, Judy ? Celle avec les grosses chevilles ?

— Jamais eu le plaisir. »

Eddie s'esclaffa.

« Si vous l'aviez rencontrée, vous diriez pas que c'est un plaisir, croyez-moi. Vous lui en auriez probablement collé une aussi. »

Byrne sourit.

« Je n'en suis pas sûr. »

Il observa la rue, repéra un terrain vague et se rappela soudain ce qui s'était trouvé à cet endroit autrefois : la boutique F & B Variety.

« Qu'est devenu le vieux Flagg ? demanda-t-il.

— Ce connard ? Mort depuis des années.

— De quoi ?

— De méchanceté. »

Byrne n'avait rien à redire à ça.

Eddie laissa passer quelques instants, allumant cérémonieusement les cinq centimètres de mégot restants de son cigare. Byrne se souvenait de cette habitude qu'il avait. Lorsqu'il eut fini, l'homme pointa le doigt en direction d'une pancarte *Zone de chargement* et des deux voitures qui étaient stationnées juste en dessous.

« Y a une putain de pancarte, juste là. En anglais. Et c'est probablement ça le problème. »

Byrne sentit le marchandage qui arrivait. Eddie poursuivit :

« Ils se garent quand même là. Et quand je leur dis de s'en aller, ils me font des doigts d'honneur. Croyez-moi, si j'avais dix ans de moins… »

Byrne ne pensait pas que quiconque au service du stationnement de Philadelphie ait la moindre dette envers lui, mais peut-être que quelqu'un en avait une envers quelqu'un qui en avait une envers quelqu'un… C'était ainsi que ça fonctionnait la plupart du temps.

« Je vais voir ce que je peux faire. »

Eddie acquiesça.

« Alors, cette histoire, reprit Byrne. Pourquoi est-ce qu'on m'a appelé ? »

Le vieil homme le fixa du regard.

« Vous allez voir. Je me suis dit que vous, vous sauriez quoi faire. »

Byrne jeta un coup d'œil à Josh Bontrager, qui semblait captivé par ce vieux bonhomme mystérieux.

« Qui je vais voir là-dedans ? demanda Byrne.

— Un type nommé Kilbane. Owen Kilbane.

— OK. Merci, Eddie. » Il donna au vieil homme une tape sur l'épaule. « Et ne fumez pas trop de ces trucs.

— Qu'est-ce qu'ils vont me faire ? Ralentir ma putain de croissance ? »

L'escalier était étroit et raide, et le sous-sol petit, à l'image du salon au-dessus. L'homme qui se tenait dans un coin avait au moins soixante-dix ans, il portait une salopette blanche tachée et une casquette de peintre ornée du logo de Sherwin-Williams.

« Vous êtes monsieur Kilbane ? » demanda Byrne.

L'homme acquiesça.

« Owen, mais tout le monde m'appelle Owney », répondit-il. Il leva la main droite. Elle était mouchetée de peinture. « Désolé, je peux pas vous la serrer. Sans vouloir vous vexer. »

Byrne sourit, se présenta, tendit la main.

« Qu'est-ce qu'un peu de peinture au latex entre deux professionnels comme nous ? »

Ils se serrèrent la main. Doucement. Après quoi Owney Kilbane attrapa le chiffon le plus sec et le lui tendit.

« Je vous présente l'inspecteur Bontrager », reprit Byrne en s'essuyant.

Bontrager se contenta d'un salut de la main.

Byrne prit un moment pour observer la pièce. D'un point de vue structurel, l'endroit semblait en aussi mauvais état que n'importe quelle maison mitoyenne centenaire bâtie à quelques centaines de mètres de la rivière. Mais c'était incroyable ce que quelques couches de blanc pouvaient faire.

« Vous faites du bon boulot, dit-il.

— Ça avance.

— Donc, vous dites que vous avez trouvé quelque chose ici ? » demanda Byrne.

Sur ce, Owney Kilbane désigna un petit carton posé sur sa table de fortune. Une fois encore, l'instinct de Byrne menaça de prendre le dessus lorsqu'il faillit tirer un gant de sa poche. Mais il n'était pas en mission. Il ne savait pas ce qu'il faisait là, mais s'il n'y avait pas de cadavre, il n'était pas là pour le boulot.

« Où avez-vous trouvé ça ? »

Owney pointa le doigt vers l'ouverture qui menait au vide sanitaire sous la partie arrière de la maison.

« J'ai dû remplacer une partie du plancher. Il était dans ce trou, pas très loin de l'ouverture. »

Byrne se tourna de nouveau vers la table. Le carton mesurait environ trente centimètres sur trente. Il était recouvert d'une pellicule de poussière uniquement interrompue par les marques laissées par Owney Kilbane quand il l'avait tiré du vide sanitaire.

Sur le côté il y avait le logo délavé de l'épicerie où tous les habitants de Devil's Pocket allaient autrefois.

À part ça, il n'y avait aucun indice quant à son contenu. Mais c'était quelque chose d'important. Suffisamment pour que cet homme hèle une voiture de police et pour qu'Eddie Shaughnessy fasse appel à lui.

Il souleva les quatre rabats du carton, les replia. Sur le dessus, il y avait une feuille de papier journal depuis longtemps jaunie, des bandes dessinées en couleurs, datant peut-être des années 1960. Byrne remarqua *Arthur et Zoé* en haut de la page.

Il tira la feuille et découvrit en dessous un vieux chiffon vert taché d'huile sombre. Il l'ôta et, pour la première fois depuis près de quarante ans, il vit le contenu du carton :

Un revolver calibre .38 nickelé.

Byrne se souvenait du jour où il l'avait vu pour la première fois comme si c'était la veille, rangé dans une boîte entre deux briques, au-dessus d'une benne rouillée dans Montrose Street, à deux rues à peine de l'endroit où il se trouvait désormais.

Sans un mot, il enveloppa de nouveau l'arme dans le chiffon et la posa sur la table. Il y avait deux autres objets dans le carton, tous deux dans des sachets en plastique. Le premier ressemblait à une pièce d'identité ; l'autre était enveloppé dans du papier journal.

Byrne tira ce deuxième sachet, l'ouvrit, en sortit son contenu. Une fois encore, c'était une bande dessinée délavée. Cette fois, *Hi and Lois*. Tandis qu'il commençait à déballer ce qui se trouvait à l'intérieur, il s'aperçut qu'il anticipait quelque chose, comme une pièce de puzzle manquante, une pièce qui aurait été poussée du pied sous le canapé des années auparavant alors que le puzzle aurait été donné pour une enchère de charité ou jeté à la poubelle.

Ou dissimulée dans le vide sanitaire, songea Byrne.

Lorsqu'il eut totalement déballé l'objet, il s'aperçut qu'il avait vu juste. Là, tel un fantôme du passé, se trouvait une paire de lunettes noires à monture d'acier dont les deux verres étaient souillés.

En dessous, dans l'autre sachet, Byrne vit que la pièce d'identité était en fait un passe de bus. Sans le sortir de son emballage, il le tint à la lumière.

Mais c'était inutile. Il connaissait déjà le nom inscrit dessus :

Desmond Farren.

Byrne et Bontrager se tenaient face à la maison, le carton posé sur le coffre de la voiture. Ils regardaient la circulation, chacun plongé dans ses pensées.

En se rendant à Devil's Pocket, Byrne avait cru faire une fleur à un vieil homme. Désormais il était en mission. Le carton aurait pu contenir n'importe quoi, mais ce n'était pas le cas. Il contenait un revolver. Chaque jour, des habitants de Philadelphie trouvaient des armes – dans des greniers, des caves, des garages, parfois simplement au bord de la route – et ils ne savaient pas quoi en faire. Parfois ils les jetaient à la poubelle, pour qu'elles soient ensuite redécouvertes par les éboueurs.

Même si la plupart des gens n'en avaient pas conscience, un décret municipal exigeait que toutes les armes soient livrées à la police pour des raisons de sécurité.

Ça, c'était la loi. Mais si la police voulait naturellement qu'elles disparaissent des rues, plus d'une affaire avait été résolue grâce à l'apparition soudaine et inattendue d'une arme à feu.

Selon la procédure, Byrne était censé remettre le revolver à la police scientifique. Il serait placé parmi les pièces à conviction. Un expert le testerait au Centre des sciences médico-légales, son apparition et son numéro de série seraient enregistrés, et la balle test serait conservée.

En route vers la Rotonde, Byrne divertit Bontrager avec des anecdotes de ses étés à Devil's Pocket et alentour. Aucun des deux hommes ne parla de la bombe à retardement qui était enfermée dans le coffre de la voiture.

Byrne déposa Bontrager à son véhicule, puis il resta assis là dans le parking tandis que le passé et le présent entraient en collision tout autour de lui. Il avait besoin d'analyser la situation. À moins qu'il ne se trompe, une demi-douzaine de vies pouvaient être affectées par la découverte de cette arme, arme qui était quasi certainement une pièce à conviction dans une affaire de meurtre.

Mais pourquoi avait-il besoin de temps pour se décider ? C'était son boulot, il avait prêté serment. Si vous trouviez une arme, vous la rapportiez.

Il laissa pour le moment le carton dans le coffre et se rendit dans la salle commune de l'unité. Il chercha quelques noms, passa quelques coups de fil, ne découvrit rien de neuf. Il était sur le point de ressortir lorsque son téléphone bipa. Il avait reçu un appel alors que son portable était en mode silencieux. Le message était de son père. Byrne appuya sur l'icône pour le rappeler.

« Fiston ! » s'exclama son père.

Quelque chose clochait. Padraig Byrne n'était jamais heureux comme ça, pas au milieu de la journée, car il ne buvait jamais une pinte avant 18 heures.

« Papa, répondit Byrne. Quel est le problème ?

— Problème ? Pourquoi y aurait un problème ? Je suis juste content d'entendre ta voix. »

S'il était vrai que Padraig Byrne avait le don d'embobiner les gens, ça n'avait jamais vraiment fonctionné avec son fils.

« *Papa...*

— Je peux te rappeler dans un instant ?

— Pourquoi ? demanda Byrne. C'est toi qui m'as appelé. Qu'est-ce que tu fais de si important ?

— Là je suis débordé, répondit Paddy. Tu vois, j'ai… j'ai quelque chose sur le feu.

— Tu as gagné combien ? »

Silence.

« Tu as gagné combien ? répéta-t-il.

— Qu'est-ce qui te fait croire que je joue aux cartes ?

— Pour commencer, j'entends Dec Reilly qui tousse dans le fond.

— Il fume toujours sa pipe de merde. Il doit acheter son tabac à la tonne.

— J'entends aussi *Boil the Breakfast Early* qui passe derrière toi. »

Cet album des Chieftains était le seul CD que Dec Reilly possédait.

Nouveau silence au bout du fil.

« Tu sais, tu pourrais faire carrière en tant que flic.

— Il n'est pas trop tard », déclara Byrne.

Paddy baissa la voix :

« Deux cents et des plumettes.

— Alors prends tes gains et mets-les à la banque. »

Paddy Byrne lâcha un petit grognement railleur, mais, par respect pour son fils, il ne dit rien.

Byrne décida d'épargner à son père le topo habituel. Il ne fonctionnait pas quand il avait vingt ans, il ne fonctionnerait pas maintenant. Comme disait sa grand-mère, essayer de faire changer d'avis un Byrne, c'est comme siffler des gigues à une pierre. Il passa à autre chose.

« Est-ce que tu viens à la fête de tante Dottie ?

— C'est quand, déjà ?

— Jeudi, répondit Byrne.

— Y aura à boire et à manger ?

— Jusqu'à ce qu'ils appellent les secours.

— Magnifique, dit Paddy. Est-ce que je dois mettre une cravate ?

— Non. Mais le port du pantalon est obligatoire.

— Bien. Je ne perdrai pas le mien avec ma prochaine main.

— Je t'aime, papa.

— Moi aussi, fils. »

Byrne appela le labo. Il savait qu'il était trop tôt pour qu'ils aient autre chose que des présomptions quant aux cheveux et aux fibres retrouvés chez Channing, mais ça ne coûtait rien de demander.

Mais même s'il voulait travailler, il n'arrêtait pas de repenser au carton.

Combien de journées avait-il passé aux alentours de cette maison ? Il crut même se rappeler qu'il avait campé derrière une nuit que Jimmy avait royalement merdé et que Tommy Doyle était sur le sentier de la guerre.

Byrne savait ce qu'il était censé faire, la direction qu'il devait prendre, mais il ne pouvait s'y résoudre. Et il savait que ce que Josh Bontrager avait vu ce jour-là à Devil's Pocket resterait entre eux. Josh était un frère d'armes, et Byrne n'avait aucun souci à se faire.

Il tenta de se remettre au boulot, mais ce petit carton et son contenu le harcelaient comme un sombre fantôme de sa jeunesse.

10

Anjelica Leary prit le bus 40 à l'angle de la 24e et de South Street. Elle n'avait que quatre blocs à parcourir et avait envisagé de marcher, mais sa sciatique s'était réveillée, elle avait oublié son parapluie et il menaçait de pleuvoir.

Il y avait toujours quelque chose qui n'allait pas.

Il y avait eu un temps où rien n'aurait pu l'arrêter, un temps où elle resserrait la taille de ses robes et pantalons au lieu de l'élargir, un temps où elle aurait quitté la maison par quinze degrés sans mettre de pull.

Il y avait même eu un temps, durant les soixante-huit années de sa vie, où elle avait répliqué aux avances des garçons qui se tenaient au coin de la rue, se retournant et leur balançant une répartie cinglante, leur coupant la chique.

Désormais, elle semblait avoir tout le temps froid. Et les garçons étaient des vieillards.

Par chance, elle trouva une place à l'avant du bus. Il y avait quelque chose de collant par terre, une petite flaque brune brillante. Elle dut s'asseoir avec les pieds sur le côté, mais ça valait mieux que se trimballer ce truc sur elle toute la journée, surtout sur ses souliers d'infirmière, dont elle prenait soin méticuleusement. Elle se disait souvent qu'il y avait deux choses que les gens se rappelaient à votre sujet : vos chaussures et votre haleine. Ses chaussures de travail étaient toujours d'un blanc étincelant, même au cœur de l'hiver, et elle se serait acheté des bonbons à la menthe avant de s'acheter à manger.

L'homme à côté d'elle sentait l'ail et l'essence.

Seigneur, songea-t-elle. La journée allait être longue.

Anjelica remarqua que quelqu'un avait laissé les deux premières rubriques de l'*Inquirer* sur le siège à sa gauche. Elle les ramassa discrètement, les plia et les glissa dans son fourre-tout. Elle aimait toujours lire le journal, même si elle n'était plus abonnée depuis des années. Il n'y avait pas de petites économies.

Pendant que le bus attendait de contourner des travaux sur la route, Anjelica jeta un coup d'œil à sa montre. Elle était à dix minutes d'être en retard. S'il y avait une chose dont elle tirait fierté – et, de fait, qu'elle attendait de toutes les personnes qu'elle connaissait –, c'était la ponctualité.

En tant qu'infirmière à domicile, elle avait effectué diverses tâches au fil des années : soins généraux, gestion des médicaments, thérapie respiratoire, pansements. Hélas, les jours où elle traînait de grosses bouteilles d'oxygène et des oxygénateurs dans les escaliers étaient révolus. Elle demeurait néanmoins une infirmière diplômée habile et de bonne réputation, ce qui impliquait un certain nombre de responsabilités qui ne relevaient pas vraiment de ses compétences.

Ces derniers temps, outre les examens de santé, le contrôle des organes vitaux et le dosage des médicaments, elle était devenue bien plus qu'une simple infirmière pour la vingtaine de patients qu'elle voyait pendant ses tournées. Étrangement, malgré ses réticences, elle faisait désormais office de confesseur, de confidente et de complice pour tout ce qui concernait les affres du cœur et de l'âme.

Et, surtout, d'amie.

Quand elle avait quitté l'environnement clinique de l'hôpital de l'université de Pennsylvanie et commencé à travailler à domicile vingt-deux ans plus tôt, elle s'était aperçue qu'elle prenait les choses trop à cœur, plus encore qu'avant. Dans un grand hôpital, l'agitation était telle que vous ne vous attardiez pas trop sur vos émotions. La plupart du temps, les gens repartaient – en général sur leurs pieds, parfois les pieds devant – avant que vous ne vous soyez trop attaché. Elle avait beau essayer, elle ne parvenait pas totalement à préserver son cœur des intrusions de ses patients. Certains étaient même allés jusqu'à l'appeler chez elle, au milieu de la nuit, mais uniquement parce qu'elle leur avait donné son numéro.

Jack Permutter avait quatre-vingt-un ans. Il avait été veuf la moitié de sa vie, ne s'étant jamais remarié après que sa femme Claudia était morte d'un cancer du côlon à quarante-trois ans. Anjelica, pour sa part, avait été mariée deux fois, mais considérait depuis longtemps qu'elle était le genre de personne qui ne tombait vraiment amoureuse qu'une fois, ce qui était suffisant. Et elle se disait souvent qu'elle avait été plus chanceuse que la plupart des gens à cet égard.

Son premier mari, Johnny, l'amour de sa vie, l'avait traitée comme une reine, ne manquant jamais une célébration ou un anniversaire. C'était un charmeur aux yeux émeraude qui l'emmenait au bord de la mer tous les ans le jour de leur anniversaire de mariage, lui offrant un week-end à Ocean City et l'invitant au restaurant pour manger du crabe et boire de la bière.

Il avait eu un cancer lié à l'amiante et s'était retrouvé avec uniquement la peau sur les os en moins de trois mois. Quand il avait quitté cette terre, il n'était plus que l'ombre du jeune homme qu'elle avait rencontré et dont elle était tombée amoureuse à l'âge de quinze ans lors d'une fête de quartier à Point Breeze. Il avait trente-trois ans.

Elle avait longuement cherché un remplaçant, allant un été jusqu'à fréquenter les bars d'hôtels du centre-ville, mais aucun homme ne la faisait se sentir aussi resplendissante que Johnny. Et aucun ne le ferait jamais. Pendant une longue période, ils avaient tous semblé soit trop vieux, soit trop jeunes.

Son second mari, Tom Leary, avait été une erreur. Une erreur presque fatale. C'était un ivrogne caractériel qui avait à plus d'une reprise levé la main sur elle. Elle l'avait épousé par pure solitude. Et pour l'assurance maladie, à vrai dire. C'était l'une des raisons pour lesquelles elle portait toujours son nom. Le mariage avait duré moins de trois ans, mais il lui avait laissé un goût amer.

Désormais, si elle avait vu Tom Leary en feu, elle ne lui aurait pas pissé dessus pour éteindre l'incendie.

Elle descendit du bus à la 20e Rue, marcha un demi-bloc jusqu'à Rodman Street. Elle atteignit l'immeuble sans qu'il tombe une seule goutte de pluie. C'était déjà ça.

Lorsqu'elle arriva sur le palier du premier étage, elle avait déjà commencé à se préparer pour Jack Permutter. À vrai dire, il n'était pas plus exceptionnel que n'importe lequel de ses patients. De fait, il pouvait être carrément irascible, même s'il n'était jamais méchant. C'était juste qu'il avait trouvé le moyen de s'immiscer dans son cœur à son insu. Notamment parce qu'il faisait une chose qu'aucun de ses patients au cours des vingt-deux années passées n'avait jamais faite.

Il lui préparait toujours à déjeuner.

Son diagnostic officiel – du moins l'un d'eux, car il souffrait également d'un cancer de la prostate – était une broncho-pneumopathie chronique obstructive.

Anjelica frappa deux fois, puis deux fois de plus. C'était une autre de ses habitudes avec Jack, un rituel auquel il tenait. Un jour, alors qu'elle avait oublié, il n'était pas venu à la porte et elle avait craint le pire. Puis elle s'était rappelée le signal, avait attendu dix longues minutes sur les marches, et elle avait de nouveau essayé. Deux coups. Puis deux autres. Et il avait répondu.

Mais ils n'en parlaient jamais.

Ce jour-là, lorsqu'il ouvrit la porte, il avait nettement plus mauvaise mine que trois semaines plus tôt.

« Bonjour, Annie », dit-il avec un sourire qui illumina son visage, le couloir, la journée.

Jack Permutter était l'une des deux seules personnes qu'elle autorisait à l'appeler Annie.

« Bonjour, matelot.

— Où est votre parapluie ?
— Je l'ai oublié chez moi. »

Anjelica pénétra complètement dans l'appartement, déboutonna son gilet. Jack l'aida à l'ôter. Il le lissa, l'accrocha à une patère derrière la porte, qu'il referma et verrouilla.

Anjelica était une personne très observatrice, et elle avait toujours eu le don d'absorber un endroit d'un seul coup d'œil, sans manquer un détail. Elle savait à quoi s'attendre dans le petit appartement encombré de Jack Permutter, mais ça lui fendait à chaque fois le cœur. L'endroit sentait la vieillesse et la maladie : baumes, vêtements sales, moisissure, un relent douceâtre et épais de repas bon marché réchauffés au micro-ondes.

La table à côté du lit était recouverte de flacons de cachets, de moutons de poussière, de bouteilles d'eau à moitié pleines. Certaines étaient si vieilles et avaient été remplies tant de fois qu'Anjelica se demandait si ces marques existaient encore.

Chaque fois qu'elle le pouvait, elle en achetait quelques-unes et tentait de les placer discrètement sur la table, allant jusqu'à les ouvrir et les vider un peu dans l'espoir que Jack ne remarquerait rien. Elle avait à maintes reprises essayé de lui expliquer que les bouteilles ne pouvaient être remplies qu'un certain nombre de fois avant de contenir plus de bactéries que d'eau, mais en vain.

Elle écouta son cœur et ses poumons, prit sa tension et son pouls.

Lorsqu'ils eurent fini, Jack boutonna rapidement sa chemise, jusqu'aux manchettes. C'était un homme timide, pas particulièrement vaniteux, mais à cause de ses sentiments pour elle, le simple fait de rester ne serait-ce que quelques instants torse nu le mettait mal à l'aise.

Anjelica fit mine de s'affairer avec ses notes, puis elle vérifia les réserves d'oxygène. Tout était en ordre.

« J'ai préparé à manger, déclara Jack. Si vous avez faim. »

Elle en était au point où elle ne prenait plus de petit-déjeuner les jours où elle savait qu'elle devait voir Jack. Depuis trois ans qu'elle s'occupait de lui, il n'avait jamais manqué de lui préparer quelque chose. La plupart du temps, comme ce jour-là, c'était un repas simple : soupe en conserve, charcuterie sur du pain blanc de marque de distributeur, deux cookies à la fin, café instantané dans des tasses en plastique rincées.

Depuis tout le temps qu'elle connaissait Jack, elle n'avait jamais vu ni entendu parler de quelqu'un d'autre lui rendant visite. Toutes ses connaissances semblaient avoir disparu. Jack Permutter était seul au monde.

« Je meurs de faim », répondit-elle.

Comme toujours, il lui tint la chaise, puis marcha lentement jusqu'à la petite cuisine, ôta la casserole du feu. Il versa la soupe – poulet et riz de la marque America's Choice – dans les bols, replaça la casserole, puis tira du réfrigérateur deux assiettes qui contenaient déjà des sandwichs et de la salade de pommes de terre.

Vers le milieu du déjeuner, il demanda :

« Est-ce que je vous ai raconté la fois où j'ai

rencontré le maire ? » Il se tapota les lèvres avec une serviette en papier bleu pastel. « C'était Wilson Goode en ce temps-là, pas comme maintenant. »

Chaque fois que Jack débutait une phrase par « Est-ce que je vous ai raconté », la réponse était « Oui ». Mais elle répondait systématiquement :

« Non. Je ne crois pas.

— Attention, j'étais jeune à l'époque. J'étais dans la marine, en bonne forme physique et fort. Et un jour… »

Anjelica sourit et attrapa un cookie dans son assiette.

Après avoir quitté l'appartement et la compagnie de Jack Permutter, Anjelica n'avait plus qu'une patiente à voir, une femme nommée Sarah Graves. C'était une institutrice retraitée de quatre-vingt-cinq ans, et, outre son hypertension et son anémie, elle récupérait d'une greffe de valve cardiaque.

Contrairement à Jack Permutter, Sarah parlait peu et esquivait même les conversations les plus anodines. Malgré les nombreuses tentatives d'Anjelica pour l'impliquer, elle voyait que la femme quittait lentement cette vie et glissait vers un lieu où la lumière ne pénétrait pas, un sombre recoin de son cœur.

Partout où elle regardait, Anjelica voyait une vie à l'arrêt : des marque-pages qui ne bougeaient pas dans les livres sur la table de chevet, des serviettes précisément au même angle sur le porte-serviettes, des chaînes de télé qui étaient toujours les mêmes.

Quand elle prenait la tension de Sarah, elle regardait souvent son visage et percevait la femme plus jeune en elle, l'institutrice lumineuse et énergique qui avait enseigné pendant plus de trente ans. Lorsqu'elle avait commencé à s'occuper d'elle deux ans plus tôt, Sarah lui avait révélé qu'elle rêvait toujours de visiter un jour le 41 Brighton Square à Dublin, le lieu de naissance de James Joyce.

Ce rêve était depuis longtemps mort.

Comme elle s'apprêtait à partir, elle regarda la femme assise près de la fenêtre, si frêle dans la lueur pâle de l'après-midi.

Elle se demanda si lors de sa prochaine visite elle trouverait la maison déserte, les couvre-lits disparus, les penderies et les placards froids et vides, si la seule chaleur qui resterait serait le plaid usé jusqu'à la trame que Sarah plaçait sur ses jambes maigres, si la seule trace de vie serait la légère odeur de lilas, un silence fragile.

Elle se glissa dehors, refermant doucement la porte.

Anjelica Leary savait tout de la mort, et elle en avait depuis longtemps pris son parti. La mort n'était pas une grande bête cornue. C'était une chose qui émergeait en silence de l'ombre, dans la forêt la plus noire, et qui vous volait votre dernier souffle.

11

Jessica était assise devant une tonne de paperasse, dans son bureau envahi de cartons. Elle avait passé dix coups de téléphone en dix minutes, parvenant à étaler l'*Inquirer* du matin sur ses genoux pour rattraper l'huile d'olive et les poivrons vinaigrés qui tomberaient à coup sûr de son sandwich tandis qu'elle tenterait d'établir un nouveau record de vitesse pour le déjeuner.

Maintenant, tout ce qui lui restait à faire, c'était rédiger et remanier son plaidoyer final.

Elle avait un ultime témoin à appeler : le criminologue qui avait effectué les analyses au labo et qui certifierait que l'ADN d'Earl Carter ainsi que le sang de Lucio DiBlasio se trouvaient sur les trois vêtements.

Jeu. Set. Match.

Elle prit une grande bouchée de sandwich, s'essuya les mains, se tourna vers son ordinateur portable. Elle sentit une présence à la porte de son bureau, pivota sur elle-même et vit Rodney Coyne, le greffier de la juge Gipson.

Elle tenta de dire quelque chose, mais le sandwich l'en empêcha. Rodney comprit. Il avait vu de nombreux procureurs adjoints manger en quatrième vitesse. Parfois littéralement en courant.

Jessica griffonna sur son carnet : *Il plaide coupable ?*

Rodney secoua la tête.

« Mieux que ça. »

Il savoura le moment à sa juste mesure.

« Hoffman envoie Carter à la barre. »

Lors de l'interrogatoire, Hoffman – qui autorisait sûrement Carter à témoigner contre son propre intérêt – commença par le faire parler de son passé. Jessica aurait pu le faire elle-même, mais, naturellement, ce n'était pas son rôle.

Comme on pouvait s'y attendre, Carter était le fils d'un père absent et alcoolique et d'une mère consommatrice de drogue. Il avait été régulièrement battu, souvent par les divers petits amis alcooliques et consommateurs de drogue de celle-ci. Il avait eu des ennuis dès le début de son adolescence et avait passé un peu de temps dans une institution pour mineurs, avant d'en venir aux vrais délits alors qu'il était jeune adulte et de passer huit des dix années de sa vingtaine soit à Curran-Fromhold, soit dans une prison d'État équivalente.

Après un peu moins de trente minutes, Hoffman en termina.

Avant son contre-interrogatoire du prévenu, Jessica demanda qu'on rapporte le mannequin dans la salle d'audience, le faisant placer juste derrière Earl Carter. Le résultat fut encore meilleur que celui escompté.

Plus d'une fois, Carter tourna la tête, comme si quelqu'un s'approchait de lui.

Elle se leva à sa table, feuilleta quelques pages de son carnet. Finalement, elle se présenta et énuméra quelques-uns des articles volés dans l'arrière-salle de DiBlasio's.

« Entre autres choses, il y avait un ordinateur portable Dell Inspiron, une radio ondes courtes Grundig et deux bagues pour femme. »

Elle reposa son carnet, produisit deux grandes photos qu'elle alla placer sur le chevalet. L'une d'elles représentait un vieille radio Grundig Satellit 700 posée sur un bureau dans l'arrière-salle de DiBlasio's, juste à côté du coffre-fort. L'autre, prise *in situ* par la police scientifique, représentait une radio sur le sol de la penderie d'Earl Carter, juste à côté des vêtements qui avaient été retrouvés.

Elle désigna les clichés.

« Reconnaissez-vous cet article, monsieur Carter ? »

Il jeta un rapide coup d'œil au chevalet, se tourna de nouveau vers elle, esquissa un sourire suffisant.

« Pour moi, on dirait deux objets différents.

— Je vous assure que c'est le même, répliqua Jessica. Cette radio a été retrouvée dans votre appartement le jour de votre arrestation. Pouvez-vous me dire comment vous êtes entré en sa possession ? »

Carter pointa le doigt vers le chevalet.

« Cette radio ?

— Celle-là même.

— Je l'ai achetée.

— Où ?

— À un type.

— Ma question était *où*, pas à qui, monsieur Carter, objecta Jessica. Mais je vais vous aider. Où, et j'entends où *exactement*, vous trouviez-vous quand vous avez soi-disant acheté cette radio ?

— Dans la 4e Rue.

— À quel niveau ? »

Carter regarda le plafond pendant quelques secondes, concoctant sa réponse.

« Au niveau de Diamond.

— À quel coin ?

— Quel *coin* ?

— Oui, monsieur. Il y en a quatre, si je me souviens bien.

— Je ne me rappelle pas. »

Un membre du jury toussa, et si un membre du jury toussait, ça signifiait que soit il était malade, soit il ne croyait pas un mot de ce qu'il entendait. Jessica opta pour la seconde possibilité.

« Soit, dit-elle. Vous vous souvenez combien vous l'avez soi-disant payée ?

— Peut-être dans les cinquante dollars. »

Jessica fit la moue.

« Pas mal pour un modèle en si bon état. Et qui est ce type qui vous l'a soi-disant vendue ? »

Haussement d'épaules.

« Un type, vous savez ? Ils sont tout un tas là-bas. »

Elle haussa un sourcil, lança un regard au jury, puis se tourna de nouveau vers le prévenu en pensant : *S'il te plaît, dis le mot.*

« *Ils* ? demanda-t-elle. Qui ça, *ils* ? »

Carter tenta de lui faire baisser les yeux, mais il ne faisait pas le poids. À l'époque où elle travaillait dans la rue, Jessica avait appris à faire baisser les yeux à des armoires à glace. Et elle avait eu le meilleur prof qui soit : Kevin Byrne.

« Des voleurs, répondit-il, pensant se couvrir. Voilà qui.

— Je crois qu'on commence à arriver à quelque chose, monsieur Carter, déclara-t-elle. Ce que vous dites à la cour, c'est que vous admettez que lorsque vous avez acheté cette radio à une personne que vous ne connaissiez pas, vous aviez conscience que la marchandise était peut-être volée. Est-ce correct ?

— Je n'ai pas demandé au type si elle était volée ou non.

— J'entends bien, dit-elle. Vu comme *ils* peuvent être. »

Rourke Hoffman n'avait pas bougé si vite depuis des années.

« Objection !

— Je retire ce que j'ai dit. » Jessica laissa passer quelques instants, tapa du doigt sur la photo de la radio dans la penderie de Carter. « Si nous parvenons à localiser ce mystérieux voleur, peut-être parviendrons-nous à localiser d'autres articles qui ont été volés en même temps dans le coffre. Articles qui, le jury en conviendra, n'ont pas été trouvés chez M. Carter ce jour-là. »

Elle souleva son carnet, s'y référa une fois de plus. « Ces articles supplémentaires étant un ordinateur portable Dell Inspiron, trois cents dollars en traveller's checks American Express, deux bagues pour femme, une émeraude et un rubis, deux appareils photo reflex numériques Nikon… »

Carter poussa un grognement moqueur.

Jessica interrompit sa lecture, leva les yeux.

« Je suis désolée, ai-je dit quelque chose de drôle ? »

Il secoua la tête.

« Y avait pas de foutus *appareils photo*. C'est une arnaque à l'assurance. C'est vous qui devriez vous pencher là-dessus, pas moi. »

Jessica sentit son cœur s'emballer, comme quand elle était agent de police et avait un suspect au sol, menottes au poignet.

Respire, Jess.

« Excusez-moi, dit-elle. Vous pouvez répéter ça ? »

Les yeux de Carter devinrent froids, inexpressifs. Jessica vit que la juge était sur le point d'ordonner au prévenu de répondre. Elle leva un doigt.

« Dieu merci, nous vivons dans un pays où les audiences de ce type sont préservées pour la postérité. »

Elle marcha jusqu'à la greffière.

Celle-ci, tentant de se retenir de sourire, lut :

« Y avait pas de foutus *appareils photo*. C'est une arnaque à l'assurance. C'est vous qui devriez vous pencher là-dessus, pas moi.

— Merci. »

Elle regagna la table de l'accusation. Elle aurait mérité un oscar. Confuse, sincère, avec une gracieuse touche de compassion. Les filles du sud de Philly n'avaient rien à envier à Meryl Streep.

« Je suis désolée, dit-elle, s'adressant à la juge Gipson. Mes excuses à M. Carter et à la cour. On dirait que j'ai mal lu mes notes. Je crains d'avoir une écriture abominable. La note que j'ai lue ne concernait pas des appareils photo volés, mais une séance photo avec le juge Drotos plus tôt dans la journée. » Elle marqua une pause, leva son carnet, regarda le prévenu. « Vous avez raison, monsieur Carter. Il n'y avait pas d'appareil photo dans ce coffre. »

L'homme baissa les yeux vers ses pieds.

« Mais comment pouviez-vous le savoir ? »

Le jury mit moins d'une heure à le reconnaître coupable de tous les chefs d'accusation.

Lorsque Jessica franchit la porte de service de DiBlasio's, ils étaient tous là.

Son mari Vincent, sa fille Sophie, son fils Carlos, son père Pete.

Elle avait grandi à quelques rues de là. Lucio DiBlasio avait organisé son repas de mariage, il l'avait toujours traitée comme sa fille, ou du moins comme sa nièce préférée. Chaque fois qu'elle passait chercher du pain après la messe à St Paul – la boutique restait ouverte jusqu'à 13 h 30 le dimanche pour les fidèles –, elle repartait avec un petit cadeau. Elle aimait Lucio et Connie DiBlasio comme s'ils étaient de la famille.

C'était une des raisons pour lesquelles elle avait fait des pieds et des mains pour qu'on lui confie l'affaire. Mais une fois qu'elle l'avait eue, elle avait su que le plus dur serait de maîtriser ses émotions, surtout après avoir visionné la vidéo de surveillance sur laquelle Earl Carter agressait Lucio DiBlasio.

Garder ses distances était une chose qu'elle avait appris à faire durant ses années en tant qu'agent de police dans la rue. Si vous vous laissiez émouvoir par chaque enfant maltraité, chaque personne âgée qui était mise à terre et dépouillée, vous ne pouviez pas faire votre boulot avec la froideur et la lucidité qu'il exigeait, et vous ne duriez pas quinze jours.

Quand elle était entrée dans le monde plus réfléchi et en apparence moins versatile du bureau du procureur, elle avait cru que ce serait différent. Mais ça ne l'était pas. Les victimes étaient les mêmes, les crapules étaient les mêmes ; il n'y avait que la procédure qui changeait.

Elle était désormais entourée des arômes de son enfance, prosciutto et soppressata, pecorino et provolone piquant, pizza rectangulaire à l'huile et à l'ail, la sauce qui mijotait pour les *frutti di mare*, la *baccalà*.

Elle étreignit sa fille, embrassa son mari, souleva son fils dans les airs.

« Tu as gagné, maman ! » s'écria Carlos.

Jessica voulait se montrer humble, dire que c'était l'État de Pennsylvanie qui avait gagné, et qu'elle avait reçu beaucoup d'aide, non seulement des agents de police impliqués et des équipes d'enquêteurs du procureur, mais aussi des douze jurés dont le cœur était sincère et le but noble.

Mais à qui voulait-elle faire croire ça ? Son fils avait *sept ans*.

« Oui, chéri. J'ai gagné.

— Et je t'ai aidée.

— Absolument. »

Ils se tapèrent dans la main.

Un à un, tous les membres du clan DiBlasio approchèrent, chacun lui donnant une accolade reconnaissante. Quand ce fut au tour de Connie, les deux femmes fondirent en larmes. Pas très professionnel de la part de Jessica, mais elle s'en foutait.

Après que tout le monde eut trinqué et vidé son verre, Lucio servit une nouvelle tournée avec son magnum de *vino di tavola*.

Puis, soudain, sans raison apparente, quelque chose s'empara de Jessica. Quelque chose qui couvait depuis longtemps, depuis le jour où elle avait pour la première fois mis les pieds dans le bureau du procureur. Elle attrapa Vincent et lui planta un gros baiser mouillé sur les lèvres. Tout ressortait : l'anticipation du procès, le stress provoqué par la volonté de rendre justice à l'un des plus vieux amis de son père, la délivrance en entendant les mots « coupable de tous les chefs d'accusation ».

Elle regarda en direction de ses enfants. Sophie fixait son téléphone en roulant les yeux. Carlos couvrait les siens.

Le baiser reçut une *standing ovation*.

« Ouah ! fit Vincent.

— Va falloir t'y faire », répliqua-t-elle. Elle regarda à travers la fenêtre, par-dessus l'épaule de son mari, en direction de leur nouveau SUV garé dans un coin sombre du parking. « J'ai besoin que tu m'aides avec quelque chose dans la voiture. »

Vincent, en excellent détective qu'il était, saisit aussitôt. Il n'eut pas le temps d'ajouter un mot que Jessica l'embrassa de nouveau. Cette fois, le baiser fut plus court, mais plein d'urgence.

« Je crois que je ferais bien d'aller me chercher une armure », déclara-t-il après s'être écarté.

Jessica sourit, lui prit la main.

« Vous n'aurez pas le temps, inspecteur Balzano. »

Et il ne l'eut pas.

12

Le parc était paisible. Byrne était assis sur le banc à proximité du petit jardin communautaire.

Il y était venu de plus en plus souvent dernièrement, même s'il n'arrivait pas tout à fait à savoir pourquoi. Parfois la circulation était dense dans les rues voisines, ce qui rendait la réflexion difficile, mais il trouvait tout de même le moyen de rentrer en lui-même et de visiter les endroits qu'il devait visiter.

Et il y avait des moments comme celui-ci, quand la ville était endormie, où le seul bruit était le vent qui agitait les feuilles.

Woodman Park, pensa-t-il. Il songea au long chemin qu'il avait fallu parcourir pour que cet espace vert devienne ce qu'il était désormais.

Il se rappela la maison qui se tenait là autrefois. C'était une époque de trouble une époque d'appréhension et de peur. Peut-être avait-il cru pouvoir sauver cet endroit. Pas la maison, mais l'essence même de ce lieu sur terre.

Ayant été élevé dans la foi catholique, il savait qu'il était censé croire en la rédemption. Mais peu à peu, après tant de temps dans la police, à force de voir le pire du comportement humain, cette foi s'était érodée. Les récidives de crimes violents atteignaient des sommets. Il semblait n'y avoir aucune rédemption dans la solitude rigoureuse des prisons.

Était-ce la mauvaise solution ? Byrne savait que ce n'était pas à lui de le dire.

Mais alors qu'il était assis dans cet endroit magnifique pour lequel il s'était tant battu, un espace né des cendres de la chambre des horreurs qui s'était jadis dressée là, il sentit une fois de plus que la rédemption était possible.

Mais pour qui ?

Il regarda le carton posé sur le banc à côté de lui. Les objets à l'intérieur le ramenaient à ce jour, le jour où Catriona Daugherty avait été assassinée.

Pendant près de quatre décennies, il avait souvent pensé à elle, la revoyant sur la place cette semaine-là, puis sa petite forme gisant sous les arbres dans le parc de la rivière Schuylkill.

Byrne ouvrit le carton et regarda le .38 à la lueur du clair de lune éclatant. Il repensa au jour où il l'avait vu pour la première fois, le jour où Dave Carmody avait sauté sur la benne et l'avait tiré de sa cachette derrière les briques du mur. Byrne ne connaissait presque rien aux armes à l'époque, mais il savait que c'étaient des choses effrayantes, des choses à respecter.

Tandis qu'il était perdu dans ses pensées, une ombre apparut sur sa gauche. Il se tourna, regarda.

« Salut, dit-il. Je me doutais que je te verrais. »

Il avait rencontré le chat dans des circonstances assez bizarres. Ils se tenaient tous deux à côté de la vieille maison, chacun inconscient de la présence de l'autre. À cet instant, la cheminée, dont le mortier s'effritait depuis des années, avait commencé à s'écrouler, et quelques briques avaient roulé du toit et étaient tombées sur la tête de l'animal, l'assommant net.

Byrne avait emmené le chat – qu'il avait immédiatement baptisé Tuck – chez un vétérinaire, et au cours des semaines suivantes il l'avait soigné. Il supposait qu'il avait dès le début compris qu'il ne possédait pas l'animal, et que l'inverse était également vrai. Tuck appartenait à cet endroit, même si la bâtisse avait depuis longtemps disparu. Au cours des six derniers mois, quand Byrne était venu dans cet espace vert, le chat s'était montré à quelques reprises.

Curieusement, il semblait savoir quand Byrne avait le plus besoin d'un ami.

Il sauta sur le banc, lui donna un coup de museau dans la jambe.

« Content de te voir, mon pote. J'ai quelque chose pour toi. Je crois que ça va te plaire. »

Quand il avait su qu'il viendrait ici pour réfléchir, il était passé chez Ippolito's Seafood, dans Dickinson Street, et avait acheté cent grammes de thon de première qualité.

Tandis qu'il déballait le poisson, le chat, impatient, lui bondit sur l'épaule. Et lorsque Byrne posa le papier sur le banc, le chat se jeta dessus en un éclair. Il saisit le thon, fonça jusqu'aux haies qui se trouvaient près de l'arrière du parking, et l'engloutit en un clin d'œil.

« Pas la peine de m'en laisser, merci, dit Byrne. J'ai déjà mangé. »

Quelques minutes plus tard, le chat trottina jusqu'au bord du parking, se lécha une fois de plus les babines et disparut dans la pénombre.

La nuit redevint silencieuse.

Byrne songea aux derniers instants de la vie de Des Farren, au rôle que lui-même avait joué ce jour-là, aux événements qui avaient eu lieu ; au fait que lever la main de colère pouvait résonner à travers les décennies, et qu'à ces moments de folie, des vies étaient à jamais changées.

13

Billy regardait les rangées de photos, chacune représentant un patchwork de parties du visage : yeux, nez, bouches, oreilles, mentons. Sur nombre d'entre elles – la plupart, à vrai dire – il y avait un nom ou un mot, quelque chose qui aidait à identifier le sujet ou clarifiait la relation de Billy à la personne.

Sur le mur consacré à sa première vie, il y avait trois photos d'un homme nommé Joseph Mula. Celui-ci, sur chaque cliché, portait une blouse en rayonne blanche et un pantalon gris fripé, avec un peigne noir qui ressortait de sa poche de poitrine. Joseph Mula avait les cheveux coupés en brosse, des épaules étroites et des petites mains.

Mais pas de visage. Il avait beau essayer, Billy ne distinguait pas ses traits. Même si Joseph Mula lui avait coupé les cheveux à peu près toutes les six semaines quand il avait entre cinq et dix ans, Billy ne se souvenait pas de son visage. À la place, il se souvenait des odeurs : désinfectant Barbicide, Aqua Velva, Brylcreem.

Au-dessus de la tête de lit, il y avait trois rangées de photos de membres de sa famille qu'il n'avait jamais rencontrés, le clan Farren élargi. Pendant de nombreuses années, il avait scruté ces photos, se cherchant dans leurs visages. Il avait un jour cru reconnaître sa tante Bridget, pour finalement apprendre que la femme sur le cliché était morte dix années avant qu'il naisse.

Dans cette pièce, la seule photo de son père Daniel provenait d'un vieil article de journal. Un soir, Billy lui avait découpé les yeux. Il ne se rappelait pas pourquoi.

Son monde était un monde de fantômes.

Un jour, il s'était fait un signe de la main dans un miroir.

Au fil des années, Billy n'avait rencontré qu'une poignée de gens comme lui, ceux qui étaient allés de l'autre côté et en étaient revenus avec une aptitude et un manque, ceux qui avaient trouvé un espace vide là où il y avait eu quelque chose.

Quand sa deuxième vie avait débuté, il avait passé plus de deux ans à tenter de retrouver ses forces, une épreuve douloureuse et épuisante. Durant ces années, souvent jusque tard dans la nuit, il avait lu tout ce sur quoi il pouvait mettre la main, passant de nombreuses heures à la bibliothèque à sélectionner des livres.

Tandis qu'il commençait à comprendre les ombres, il avait lu des livres sur sa maladie, sa prosopagnosie, et avait été surpris de découvrir que de nombreuses personnes en souffraient à des degrés divers, parmi lesquelles Oliver Sacks et l'artiste Chuck Close.

En fin de compte, Billy avait trouvé beaucoup plus simple de rester seul. Il dormait dans la pièce où il avait dormi enfant, un antre en désordre au-dessus de la taverne que ses parents avaient autrefois tenue. L'écho de tous ceux qui avaient fréquenté le Stone durant ses presque soixante-dix années d'existence résonnait toujours. Billy l'entendait la nuit : le vacarme des disputes, le tintement des verres qu'on levait pour trinquer, le son de la cloche au-dessus de la porte signalant l'arrivée ou le départ d'un client.

Sean avait déménagé depuis des années et dormait désormais dans l'atelier de carrosserie depuis longtemps fermé de Wharton, une affaire qui avait autrefois appartenu à leur défunt oncle Patrick. Heavenly Body n'était plus ouvert au public, mais Sean effectuait parfois des réparations pour des amis, et il entretenait une petite flotte constamment changeante de véhicules volés qu'il retapait et repeignait.

Aussi bien Billy que Sean savaient qu'il y avait un risque que le SUV Acadia ait été identifié, ou qu'il le soit bientôt. Dans les semaines à venir, ils le réduiraient à un amas de pièces détachées. Il y avait une camionnette Econoline récemment repeinte en blanc qui était prête à être utilisée.

Tandis qu'il se préparait à sortir, il se tint, comme toujours, devant la grande affiche à côté de la porte. C'était une reproduction d'un tableau intitulé *Deux hommes en pied* du peintre français Edgar Degas, sur lequel deux hommes étaient représentés côte à côte. Celui de gauche était intégralement peint et avait un perroquet vert sur la main gauche. Celui de droite – bien que son gilet et son manteau aient été exécutés dans le style impressionniste – n'avait pas de visage.

Certains disaient que Degas n'avait jamais terminé le tableau et s'était contenté d'esquisser la face de l'homme. D'autres affirmaient qu'il avait délibérément oblitéré ses traits.

Billy ne s'était jamais autant identifié à quoi que ce soit de sa vie. C'était ainsi qu'il voyait le monde, un endroit vide et sans traits, obscurci par une lumière vive.

Le tableau se trouvait dans un musée à Troyes. Quand les cinq lignes seraient tracées, quand la fièvre serait retombée, Billy comptait faire le voyage et se tenir devant. Il se demandait si, après tout ce temps, par la simple grâce du miracle qui l'attendait, l'homme sur la droite aurait un visage.

Peut-être que ce visage serait le *sien*.

La bibliothèque Queen Memorial était une petite branche de la bibliothèque gratuite de la résidence Landreth pour personnes du troisième âge, située dans Federal Street, entre la 22e et la 23e Rue.

Billy était assis, comme toujours, à la table la plus proche de la porte, en train de la regarder.

Elle s'appelait Emily.

C'était une jolie femme gracieuse d'environ vingt-cinq ans avec des cheveux soyeux qui lui descendaient aux épaules et qui avaient la couleur chaude du caramel. Elle avait de longs doigts élégants, le rire facile et sincère.

Longtemps Billy avait ignoré qu'elle était officiellement considérée comme aveugle.

L'une de ses fonctions à la bibliothèque était de gérer les emprunts, ce qui consistait principalement à passer les livres sous le lecteur de code-barres et à les placer dans un sac afin que les clients s'en aillent satisfaits. Comme la Queen Memorial était située dans un centre pour personnes âgées, bon nombre de visiteurs avaient des problèmes de vue, il y avait donc une section consacrée aux éditions en braille et en gros caractères, ainsi qu'aux livres audio.

À l'origine, Billy avait commencé à fréquenter cet endroit pour compulser un volume sur les œuvres de Degas, en particulier la page qui contenait une reproduction en couleur des *Deux hommes en pied*.

Un jour, sur un coup de tête, il s'était arrêté chez une fleuriste dans Federal Street et avait acheté à Emily une rose blanche. Il avait marché de long en large devant la bibliothèque pendant une heure avant de pénétrer dans le bâtiment, d'aller jusqu'au guichet et de la lui offrir.

« C'est pour moi ? avait-elle demandé.

— Oui.

— Comme c'est gentil. » Elle avait senti la fleur, souri. « J'adore les roses blanches. »

Billy avait été confus et, avant de pouvoir se retenir, il avait demandé : « Comment savez-vous… »

Emily avait éclaté de rire. Et Billy avait tout vu : les petites lignes autour de sa bouche, la façon dont son visage s'était illuminé. Étrangement, ses traits étaient parfaitement clairs pour lui.

« Comment je sais que c'est une rose blanche ?

— Oui. »

Emily s'était penchée au-dessus du guichet et avait murmuré sur le ton de la conspiration :

« Je ne suis pas vraiment aveugle, vous savez. C'est juste une ruse pour m'attirer la compassion et avoir une allocation du gouvernement. »

Billy avait été content qu'elle ne voie pas l'expression perplexe qui avait furtivement traversé son visage. Elle plaisantait, naturellement.

« Je l'ai reconnue à l'odeur, avait-elle ajouté.

— Les roses ont une odeur différente en fonction de leur couleur ?

— Oh mon Dieu, oui. »

Au cours des mois suivants, durant ses visites hebdomadaires, Billy s'asseyait avec elle pendant qu'elle déjeunait. Elle lui avait expliqué qu'en général les roses qui sentaient le meilleur étaient les plus sombres, qu'elles avaient tendance à avoir plus de pétales, et ces pétales, une texture duveteuse. Elle lui avait aussi expliqué que pour la plupart des gens seules les roses roses et rouges avaient un parfum de « rose ». Un jour, il lui en avait apporté une jaune, et elle avait affirmé qu'il y avait des notes de violette et de citron dans sa fragrance. Les roses orange, disait-elle, sentaient souvent le fruit, et parfois le clou de girofle.

Pendant plus de trois mois, Billy était venu toutes les semaines sans faute.

C'était là qu'il remplissait les heures entre les collectes d'argent que Sean et lui effectuaient. Là qu'il avait découvert Jack London, Dashiell Hammett et Jim Thompson. Là qu'il avait appris la vraie nature de sa maladie. Mais il n'y avait pas de remède en ce lieu. Il n'y avait que des histoires.

Un jour, à l'heure du déjeuner, Emily l'avait surpris. Ils étaient assis sur le banc en pierre à côté de l'entrée de la bibliothèque.

« Je suis sûre que vous avez l'embarras du choix avec les femmes, avait-elle déclaré. Pourquoi voulez-vous passer votre temps avec un rat de bibliothèque tel que moi ?

— Comment ça ?

— Les hommes beaux peuvent choisir. »

Billy s'était senti rougir. Ses joues étaient brûlantes.

« Pourquoi croyez-vous que je suis beau ? »

Elle avait touché son visage, passant ses doigts de chaque côté depuis son front et les faisant glisser légèrement sur ses yeux, ses pommettes, ses lèvres et son menton.

Elle s'était renfoncée contre le dossier.

« Je vous vois », avait-elle répondu.

Ils étaient restés un moment silencieux. Billy l'avait observée. Et ce n'était pas le badge avec son nom qu'il regardait, ni son gilet couleur ivoire, ni son chemisier blanc, ni la façon dont ses cheveux étaient repoussés derrière une oreille. Il la voyait réellement. Il n'avait aucun problème à la reconnaître. C'était une sensation étrange et déconcertante, le genre de chose, s'imaginait-il, que devait éprouver une personne malentendante lorsqu'elle mettait une prothèse auditive pour la première fois et entendait la *Neuvième Symphonie* de Beethoven.

À de nombreuses reprises il l'avait attendue de l'autre côté de la rue et l'avait suivie tandis qu'elle rentrait chez elle avec sa canne blanche. Elle ne vivait qu'à deux rues, dans Oakford Street, mais Billy ne cessait d'être époustouflé par la manière dont elle se déplaçait. Il lui arrivait aussi de se garer devant chez elle et d'observer ses fenêtres, les ombres douces projetées sur les stores. Elle avait deux chats, Oryx et Crake, et elle laissait souvent les lumières allumées pour eux.

Ce jour-là, Billy se contenta de l'observer à son guichet. Ils avaient rendez-vous pour déjeuner ensemble le lendemain et, d'une manière ou d'une autre, il trouverait le courage de lui demander.

14

Nail Island était un petit salon de manucure doublé d'un institut de beauté situé presque en face de la maison d'Edwin Channing. La façade de briques blanches comportait deux fenêtres dotées d'auvents rose vif. Sur les vitres étaient indiqués les services proposés : manucure, pédicure, épilation à la cire, coloration des sourcils.

Lorsque Byrne et Maria Caruso se garèrent devant la boutique, Byrne repéra la caméra de surveillance au-dessus de la porte, qui était la raison de leur visite. Il regarda de l'autre côté de la rue et tenta d'estimer l'angle, se demandant si le champ de celle-ci engloberait la zone devant la maison de la victime.

Quand Maria avait parlé à la propriétaire de Nail Island, la femme lui avait expliqué que la caméra était bien reliée à un enregistreur et que les vidéos étaient conservées pendant une semaine.

Avec un peu de chance, si la caméra était en état de fonctionnement et si son champ incluait la maison de Channing – ou les zones alentour –, ils auraient quelque chose. Byrne sentit son pouls s'accélérer lorsqu'il ouvrit la porte pour sa collègue et la suivit à l'intérieur.

La boutique était tout en longueur, avec cinq postes de soins sur la droite. Il y avait deux clientes, l'une qui se faisait faire une manucure, l'autre, une pédicure. Elles avaient toutes deux une trentaine d'années. Une fillette de six ans était assise dans un fauteuil libre, totalement absorbée par un iPad.

« Bienvenue chez Nail Island. »

La femme sortait de l'arrière-boutique, portant un plateau chargé de vernis divers. Elle était afro-américaine, approchant de la quarantaine, très élancée. Elle portait une blouse rose vif ornée du logo de la boutique, un jean blanc, des sandales blanches. Tous ses ongles étaient peints dans un jaune doux.

« Mon nom est Alvita Francis, dit-elle. En quoi puis-je vous aider ? »

Elle avait un léger accent caribéen.

Maria produisit sa plaque.

« Je suis l'inspectrice Caruso. Voici l'inspecteur Byrne. Je crois que nous nous sommes parlé au téléphone l'autre jour ?

— Oui, évidemment. À propos de la SafeCam.

— Tout à fait. »

Alvita tendit une main vers Maria, paume tournée vers le haut.

« Je peux ? »

Maria tendit sa main droite. Ses ongles étaient courts. Elle ne portait pas de vernis.

« Vous avez de jolis ongles, observa Alvita.

— Merci.

— Vous devez prendre de la vitamine B12.

— Les yaourts grecs sont ma vie.

— Je peux les rendre encore plus beaux.

— Vraiment ?

— Mon Dieu, oui. Les beaux ongles sont *ma* vie. »

Les ongles longs n'étaient pas seulement une gêne pour les policières, ils constituaient un risque potentiel. Même s'il n'y avait pas de règlement à leur sujet, ils étaient considérés d'un mauvais œil et presque systématiquement exclus. Tout ce qui pouvait vous empêcher de dégainer votre arme de service était une mauvaise idée.

Alvita jeta un coup d'œil à Byrne.

« En revanche, je n'aime pas du tout ces ongles-là. »

Il jeta un coup d'œil à ses mains.

« Qu'est-ce qu'ils ont ?

— Vous vous êtes déjà fait faire une manucure ?

— Non, mais j'y songe tous les jours. »

Elle passa la main par-dessus le guichet, produisit deux cartes, les tendit à Byrne et Maria.

« Dix pour cent de réduction pour la police de Philadelphie. » Elle désigna la femme au troisième poste. « Mika peut vous prendre maintenant si vous voulez.

— Peut-être une autre fois, répondit Byrne. Mais merci. »

Il empocha la carte, désigna l'espace au-dessus de la porte, où la caméra extérieure était située.

« Je peux vous demander pourquoi vous avez une caméra ? » dit-il.

Les deux sourcils sculptés de la femme se soulevèrent.

« Vous êtes de Philly ?

— J'y ai passé toute ma vie.

— Et vous posez cette question ?

— OK, convint Byrne.

— Au téléphone vous avez dit que vous aviez un enregistreur, intervint Maria. J'ai bien compris ?

— Oui.

— Est-ce qu'il est activé par un capteur de mouvement, ou bien fonctionne-t-il en permanence ?

— Il fonctionne en permanence, répondit Alvita. Enfin, quand nous sommes fermées. Parfois je l'éteins pour économiser l'espace sur le disque dur pendant les heures d'ouverture. » Elle pointa le doigt vers la caméra sur le mur qui faisait face au guichet. « Mais celle-ci fonctionne vingt-quatre heures sur vingt-quatre. Je laisse le tiroir de la caisse vide, ouvert et éclairé quand nous sommes fermées, mais on ne sait jamais. Les criminels ne sont pas toujours très malins.

— Et vous dites que la caméra fonctionnait la nuit dont je vous ai parlé ? demanda Maria.

— Oui, madame. J'ai fermé vers 8 heures ce soir-là, j'ai enclenché l'alarme et mis la caméra en route. Je suis allée passer le week-end à Cape May.

— Est-ce qu'on pourrait jeter un coup d'œil à la vidéo ?

— Absolument. »

Alvita les mena à l'arrière-boutique. En chemin, la fillette leva les yeux de son iPad et fit un signe de la main à Byrne.

L'arrière-boutique était remplie de piles de cartons, de sèche-cheveux, de tabourets et de chariots, de tables de manucure, de chaises en plastique et de bacs à shampooing. Parmi tout ce capharnaüm il y avait un bureau encombré avec un iMac de vingt et un pouces.

« S'il vous plaît, excusez le désordre, dit Alvita. Je veux ranger tout ça depuis le jour où Whappy a tué Phillup. »

Byrne et Maria échangèrent un regard. Byrne supposa que ça voulait dire depuis très longtemps. Il ne demanda pas qui étaient Whappy et Phillup.

« J'ai pris la liberté de caler l'enregistrement environ une heure avant le moment qui vous intéresse, ajouta-t-elle.

— C'est gentil », répondit Maria. Elle désigna le fauteuil. « Je peux ?

— Je vous en prie. »

Maria Caruso appartenait à la nouvelle génération d'inspecteurs qui comprenaient parfaitement tout ce qui concernait le numérique et les nouvelles technologies et s'y intéressaient. Alors que Byrne avait dû s'y mettre du jour au lendemain.

« Je vous laisse à vos affaires, déclara la femme. Appelez-moi si vous avez besoin de quelque chose. »

Elle écarta le rideau de perles et regagna le salon.

Maria s'assit au bureau, saisit la souris. Elle avança jusqu'au moment qui, selon le légiste, avait précédé l'heure de la mort d'Edwin Channing. Elle appuya sur « Lecture ». L'écran révéla la zone située devant l'entrée de Nail Island, ainsi que les voitures et le trottoir de l'autre côté de la rue. La maison de la victime était hors du cadre, sur la gauche.

En haut à droite de l'écran, le terrain vague situé à droite de la maison de Channing était visible et on distinguait au loin une portion de la rue suivante.

Des voitures passèrent. Quelques piétons traversèrent le champ. Un homme qui promenait ses chiens. Personne ne semblait trop prêter attention à la maison de Channing.

À 23 h 25, un véhicule traversa l'écran de droite à gauche, de l'autre côté de la rue. C'était un gros SUV de modèle récent, bleu foncé ou noir. Tandis qu'il était presque sorti du champ de la caméra, le véhicule s'immobilisa, ses feux de stop illuminant l'image. Il semblait s'être arrêté juste devant la maison de Channing. Seule une partie du pare-chocs arrière était visible.

Pendant les deux minutes suivantes, il ne bougea pas. Aucun piéton ne passa.

À 23 h 28, les feux de stop s'allumèrent de nouveau, puis disparurent dans l'obscurité. Les seules lumières provenaient désormais des réverbères.

À 23 h 30, un SUV sombre s'arrêta tout en haut de l'écran, sur la droite, dans la rue de derrière, de l'autre côté du terrain vague.

« On dirait le même véhicule, observa Maria.

— Oui, en effet », répondit Byrne.

Une minute plus tard, la porte du côté conducteur s'ouvrit et deux ombres fantomatiques se détachèrent du SUV, traversant le terrain vague en direction de la maison de Channing. Il était 23 h 32. Les deux inspecteurs regardèrent la vidéo sans un mot, tandis que quelques voitures se succédaient au premier plan. Maria fit défiler l'enregistrement en vitesse accélérée.

À 00 h 16, les deux ombres réapparurent. Le SUV démarra, et le faisceau d'un jaune éthéré des phares transperça les ténèbres.

« On peut repasser ça ? » demanda Byrne.

Maria cliqua sur la barre de défilement, déplaça légèrement le curseur sur la gauche. Quelques secondes plus tard, les deux ombres traversèrent de nouveau le terrain vague, s'approchant de la voiture.

« Arrêtez ici une seconde. »

Maria cliqua sur « Pause ». Byrne savait qu'elle pensait la même chose que lui.

Étaient-ce les hommes qu'ils cherchaient ?

Étaient-ce là deux hommes capables de tuer de sang-froid ?

« Pouvez-vous demander à Alvita s'il serait possible d'imprimer ça ? fit Byrne.

— Bien sûr. »

Pendant que Maria retournait dans le salon, Byrne s'assit au bureau. Il sortit son téléphone, prit une photo de l'écran, regarda le cliché. Il était granuleux, mais pas tellement plus que l'enregistrement lui-même.

Il rembobina la vidéo, s'arrêta au moment où le SUV passait devant la boutique. L'image était rendue floue par le mouvement, et les vitres obscurcies l'empêchaient de voir l'intérieur du véhicule, mais une chose était distincte : le pare-chocs arrière était enfoncé du côté gauche.

Maria revint dans l'arrière-salle.

« Alvita dit que ça doit être possible, mais que sa seule imprimante est à l'avant.

— C'est bon, répondit Byrne. Avec sa permission, on va faire venir quelqu'un du service vidéo pour faire une copie de cet enregistrement en incluant trente minutes avant et après ce moment.

— Ça marche. »

Pendant que Maria Caruso retournait à la Rotonde, Byrne quadrilla le quartier avec la photo floue de la vieille femme qu'Anne-Marie Beaudry lui avait envoyée par e-mail. Personne ne la reconnut.

La veille au soir, il l'avait lui-même envoyée à Perry Kershaw, qui avait répondu que non seulement il ne la reconnaissait pas, mais qu'il n'était même plus certain de l'avoir vue. Byrne remisa cette vague piste dans un compartiment mental qui lui servait à stocker les coïncidences, et il reprit le fil de son enquête.

Il passa les heures qui suivirent à arpenter les rues qui avoisinaient la maison de Channing en prenant celle-ci comme épicentre et en décrivant des cercles concentriques de plus en plus larges, à la recherche de caméras de surveillance extérieures.

Mais le fait qu'une maison ou un établissement commercial en soit équipé ne signifiait pas qu'elle était disponible ou que les propriétaires avaient adhéré au projet SafeCam. Loin de là. Il était évident que les gens avaient au moins autant à cacher que ce qu'ils étaient disposés à partager. Probablement beaucoup plus.

En tout, Byrne compta neuf caméras dans un rayon de quatre blocs, dont aucune n'était enregistrée dans le programme SafeCam. Il s'arrêta à chaque adresse. Quatre appartenaient à des particuliers, mais personne ne répondit à la porte. L'une d'elles s'avéra être une caméra factice. Trois de celles qui appartenaient à des commerçants n'étaient pas reliées à un appareil d'enregistrement.

À 14 heures, il en trouva une qui l'était.

À quatre blocs à l'est de Nail Island se trouvait une petite épicerie de proximité nommée Sadik Food King. Elle était tenue par un couple turc, Joe et Fatma Sadik.

Quand Byrne entra dans le magasin, il fut accueilli par une symphonie d'arômes provenant notamment d'un samovar en cuivre rempli de café noir corsé. Il fut aussi accueilli par Joe Sadik. C'était un homme à la quarantaine bien sonnée, sec et bien mis, doté d'une poignée de main ferme et d'un sourire avenant. Il portait une chemise couleur crème et un nœud papillon cacao.

Byrne expliqua ce qu'il cherchait, sans s'étendre sur les détails. Il indiqua également à Joe Sadik le moment qui l'intéressait.

Contrairement à Nail Island, les Sadik, qui avaient été victimes de plusieurs vols, avaient investi dans des caméras de qualité et souscrit à un service sur le *cloud* qui stockait leurs enregistrements de surveillance à distance.

Ils se rendirent dans un bureau à l'arrière de la boutique.

« Pourquoi avez-vous opté pour ce service ? » demanda Byrne.

Sadik s'anima. Il ponctuait ses phrases de regards et de gestes expressifs.

« Deux fois on a été cambriolés, et ils ont volé non seulement l'enregistreur, mais aussi les caméras. » Il désigna le plafond au-dessus de la porte blindée. Un petit dôme de verre fumé y était fixé. « Maintenant elle est beaucoup plus dure à repérer, et encore plus à voler. Et s'ils y parviennent, ils n'auront pas la vidéo. »

Sur ce, l'épouse de Joe, Fatma, une femme menue vêtue d'un tailleur-pantalon bordeaux, entra dans la pièce avec un plateau orange. Dessus étaient posées deux petites tasses de café noir fumant.

« Merci », dit Byrne.

Il but une gorgée. Le breuvage était corsé et goûteux.

À l'écran, la vidéo défilait de manière saccadée. Des voitures passaient, des piétons, le soleil projetait de longues ombres, puis il se coucha complètement. Tandis que la rue brillait sous les réverbères, un véhicule familier traversa le champ.

« Attendez, dit Byrne. On peut revenir en arrière ? »

Joe Sadik appuya sur « Pause ». Il rembobina l'enregistrement.

Lorsque celui-ci reprit, des voitures passèrent par à-coups. À 21 h 55, un SUV apparut du côté gauche, s'arrêta à l'angle. Un véhicule noir avec le pare-chocs arrière enfoncé. La plaque d'immatriculation n'était pas visible, mais le nom du modèle l'était. C'était une GMC Acadia. Byrne téléphona pour donner son signalement.

Une fois le coup de fil achevé, il se tourna de nouveau vers Joe Sadik.

« OK, dit-il. Laissons défiler. »

L'homme appuya sur « Lecture ». À l'écran, le véhicule s'arrêta de l'autre côté de la rue, devant une boutique nommée U-Cash-It. Quelques secondes plus tard, le conducteur et le passager en descendirent. De lui-même, Joe Sadik appuya sur « Pause ».

Malgré la faible lumière et le fait que le SUV était filmé depuis un point élevé à travers quatre voies,

Byrne vit que ses occupants étaient des hommes blancs âgés d'environ trente ans. Ils portaient tous deux des vestes en cuir. Le passager avait les cheveux longs, presque jusqu'aux épaules. Le conducteur, qui arborait des lunettes de soleil enveloppantes, avait les cheveux coupés à ras. Tous deux portaient ce qui ressemblait à des mitaines noires.

« C'est bon ? demanda Sadik.

— C'est bon », répondit Byrne.

L'homme relança la lecture.

À l'écran, le type aux cheveux longs tint ouverte la porte du magasin pour laisser entrer le conducteur, puis le suivit à l'intérieur.

« Est-ce qu'il y a un moyen d'imprimer ça ? »

Sadik se leva en un éclair.

« Oui, c'est possible. »

La boutique U-Cash-It était située dans une maison mitoyenne en briques, rénovée et sécurisée, à côté d'un magasin de téléphones et de pagers. Mais « rénovée » n'était probablement pas le bon terme. Le rez-de-chaussée avait été démoli et du placo avait été installé et peint en blanc. C'était tout. Il y avait un comptoir qui s'étirait sur toute la largeur, une enseigne U-Cash-It sur le mur opposé – du rouge et du jaune criards avec une main qui tenait des billets d'un vert vif et un éclair au milieu du U –, mais rien d'autre hormis une petite glace sans tain et une paire de caméras dans le coin le plus éloigné.

Byrne n'avait jamais mis les pieds dans un établissement commercial plus dépouillé et inhospitalier.

Mais bon, si vous aviez besoin d'encaisser des chèques au tarif qu'ils pratiquaient, vous ne veniez pas ici pour vous faire des amis.

Si l'intérieur n'était pas chaleureux, l'homme qui se tenait derrière le comptoir l'était encore moins. À près de trente ans, il devait mesurer un mètre quatre-vingt-huit pour cent dix kilos. Crâne rasé, une paire de boucles en acier dans son oreille droite, et sur les bras deux des tatouages les plus complexes que Byrne ait jamais vus. Sans mentionner un autre, très ostentatoire, sur sa nuque. C'était manifestement sur ces parties de son corps qu'il affichait son sens de la couleur et de la composition, pour ce qu'il valait.

« Comment ça va ? demanda-t-il, sans montrer beaucoup d'intérêt pour la réponse.

— Parfaitement bien.

— Vous êtes flic ? »

Byrne laissa passer un moment.

« Ça se voit tant que ça ?

— D'après vous ? »

Byrne avait besoin que cet homme l'aide, alors il décida de le laisser faire son malin, pour le moment. Il produisit sa plaque.

« Criminelle ?

— C'est exact, répondit Byrne.

— J'ai tué personne.

— Je n'ai jamais dit que vous l'aviez fait. »

L'homme continua d'essayer de lui faire baisser les yeux. Vu ses tatouages, son attitude, sa grimace permanente, il était clair que ce n'était pas la première fois qu'il avait affaire à un agent des forces de l'ordre. Ça disait aussi que ce commerce était une affaire familiale. Car si ce type était un criminel qui avait été condamné, personne ne ferait appel à lui pour gérer son argent, hormis papa et maman.

Finalement, l'homme détourna les yeux et regarda par-dessus l'épaule de Byrne en direction d'un client imaginaire.

« Je n'ai pas saisi votre nom. »

L'homme prit une profonde inspiration, dilatant ses narines.

« Dennis. »

Byrne sortit son carnet d'un geste théâtral, feuilleta quelques pages, ouvrit son stylo.

« Juste Dennis ? Comme Cher ou Madonna ? »

Nouvelle inspiration.

« LoConti.

— Ravi de vous rencontrer », dit Byrne.

Il posa son carnet et son stylo. Se pencha légèrement en arrière. Juste deux types en train de discuter.

« Je vois que vous avez deux caméras de surveillance à l'arrière de la boutique. »

Dennis pivota sur lui-même et regarda, comme s'il ne savait pas qu'elles étaient là. Il se tourna de nouveau vers Byrne.

« Et ?

— Est-ce qu'elles vous sont parfois utiles ?

— Je suis pas sûr de vous suivre.

— Ce que je veux dire, c'est : est-ce que vous avez déjà eu besoin d'identifier quelqu'un qui s'était introduit dans votre établissement grâce à ces appareils de surveillance ? »

Byrne savait que Dennis savait pertinemment que si un cambriolage ou un vol avait été rapporté à cette adresse, la police serait au courant. Il pouvait mentir, mais ça ne servirait à rien s'il voulait que ce flic sorte de sa boutique et de sa vie.

« Deux fois, répondit-il.

— Génial, dit Byrne. De l'argent bien dépensé. » Il désigna la porte d'entrée. « J'ai remarqué que vous n'en avez pas devant.

— Non.

— Je peux vous demander pourquoi ? »

Un léger sourire traversa le visage de Dennis et s'estompa rapidement.

« Parce qu'ils n'arrivent jamais jusque-là. »

Tandis qu'il disait ça, Byrne vit l'homme ramener sa main, de façon presque imperceptible, vers son corps, s'arrêtant à quelques centimètres du bord du comptoir usé. Il se demanda quel genre de moyen de dissuasion il avait en dessous. Mais ce n'était pas son problème pour le moment. Peut-être bientôt, mais pas encore.

« Compris, dit-il. Ça pourrait expliquer pourquoi vous ne participez pas au programme SafeCam.

— Le *quoi* ? »

Byrne lui fit un bref résumé. Au bout d'environ dix mots, il vit le regard de l'homme se perdre dans le vague.

« Je peux vous faire envoyer des brochures, si vous voulez.

— Oui. OK. C'est ça.

— Je vais le noter. Mais venons-en à ce qui m'amène. Je ne veux pas vous faire perdre trop de temps. »

Pas trop tôt, sembla dire le visage de l'homme.

« J'ai besoin de vous questionner sur deux de vos clients.

— Lesquels ?

— Je ne connais pas leur nom. C'est un peu la raison qui m'amène ici. »

Rien. Byrne poursuivit. Il souleva son carnet, tourna une page.

« Ces deux hommes vous ont rendu visite avant-hier. Vers 19 h 55.

— *Vers* 19 h 55 ? demanda Dennis. Ça m'a l'air assez précis.

— En fait, il était 19 heures 55 minutes et 31 secondes. Je ne voulais pas vous accabler avec les détails superflus. Travailliez-vous ce soir-là ?

— J'étais ici.

— Alors vous vous souvenez peut-être d'eux. » Dennis se frotta le menton.

« On a beaucoup de passage. »

Byrne parcourut lentement la pièce du regard. Ils étaient seuls, et l'avaient été depuis qu'il était arrivé. U-Cash-It n'était pas une entreprise florissante. Lorsqu'il se tourna de nouveau vers l'homme, il vit qu'il s'était fait comprendre.

« Donc, ces deux types étaient blancs, la trentaine, genre décontracté. L'un avait les cheveux longs, une veste en cuir, des mitaines. Ils se déplacent dans une Acadia noire. »

Dennis fit mine de réfléchir.

« Ça me dit rien. »

Byrne acquiesça, soutint son regard pendant quelques instants. Il désigna de nouveau la porte d'entrée.

« Je viens de parler aux gens qui tiennent cette petite épicerie à l'angle.

— Les Iraquiens ?

— Je crois qu'ils sont turcs, mais oui. Cette boutique-là.

— On n'évolue pas dans les mêmes cercles.

— Je vois. Mais il s'avère qu'eux, ils ont une caméra à l'extérieur de leur commerce, et vu qu'ils se sont fait cambrioler plusieurs fois, ils ont souscrit à un programme assez onéreux sur le *cloud* qui enregistre et stocke à distance leurs vidéos de surveillance. Il s'avère également que leur caméra extérieure a une vue dégagée sur votre porte. »

Byrne enfonça la main dans sa poche de veste, en sortit la copie de l'arrêt sur image que Joe Sadik lui avait fournie. Il la lissa sur le comptoir. Elle montrait clairement l'homme aux cheveux longs en train de tenir la porte de U-Cash-It pendant que l'autre entrait. Dans le coin étaient indiquées la date et l'heure exacte.

Pendant que Dennis LoConti examinait le document, Byrne examinait Dennis LoConti. Il perçut un tic. Léger, mais bien présent. Il entendit presque l'homme se dégonfler. Il connaissait ces visiteurs.

« Vous savez, les gens qui viennent ici ont droit au respect de leur vie privée.

— Je suis absolument d'accord, répliqua Byrne. Mais comme vous l'avez noté tout à l'heure, je suis de la criminelle. Ces deux messieurs ne sont pas nécessairement recherchés pour un crime spécifique. Ils sont juste apparus dans le cadre d'une enquête plus vaste. »

C'était son plus ancien et meilleur bobard. Il continua :

« Et comme vous en avez sans doute conscience, nous avons un bureau du procureur très efficace dans cette ville. Ils sont imbattables pour contraindre les gens à parler de leur clientèle. Bon, je ne dis pas que nous serons forcés d'en arriver là. Je dis juste qu'on est deux types qui discutent. » Il désigna la copie d'un geste de la tête. « Reconnaissez-vous ces hommes, monsieur LoConti ? »

Ce dernier regarda la feuille de papier, tambourina le comptoir du doigt.

« Je les ai peut-être vus.

— Mais vous ne connaissez pas leur nom.

— Comme j'ai dit, on a beaucoup de passage.

— Si ces personnes ont effectué une transaction ici à cette heure précise, en auriez-vous une trace ?

— Normalement, oui, mais mon ordinateur est en réparation. »

Pour illustrer son propos, il passa la main sous le comptoir, attrapa un câble d'alimentation et une souris USB qui n'étaient reliés à rien. Ça n'était pas vraiment une preuve.

Byrne songea à ce qu'il avait et se demanda si un mandat était envisageable. Ça ne semblait pas suffisant.

Il décida d'attendre un peu, de laisser mariner Dennis LoConti.

« Appelez-moi dès que vous récupérerez votre ordinateur, dit-il. Vous voulez bien faire ça pour moi, Dennis ? »

LoConti saisit sa carte.

« Bien sûr. »

Byrne soutint son regard jusqu'à ce qu'il détourne les yeux. Il y avait un lien, mais Byrne ne parvenait pas complètement à mettre le doigt dessus. Il soupçonnait les deux hommes sur la vidéo de n'être pas simplement venus encaisser un chèque, il doutait donc qu'il y aurait la moindre trace de leur visite sur l'ordinateur comme par hasard indisponible de Dennis LoConti.

En quittant la boutique, il se retourna et lança :

« Au fait, ils s'appellent M. et Mme Sadik.

— Qui ça ?

— Les gens de l'épicerie d'en face. Ceux qui surveillent votre établissement pendant que vous dormez. »

Il était 16 heures passées lorsque Byrne arriva chez les Rousseau. Il entra par la porte de derrière, qui était fermée avec un cadenas. La seule fois qu'il était venu dans cette maison, elle grouillait de techniciens de scène de crime et d'enquêteurs. Il avait besoin qu'elle soit silencieuse.

Il resta un moment assis dans la cuisine avec les lumières éteintes, écoutant les sons de la maison, des sons qui avaient pu précéder l'anéantissement de la famille Rousseau.

Les tueurs étaient-ils entrés par-derrière ? Avaient-ils frappé à la porte, et un membre de la famille, pensant que c'était un voisin, avait-il simplement ouvert ?

D'après sa déposition, quand Anne-Marie Beaudry était entrée dans la cuisine à 7 h 30 le matin où les victimes avaient été découvertes, le four était allumé à basse température, et à l'intérieur se trouvait un gigot d'agneau quasiment desséché, enveloppé dans du papier aluminium.

Byrne alluma les lumières. Sur le plan de travail se trouvait un livre de cuisine. Un marque-page rouge ressortait du dessus. Il ouvrit doucement le livre et vit une recette de chaussons aux pommes. Il jeta un coup d'œil à la coupe à fruits sur la petite table. Elle était pleine de granny smith.

Il se représenta les instants qui avaient précédé la rencontre de Laura Rousseau avec son assassin, se tenant exactement là où elle s'était tenue, absorbée par cette simple tâche quotidienne. Ce serait sa dernière.

La chambre de Mark était une chambre d'adolescent typique. Au lieu de stars de rock ou de hip-hop, cependant, ses affiches représentaient des athlètes. Cole Hamels, LeSean McCoy, Usain Bolt.

Son journal intime se trouvait à l'intérieur d'un coffret laqué noir posé sur sa commode. Il ouvrit le coffret. Le journal lui-même était en similicuir brun. Byrne vit les traces de la poudre noire qui avait servi à prélever les empreintes digitales.

Il sortit le journal, l'ouvrit au milieu et se mit à lire.

16 juin. J'ai commencé à travailler au magasin aujourd'hui. La matinée a été assez tranquille, mais vers midi quelques bus de touristes sont arrivés. Je crois qu'ils étaient coréens. En tout cas, ils avaient beaucoup d'argent à dépenser. C'était tellement marrant de regarder papa essayer de comprendre ce qu'ils racontaient. Il parle toujours avec ses mains de toute manière, mais le voir essayer de décrire la Cloche de la Liberté était hilarant.

Tout d'un coup, il a été 3 heures, et ni l'un ni l'autre n'avions pris de pause déjeuner.

Je suis allé au petit restaurant dans la 3e Rue, et devine qui était là. Je ne suis pas sûr que Jen et moi ayons un avenir ensemble. Elle est peut-être un peu trop sérieuse pour moi.

Je crois que maman est la personne la plus courageuse que je connaisse. C'était hallucinant quand elle a tenu tête à ces gens alors qu'elle n'y était pas obligée. Quand je lui ai demandé pourquoi elle l'avait fait, elle a répondu que c'était pour les autres, et que parfois il faut prendre position, même si ce n'est pas facile.

J'étais un peu trop jeune pour comprendre à l'époque, mais je comprends maintenant. Si j'arrive à avoir la moitié de son courage, je serai heureux.

Byrne referma le journal. Même s'il avait accompli cette tâche simple mais nécessaire à de multiples reprises – plus d'une affaire avait connu un revirement grâce à une phrase en apparence anodine dans un journal intime –, il avait toujours l'impression d'envahir l'intimité de la victime.

Il tira néanmoins une enveloppe en papier et glissa le journal dedans, songeant qu'il ne devrait pas oublier d'enregistrer ce prélèvement dans le dossier de l'affaire. Il continuerait de le lire plus tard.

Avant de quitter la maison, il s'arrêta dans la cuisine.

Sur le plan de travail il y avait un répondeur numérique. Il enfonça le bouton pour écouter l'annonce.

« Nous sommes la famille Rousseau ! » s'exclamèrent-ils tous ensemble.

Byrne savait que l'appareil avait été analysé et qu'il ne contenait pas de messages. Il repassa l'annonce, sans trop savoir pourquoi. Peut-être parce qu'il voulait faire connaissance avec ces gens, faire l'expérience d'eux vivants.

Il la repassa une dernière fois et, ce faisant, tourna les yeux vers le salon et les grandes taches brunes sur la moquette.

« Nous sommes la famille Rousseau ! »

Il sentit sa vieille colère monter, mais fit son possible pour la contenir. Elle ne l'avait jamais aidé.

Sur le tableau de liège de la cuisine étaient punaisées des photos de Mark à dix, douze et quatorze ans, le préadolescent dégingandé se transformant en un jeune athlète costaud qui ne deviendrait jamais l'homme qu'il aurait dû être.

Tandis que Byrne refermait et verrouillait la porte, il sentit le poids du livre dans sa poche. Deux phrases que Mark Rousseau avait écrites le hantaient :

Je crois que maman est la personne la plus courageuse que je connaisse.

C'était hallucinant quand elle a tenu tête à ces gens alors qu'elle n'y était pas obligée.

15

« Je ne veux pas en prendre, déclara la vieille femme. C'est mon dernier mot. »

Elle croisa ses bras maigres sur son gilet bleu pelucheux et tenta de se faire encore plus petite.

Anjelica testa l'eau qui coulait du robinet avec le dos de son poignet droit. Tiède au mieux. Elle ajouta de l'eau chaude, essaya de nouveau. Brûlante.

Parfait.

Juste de quoi cuire la vieille.

Elle coupa le robinet, fit tournoyer l'eau avec sa main.

« Ça m'est égal que vous le vouliez ou non. Vous allez en prendre un, répliqua Anjelica. C'est *mon* dernier mot.

— Ce n'est pas le jour du bain.

— Si, ma petite vieille.

— Je n'en ai pas pris la dernière fois.

— La dernière fois ma sciatique me faisait souffrir et je ne pouvais pas vous soulever. Aujourd'hui, elle est encore pire. Vous croyez que vous êtes la seule à avoir des problèmes ? Je vous ai déjà laissée y échapper pendant une semaine, mais aujourd'hui, c'est votre jour.

— Je sais quel jour on est. Pas la peine de me le dire. Je *sais* quel jour on est parce que vous portez ce parfum. »

Anjelica faillit éclater de rire. Elle mettait toujours du parfum quand elle venait voir Tess Daly. La raison à ça était simple. La vieille femme était un vrai moulin à paroles. Plus encore que sa mère, qui avait été une pipelette invétérée.

Moyennant quoi, environ un an plus tôt, elle avait eu l'idée de faire en sorte qu'elle soit sa dernière patiente de la journée. Elle mettrait un peu de maquillage, son plus beau pull et du parfum et lui dirait que, même si elle adorerait rester à papoter avec elle, elle ne pouvait pas parce qu'elle avait un rendez-vous. Au début, il avait été clair que la vieille femme ne la croyait pas, supposant à juste titre qu'aucune personne saine d'esprit ne s'intéresserait à Anjelica Leary.

Mais elle s'était tenue à son histoire, parvenant finalement à faire croire à la vieille qu'elle était vraie. C'était la seule manière de quitter cet appartement à une heure décente.

Pour être honnête, Tess Daly était, à quatre-vingt-huit ans, relativement civilisée. Et plus d'une fois Anjelica s'était demandé à quoi ressemblerait sa vie si elle lui faisait rencontrer Jack Permutter.

D'une vieille pierre deux coups.

Vingt minutes plus tard, une fois la femme lavée, nourrie et plantée devant la télé, Anjelica se regarda dans le miroir, ajusta son chemisier et sa jupe, qui étaient tous deux hors d'âge.

Comme à chaque fois, elle entendit la télé dans le salon passer d'une pub à : « Et… voici… Jeopardy ! »

Elle versa à Tess deux doigts de Jameson, replaça la bouteille dans le petit bureau de la chambre, ferma le tiroir à clé et empocha cette dernière. Sinon, Tess aurait tout bu.

Ce soir-là, comme chaque fois qu'elle rendait visite à Tess Daly, Angelica s'arrêta manger un sandwich dans un petit restaurant de Lombard Street, puis elle rentra chez elle, enfila son peignoir, se versa une bonne dose de whiskey tout en espérant qu'il y aurait un bon film sur TCM.

Elle ne s'intéressait guère aux productions récentes, avec leurs super-héros, leurs explosions et leurs prétendues comédies romantiques. L'époque qu'elle aimait était celle de ses parents et de ses années de jeune adulte, les films de George Cukor, Billy Wilder, Alfred Hitchcock et Frank Capra.

Par un heureux hasard, celui du soir était *Kitty Foyle*, le film de 1940 qui avait valu à Ginger Rogers un oscar pour son rôle d'employée ambitieuse des quartiers pauvres de Philadelphie qui devient l'objet de l'affection de deux hommes : le mufle riche, interprété par Dennis Morgan, et le jeune médecin idéaliste, interprété par James Craig. Un vrai mélo.

Et Anjelica adorait les vieux mélos.

Tandis qu'elle s'installait dans son fauteuil et regardait le générique, elle songea qu'elle n'avait pas pleuré – une bonne vraie crise de larmes – depuis longtemps.

Près de quarante ans, s'il avait fallu compter.

Anjelica Leary compta.

Juste après 23 heures, elle revêtit sa tenue d'infirmière, se passa une brosse dans les cheveux. Avant de sortir de chez elle, elle se regarda dans le miroir à côté de la porte, se demandant où étaient passées les années.

N'était-elle pas hier encore cette jeune femme élancée, énergique et pleine de promesses qui recevait son diplôme à l'université de Temple ?

Elle jeta un coup d'œil au petit flacon de comprimés dans sa main, songea au voyage que ces comprimés avaient fait et à l'endroit où ils iraient cette nuit-là.

Comme Kitty Foyle, qui avait pris la décision la plus importante de sa vie tout en se parlant dans un miroir, Anjelica prit la sienne.

« C'est l'œuvre de Dieu », dit-elle à la femme aux cheveux gris dans la glace, consciente que la prochaine fois qu'elle la verrait, le monde serait différent.

Le monde serait *meilleur*.

Elle trouva Constantia assise dans le dernier box d'un petit coffee shop où elles avaient convenu de se rencontrer.

Après les banalités de rigueur, elles en vinrent à la raison de leur rendez-vous.

« Je ne peux pas vous dire à quel point ça compte pour moi, madame Leary. »

Constantia Colfax avait à peine vingt-cinq ans et elle était bien plus chaleureuse et extravertie qu'Anjelica ne l'avait jamais été. Même si la jeune femme avait connu autant d'épreuves qu'une autre, y compris Anjelica, elle ne se ruait pas sur des flacons de médicaments, ou sur la bouteille, ou sur n'importe laquelle des choses qui rendaient la vie pire encore. Elle redressait l'échine et continuait d'avancer.

« Appelez-moi Anjelica. Madame Leary, c'était ma belle-mère, et ça fait vingt ans qu'on l'a enterrée. »

Et bon débarras, pensa-t-elle, même si elle le garda pour elle.

« Anjelica, alors, répondit Constantia. C'est un très beau prénom.

— Merci. Le vôtre l'est aussi. »

Constantia baissa la voix, bien que ce ne fût pas utile.

« Et ça ne vous pose aucun problème de vous enregistrer sous mon nom ? »

Anjelica adopta le même ton feutré.

« Absolument pas, ma chérie. Je sais que vous feriez la même chose pour moi.

— Oui, c'est vrai. J'espère que ce sera dans des circonstances plus heureuses, mais vous pouvez compter sur moi.

— Bien sûr que je peux. »

Elles s'étaient rencontrées un mois plus tôt à une conférence d'infirmières et, malgré leur différence d'âge, étaient rapidement devenues amies. Constantia n'avait jamais travaillé dans cette clinique. Personne n'en saurait rien.

D'autant qu'il n'y avait pas de médecin de garde, mais simplement une rotation de toubibs d'astreinte dans des hôpitaux proches.

« Vous ne pensez pas que nous allons avoir des ennuis, n'est-ce pas ?

— Ne vous en faites pas, répondit Anjelica. Ça fait longtemps que je fais ça. »

À ces mots, Constantia sourit. Elle avait un âge et un tempérament qui faisaient que la moindre garantie de la part d'une personne telle qu'Anjelica suffisait à apaiser à peu près tous ses doutes.

« Vous avez des photos récentes ? » demanda Anjelica.

Constantia s'illumina.

« Oui ! »

Elle fouilla dans son sac, sortit son iPhone, l'alluma. Elle tourna l'écran de sorte qu'elles le voient toutes les deux, lança l'application photo. Une seconde plus tard apparut un cliché représentant une enfant souriante au visage rond, vêtue d'un pull vert vif.

« Oh, comme elle est mignonne », dit Anjelica.

Une autre photo, celle-ci représentant la fillette dans une baignoire avec une couronne de bulles sur la tête.

« Et son médecin dit que c'est juste une bronchite ?

— Oui.

— La pauvre. »

La fille de Constantia, Lucia, était asthmatique, et les bronchites étaient pour elle potentiellement sérieuses.

« Bon, si son état empire, appelez-moi. Je suis peut-être vieille, mais j'ai toujours de l'influence auprès des médecins de l'hôpital universitaire.

— Merci, madame Leary, répondit Constantia. *Anjelica*. »

Vingt minutes plus tard, Anjelica se tenait devant le bâtiment délabré généreusement appelé « Clinique et centre de rééducation de la 24e Rue ». Même dehors elle sentait la fragilité, les odeurs épaisses de la maladie. Celles-ci ne la dérangeaient pas – vous ne pouviez pas être infirmière si les odeurs vous gênaient –, mais elles lui collaient tellement à la peau qu'elle avait besoin de se doucher longuement ensuite. Et les douches étaient devenues de plus en plus longues au fil des années.

Tout commence par un premier pas, songea-t-elle. Un pas sur la droite, votre vie va dans cette direction. Un pas sur la gauche, elle va dans l'autre.

Un pas vers la lumière, ou un pas vers les ténèbres.

Vers le Seigneur, ou vers le diable.

Anjelica avait fait son choix, elle ouvrit la porte et entra.

16

Lorsque Byrne atteignit le Penrose Diner, il s'aperçut qu'il n'avait pas mangé de la journée. Il pénétra dans le restaurant, regarda autour de lui. Il n'avait pas vu l'homme qu'il cherchait depuis environ un an et faillit passer à côté de lui sans le reconnaître.

Graham Grande était spécialiste des empreintes digitales latentes quand Byrne était devenu inspecteur, et il approchait alors déjà de la retraite. Il avait fait l'essentiel de sa carrière avant que le FBI ne crée les premières bases de données, à l'époque où on passait des heures à comparer des empreintes digitales l'une à côté de l'autre sur du papier.

Désormais âgé de plus de quatre-vingts ans, il se montrait encore occasionnellement au dîner de charité des survivants et à d'autres soirées de bienfaisance organisées par la police de Philadelphie. Il parut chétif à Byrne, mais ses yeux étaient vifs.

Les deux hommes se serrèrent la main. Byrne se glissa dans le box, commanda un café, parcourut le menu. Mais ses nerfs l'emportèrent sur sa faim et il le reposa.

Il savait que la femme de Graham était depuis longtemps malade, et il avait presque peur de le questionner. Il voulait s'enquérir de sa santé en l'appelant par son nom, mais impossible de s'en souvenir. Il s'en voulut d'avoir laissé le temps passer, d'avoir oublié.

« Comment va votre épouse ? » demanda-t-il, espérant que sa question ne semblait pas indifférente.

Graham haussa les épaules.

« Elle a des bons et des mauvais jours. Elle est à Camilla House désormais. »

Byrne savait que Camilla House était une maison de santé pour séjours de longue durée dans l'ouest de Philly, près de Cobbs Creek.

« Parfois, elle a toute sa tête, continua Graham. Elle se souvient de ce que je portais au mariage d'Untel et Unetelle en 1956. Et d'autres fois… »

La serveuse apporta le café de Byrne, remplit de nouveau la tasse de Graham.

Les deux hommes parlèrent du boulot tel qu'il était à l'époque, de ce qu'il était devenu. Ils parlèrent de leurs connaissances communes – collègues flics, avocats, personnel de soutien à la police –, des personnes dont Byrne eut la tristesse de constater que nombre d'entre elles étaient parties.

C'est Graham qui en vint au sujet qui les occupait. Il tapota le carton qui était posé à côté de lui dans le box.

« Vous le voulez ici ou dehors ? »

Toujours le flic, songea Byrne.

« Je le prendrai avant de partir. »

Graham ôta ses lunettes, les essuya avec une serviette, un geste que Byrne avait gardé en mémoire.

Il les remit, baissa la voix.

« Bon, ça n'a pas été une mince affaire d'essayer d'analyser ça sans mon kit », déclara-t-il.

Byrne lui avait demandé s'il était possible de relever les empreintes sur ce que le carton contenait sans utiliser de poudre ni de scotch. Il savait qu'il existait d'autres méthodes moins fiables, et Graham Grande n'avait jamais été du genre à refuser un challenge.

« Qu'est-ce que ça a donné ? » demanda Byrne, même s'il redoutait la réponse.

Graham se pencha en avant comme s'il était à la barre des témoins, un lieu qui était devenu comme une seconde maison pour lui au cours de ses quarante-deux années au sein des forces de l'ordre.

« Pas grand-chose. Mais je peux vous dire qu'il y a des empreintes sur les deux objets. »

Byrne sentit la déception le gagner. Il avait espéré que Graham pourrait prélever les empreintes sans rien altérer.

« Vous n'avez pas pu les analyser ? »

Graham secoua la tête.

« Pas sans mon kit.

— Donc, si un autre spécialiste devait analyser ces objets, il n'aurait aucun moyen de savoir que quelqu'un les a déjà manipulés.

— Pas à moins d'être devin.

— Merci, Graham », dit Byrne. Il prit le temps de digérer cette information. « Alors, dites-moi, comment ça va ? Vous arrivez à payer vos factures ?

— La retraite, ça craint. Ne prenez jamais la vôtre. »

Byrne poussa une enveloppe à travers la table.

« Qu'est-ce que c'est ? demanda Graham.

— Pour le mal que vous vous êtes donné. »

Graham souleva le rabat, le laissa retomber.

« C'est trop.

— Bon, si vous n'en avez pas l'utilité… »

Byrne tenta lentement et à contrecœur de reprendre l'enveloppe. Graham s'en empara en un éclair. Il était encore rapide.

« Je n'ai jamais dit ça. »

Lorsqu'il regagna sa voiture, Byrne plaça le carton dans le coffre, regarda les objets à l'intérieur. Les lunettes noires et le passe de bus. Il n'avait pas donné le calibre .38 à Graham. Analyser une paire de lunettes hors d'âge et une carte de bus vieille de quarante ans était une chose. Examiner un objet qui avait pu servir à commettre un meurtre en était une autre.

Il savait que ses empreintes figuraient sur les lunettes et le passe de bus de Des Farren. Il revoyait Jimmy les lui tendant ce jour-là dans le parc. Il ne se rappelait pas si quelqu'un d'autre les avait touchés.

Mais pourquoi étaient-ils dans ce carton ? Pourquoi n'étaient-ils pas, ainsi que le .38, au fond de la rivière Schuylkill ?

Byrne décida de rouler jusqu'au pont Platt. Une fois là-bas, il déciderait de jeter ou non le carton par-dessus le garde-corps.

Lorsqu'il s'engagea dans Market Street, ça lui revint.

Hazel.

La femme de Graham Grande s'appelait Hazel.

17

Chaque nuit, Billy arpentait la ville.

Chaque visage qu'il ne reconnaissait pas était doublement compensé par sa parfaite connaissance des lieux. S'il était un jour allé quelque part, il se souvenait du chemin.

Il connaissait chaque creux et chaque bosse de l'avenue, chaque petite rue adjacente. Il connaissait les courbes, les fissures, les grilles d'acier qui permettaient de ventiler les rames du métro qui grondaient sous ses pieds. Il connaissait chaque trait de graffiti, chaque voiture posée sur des parpaings, chaque boutique fermée.

Billy marchait toujours vite, les mains dans les poches, les talons de ses bottes usées heurtant doucement le trottoir dur, son pas en contrepoint régulier des rythmes nocturnes de la circulation et des feux de signalisation.

Certaines nuits, il partait de Carpenter Street, l'endroit où sa deuxième vie avait débuté, puis prenait la direction de l'est. D'autres fois il flânait jusqu'à

Market Street et reliait à pied les deux rivières avant de rebrousser chemin.

Son ardeur était infinie, souvent renforcée par l'idée des personnes qui avaient arpenté ces rues au fil des années, des décennies, des siècles, leur énergie toujours présente dans les pavés sous la chaussée.

Chaque fois qu'il croisait des gens, il regardait leur visage, cataloguant leurs traits, les classant, les ajoutant et les soustrayant, les plaçant dans des colonnes. Il savait qu'il était possible, voire probable, qu'il rencontre les mêmes personnes chaque nuit. Les gens allaient souvent au même endroit à la même heure, pour travailler, se divertir, par obligation ou par besoin.

Parfois, certains le regardaient et le saluaient d'un geste de la tête, et il ne savait pas s'ils faisaient ça parce qu'ils le connaissaient ou si c'était une marque de courtoisie. Comme il n'observait guère de courtoisie ni de respect ces temps-ci, il optait plutôt pour la première possibilité.

Tandis qu'il traversait la ville et pénétrait dans les antres où vivaient les monstres, il croisait implacablement les regards. Avec certains hommes – des hommes qui suivaient leur propre chemin – il concluait un pacte tacite, un pacte qui disait : « Si vous ne levez pas la main sur moi, je ne vous ferai pas de mal. »

Le dimanche soir, quand il arrivait devant l'église St Patrick, il s'arrêtait, s'agenouillait à côté de l'édifice, ôtait son blouson et le posait par terre. Comme il le faisait chaque semaine d'aussi loin qu'il se souvînt, il tirait quelques fils de la doublure, sortait un briquet de sa poche et les brûlait sur les marches, libérant l'essence de tout ce qu'il avait combattu et vaincu.

Cette nuit-là, il parla à Dieu de ses transgressions, ses péchés mortels, de son père et de sa famille. Il ne voyait pas leur visage, mais il sentait dans son cœur le poids de leurs fardeaux, qui étaient désormais les siens. Il y en avait eu tant au fil des années, et pourtant son cœur n'était pas encore plein.

Tandis qu'il regagnait Devil's Pocket, l'endroit où il était né, ses sensations redoublèrent.

Il se passe quelque chose.

C'était comme s'il parvenait à une conclusion, un moment de transfiguration. Il avait l'impression que sa troisième naissance approchait, et que cette nouvelle vie serait différente de la seconde, tout comme sa seconde vie avait été différente de la première, ces dix années idylliques durant lesquelles il s'était senti à l'abri dans la maison de son père, enchaîné par l'amour, cette période qui avait précédé ses vingt-six années d'obscurité.

Il se passe quelque chose.

Il restait deux lignes à tracer et le carré serait complet – incassable, inébranlable, identique dans tous les sens, un monde palindromique parfaitement contenu où il n'y aurait pas de questions, seulement des réponses, un endroit où chaque visage qu'il verrait serait différent et resterait gravé dans sa mémoire.

Juste avant minuit, il se retrouva face à l'appartement d'Emily, regardant les ombres croître et disparaître sur les rideaux fins. Il ne l'avait vue qu'à la bibliothèque et aux alentours, et s'était souvent demandé ce qui se passerait s'il traversait la rue, gravissait les marches et frappait à sa porte.

Peut-être un jour, pensa-t-il.

Bientôt.

« Où étais-tu, garçon ?

— Je marchais, Mórai.

— Où es-tu allé ?

— Je suis allé d'une rivière à l'autre.

— Notre Desmond aimait marcher. »

Billy le sait.

« Vraiment ?

— Oh, oui. Un jour il a marché de la mairie jusqu'au musée. »

Jusqu'au cœur de la ville, *songe Billy. Il l'a fait lui-même.*

« Jusqu'au cœur du Parkway. »

Juste avant l'aube, Billy était assis sur le toit du Stone, survolant Devil's Pocket du regard. Il sirotait du Tullamore Dew au goulot. C'était son moment préféré de la journée, un moment où chacun voyait le monde comme lui.

Tandis que la première lueur de l'aube commençait à peindre le ciel, il entendit le grognement de l'échelle rouillée qui menait au toit. Il dégaina son Makarov, le tint contre son flanc.

Avant que l'intrus soit visible, il entendit :

« C'est Sean. »

Il replaça le Makarov dans sa poche.

« OK.

— Je peux venir ?

— Oui. »

Sean grimpa sur le toit, s'assit sur une caisse, balaya les rues du regard. Bientôt il enfonça la main dans sa poche, en tira une fiole et sniffa de la meth. Après quoi il alluma une cigarette.

« Tu te rappelles la fois où on a trouvé l'oncle Pat ici ? » demanda Billy.

Sean s'esclaffa.

« Oh ouais. On s'est pris une raclée après. Quel âge on avait ? »

Billy réfléchit. Pour lui, le temps était un patchwork marqué uniquement par les saisons, par les cicatrices sur ses mains et son visage.

« Je crois qu'on avait huit ou neuf ans. Quelque chose comme ça. »

Sean tendit la main. Billy lui passa la bouteille de Tullamore Dew. Sean but, la lui rendit.

« On est allés dans ces maisons cette nuit-là, pas vrai ?

— Oui.

— Où elles étaient ?

— Cinnaminson », répondit Billy.

Il ne se rappelait pas le visage des personnes qu'il venait de voir, mais il aurait pu monter dans une voiture et rouler jusqu'à une maison qu'ils avaient visitée des années auparavant.

À un moment de leur vie, leur père, Danny, et leur oncle Patrick leur avaient enseigné les subtilités du cambriolage, se rendant souvent dans des quartiers de la classe moyenne du New Jersey, surveillant des maisons. Quand les adultes étaient certains que les habitations étaient inoccupées, ils faisaient la courte échelle aux garçons pour qu'ils entrent par les fenêtres du rez-de-chaussée.

« C'est ça, Cinnaminson, dit Sean. On a eu ces Atari 5200.

— Ouais.

— Merde, j'adorais ces trucs. Je parie qu'elles valent un paquet aujourd'hui. »

Cette nuit-là, après avoir regagné le Stone, Billy et Sean s'étaient rendus à la cave pour brancher les consoles de jeu. Comme chaque fois qu'il venait de réussir un coup, Patrick avait été bourré d'adrénaline. Il avait dragué une femme au bar et l'avait emmenée sur le toit.

Sean sniffa de nouveau sa fiole, secoua la tête.

« Comment elle s'appelait ?

— La fille avec l'oncle Pat ?

— Ouais. C'était Cindy ? Sandy ? Wendy ?

— Mindy, répondit Billy. Mindy Meeks. »

Sean secoua la tête.

« Comment tu fais pour te souvenir de ces trucs ? »

Billy haussa les épaules. Son incapacité à lire les visages était proportionnellement inverse à sa capacité à se rappeler les noms et les lieux.

« Tu te souviens du nom qu'on lui a donné après coup ? »

Sean réfléchit un moment.

« Non.

— Squeaky Meeks. »

Sean hurla de rire.

« C'est *vrai* !

— On l'a appelée comme ça parce qu'elle poussait

des couinements de souris pendant qu'elle faisait ses cochonneries ici avec l'oncle Pat.

— Squeaky Meeks », répéta Sean.

Il écrasa sa cigarette, jeta un coup d'œil à sa montre. Les rues en contrebas commençaient à s'animer. Des lumières s'allumaient dans les appartements de Naval Square.

« Je vais retourner à l'atelier et dormir un peu, déclara Sean. Ça va, toi ?

— Ouais.

— On a du boulot plus tard.

— Je sais. »

Tandis que Sean redescendait l'échelle d'acier, Billy observa le quartier, l'énorme pont de South Bridge, la rivière sombre et tumultueuse. Il était né ici, y avait vécu l'essentiel de sa vie, et il savait avec une certitude qui dépassait l'entendement que, comme ses oncles Patrick et Desmond avant lui, ce serait à l'ombre de la flèche qu'il mourrait.

Devil's Pocket enterrait les siens.

18

PHILADELPHIE, 1943

Ils étaient arrivés la veille à New York, avaient passé la nuit dans un hôtel délabré d'un quartier nommé le Bronx.

Ils avaient dépensé ce qui leur restait pour acheter des billets de train pour Philadelphie et deux sandwichs principalement constitués de graisse et de cartilage.

Ils avaient été mariés sur le navire, par un homme qui avait prétendu être un véritable pasteur luthérien, un homme qui n'avait demandé ni papiers ni acte de naissance, juste une pinte de bière amère. L'acte de mariage semblait néanmoins authentique.

En quittant la gare, ils se renseignèrent sur les quartiers irlandais, au cas où il y en aurait.

Il n'y en avait qu'un, apprit Máire. Mais ce n'était pas un quartier officiel, plutôt une sorte d'enclave.

On l'appelait Devil's Pocket.

Après des mois d'appartements sans eau chaude, de salles de bains partagées et de repas de l'aide alimentaire, ils trouvèrent une modeste maison mitoyenne dans Montrose Street, avec des fenêtres qui vibraient dans leurs montants, un toit qui fuyait et des murs fins comme du papier à cigarette. Liam se dégotait des missions occasionnelles sur les docks de chargement de charbon qui bordaient la rivière, pendant que Máire travaillait comme domestique et gouvernante dans certaines des grandes demeures qui entouraient Rittenhouse Square.

Le 4 juillet, ils se glissèrent parmi les arbres du parc et firent scandaleusement l'amour pendant que les feux d'artifice peignaient le ciel au-dessus d'eux.

Après s'être rhabillés et avoir retrouvé leur décence, Liam la tint dans ses bras.

« Il y a des opportunités ici pour un homme comme moi, déclara-t-il. Autre chose que les poumons noircis par le charbon, le bœuf gras et les pantalons rapiécés. »

À cet instant, Máire se demanda ce qu'il voyait en elle, si son charme suffirait encore à retenir un homme aussi puissant que Liam Farren.

Elle en doutait, mais elle espérait.

Pendant des semaines ils fouillèrent dans les décharges et les poubelles, et grâce à un pot de colle volé à la quincaillerie et à des clous arrachés à des morceaux de bois abandonnés sur des chantiers puis redressés, ils se fabriquèrent du mobilier bancal mais fonctionnel.

Ils décidèrent d'ouvrir un débit de boissons clandestin, une petite taverne dans le salon de leur maison. S'ils ne l'éclairaient pas trop – ce qui ne serait pas un gros sacrifice étant donné le prix de l'électricité –, les clients ne remarqueraient peut-être pas à quel point l'endroit était miteux.

Trois semaines plus tard, avec juste quelques bouteilles récupérées auprès d'amis et deux vieilles portes posées sur des tréteaux, le Stone ouvrit.

Máire décora la taverne comme on le faisait en Irlande, où le débit de boissons était, à bien des égards, le centre de la vie sociale d'un quartier. Les choses fonctionnaient à peu près de la même manière à Philadelphie, jusqu'aux lois qui obligeaient à fermer les portes le dimanche.

Peu après l'ouverture, pour pouvoir travailler ce jour-là, ils créèrent un club dominical, un événement privé qui n'était donc pas assujetti à la loi.

Au début, les seuls clients étaient des personnes qui vivaient dans le pâté de maisons. Souvent il n'y avait que trois ou quatre garçons du coin. Et Máire avait beau maintenir les lieux dans un état impeccable, il y avait toujours quelque chose à faire.

Après la première année, cependant, la taverne commença à être connue dans Schuylkill et Grays Ferry comme un lieu de rencontre pour les sociétés d'entraide, les réseaux d'immigrants et les activistes locaux.

Si Liam Farren tolérait tous ces bavardages, c'était la face sombre des choses qui l'attirait, une face encore plus sombre que les négociations politiques clandestines.

Tandis que la guerre en Europe touchait à sa fin, ses deux meilleurs amis étaient les frères Malone, Matthew et Kyle. Ils étaient connus pour leur capacité à toujours avoir une longueur d'avance sur les flics, même s'il leur arrivait d'avoir maille à partir avec eux. On disait que Matthew, le plus grand des deux, portait toujours une petite hachette dans un fourreau à sa ceinture. Son frère, qui avait travaillé dans les poissonneries du comté de Down, préférait son Jowika, le couteau à deux lames qu'il semblait avoir à tout moment dans la main.

Chaque soir, Liam et les Malone se retrouvaient au Stone et partaient dans la nuit pour revenir avant le lever du soleil. Le matin, en général, Liam réveillait Máire avec du thé corsé et des toasts, souvent accompagnés d'un sac rempli de bijoux et de pièces.

Tandis qu'il dormait pendant la journée, Máire tentait d'ôter à l'eau de Javel le sang de ses chemises. Presque chaque midi – hormis le dimanche – on pouvait la trouver à la cave, agenouillée à califourchon au-dessus d'une bassine.

Alors que Liam purgeait trois mois de prison pour s'être introduit dans une maison de Fitler Square, Máire n'eut pas ses règles. Elle était enfin enceinte. Exactement au même âge que sa mère, que la mère de celle-ci, et que toutes les femmes de la famille avant elles.

Huit mois plus tard elle eut Desmond. Mais il était maudit dès la naissance. Cette nuit-là Liam s'en alla semer la terreur, et les hommes qui osèrent le contrarier eurent droit à une terrible raclée. Le lendemain matin, il avait les mains abîmées et une cicatrice sur le ventre qu'il garderait jusqu'à sa mort.

Lorsque Máire reprit des forces, elle chercha partout son véritable fils, certaine que le garçon dans sa maison avait été substitué à son enfant pour la punir d'avoir tardé à le faire bénir. Elle devint alors experte en l'art de s'introduire dans les maisons du quartier.

Mais elle ne trouva pas son fils.

Alors que le garçon avait six semaines, elle préleva un morceau d'étoffe au manteau de sa grand-mère et le brûla sur les marches de la maison, tenant le garçon au-dessus du feu. Il n'eut aucune réaction.

Dans les deux années qui suivirent, elle eut deux garçons parfaits, Daniel et Patrick. De beaux bébés forts et tout roses, nés exactement à un an d'intervalle, le jour de Samain, la veille de novembre.

Après la guerre, il y eut de l'argent à gagner. Comme le salon de la maison ne suffisait plus pour accueillir les clients, Máire trouva des artisans locaux qui, en échange de quelques pintes chaque soir jusqu'à ce que les travaux soient achevés, remodelèrent l'espace, abattant des murs et construisant un bar digne de ce nom doté d'une barre pour poser les pieds. Elle paya un homme pour qu'il fabrique une enseigne au néon, qu'elle fit installer au-dessus de la porte, face à l'avenue.

À la fin août 1952, quelques jours avant la fête du Travail, Liam et les Malone étaient sortis. Il n'y avait que trois habitués au bar, dont Cal Murphy qui, à quatre-vingts ans, avait élu domicile la plupart des soirs sur le premier tabouret et était *de facto* devenu maire du Stone. Il en était à sa troisième pinte.

Margaret, la femme qui servait trois jours par semaine, essuyait le comptoir pendant que Máire, assise à une table, se demandait où trouver de l'argent pour ses fournisseurs.

Juste après 10 heures, la porte s'ouvrit, attirant son attention. Deux jeunes hommes entrèrent. Ils approchaient de la vingtaine. L'un était petit et corpulent, l'autre, plus grand, semblait affamé. Ils n'eurent pas besoin d'annoncer leurs intentions pour que Máire comprenne ce qu'ils voulaient.

Le potelé tira un petit pistolet argenté de sa poche et jeta un sac sur le comptoir.

« Mettez l'argent là-dedans », intima-t-il à Margaret.

Personne ne bougea.

Máire regarda la porte qui donnait sur l'arrière-salle. Elle espérait que Liam arriverait, car il saurait quoi faire, mais elle le craignait également car le garçon risquait de prendre peur et de faire feu.

Son mari n'apparut pas.

« Savez-vous qui vous êtes en train de voler ? » demanda Cal Murphy.

Le jeune homme lui plaça le pistolet contre la tête, arma le chien.

« Je t'ai demandé quelque chose, le vieux ? »

Murphy demeura silencieux, sans toutefois détacher les yeux de son agresseur. Le potelé retira le pistolet et marcha jusqu'au bar. Il fit signe au plus grand de se poster derrière Murphy.

Avec la crosse de son arme, le garçon poussa le sac vide vers Margaret. Celle-ci regarda Máire, qui acquiesça.

Tout en gardant les garçons à l'œil, la serveuse ouvrit la caisse enregistreuse et plaça l'argent dans le sac.

« Les pièces aussi », ordonna le potelé.

Margaret s'exécuta.

« Et on va prendre cette boîte que vous gardez sous le bar.

— Je ne sais pas de quoi vous parlez », répliqua Margaret.

Le grand tira un couteau d'un étui à sa ceinture, le brandit en l'air et l'abattit, transperçant la main de Cal Murphy. Le vieil homme hurla de douleur. Le grand retira le couteau, l'essuya sur la chemise de Cal Murphy.

« La prochaine fois, ce sera dans la gorge », prévint-il.

Margaret croisa une fois de plus le regard de Máire, qui acquiesça de nouveau.

Tandis que Máire s'occupait de la main de Cal Murphy, Margaret tira le coffre-fort de sous le bar et l'ouvrit. Máire en connaissait le contenu exact. Trois cent six dollars et cinquante-cinq cents. La serveuse plaça le tout dans le sac.

Aussi rapidement qu'ils étaient arrivés, les garçons franchirent la porte et disparurent.

Trois jours plus tard, en rentrant du marché, Máire trouva une pancarte de fortune sur la porte du Stone.

Fermé pour réparations.

Étrange, songea-t-elle, se demandant d'où viendrait l'argent pour ces réparations et comment ils feraient pour renoncer à leurs revenus le temps de la fermeture, surtout après s'être fait voler trois cents dollars.

Elle contourna le bâtiment jusqu'à l'arrière, entra

par la cuisine. Comme la taverne était fermée, la seule chose sur le fourneau était une casserole de soupe pour le dîner. Elle posa ses sacs, franchit la porte qui donnait sur le bar.

Ils étaient cinq dans la pièce : les frères Malone, Liam, et les jeunes Danny et Patrick.

Derrière le bar se trouvaient deux grandes croix en bois, fabriquées à partir de planches récupérées dans les maisons démolies de Stillman.

Les deux garçons qui avaient braqué la taverne étaient ligotés à celles-ci, nus comme des vers, bâillonnés au moyen de chiffons huileux. Máire vit les longues boursouflures sur leurs bras et leurs jambes. Le potelé avait une plaie béante à la droite de la taille, plus d'une livre de chair manquait. Elle avait été grossièrement recousue avec la perforatrice à cuir de Máire et de la ficelle. Elle sentit l'odeur de l'infection.

Au centre de la poitrine de chacun des garçons, une cible avait été dessinée à la peinture noire.

De temps à autre, Kyle Malone descendait un petit verre de whiskey, faisait le tour du bar et attrapait quatre fléchettes qu'il lançait l'une après l'autre en direction de leur poitrine. Chaque fois qu'il atteignait le centre de la cible, une acclamation retentissait. Bientôt, ils se mirent à jouer tous à tour de rôle, même Danny et Patrick.

Ils continuèrent de la sorte bien après que Máire fut allée se coucher.

Le troisième jour, la pancarte fut décrochée de la porte, les croix disparurent, et le Stone rouvrit. Personne ne demanda ce qu'étaient devenus les voleurs.

Lorsque les deux inspecteurs chargés de l'enquête sur le vol passèrent à la taverne, ils burent gratuitement et se lamentèrent sur l'état de ce monde où des hommes travailleurs comme Liam Farren étaient la proie de criminels.

Une semaine plus tard, alors qu'elle lavait les torchons à la cave, Máire vit les quatre planches désassemblées et empilées dans un coin.

Le bois sentait l'eau de Javel.

Ce ne serait pas la dernière fois qu'elles serviraient.

À mesure que Danny et Patrick approchaient de l'adolescence, ils continuèrent de prendre soin de Desmond, mais celui-ci ne prenait pas part à leurs activités.

Patrick devint un véritable homme à femmes, restant dehors jusqu'à des heures indues. Il avait une maîtresse dans chaque quartier, dont bon nombre étaient mariées. Il se fit un jour prendre sur le fait, et le mari le menaça d'un couteau. Après quoi l'homme marcha avec une canne pendant une année complète et ne leva plus jamais les yeux lorsqu'il traversait Montrose Street.

Danny épousa Deena Finneran, et la fête battit son plein pendant quatre jours, attirant des invités venus d'aussi loin que l'Ohio. Deena était radieuse.

La réputation des garçons de Devil's Pocket grandissait. À Dundalk, Máire n'avait jamais fermé à clé la porte de sa maison, et elle ne voyait aucune raison de commencer à le faire ici. Si une grande partie du quartier et de la ville était victime de crimes en tous genres, personne n'osait voler quoi que ce soit au clan Farren.

1974

La mauvaise nouvelle arriva par télégramme. Après avoir purgé seulement deux mois d'une peine de dix ans pour homicide involontaire, Liam Farren avait croisé le chemin d'un gang de Gitans dans la prison de Graterford. On racontait que, le dernier jour, il avait donné tout ce qu'il avait pu mais avait été surpassé dans la cour de la prison et vaincu par un *chivomengro*.

Liam Michael Farren était mort.

Ce soir-là, Máire emporta les vêtements de son mari à la rivière, sous le pont de South Street, et les lava jusqu'à ce que toutes les taches aient disparu et que ses chemises soient d'un blanc étincelant. Puis elle resta là jusqu'à l'aube, ses larmes tombant dans la rivière Schuylkill.

Elle songea à sa grand-mère, une femme menue mais féroce qui avait arpenté la campagne du comté de Louth. Sa grand-mère qui avait un jour affirmé qu'un *púca* lui avait jeté un sort dans son enfance.

Go n-ithe cat thú is go n-ithe an diabbal an cat.

« Que le chat te mange et que le diable mange le chat. »

Máire avait cru, quand son premier fils avait été subtilisé et remplacé par un autre, que la malédiction était revenue.

De fait, comme elle le comprenait désormais, elle n'était jamais partie.

19

PHILADELPHIE, 2015

Jessica consulta sa montre. Elle avait vingt minutes pour arriver au tribunal. Elle y parviendrait, mais ne serait pas prête. Elle avait vingt-sept dossiers sur son bureau et devait toujours choisir entre ponctualité et préparation.

Elle venait d'enfoncer toutes ses chemises dans son énorme fourre-tout lorsqu'en relevant les yeux elle vit un homme qui se tenait à la porte.

« Vous avez une minute ? demanda-t-il.

— Pour vous, monsieur, toujours », répondit-elle.

L'homme sourit.

« Combien de fois allons-nous devoir revenir sur cette histoire de "monsieur" ? »

C'était vrai. Depuis qu'elle travaillait au bureau du procureur, elle ne s'était toujours pas habituée à cet aspect du décorum. Quand elle était dans la police, elle avait eu affaire à des supérieurs qui étaient parfois plus jeunes qu'elle. Et aussi à des supérieurs qu'elle fréquentait souvent en dehors. Dans un foyer constitué de deux flics, on avait tendance à mélanger les genres. Vincent avait ses chefs et ses subalternes ; Jessica avait les siens. Pour contourner la difficulté, on appelait les autres par leur rang. Si appeler votre supérieur Joey vous mettait mal à l'aise, vous disiez *sergent*. C'était la bonne dose de familiarité et de respect.

Par ailleurs, les agents, lorsqu'ils s'adressaient à des civils, disaient systématiquement « monsieur » ou « madame », quelle qu'ait été leur humeur, et que la personne ait mérité ou non cette marque de respect.

C'était complètement différent ici, mais elle ne savait pas encore trop comment appeler ses supérieurs. Et dire « Je crois que je suis d'accord avec vous, chef d'unité » était un peu étrange.

« Vous avez raison, dit-elle. Je m'en souviendrai à l'avenir. »

L'homme s'assit au bord de son bureau, redressa le pli de sa jambe de pantalon. Il était grand avec les épaules larges, avait des cheveux châtain clair coupés à ras, les yeux bleus, un superbe sourire.

« J'ai reçu le compte rendu de l'affaire Carter, déclara-t-il. C'était magistral.

— Merci », répondit Jessica. Elle faillit dire « monsieur », mais se retint. « J'ai une bonne équipe.

— Vos analyses scientifiques étaient un peu légères. »

C'était vrai. Rourke Hoffman avait démoli la démonstration de son témoin à propos du sang et des fibres retrouvés sur les vêtements de Carter, principalement à cause du fait que les échantillons étaient presque inexistants. Elle avait cependant bien été obligée de les présenter.

Bien que pressée, elle n'avait aucune intention d'écourter cette déclaration d'amour. C'était le chef d'unité de la division criminelle qui se trouvait dans son bureau, et Jessica était de ceux qui pensaient qu'il ne le resterait pas longtemps. Tout le monde savait qu'il briguerait le poste de procureur à l'automne, et tout le monde pensait qu'il gagnerait.

Plus tard dans la journée devait avoir lieu une collecte de fonds à peine déguisée en sa faveur à l'Ashburner Inn.

« Vous venez ce soir ? » demanda-t-il.

La présence à la collecte n'était pas obligatoire, mais elle savait qu'elle n'avait pas le choix.

« Je ne manquerais ça pour rien au monde.

— Alors à plus tard », dit-il, et il quitta le bureau.

Tandis que Jessica rassemblait ses affaires, elle songea que se faire bien voir du prochain procureur du comté de Philadelphie, M. James P. Doyle, ne pouvait pas lui faire de tort.

Et elle se demanda si elle l'appellerait un jour Jimmy.

L'Ashburner Inn était une pizzeria gastronomique doublée d'un bar, située à l'angle de Torresdale Avenue et Ashburner Street, dans le quartier d'Holmesburg.

Le restaurant avait failli devenir célèbre en 2012 quand un problème électrique avait provoqué un incendie. Dans l'année qui avait suivi, il avait été reconstruit et rééquipé, et, depuis la fermeture de Finnigan's

Wake à Northern Liberties, il était devenu un lieu prisé des policiers, pompiers et autres employés de la ville.

Jessica était rentrée chez elle, avait préparé le dîner, s'était douchée et habillée en un temps record. Puis elle avait laissé ses deux enfants et son mari devant la télé avec leurs plateaux-repas.

Lorsqu'elle arriva juste après 18 h 30, le restaurant était déjà bondé. Elle ne reconnut pas la moitié des personnes présentes. Il y avait des flics et des avocats, mais aussi des représentants de syndicats, des hommes et femmes d'affaires, et tous ceux qui s'intéressaient à la manière dont la justice était rendue dans la ville de Philadelphie.

C'était quasiment un couronnement pour James Doyle.

Si tout se passait comme prévu, il serait le prochain procureur.

Lorsque Jimmy Doyle se présenta devant la foule, Jessica en était à son deuxième rhum-Coca et elle en sentait déjà les effets. Plus elle vieillissait, moins elle tenait l'alcool. À une époque, elle avait été capable de descendre cinq ou six verres, aller se coucher, se lever à 5 h 30, enfiler ses Reebok et courir cinq kilomètres avant d'aller au bureau.

Ces jours étaient révolus. Elle jeta un coup d'œil à sa montre. Il était 20 h 36, cinq minutes de plus depuis qu'elle avait regardé pour la dernière fois. Malgré toute la nourriture et toutes les personnes qu'elle n'avait pas vues en dehors du cadre professionnel depuis quelques années, elle n'arrêtait pas de penser à la pile de dossiers qui l'attendait sur son bureau.

Quelqu'un fit tinter un verre et la foule devint silencieuse. Jimmy Doyle était élégant avec son costume bleu marine et sa cravate bordeaux.

Il commença, comme prévu, par remercier tout le monde d'être là, notamment les propriétaires du restaurant. Il salua les grosses huiles et les personnalités influentes.

« Je suis né et ai grandi à Philadelphie, spécifiquement dans un petit quartier appelé Devil's Pocket. Bon, comme vous êtes nombreux à le savoir, ça signifie deux choses. Quand vous êtes de là-bas, vous ne durez pas longtemps si vous fuyez la bagarre. Et le fait que je sois ici aujourd'hui signifie que j'en ai remporté au moins une de plus que je n'en ai perdu. »

Rires polis. Applaudissements polis.

« Mais le fait que je sois un battant ne signifie pas que je sois arrivé ici seul. J'ai eu beaucoup de monde avec moi. Depuis les agents des forces de l'ordre jusqu'aux animateurs et activistes de la communauté, en passant par les personnes des services de santé, les travailleurs sociaux et, oui, même les avocats de la défense qui m'ont fait donner le meilleur de moi quand nous nous sommes affrontés à la barre.

» Je brigue le poste de procureur pour faire de Philadelphie un endroit plus sûr, où il sera possible de vivre et élever une famille à un moindre coût. Le comté consacre une grande partie de son budget au système judiciaire, pourtant nous ne nous sentons pas à l'abri dans nos maisons et dans nos rues. Quelque chose ne tourne pas rond quand, bien que les prisons aient un taux d'occupation plus élevé que les hôtels, nous ne nous sentons pas en sécurité. Les gens sont désabusés.

» Je serai le premier à admettre qu'il y a beaucoup de travail à accomplir. Ma grand-mère irlandaise avait un dicton : *Une famille de naissance irlandaise se dispute et se bat. Mais qu'un cri vienne de l'extérieur, et voyez comme elle se réunit.*

» C'est ainsi que je vois la population honnête, respectable et travailleuse de Philadelphie, comme une famille. Bien sûr, comme toutes les familles nous pouvons avoir nos petits désaccords quant à la manière de faire les choses, mais qu'un élément criminel nous menace, et vous verrez une Philadelphie unie, une Philadelphie forte, une Philadelphie déterminée. »

La foule applaudit. Quand le bruit retomba, Jimmy fit un pas en avant, une main dans la poche.

« Aujourd'hui, j'ai appris une nouvelle tragique. Vous connaissez probablement tous le nom de Jacinta Collins. Mme Collins est la femme de Point Breeze – une mère de deux enfants – qui a été grièvement blessée dans une explosion criminelle il y a deux mois. Un homme a été arrêté pour ce crime, un homme nommé Daniel Farren. Il attend son procès en ce moment même. »

Jimmy Doyle laissa passer un moment, puis continua.

« J'ai la tristesse de vous annoncer que Jacinta Collins est morte aujourd'hui à 4 h 53.

» J'ai appris que le médecin légiste va la déclarer morte de septicémie – un empoisonnement du sang –, mais qu'elle a en fait été victime d'un meurtre.

Son dossier a été transmis à la brigade criminelle de la police de Philadelphie. »

Doyle laissa la nouvelle se propager parmi l'assistance.

« Le bureau du procureur a monté un dossier contre M. Farren, un dossier qui comprend une accusation de coups et blessures aggravés et une autre de tentative de meurtre. Je suis ici pour vous informer que l'accusation sera désormais transformée en assassinat, et que je m'occuperai personnellement de cette affaire. »

Les murmures devinrent plus forts. C'était une nouveauté pour Jessica et, soupçonnait-elle, pour la plupart des personnes de l'assistance. Ce genre de chose était généralement discuté à huis clos.

« Une accusation vigoureuse nécessite une équipe vigoureuse, et j'aimerais saisir cette opportunité pour annoncer qui j'ai choisi pour me seconder dans cette affaire des plus importantes. »

La foule retint son souffle.

« Je serai assisté par la procureure adjointe Jessica Balzano. »

Jessica eut tout d'abord l'impression que la pièce avait été vidée de son air. Elle sentit sa poitrine se contracter.

Jimmy Doyle leva son verre dans sa direction. Toutes les personnes présentes l'imitèrent. Et quelques instants plus tard retentirent des applaudissements polis.

Jessica crut qu'elle allait tomber dans les pommes.

« Vous êtes sûr ? »

Jessica se tenait au bout du bar avec Jimmy Doyle. Elle était judicieusement passée au Coca light.

Pendant des années, elle s'était entraînée à la boxe, effectuant même une poignée de combats professionnels. On disait parfois sur le ring que certains essayaient de combattre au-dessus de leur catégorie, et Jessica se sentait soudain comme un poids plume sur le point d'affronter Joe Frazier.

« Absolument, répondit Jimmy. Vous faites du bon travail, et vous êtes prête.

— Je vous remercie de votre confiance.

— Ajoutez à ça votre expérience dans la rue en tant qu'enquêtrice de la criminelle, et vous serez notre atout le plus précieux. »

Jessica connaissait quelques détails de l'affaire. Elle savait que le prévenu, Danny Farren, était une petite crapule du sud-ouest de Philly qui avait passé sa vie d'adulte à enchaîner les séjours en prison. L'accusation actuelle était qu'il avait lancé une bombe incendiaire sur un bâtiment, apparemment pour punir un homme à qui lui et son équipe extorquaient de l'argent, sous prétexte d'un paiement non effectué. Elle savait que Farren, comme de bien entendu, plaiderait non coupable, et qu'il n'avait pas dit un mot au sujet de l'affaire à qui que ce soit hormis son avocat.

« Ça fait longtemps que la famille Farren est un cancer dans cette ville, déclara Jimmy. Il est temps de les faire tomber une bonne fois pour toutes. Je vais passer un coup de fil dans une dizaine de minutes pour voir si on peut réunir un grand jury rapidement. Plus on présentera d'éléments sur Danny Farren, plus notre dossier sera solide. »

Tout ça allait un peu vite, mais Jessica sentit sa détermination revenir. Elle pouvait y arriver.

« Demain matin, 9 heures pétantes, dans mon bureau. On va faire tomber les murs qui entourent ce type. »

Jessica se tenait à côté de sa voiture, songeant à sa nomination. On venait de lui offrir une chose qu'elle désirait depuis longtemps. Depuis qu'elle était petite, à vrai dire.

Elle se souvenait des nombreuses fois où elle était allée dans des prétoires avec son père et avait observé les rouages de la justice. Elle se rappelait avoir vu des procureurs plaider avec lenteur et méthode, prenant le jury par la main pour lui montrer les différentes étapes d'un crime.

Certes, parmi ceux-ci, rares étaient les femmes, mais il ne lui était jamais venu à l'esprit qu'un procureur ne pouvait *pas* être une femme, ou que son sexe puisse l'empêcher d'obtenir ce qu'elle voulait.

Elle avait été destinée à la fac de droit, jusqu'à ce terrible jour de 1991 où son frère avait été tué au Koweït. Michael Giovanni allait devenir flic, et elle, avocate.

Mais tout avait changé quand Peter Giovanni avait enterré son seul fils. Quelques années plus tard, après avoir obtenu son diplôme de premier cycle à l'université de Temple, Jessica était entrée à l'école de police de Philadelphie.

Elle n'avait jamais regardé en arrière. Même les fois où elle avait témoigné à la cour dans le cadre de l'une de ses enquêtes et s'était sentie attirée par la table de l'accusation, avec ses élégants procureurs adjoints qui travaillaient au sein de la division criminelle du bureau du procureur.

Désormais, elle y était. Certes, elle était assistante,

mais elle travaillait pour le chef de l'unité, un homme qui s'était taillé une réputation tellement exemplaire qu'il était le grand favori pour devenir le prochain procureur du comté de Philadelphie.

Et après ça ? Maire Doyle ? Gouverneur Doyle ?

Sénateur Doyle ?

Jessica monta dans la voiture, démarra, s'engagea dans Torresdale Avenue. Ce n'est que deux rues plus loin qu'elle s'aperçut qu'elle n'avait pas allumé ses phares.

20

Anjelica Leary ne se faisait pas souvent coiffer, préférant simplement tirer ses cheveux en arrière et les attacher avec un élastique. Ça faisait de nombreuses années qu'elle avait perdu l'essentiel de sa vanité – si l'on exceptait une obsession quasi pathologique pour la propreté. Personne ne regardait les vieilles femmes de soixante-huit ans, et c'était compréhensible : tout le monde n'avait pas les gènes ni l'ossature, sans parler du carnet de chèques, d'une star hollywoodienne, pas vrai ?

Pourtant, quand elle s'était réveillée ce matin-là, un de ses rares jours de repos, elle s'était sentie légère. Le monde ne tournait certainement pas rond, mais Anjelica Leary pouvait passer une bonne journée de temps à autre. Elle le méritait bien.

« Qu'envisagez-vous aujourd'hui, mademoiselle Leary ? »

Chaque fois qu'elle se bichonnait, elle venait au salon de beauté et de coiffure de Nino Altieri, dans Locust Street. Il avait la cinquantaine bien sonnée, était effrontément flamboyant et aussi porté sur les commérages qu'une poissonnière de Dublin.

Bien qu'Anjelica l'eût corrigé à de nombreuses reprises, il continuait de l'appeler « mademoiselle ». Quel que soit l'âge ou le statut marital d'une femme, elles étaient toutes des « mademoiselle ». Moyennant quoi, au nom de l'égalité, tous les hommes étaient des « maîtres ».

« Vous pouvez me faire ressembler à Helen Mirren ? » demanda Anjelica.

Nino s'esclaffa.

« Vous êtes déjà plus belle qu'elle. Je ne peux qu'accentuer ce qui est déjà là, et je crains que vous ne soyez déjà parfaite. »

Tout en accomplissant ses miracles, Nino la divertit avec des anecdotes sur son dernier voyage en Europe, qui avait inclus des étapes à Palerme, Malte et Prague.

Anjelica n'avait jamais éprouvé le désir de voyager – l'endroit le plus éloigné de Philadelphie où elle s'était rendue était Myrtle Beach –, mais tandis qu'elle écoutait les histoires de Nino, elle ne voyait pas pourquoi elle ne prendrait pas elle aussi un jour de vraies vacances, pourquoi elle n'irait pas dans un endroit qu'elle avait toujours voulu visiter. Même si elle adorait son travail et ses patients, ça ne signifiait pas qu'elle n'avait pas droit à un peu de bonheur et d'aventure.

À la fin, elle s'offrit un petit traitement aux protéines et un balayage, ainsi qu'un masque nettoyant.

Après quoi elle passa un moment à faire du lèche-vitrines dans Walnut Street et se fit plaisir en déjeunant dans un petit café de Samson Street. Elle n'allait pas si souvent à Rittenhouse Square, et quand elle le faisait, elle se rappelait à chaque fois combien sa ville de naissance était vénérable et majestueuse.

C'était facile de l'oublier à force de passer ses journées tête baissée, accaparée par les soucis et les épreuves de la vie.

Lorsqu'elle arriva chez elle, elle sortit ses produits ménagers, car c'était ce qu'elle faisait quand elle ne travaillait pas. Avant d'enfiler un vieux pantalon et une vieille blouse, elle passa sa penderie en revue, notant l'état désolant de sa garde-robe. Elle possédait deux jolies robes, toutes deux emballées depuis une éternité dans des housses de pressing. Elle sortit sa plus belle, la revêtit, et fut agréablement surprise de constater qu'elle lui allait encore. Avec ses cheveux et sa peau fraîchement pomponnés et sa robe d'un magenta profond, elle se trouva jolie. Pas autant qu'Helen Mirren, mais pas mal pour une vieille fille du sud de Philly.

Elle tenta de s'imaginer portant cette robe dans les rues de Paris, Londres, Édimbourg. Cette pensée fit s'emballer son cœur.

Elle ne tarda pas à se réprimander pour sa folie d'écolière, se prépara une théière d'Earl Grey, enfila ses vieux vêtements.

Tout en buvant son thé, elle alluma la télévision. L'information du jour était qu'un homme du quartier, Danny Farren, qui attendait d'être jugé pour avoir lancé une bombe incendiaire sur une boutique, était désormais accusé de meurtre.

Une fois son thé terminé, elle s'attela à ses corvées. Ce serait un nettoyage en profondeur ; pas juste un coup de balai et un petit coup d'éponge sur le rideau de douche, mais un ménage qui fleurerait bon l'essence de citron.

Si elle ne se trompait pas – et elle se trompait rarement –, elle recevrait bientôt de la visite.

21

Le bureau du procureur possédait sa propre division criminelle, qui accomplissait l'essentiel du travail sur le terrain après qu'une arrestation avait été effectuée par la police et que des actes d'accusation avaient été émis.

À 9 heures, dans le bureau de Jimmy Doyle, il y avait, en plus de Jessica et d'un inspecteur de la criminelle, trois procureurs adjoints en première année.

Jessica savait qu'elle était trop bien habillée pour cette réunion – non qu'elle portât une robe de bal et des boucles d'oreilles en forme de larmes serties de diamants (comme si elle en possédait), mais son tailleur sombre sortait du pressing, son chemisier était impeccable et d'un blanc étincelant. Ses seuls bijoux étaient une montre Timex bon marché et son alliance. Un minimum de maquillage ; pas de parfum.

Jimmy exposa lentement et méthodiquement la stratégie qu'ils adopteraient pour monter un dossier de meurtre contre Danny Farren, tout en y ajoutant un tas d'autres accusations, parmi lesquelles racket et association de malfaiteurs.

« J'ai parlé à l'inspecteur et aux capitaines concernés, expliqua Jimmy. Choisissez qui vous voulez dans notre équipe d'enquêteurs. Jessica, vous serez aussi en contact avec la brigade criminelle de la police de Philadelphie. Votre ancien terrain de jeu. »

Sur ce, un bouton sur le téléphone du bureau clignota. Jimmy Doyle décrocha, appuya sur le bouton.

« Procureur adjoint Doyle. » Il écouta quelques secondes. « C'est parfait. Merci. »

Quelques instants plus tard, Jessica sentit une présence derrière elle.

« Je vais devoir avoir un petit mot avec la sécurité du bâtiment », déclara Jimmy avec un sourire tout en regardant par-dessus l'épaule de Jessica.

Elle se retourna pour voir qui se tenait à la porte.

C'était Kevin Byrne.

Elle avait été tellement débordée dernièrement qu'elle n'avait pas parlé à son ancien équipier depuis quelques mois. Ils évoluaient désormais réellement dans des cercles différents. Si elle avait bien eu des dizaines d'agents de police et d'inspecteurs à la barre des témoins, aucun n'avait été de la criminelle.

En le voyant remplir l'embrasure de la porte, son cœur se gonfla. Elle aurait voulu le prendre dans ses bras, mais ça aurait été le geste le plus déplacé qui soit à cet instant.

Byrne enfreignit les règles à sa place. Il lui fit une étreinte rapide et affectueuse. Comme toujours, en dépit du fait qu'elle portait toujours une arme, qu'elle pouvait se battre avec ses poings et avait le pouvoir d'assigner les gens à comparaître, Jessica se sentit en sécurité.

Elle s'était toujours sentie protégée avec son équipier.

Byrne se tourna vers Jimmy Doyle.
« Salut, frangin.
— Tu as bonne mine, Kev. »
Les deux hommes se serrèrent la main et se donnèrent une demi-accolade en se tapant dans le dos. *Les caïds irlandais et leurs émotions*, songea Jessica en souriant intérieurement.
« Kevin sera notre liaison avec la brigade criminelle, déclara Jimmy en regardant Jessica. Ça vous va ?
— Absolument.
— Parfait. Danny Farren va être officiellement accusé de meurtre plus tard dans la journée. Mais nous savons tous que ses activités criminelles ne se limitent pas à ça. Je veux tout ce qu'on pourra trouver sur lui. Je veux en finir avec le chapitre Farren à Philadelphie. »
Jimmy fit le tour de son bureau, se posta devant Jessica et Byrne.
« Si nous faisons bien notre boulot, Danny Farren ne sortira jamais de prison, dit-il. Et si nous le faisons *vraiment* bien et si la chance nous sourit, il aura droit à un aller simple pour Rockview. »
Jessica savait ce que ça signifiait. L'établissement pénitentiaire d'État de Rockview était la seule prison de Pennsylvanie qui appliquait la peine de mort.
« Des idées, des questions, des inquiétudes ? » demanda Jimmy.
Jessica avait un million de chaque. Elle décida d'attendre.
« Hormis de nouvelles preuves pour le coup de la bombe incendiaire, qu'est-ce qu'on cherche ? demanda Byrne.

— Tout ce que tu trouveras. Où que te mène l'enquête. J'ai parlé à ton capitaine. Tu peux mettre autant d'inspecteurs que tu veux sur l'affaire.

— Mais ça va principalement concerner les enquêteurs de ta division, Jimmy. »

Celui-ci secoua la tête.

« Pas cette fois. Je veux les meilleurs inspecteurs de la criminelle dont nous disposons. Tout doit être passé au crible.

— Où que ça mène ? demanda Byrne.

— Où que ça mène, confirma Jimmy. Ne nous laissons pas influencer par la personnalité de la victime. Aussi abject qu'ait pu être son mode de vie, c'était une citoyenne de ce comté, et elle a droit au même traitement que tout le monde. »

Jessica comprenait ce qu'il voulait dire, et elle savait qu'il était nécessaire de le dire. Peut-être pas pour Byrne ou elle, mais pour les procureurs adjoints plus jeunes qui étaient présents dans la pièce.

La vérité était que les agences gouvernementales ne se fatiguaient pas toujours à collecter les preuves et à poursuivre en justice les personnes responsables de la mort de membres de gangs ou de quiconque était lié au trafic de drogue.

En sortant du bâtiment, Jessica et Byrne tombèrent sur Graham Grande qui, pour sa part, y entrait. Byrne fit les présentations.

« Graham appartenait à l'unité d'identification peu avant votre arrivée, expliqua-t-il à Jessica.

— En effet, dit Grande. Mon premier boulot a été de chercher des empreintes sur la Cloche de la Liberté quand elle a été fêlée.

— Et si je me souviens bien, on a résolu l'affaire », dit Byrne avec un sourire.

Graham se tourna vers Jessica. Il lui tendit une carte.

« J'ai beaucoup travaillé pour le bureau du procureur. Expert à la barre, conseil. Pensez à moi si jamais vous avez besoin d'un vieux pro.

— Je n'y manquerai pas », répondit-elle.

Après les au revoir, Graham traversa le hall, s'enregistra à l'accueil et prit l'ascenseur pour le dix-septième étage.

Jessica et Byrne se rendirent au marché de Terminal Reading pour boire un café. Ils s'assirent à une table, prirent rapidement des nouvelles l'un de l'autre.

« Vous vous connaissez depuis longtemps, n'est-ce pas ? demanda Jessica. Vous et Jimmy. »

Byrne but une gorgée de café, acquiesça. Il lui fit un bref compte rendu de ses étés à Devil's Pocket. Il n'avait jusqu'alors jamais évoqué tout ça. Jessica se demanda pourquoi, mais ne lui posa pas la question. Il y avait de nombreux épisodes de sa propre enfance qu'elle n'avait pas partagés avec Byrne.

Elle lui parla de Sophie et Carlos.

« Vous manquez à Sophie, dit-elle.

— Elle aussi, elle me manque. Je n'en reviens pas que tant de temps soit passé. Je ne laisserai pas ça se reproduire.

— Elle a un appareil dentaire, dit Jessica. Et un petit ami.

— Oh, oh.

— Comme vous dites.

— Comment le prend Vince ?

— Comme on pourrait s'y attendre, répondit-elle. Chaque fois que le gamin apparaît à la porte, Vincent ouvre avec son .45 ACP à la hanche. »

Byrne rit.

« Je me souviens bien du moment où Colleen a commencé à avoir des petits copains. Je ne suis toujours pas sûr de m'en être remis. »

Ils évoquèrent leurs pères, leurs familles. Ni l'un ni l'autre ne voulait partir. Mais il y avait du travail à faire. Quelques minutes plus tard, ils arrivèrent devant l'imposant bâtiment situé au 3 South Penn Square, juste en face de la mairie.

Jessica s'arrêta, posa la main sur le bras de Byrne. Il s'arrêta à son tour.

« Quoi ?

— J'aime l'odeur de la mairie au petit matin, déclara-t-elle, imitant de son mieux Robert Duvall dans *Apocalypse Now*. C'est l'odeur de la justice. »

Byrne éclata de rire.

« Bon Dieu, vous m'avez manqué, partenaire. »

Jessica s'assit côté passager, Byrne, au volant.

« On commence par où ? demanda-t-elle.

— Je pense qu'on devrait jeter un coup d'œil à la scène de crime. J'ai déjà parlé à l'unité de déminage et à un agent fédéral. »

Chaque fois qu'une explosion volontaire avait lieu dans le comté de Philadelphie, un agent du Bureau de l'alcool, du tabac, des armes à feu et des explosifs menait l'enquête. L'unité de déminage de la police de

Philadelphie y participait uniquement en renfort. Sa principale mission consistait à détecter et désamorcer l'engin explosif.

Tandis que Byrne roulait vers l'ouest dans Market Street, Jessica réfléchit à l'affaire. Elle avait enquêté sur de nombreux meurtres, mais pas dans ses nouvelles fonctions. Cette fois, c'était différent. Quand vous étiez flic, vous ne pouviez penser qu'à une chose : l'arrestation. Quand vous étiez procureur adjoint, il s'agissait de présenter des preuves et de gagner le procès.

En tant que flic, quand vous tombiez sur un indice qui disculpait le suspect, vous pouviez fermer les yeux et les oreilles. En tant que procureur adjoint, c'était plus difficile.

Jessica espérait qu'elle pourrait justifier la confiance que Jimmy Doyle plaçait en elle. Mais pour le moment, elle n'en était pas sûre.

Quand Byrne tourna dans la 21e Rue, elle demanda :

« Et les Farren ?

— Quoi, les Farren ?

— On dirait que vous avez aussi une histoire avec eux.

— Bon Dieu, est-ce qu'il y a des choses qui restent secrètes dans cette ville ? »

Jessica se contenta de le fixer du regard. C'était une question rhétorique.

Byrne lui parla de la veille de Noël 1988, de la mort de Patrick Farren et du rôle qu'il y avait joué en tant que jeune inspecteur de la division sud, du fait que pendant qu'il était interrogé sur le passage à tabac sauvage d'une femme nommée Miranda Sanchez, Patrick

Farren avait commis l'erreur de menacer avec une arme un flic chevronné nommé Frankie Sheehan.

Jessica n'avait jamais rencontré ce dernier, mais elle le connaissait de nom et de réputation, et elle savait qu'il était mort dans l'exercice de ses fonctions.

« Frankie n'a plus jamais été le même après ce soir-là, déclara Byrne.

— C'est-à-dire ? »

Byrne prit Lombard Street vers l'ouest.

« Eh bien, certaines personnes qui étaient versées dans ce genre de chose pensaient qu'il était maudit.

— Maudit ? demanda Jessica. Comment ça ?

— Deux semaines plus tard, sa femme a eu un vilain accident sur la voie express. Le cancer de Frankie a métastasé. Et moins de deux mois plus tard, il est entré en premier dans une planque de drogue, ce qu'il n'était pas censé faire à son âge. Il a été tué dans la fusillade.

— Je ne suis pas sûre qu'on puisse qualifier ça de malédiction. »

Byrne laissa passer un moment.

« Les Farren sont une menace, Jess. Ils font du mal à tout ce qu'ils touchent. Frankie n'était pas la première personne, certainement pas le premier flic, à croiser le fer avec eux et à ne pas s'en sortir indemne. »

Il y avait quelque chose que Byrne ne lui disait pas, mais ce n'était pas grave. Elle voyait bien que Frank Sheehan était important pour lui, et elle ne voulut pas insister.

Néanmoins, tandis qu'ils tournaient dans la 24e Rue, Jessica réfléchit à ce qu'il venait de lui dire, et elle sentit une force sombre, quelque chose d'obscur et d'inexorable, qui l'attirait toujours plus vers Devil's Pocket.

3

SÍDHE

22

PHILADELPHIE, 1976

La ville était électrisée par les célébrations du bicentenaire. Juste après 18 heures, alors que le Stone était archi-comble, Máire était dans la cuisine, occupée à retourner les saucisses au whiskey de chez Tully's, lorsqu'elle sentit quelqu'un derrière elle.

C'était Desmond. Desmond dans son cher costume blanc.

« Où tu vas ? demanda-t-elle.

— Au feu d'artifice.

— Vraiment ?

— J'aime bien ça. Je voudrais qu'il y en ait toute l'année.

— Alors personne ne ferait rien. Tout le monde resterait planté là, à regarder le ciel. »

Desmond rit.

« Tu as mangé ?

— Oui, m'man.

— Laisse-moi te regarder », dit Máire.

Desmond boutonna sa veste, se tint au garde-à-vous.

Son costume était sale. Il s'était arrangé pour se couper la jambe la veille, et il y avait une tache brun foncé sur son pantalon.

« Pourquoi tu ne me laisses pas nettoyer ça ? demanda-t-elle. Ça ne sera pas long. »

Desmond baissa les yeux vers la jambe de son pantalon, réfléchit un instant.

« Tu sais ce qu'on dit ?

— Quoi ?

— Que mieux vaut de bonnes manières qu'une bonne apparence. »

Máire sourit.

« C'est tout toi.

— Je t'aime, m'man.

— Sois prudent en traversant la rue, Des.

— Ne t'en fais pas. »

Avant de sortir, Desmond marqua une pause, regarda son reflet dans le grille-pain et se lissa les cheveux, puis il franchit la porte de derrière. Lorsqu'il atteignit le trottoir en direction du parc, il se retourna et agita la main.

Máire ne le revit plus jamais vivant.

Plus tard ce jour-là, pendant les festivités du 4 juillet, le diable s'empara de Devil's Pocket.

Juste après 22 heures, la fillette blonde, Catriona Daugherty, fut retrouvée étranglée dans le parc qui bordait South Taney Street.

La rumeur se répandit comme une traînée de poudre. Máire apprit, et pas d'une unique source, que les habitants du quartier soupçonnaient son Desmond de ce terrible péché. Ils prétendaient qu'il avait posé les yeux sur Catriona des années auparavant et qu'il avait pris un bout de corde ce soir-là pour l'étrangler.

La police vint au Stone, parla à Máire, Danny et Patrick. Desmond ne rentra pas. Hormis un bref séjour à l'hôpital, c'était la première fois qu'il ne dormait pas dans son lit.

Durant les quatre jours qui suivirent, Máire et ses garçons ratissèrent les rues de Washington à Lombard, de l'avenue à la rivière, frappant aux portes, cherchant dans les garages, les allées et les sous-sols, entretenant leur espoir tout en sachant que le pire était arrivé.

Le matin du 9 juillet, on frappa à la porte de derrière. Máire ouvrit et vit un jeune policier qui l'informa qu'un homme avait été retrouvé, tué par balle, sous le pont de South Street. Il lui demanda de l'accompagner à la morgue pour voir si c'était son Desmond.

C'était bien lui.

Pour la deuxième fois en deux ans, elle se retrouva au bord de la rivière, une savonnette dans une main, un panier de vêtements à côté d'elle. Elle resta jusqu'à l'aube, et parvint finalement à nettoyer le sang sur le costume blanc de Desmond.

1978

La nuit où Deena donna naissance à deux magnifiques garçons, la lune brillait au-dessus du sud de Philadelphie. Elle les baptisa Sean et Michael. Ils étaient frêles, mais en bonne santé.

Quand Máire les porta tous les deux pour la première fois, une sensation monta en elle. Bien que Sean fût beau, elle avait su dès qu'elle avait vu Michael qu'il avait le don.

Cette nuit-là, elle se glissa dans la nurserie et s'assit entre eux. Mais c'est la main de Michael qu'elle tint lorsqu'elle récita le poème.

Là-bas où plonge dans le lac
Le versant escarpé de Sleuth Wood
Il est une île pleine de feuillages
Où les hérons qui battent des ailes
Éveillent les rats endormis...

Veille de Noël 1988

Lorsque Patrick Farren fut assassiné – abattu dans la fleur de l'âge par la police –, Devil's Pocket avait changé. Les clubs où l'on se réunissait pour boire et les dîners à la fortune du pot avaient disparu. Tout tournait désormais autour d'une drogue nommée crack. Le Stone avait été dévalisé deux fois en deux ans. Mais Patrick et Danny ne retrouvèrent et n'envoyèrent six pieds sous terre qu'une seule fois les hommes qui avaient fait le coup.

À 20 heures, le bar n'était qu'à moitié plein car de nombreux habitués buvaient chez eux en famille. Danny et ses fils étaient partis au centre commercial pour faire des courses de dernière minute. Patrick était confortablement installé avec une de ses maîtresses dans un coin, une jolie fille que Máire avait vue un certain nombre de fois.

Quelques minutes plus tard, ils partirent tous les deux.

Le coup de fil arriva juste après minuit, et Máire comprit avant même que sa main eût touché le combiné.

Patrick était mort, assassiné par la police.

Deux de ses fils étaient désormais partis. Le pauvre Desmond en 1976, et maintenant Patrick.

Mais le diable n'en avait pas fini avec les Farren cette nuit-là. En tentant de sauver son oncle, le jeune Michael avait été percuté par une voiture. Sa tête avait heurté la chaussée gelée.

Tandis que Noël approchait, Michael Farren était dans le coma, comme son grand-père il y avait si longtemps de cela dans le comté de Louth.

Il n'en sortirait que près de deux ans plus tard.

Chaque soir Máire faisait la lecture au garçon et lui passait de la musique. Mais, comme son grand-père à Dundalk, Michael ne réagissait pas. Sans cesse elle observait ses yeux, son visage, ses mains, dans l'espoir d'un mouvement.

Les médecins et les livres affirmaient qu'il était probablement conscient de son environnement, qu'il entendait ce que disaient les gens, et que c'était une bonne chose de lui faire écouter de la musique. Mais si Máire aimait les airs traditionnels, elle sentait que son petit-fils ne réagirait pas aux balades, aux complaintes et aux quadrilles.

Patrick avait été un don Juan, et il avait tous les outils du parfait gigolo. Des dizaines et des dizaines d'albums. Alors soir après soir, en espérant une réaction de Michael, elle passait tous les groupes britanniques et irlandais que son fils avait écoutés dans sa jeunesse – Cream, The Groundhogs, Thin Lizzy, Chicken Shack, Taste, Roxy Music.

Un soir, alors qu'elle passait les disques en revue, elle vit une chose qui fit palpiter son cœur. Un album étrange dont la pochette représentait une sorte de gargouille, une icône sculptée dans la pierre dont la vocation était, dans l'Irlande médiévale, de repousser les intrus et les esprits maléfiques. Sa propre grand-mère en avait une sur la porte de sa maison durant son enfance à Dundalk.

Lorsqu'elle retourna le disque, elle vit que le groupe s'appelait The Stark.

Elle le mit, et après quelques secondes elle vit que Michael réagissait. C'était la première fois en près de dix-huit mois. Tandis que la chanson passait, elle voyait ses yeux bouger sous ses paupières, ses doigts se soulever et retomber en rythme, son visage reprendre des couleurs.

La chanson s'appelait « Billy the Wolf ».

1996

À dix-huit ans, Michael et Sean étaient connus à travers Devil's Pocket, et dans une grande partie du sud de Philadelphie, comme les membres fondateurs du gang des Garçons de la rivière. Leur père Daniel – le seul fils de Máire encore en vie – faisait figure de patriarche, et aucune décision n'était prise sans lui.

Le chemin avait été long pour que Michael, affaibli et atrophié par son coma, retrouve sa condition physique, mais Máire n'avait jamais vu quelqu'un se battre autant. Souvent elle le trouvait à l'aube derrière le Stone avec des haltères de fortune aux pieds. Il avait installé un petit ring de boxe dans la cave et affrontait quiconque se présentait, quel que fût son poids. Souvent il tombait sur un adversaire supérieur et prenait une correction, mais il n'abandonnait jamais.

Il passait ses journées à devenir plus fort, et ses nuits à lire. Máire n'avait jamais vu autant de livres que dans sa chambre au sous-sol.

Mais tandis qu'il surmontait ses problèmes physiques, la prosopagnosie dont il avait commencé à souffrir peu après être sorti de son long rêve fiévreux, cette incapacité à reconnaître ne serait-ce que les membres de sa propre famille, ne partait pas.

Máire faisait ce qu'elle pouvait pour l'aider, plaçant des notes partout, organisant son emploi du temps, punaisant des photos de tout le monde dans sa chambre. Mais s'il lui arrivait de savoir qui elle était, il avait tout aussi souvent l'impression de ne la connaître ni d'Ève ni d'Adam. Et à mesure que les activités criminelles des garçons se développaient, sa maladie devenait de plus en plus problématique.

Durant ces années, Michael demeura proche de Sean. Chaque fois que quelqu'un salissait le nom des Farren, les deux frères l'emmenaient dans la cave sous le Stone, où ils lui apprenaient les bonnes manières.

Un jour, un homme, boucher de profession, qui avait manqué de payer pendant deux mois d'affilée, fut tailladé avec son propre couteau à manche en bois de cerf.

À l'approche du nouveau millénaire, il restait à Máire un fils et deux petits-fils, dont un était abîmé. Le Stone connaissait des temps difficiles, et Devil's Pocket était en voie d'embourgeoisement. On parlait même de transformer la Naval Home en immeuble d'appartements.

Elle savait que tout ça était dû à la malédiction.

Go n-ithe cat thú is go n-ithe an diabhal an cat.

Mais si elle avait hérité une chose de sa grand-mère, c'était la patience. Elle attendrait le bon moment, et quand il arriverait, la malédiction serait levée.

Et tandis qu'elle était assise au bout du bar, en train de plier les cinq derniers mouchoirs en lin, ceux qui étaient bordés de dentelle bleue, elle sut que ce serait Michael qui la lèverait.

Non, se corrigea-t-elle, ce serait Billy le Loup.

23

PHILADELPHIE, 2015

Lorsque Byrne passa chercher Jessica chez elle, il eut l'impression d'être venu ici la veille.

Le plus agréable pour Jessica, c'était que pour une fois elle pouvait s'habiller simplement.

Les procureurs adjoints se rendaient souvent sur des scènes de crime, mais rarement quand celles-ci étaient encore fraîches. Le fait d'assister à la collecte d'indices aurait permis à l'avocat de la défense de prétendre que ceux-ci avaient été contaminés par une accusation trop zélée et étaient donc irrecevables.

Cette fois, c'était différent. La scène de crime avait désormais deux mois. Les indices avaient depuis longtemps été prélevés, rassemblés, analysés et répertoriés. Le cordon de police avait été enlevé.

Néanmoins, même si la scène n'était pas récente, la charge émotionnelle était encore forte.

L'unité de déminage de la police de Philadelphie avait son quartier général dans un nouveau local situé dans State Road. Le complexe abritait également l'école de police, ainsi que la brigade cynophile.

Jessica et Byrne avaient déjà inspecté une fois l'extérieur du bâtiment qui abritait la scène de crime, prenant des photos des lieux, lesquels étaient toujours condamnés par des planches. Désormais, ils s'apprêtaient à y pénétrer.

En chemin, Jessica passa en revue les rapports émis par la division sud, l'unité qui avait à l'origine enquêté sur l'affaire. Elle savait qu'aucun inspecteur n'aimait qu'on lui reprenne un dossier – quand vous étiez le premier sur la piste, vous vouliez franchir la ligne d'arrivée, ce qui incluait témoigner au tribunal et voir le suspect condamné, le tout grâce à votre zèle.

Pourtant, à l'instant où Jacinta Collins était morte et où le légiste avait décrété qu'il s'agissait d'un meurtre, les deux inspecteurs en charge de l'affaire avaient su qu'on viendrait bientôt frapper à leur porte. Jessica était désolée pour eux – elle avait elle-même travaillé avec Byrne sur un certain nombre d'affaires auxquelles le FBI s'était mêlé quand il s'était avéré que des lois fédérales avaient été violées.

Ce jour-là, ils devaient rencontrer un agent de l'unité de déminage qui leur ferait faire le tour des lieux.

Byrne gara la voiture dans Webster Street. Avant qu'il ait le temps de sortir, Jessica tira une enveloppe de son sac et la lui tendit.

« Qu'est-ce que c'est ? demanda-t-il.

— Ouvrez-la. »

Byrne attendit un moment. Si Jessica savait une chose de son équipier, c'était qu'il n'aimait pas les surprises. Il souleva lentement le rabat de l'enveloppe, en sortit son contenu.

« Oh mon Dieu ! » s'exclama-t-il.

C'était une photo de Sophie Balzano.

« Elle a pris un selfie, expliqua Jessica. Pour vous.

— Elle est très belle. Je n'en reviens pas qu'elle ait autant grandi. Je l'ai vue il y a seulement deux mois. Comment est-ce possible ?

— Comme vous dites. »

Sophie s'était changée dix fois avant d'opter pour son beau pull en cachemire bleu marine et son collier orné d'une croix en argent. À cause de son appareil dentaire, elle ne souriait pas, mais elle avait décidé après avoir imprimé la photo que ça lui donnait l'air encore plus mature. Et c'était vrai.

« J'adore, Jess, dit Byrne. Merci. Et remerciez Sophie pour moi. Je vais en prendre grand soin.

— Heu… »

Byrne la regarda.

« Quoi ?

— Elle veut une photo de vous. »

Il rougit légèrement.

« Oh. OK. D'accord. Rappelez-le-moi dans un jour ou deux. J'en prendrai une. »

Jessica leva son iPhone.

« Rien ne vaut le moment présent, dit-elle. Un célèbre ami inspecteur me disait ça tout le temps.

— Quoi ? Maintenant ?

— Recoiffez-vous. »

Le commandant de l'unité de déminage s'appelait Zachary Brooks. Alors qu'il patrouillait depuis douze ans les rues du 14e district, une opportunité s'était présentée dans les forces spéciales. À trente-six ans, bien que plus âgé que tous les autres membres de cette unité physiquement exigeante, Zach Brooks avait accepté le job et était devenu l'un de ses meilleurs agents. Quatre ans plus tard, il avait rejoint l'unité de déminage.

Celle-ci travaillait souvent en lien avec la criminelle en cas de décès liés à des incendies.

Ils se retrouvèrent devant la scène de crime. Zach avait environ trente minutes de retard.

« Zach, je vous présente Jessica Balzano. Elle travaille désormais pour le bureau du procureur, mais elle a été mon équipière à la criminelle pendant dix ans.

— J'ai déjà entendu ce nom, répondit Zach avec un sourire. Enchanté.

— De même, répondit Jessica.

— Désolé pour le retard. J'étais en mission.

— Cette alerte à la bombe au bâtiment fédéral ? » demanda Jessica.

Elle avait vu quelque chose à ce sujet aux infos du matin.

Zach acquiesça.

« Un colis avait été abandonné sur une voiture dans le parking souterrain. On y est allés pour assister le BATFE. On a effectué une procédure d'enlèvement sécurisé. »

En fonction de l'engin, du niveau de menace,

celle-ci pouvait se limiter à un simple examen au rayon X pour déterminer si le colis était inoffensif, ou bien nécessiter l'utilisation d'une cloche pour contenir l'explosion.

« Qu'est-ce que c'était ? demanda Byrne.

— Croyez-le ou non, c'était un coffret à épices. Une employée du bureau du procureur fédéral l'avait apporté pour l'offrir à une collègue qui va se marier, et elle l'avait oublié sur le toit de sa voiture.

— Vous êtes sûr que c'était de l'ail en poudre à l'intérieur ? » demanda Byrne.

Zach rit.

« Situation explosive, mais contenue, inspecteur.

— Content que vous ayez pu venir, reprit Byrne. Je vous remercie.

— À votre service. »

La plupart des questions qu'ils étaient sur le point de poser l'avaient déjà été par les enquêteurs de la division sud. Mais maintenant qu'il s'agissait d'un meurtre, elles devaient l'être de nouveau.

« Prêts ? demanda Zach.

— Prêts. »

Il tira un ordinateur portable du sac qu'il avait en bandoulière, l'ouvrit, le posa sur le toit de la voiture de Byrne. Il désigna la fenêtre condamnée qui donnait sur Stillman Street.

« À en croire la vidéo de surveillance filmée par la caméra à l'angle, le suspect a emprunté Webster Street en direction de l'est à 21 h 21 précisément. »

Zach passa la vidéo. À l'écran, qui diffusait une image d'un vert éclatant à cause de la faible luminosité, ils virent un homme marcher vers le bâtiment qui abritait la scène de crime. Ça ne suffirait pas au tribunal, mais ils savaient que cet homme était Danny Farren. Quand il avait été arrêté deux jours plus tard, les vêtements qu'il portait sur la vidéo – un blouson de cuir gris et un pantalon en flanelle sombre – avaient été prélevés comme indices.

Danny Farren disparaissait ensuite à la gauche du cadre.

Pendant les cinq minutes suivantes, il n'y eut aucun mouvement hormis les quelques voitures qui empruntaient la rue dans un sens ou dans l'autre.

À 21 h 26, Farren entra de nouveau dans le cadre, s'éloignant du bâtiment.

À 21 h 28, la caméra trembla violemment tandis qu'un flash éblouissant emplissait l'image. Du verre fut soufflé dans la rue, et ce qui ressemblait à un nuage de gypse s'abattit sur le sol. De la fumée s'éleva.

Quand elle commença à se dissiper, la rue et le trottoir étaient couverts de petits tessons de verre. Quelques minutes plus tard, une poignée de résidents commença à se rassembler de l'autre côté de la rue. Presque tous filmaient avec leur téléphone portable.

À 21 h 46, un camion de pompiers arriva sur les lieux.

« On peut revoir ça ? demanda Jessica.

— Bien sûr. »

Zach enfonça quelques touches. La vidéo redémarra.

Jessica regarda attentivement tandis que Danny Farren apparaissait dans le cadre. L'image était granuleuse, mais il semblait tenir quelque chose dans sa main gauche. Ça ressemblait à un journal enroulé. Peut-être un magazine.

« Est-ce qu'on peut faire un arrêt sur image ? » demanda-t-elle.

Zach s'exécuta.

Elle tapota l'écran du doigt. Spécifiquement, la main gauche de Danny Farren.

« Est-ce que ça colle avec la taille et la forme de l'engin explosif utilisé ? » demanda-t-elle.

Farren semblait serrer fermement l'objet dans sa main au lieu de simplement le porter comme on porterait un sac.

« J'ai regardé cette vidéo plusieurs fois pendant l'enquête de la division sud, et aussi après, en prévision de mon témoignage pendant le procès, déclara Zach. De toute évidence, l'image n'est pas très claire, mais je dirais que oui.

— Est-ce qu'on peut avancer jusqu'au moment où il entre de nouveau dans le cadre ?

— Bien sûr. »

Zach fit légèrement glisser le curseur vers la droite. Lorsque Farren réapparut sur la gauche, quelques secondes avant l'explosion, il appuya sur une touche pour passer en mode ralenti. Avec ce type de vidéo de surveillance, il n'y avait pas de ralenti fluide. À la place, c'était une série de plans fixes. Lorsque Farren fut pile au centre de l'écran, Zach appuya sur « Pause ».

Jessica regarda attentivement. Il était impossible de dire si Farren avait toujours l'objet dans sa main gauche, car celle-ci était cachée par son corps. Et comme il ne balançait pas beaucoup les bras en marchant, elle n'apparaissait jamais.

« Est-ce que quelqu'un peut voir s'il a toujours quelque chose dans la main ? »

Byrne aussi bien que Zach admirent que c'était impossible.

Jessica savait qu'en tant qu'inspectrice ça lui aurait suffi pour embarquer Farren, et probablement l'inculper. Mais dans un tribunal, ça ne pèserait pas lourd. C'était un dilemme auquel elle était de plus en plus souvent confrontée en tant que procureure adjointe.

Zach laissa la vidéo défiler. Une fois de plus, la force de la déflagration fit grimacer Jessica. Elle avait été entourée d'armes à feu toute sa vie, avait commencé à aller au stand de tir avec son père à l'âge de dix ans, et les armes lui inspiraient un respect sain, pas de la peur.

Mais les engins explosifs, c'était une autre histoire.

Lorsque la fumée se dissipa, elle s'aperçut que ce n'était pas uniquement du verre qui scintillait sur le trottoir. À en croire le rapport et le bulletin météo de cette nuit-là, une légère bruine était tombée par intermittence.

« Disons que c'était bien un journal ou un magazine enroulé qu'il avait dans la main, dit-elle. L'engin utilisé devait-il rester sec ?

— Avec le type de mèche utilisé, plus il est sec, mieux c'est.

— Et un journal ou un magazine aurait-il suffi à le protéger de la pluie ?

— Absolument. »

Jessica absorba cette information. Elle commençait à y voir plus clair. Elle songea qu'elle devrait parler aux inspecteurs qui avaient arrêté Farren pour voir s'il existait un inventaire des articles trouvés dans sa voiture.

S'il y avait un journal ou un magazine parmi eux, daté du jour de l'explosion ou d'avant, ils l'analyseraient en quête d'indices qui le relieraient à la bombe.

« Vous pouvez nous faire visiter la scène ? demanda Byrne.

— Allons-y. »

Zach referma l'ordinateur, le replaça dans son sac. Il sortit un jeu de clés, trouva celle qu'il cherchait, l'inséra dans le cadenas de la porte temporaire à l'avant de la boutique et l'ouvrit.

La première chose que Jessica remarqua fut l'odeur de bois et de plastique brûlés. En dessous flottait un relent de soufre.

Zach traversa la pièce jusqu'à une lampe halogène à piles, l'alluma. Une vive lumière blanche emplit immédiatement les lieux.

Jessica scruta pour la première fois la scène de crime. Elle avait vu des photos en venant, mais rien ne remplaçait le fait de se tenir à l'endroit où le crime avait été commis.

Sur la gauche il y avait les vestiges de trois longues vitrines en verre. Les montants étaient encore debout, mais le verre était entassé par terre.

Zach désigna une zone à environ un mètre cinquante de la fenêtre sur le côté.

« C'est le cœur de la déflagration.

— C'est là que l'engin a explosé ? demanda Jessica.

— Oui. Le suspect a brisé cette fenêtre et jeté la bombe à l'intérieur. Je suppose qu'il voulait qu'elle explose au centre de la pièce, mais on dirait que ce tuyau suspendu a entravé sa progression. »

Jessica vit un enfoncement dans le revêtement en vinyle du sol, ainsi qu'un ovale noir.

« Qu'est-ce que vous pouvez nous dire sur l'engin lui-même ?

— C'était une bombe tuyau, répondit Zach. Le contenant était un cylindre en acier galvanisé de cinq centimètres de diamètre et environ vingt-cinq de long. Disponible dans n'importe quel Home Depot. »

Jessica savait qu'une des blagues les plus courues parmi les agents du BATFE et les démineurs était d'appeler Home Depot « Terrorists "R" Us ».

Zach leur fit un topo sur le type d'explosif, le détonateur et la mèche. Il marcha jusqu'au mur du fond, l'éclaira avec sa Maglite. Puis il passa la main sur une zone d'environ trente ou quarante centimètres carrés.

« Vous voyez ces petits fragments ? »

Jessica chaussa ses lunettes. Là, incrusté dans le placoplâtre, il y avait des douzaines de petits bouts de métal.

« Ça provient du contenant lui-même. Le tuyau en acier galvanisé. Si l'explosif avait été de la poudre noire ou de la poudre flash, le tuyau ne se serait peut-être brisé qu'en trois ou quatre morceaux. Mais avec ce matériel, il y en a eu un millier. »

Il fit courir le faisceau de sa torche sur le plafond et les murs opposés. Il y avait des fragments partout.

« Est-ce que vous avez retrouvé des billes de roulement à billes ? demanda Byrne.

— Non. »

Jessica le regarda. Ils se comprirent en silence.

« C'était un engin rudimentaire, pas difficile à fabriquer ni à désamorcer, poursuivit Zach. Si on avait été avertis, on aurait pu le neutraliser.

— Et le projectile ? demanda Jessica.

— C'était un des bouchons. Le type a placé l'explosif à l'intérieur, puis le bouchon. Il a ensuite percé un petit trou dans l'autre bouchon, l'a placé sur le tuyau et a fait passer une mèche à l'intérieur. Il a scotché la mèche sur le côté, et il a balancé sa bombe par la fenêtre.

— Et il était certain que le scotch ne l'éteindrait pas ?

— Absolument. La mèche brûlait trop fort. »

Byrne marcha jusqu'au mur qui faisait face à la fenêtre par laquelle la bombe avait été jetée. La force de la déflagration avait quasiment fait fusionner le placo et les vis, gondolant la plaque de plâtre entre les montants. Au centre du mur, derrière l'endroit où s'étaient trouvées les vitrines, il y avait un trou de pas plus de huit centimètres de diamètre. Le placo était enfoncé tout autour.

Jessica avait vu les photos de la scène de crime, et elle savait de quoi il s'agissait, mais la voir en vrai fit monter en elle une vague de tristesse.

« C'est là que le bouchon a transpercé la cloison ? » demanda Byrne.

Zach traversa la pièce.

« Oui. Avec quelque chose d'aussi explosif, un fragment – dans ce cas, un morceau d'acier galvanisé de cent cinquante grammes – se voit projeté à environ quatre cents mètres par seconde. »

Jessica en savait assez sur les armes à feu pour savoir que quatre cents mètres par seconde, c'était à peu près l'équivalent d'une balle de .22 long rifle à haute vélocité.

Le soir où Danny Farren avait lancé la bombe par la fenêtre de la boutique, la maison mitoyenne juste à l'ouest de la scène était depuis longtemps abandonnée et condamnée.

Jacinta Collins y était entrée par la porte de derrière, apparemment en quête d'un endroit où se faire un shoot d'héroïne. Les inspecteurs avaient retrouvé son dealeur qui, en échange d'une immunité pour cette transaction, avait confirmé qu'il avait vendu de la *black tar* à Jacinta environ trente minutes avant l'explosion. La définition même du mauvais endroit au mauvais moment. L'héroïne, la cuiller et la seringue avaient été retrouvées à côté de son corps.

Elle était assise par terre dans la pièce de derrière, à pas plus de cinq mètres de l'endroit où la bombe avait atterri.

Le projectile avait traversé le vieux lambris et le plâtre, l'atteignant au côté droit du visage, entre l'œil et la tempe. Elle avait passé les deux derniers mois dans un coma artificiel, et quand les inspecteurs avaient arrêté Danny Farren, il avait été inculpé, entre autres choses, pour coups et blessures aggravés.

Désormais, il s'agissait d'un meurtre.

Ils se tenaient sur le trottoir à côté de la fenêtre par laquelle Danny Farren avait lancé la bombe. Zach Brooks avait refermé la porte du bâtiment à clé et gravé une copie de la vidéo sur un DVD que Byrne tenait à la main.

« Merci pour ça.

— À votre service. »

Tandis que Zach remontait dans sa camionnette, Jessica et Byrne allèrent se poster de l'autre côté de la rue, face à la boutique, chacun plongé dans ses pensées. Même dehors, deux mois après l'explosion, tout le pâté de maisons sentait légèrement le bois et le plastique calcinés.

« On n'obtiendra pas une condamnation pour assassinat, déclara Jessica.

— Pourquoi ?

— Principalement parce que Danny Farren n'a pas rempli la bombe de billes ou de petits clous, qui sont, comme vous le savez, les composants de prédilection quand le criminel a l'intention de blesser quelqu'un, les composants de prédilection des kamikazes. L'argument de la défense sera que Farren voulait endommager le bâtiment, pas blesser ni tuer. »

Le fait qu'il serait condamné pour avoir causé la mort était couru d'avance. Ce serait au procureur de décider s'il y avait eu ou non intention de la donner.

Cependant, si une affaire devait être présentée à un grand jury, tout était possible. Jessica connaissait l'ordre qui leur avait été donné : trouvez tout ce que vous pourrez.

Byrne formula à voix haute la deuxième chose qui leur trottait dans la tête.

« Si vous extorquez de l'argent à quelqu'un en échange de protection, pourquoi détruire votre source de revenus ? »

La réponse était à trouver dans la folie furieuse qui animait les hommes tels que Danny Farren. Le message était dans la force de sa réaction. L'homme à qui appartenait le bâtiment, Kenneth Zelman, avait refusé de commenter l'incident. Il était clairement victime de la combine d'extorsion de Danny Farren, et le dire à la police l'aurait exposé à de nouvelles représailles. Jessica supposait qu'après l'incident de la bombe, il s'était arrangé pour trouver l'argent qu'il devait.

Avant qu'elle ait le temps de répondre, le téléphone de Byrne sonna. Il s'écarta de quelques pas, répondit à l'appel. Une minute plus tard, il revint. Il avait la mine sombre.

« Qu'est-ce qu'il y a ?

— C'était le capitaine Ross, répondit-il.

— Qu'est-ce qui se passe ?

— Même si la grand-mère de la victime a déjà commencé les préparatifs pour les funérailles, je dois lui notifier le décès officiellement. Aucun agent ne l'a encore fait.

— Alors allons la voir », dit Jessica.

Byrne leva les yeux, un peu surpris.

« Vous n'êtes pas obligée de venir, Jess. »

Elle ouvrit la portière de la voiture.

« Ben voyons. »

24

Muriel Davis vivait dans un pâté de maisons du nord de Philly qui avait toujours brisé le cœur de Jessica.

Elle estimait avoir traversé l'essentiel de sa vie en pensant que le verre était à moitié plein, un optimisme qu'elle avait porté en elle pendant sa scolarité, à l'école de police, puis en tant qu'agent dans la rue. Quand elle était arrivée à la criminelle, elle avait remarqué que cette vision des choses commençait à s'éroder, que l'ampleur de la tâche était telle qu'elle semblait impossible. Quand vous enquêtiez sur des meurtres, et aussi sur des crimes sexuels, vous étiez quotidiennement en contact avec le pire du comportement humain.

Pourtant, pendant de nombreuses années elle avait voulu croire que les gens pouvaient se sortir de leur misère, que le fait d'être né dans la pauvreté et le désespoir qui étaient manifestes dans cette partie de sa ville – un quartier où elle n'avait pas mis les pieds depuis qu'elle avait quitté la criminelle – n'était pas nécessairement une condamnation à mort ou un aller simple pour la prison.

La maison de Muriel Davis tenait debout tant bien que mal. Des petites touches comme les rideaux en dentelle aux fenêtres du premier étage ajoutaient un peu de grâce, mais la vieille bicoque avait salement besoin de réparations.

La femme qui répondit à la porte était en bien meilleur état. Muriel Davis était mince, elle ne mesurait pas plus d'un mètre cinquante. Ses cheveux argentés étaient tirés en chignon et elle portait un gilet turquoise et un pantalon noir.

Jessica et Byrne n'eurent pas le temps de se présenter que la femme les fit entrer. Elle s'attendait à une visite.

Le salon était propre et dénué de poussière, avec des napperons sur les vieilles tables basses ainsi que sur le dossier et les accoudoirs du canapé à dos de chameau. Le manteau de la cheminée regorgeait de photos de famille. Au-dessus était accroché un tableau représentant le cœur sacré de Jésus dans un cadre doré.

Sans le proposer formellement, elle se rendit à la cuisine et revint avec un assortiment de biscuits sur une assiette, elle aussi recouverte d'un napperon.

« Tout d'abord, madame Davis, au nom de la ville de Philadelphie, laissez-moi vous présenter nos condoléances. »

La femme se contenta d'acquiescer. Jacinta avait été dans le coma pendant si longtemps que Muriel Davis semblait avoir déjà fait son deuil. Ou peut-être qu'elle l'avait fait des années auparavant par anticipation. Il y avait de la douleur dans ses yeux, mais pas de larmes.

« La maman de Jacie, Pearl, elle était déjà dans tout ça, vous savez, dit-elle.

— Dans tout quoi, madame ? demanda Byrne.

— La drogue, les bêtises. Elle avait à peine fini la primaire quand j'ai perdu mon emprise sur elle. Pearl a eu Jacie à seize ans, elle a fait des séjours en prison, a été forcée par la justice à aller en cure de désintoxication.

— Où est-elle maintenant ? »

Muriel attrapa une photo sur la petite table au bout du canapé, un cliché délavé qui représentait une grande fille dégingandée au style clairement inspiré des Pointer Sisters, posant devant une vieille Delta 88.

« Oh, elle est décédée. Ça fait longtemps maintenant. Mais ce n'est pas la drogue qui l'a tuée.

— Comment est-elle morte, si je puis me permettre ? »

Muriel passa un doigt sur la photo.

« Elle était avec ce garçon violent. Elle l'appelait Ray Ray parce qu'il bégayait. En rentrant à la maison un soir, il a découvert que Pearl avait acheté de la nourriture et des médicaments pour Jacie avec l'argent qu'il réservait à la drogue. Il s'en est pris à elle avec un couteau à steak. On a dû fermer le cercueil pour l'enterrement. Ils ne pouvaient pas réparer son visage.

— Je suis désolé, madame, dit Byrne.

— Merci.

— Et le père de Jacie ? »

Muriel reposa la photo.

« Le papa de Jacie n'a jamais fait partie de sa vie. Je ne crois pas qu'elle l'ait vu plus de deux fois. Et c'était quand il passait chercher ses allocations. Quand elles ont cessé, il était parti depuis longtemps pour en engrosser une autre. »

Elle s'enfonça dans le canapé, croisa les mains sur ses cuisses.

« Vous les élevez du mieux que vous pouvez avec ce que le Seigneur vous donne. Je n'ai que deux mains, et l'une d'elle est abîmée par l'arthrose.

— Avant le jour où elle a été blessée, quand aviez-vous vu Jacinta pour la dernière fois ? » demanda Byrne.

Muriel réfléchit quelques instants.

« C'était deux jours avant. Elle a déposé ses enfants, elle m'a dit qu'elle allait à un entretien d'embauche.

— Deux enfants ? »

Muriel acquiesça. Elle désigna la photo façon Olan Mills au mur. C'était un de ces portraits où l'aînée se tenait derrière le bébé. Une fille et un garçon adorables.

« Tia a cinq ans maintenant, déclara Muriel. Et le petit Andre en a trois. »

Jessica vit Byrne réfléchir un moment.

« Je veux que vous sachiez qu'avant, quand Danny Farren était accusé de coups et blessures aggravés, c'était une chose. Il y avait de très bons inspecteurs sur l'affaire, et ils ont fait un boulot remarquable. Grâce à leur travail, Danny Farren allait passer un bon bout de temps en prison. »

Il marqua une pause, puis poursuivit :

« Mais maintenant, c'est différent. Il est accusé de

meurtre, comme il se doit. Et je veux que vous sachiez que Danny Farren ne recouvrera jamais la liberté.

— Chaque fois qu'il respire, c'est un souffle qu'il a volé à ma petite-fille. Je préférerais qu'elle soit vivante et en prison. »

Jessica et Byrne ne répondirent rien.

Muriel désigna un point au centre du tapis élimé.

« Jacie avait l'habitude de s'asseoir là, sous l'œil vigilant du Seigneur, quand elle ouvrait ses cadeaux de Noël. » Elle leva les yeux vers Jessica. « Vous savez comment certains enfants arrachent le papier comme s'ils craignaient que le cadeau disparaisse avant qu'ils aient ouvert la boîte ? »

Jessica voyait ce qu'elle voulait dire. Elle en avait deux semblables à la maison.

« Oh, oui.

— Pas Jacie. Elle décollait le scotch et sortait doucement la boîte. Puis elle repliait le papier et l'empilait soigneusement. Vous voyez, elle savait que nous n'avions pas grand-chose, et elle ne voyait aucune raison de gâcher. Tous les ans, des années durant – anniversaires, Pâques, Noël –, on réutilisait le papier. Il m'en reste encore. »

Muriel désigna une étagère au bas de laquelle se trouvait un gigantesque atlas. Une douzaine de feuilles de papier colorées en ressortait.

Jessica se leva. Elle souhaitait partir avant que ses émotions ne prennent le dessus.

Ils se dirent au revoir.

À la porte, Byrne tendit une carte à Muriel.

« Si la ville peut faire quoi que ce soit pour faciliter les préparatifs, s'il vous plaît, n'hésitez pas à appeler. »

La femme la saisit, acquiesça en signe de remerciement. Elle leur ouvrit la porte, se figea.

« Je sais ce que Jacie faisait, monsieur Byrne, qui elle était et avec qui elle traînait, dit-elle. Mais je ne l'en aimais pas moins pour autant. Il n'en était pas question, je n'ai même pas essayé. Ce sera bientôt l'heure de mon jugement dernier.

— Vous avez des années », objecta Byrne.

Muriel sourit.

« Oh, Seigneur. Écoutez-vous. »

Ils restèrent un long moment silencieux, assis au bord du trottoir. Tous deux reçurent des appels, mais ils se contentèrent de regarder leurs téléphones et d'appuyer sur « Ignorer ».

Finalement, Byrne demanda : « Ça va ? »

Non, ça n'allait pas.

« Ça fait un bout de temps que je n'ai pas eu à rendre ce genre de visite. C'était dur. Je veux ne jamais oublier ce que ça fait. »

Byrne acquiesça.

« C'est dingue comme ça reste toujours aussi compliqué. Enfin quoi, on sait les mots qu'on a à dire, mais c'est à chaque fois aussi difficile.

— Cette pauvre femme, dit Jessica. Sa fille a connu une mort violente, sa petite-fille a connu une mort violente. »

Elle observa la rue, les centaines de maisons mitoyennes, aussi loin que son regard portait. Elle savait que dans chacune un drame personnel se déroulait. Elle savait que dans nombre d'entre elles il y avait des histoires qui n'étaient pas sans rappeler celle de

Muriel Davis, des histoires de déchirement, de chagrin et de colère.

Elle se demanda si elle et Byrne et toutes les personnes qui parlaient au nom de ces gens parviendraient un jour à changer les choses. Elle regarda la maison de Muriel Davis, consciente qu'elle devait se concentrer sur *cette* affaire, *cette* histoire, *cette* vie.

Elle en était venue à croire que le chagrin était presque vivant. Il pouvait s'atténuer peu à peu au fil des années, mais il ne quittait jamais totalement votre cœur. Ce qui était auparavant une affaire, une affaire dont elle avait hérité moins de vingt-quatre heures plus tôt, avait désormais un visage.

Elle trouverait la justice, où qu'elle se cache, pour Jacinta Collins.

25

Billy faisait les cent pas devant la bibliothèque. Il avait pris deux douches, s'était lavé les cheveux, avait appliqué de l'après-shampoing, puis il se les était peignés à de nombreuses reprises. Il portait un jean neuf et une chemise blanche qu'il n'avait pas sortie de sa penderie depuis deux ans.

Tandis qu'il allait et venait, il vit un homme qui l'observait depuis le bâtiment. Il l'avait déjà surpris en train de les regarder, lui et Emily, par le passé.

Veste grise. Pièces aux coudes. Lunettes à monture noire.

Lorsque Emily franchit la porte, Billy se rendit compte qu'il retenait son souffle. Elle portait une robe couleur pêche.

Quand ils se mirent à marcher, elle lui prit le bras.

Ils s'arrêtèrent devant Circuit World, un vieux magasin d'électronique et d'appareils de radio amateur qui existait depuis plus de cinquante ans. La boutique ne pouvait pas rivaliser avec les mégastores et les chaînes comme Radio Shack et Best Buy, mais elle proposait des articles exotiques et difficiles à trouver pour les fanas de radio et de bricolage.

« Ça te dirait d'entrer avec moi ? » demanda Billy.

Emily leva son visage vers le soleil.

« Je crois que je vais rester dehors. C'est une si belle journée. »

Billy la guida jusqu'à un banc d'arrêt de bus proche. Elle s'assit.

« Je n'en ai pas pour longtemps », dit-il.

Elle sourit, toucha sa montre.

« Je vais compter les minutes. »

Il entra dans le magasin, trouva rapidement ce qu'il cherchait, paya en liquide, comme toujours, puis ressortit sans tarder. Il s'assit à côté d'Emily sur le banc. Lorsqu'il vit le bus approcher, il lui prit la main. Ils marchèrent en silence en direction de Federal Street.

Alors qu'ils traversaient la rue, Emily demanda : « Tu as trouvé ce que tu cherchais ?

— Oui. Ils ont tout là-bas. »

Comme Emily ne répondait rien, il lança un coup d'œil dans sa direction. Elle souriait.

« Quoi ? demanda Billy.

— Tu ne vas pas me dire ?

— Te dire quoi ?

— Ce que tu as acheté. »

Billy regarda le paquet.

« C'est rien, vraiment.

— C'est quelque chose de cochon ? demanda-t-elle. Est-ce que je vais être scandalisée et m'enfoncer dans une vie de débauche et d'hédonisme ? »

Billy rougit.

« Rien de tel. C'est un détecteur de mouvement. À piles. Équipé d'une alarme.

— Un détecteur de mouvement ?

— Oui. Tu le places dans le coin d'une pièce et tu l'allumes. Et ensuite, si quelqu'un traverse son champ, une alarme très forte retentit. »

Emily s'arrêta et agita la main.

« Eh bien, tu n'en as pas besoin. Tu peux le rapporter.

— Comment ça ?

— Rapporte-le au magasin et embauche-moi.

— T'embaucher ?

— Ne te laisse pas abuser par mon apparence de petite fille et ma nature réservée. Je suis une experte en détection de mouvement. »

Billy s'esclaffa.

« Vraiment ?

— Oui », dit-elle. Elle tendit la main. « Guide-moi jusqu'à ce bâtiment là-bas. »

Billy lui prit la main. Ils traversèrent le trottoir, s'arrêtèrent devant une église installée dans une boutique.

Quelques instants s'écoulèrent. Quand la circulation ralentit, deux personnes traversèrent la rue et longèrent Federal vers l'ouest.

« Deux personnes viennent de passer, dit Emily. Un adulte et un enfant. »

Elle avait raison.

« Oui. Bien joué.

— Je n'ai pas fini.

— OK.

— L'adulte était une femme. Je dirais entre vingt-cinq

et trente ans. L'enfant était une petite fille, pas beaucoup plus que deux ans. Et je dirais qu'elles étaient toutes les deux sur leur trente et un. »

Elle avait encore raison.

« Comment tu le sais ?

— J'ai l'habitude d'être aveugle. Mais puisque tu me demandes, j'ai su que c'était une femme parce que j'ai senti son parfum. C'était une fragrance moderne, pas le genre de chose qu'une femme âgée achèterait. Quant à l'enfant, j'ai entendu des bruits de pas rapides. Je savais qu'elles étaient bien habillées parce que la femme portait des talons, et l'enfant, des chaussures à semelles dures. »

Billy était abasourdi.

« Je t'embauche. Je rapporte ce truc. »

Emily éclata de rire.

Après leur promenade, ils s'assirent en silence sur le banc de pierre devant l'entrée principale de la bibliothèque.

À 13 heures, Emily toucha sa montre.

« Il faut que j'y retourne. »

Billy prit une profonde inspiration.

« J'ai quelque chose à te dire.

— Vas-y, dit-elle.

— J'envisage de partir quelque temps.

— D'accord.

— Je voulais juste te prévenir. »

Emily tendit la main, lui toucha l'épaule.

« J'espère que ce n'est pas grave. »

Billy n'avait aucune idée de ce qui l'attendait. Il répondit simplement : « Non. Je vais juste en France.

— Oh mon Dieu ! Comme c'est excitant ! »

Il aurait voulu tout lui dire – elle était la seule personne au monde à qui il tenait suffisamment pour lui expliquer –, mais il ne savait pas par où commencer.

Il détourna les yeux une seconde. Quand il la regarda de nouveau, une larme coulait sur la joue d'Emily.

« Qu'est-ce qu'il y a ?

— Mes fleurs vont me manquer. »

Billy ne s'était pas attendu à ça.

« Eh bien, je peux…

— Je sais toujours quand tu viens à la bibliothèque. Tu le savais ?

— Non, répondit-il. Comment ?

— Je sens l'odeur des roses quand tu passes devant le guichet. »

Billy se sentit soudain embarrassé. Il avait l'impression de la harceler. Il était souvent passé juste devant elle, attendant des heures avant de trouver le courage de lui parler. Maintenant il savait qu'elle le savait.

Avant qu'il puisse répondre, il sentit quelqu'un approcher. Il plaça instinctivement sa main près de sa poche, de son arme.

« Tout va bien, Em ? » demanda l'inconnu.

En se tournant, Billy vit un homme petit à la taille épaisse, âgé d'une trentaine d'années. *Veste grise. Pièces aux coudes. Lunettes à monture noire.* C'était l'homme qui travaillait à la bibliothèque. Celui qui l'avait observé.

« Elle va bien », dit Billy.

L'homme fit un pas dans leur direction.

« Emily ? Ça va ? répéta-t-il.

— J'ai dit… »

L'homme plaça une main sur la poitrine de Billy.

« J'aimerais l'entendre de sa bouche à elle. »

Billy se tourna de profil, entrouvrit sa veste. L'homme baissa les yeux, vit le Makarov.

« Ça va, Alex, dit Emily. Je t'assure. »

Billy fixa le visage sans traits de l'homme, prononça en silence :

« Allez-vous-en. »

L'homme recula lentement. Quelques secondes plus tard, il disparut à l'angle.

« Faut que j'y aille », dit Billy.

Il aurait voulu lui dire d'autres choses, beaucoup d'autres choses. Il avait même cru qu'il aurait peut-être le courage de lui demander si elle voulait l'accompagner en France. Il s'était dit que, d'une manière ou d'une autre, si elle s'était tenue devant le tableau avec lui…

Mais ça n'avait plus d'importance.

« Je comprends, dit-elle.

— Tu vas réussir à y retourner seule ? »

Elle éclata de rire.

« Ça fait six ans que je le fais. Je vais y arriver, Michael. »

Michael.

Il ne lui avait jamais dit son autre nom, mais elle l'avait appris parce qu'il avait eu besoin d'une carte de bibliothèque pour accéder aux livres. Il avait la même carte depuis l'âge de seize ans.

Tandis qu'il s'éloignait dans Federal, sa colère commença à monter. Ce fut bientôt un bouillonnement furieux qui remuait en lui.

Dix minutes plus tard, il retourna à la bibliothèque.

Devant l'entrée principale était garée une voiture de police. À travers la fenêtre, Billy vit Emily et l'homme qu'elle appelait Alex – *veste grise, pièces aux coudes, lunettes à monture noire* – debout à côté de la section des magazines, en train de parler à deux agents.

Tandis qu'un cri de rage montait en lui, Billy sut deux choses.

Primo, il ne pourrait jamais retourner à la bibliothèque et ne reverrait jamais Emily.

Secundo, la police apprendrait son nom et son adresse.

Billy passa le reste de l'après-midi dans un bar sordide situé dans Wharton appelé le Jade Kettle. L'endroit était sombre, avec seulement une poignée de clients, des alcoolos purs et durs qui picolaient en pleine journée.

Il avait besoin de l'obscurité. Il avait besoin du calme.

Tandis qu'il sirotait son sixième bourbon, une femme s'approcha.

« Salut », dit-elle.

Billy se tourna vers elle.

T-shirt blanc. Cheveux auburn. Bracelets en argent.

« Salut.

— Ça vous ennuie que je m'assoie ? demanda-t-elle.

— Je crains de ne pas être de très bonne compagnie.

— Mauvaise journée ?

— Même la pire des journées est préférable à celle-ci. »

Elle rit.

« Ça a l'air compliqué. »

Elle se glissa sur le tabouret.

« Comment vous vous appelez ? » demanda-t-elle.

Billy se pencha en arrière, tentant de mieux prendre la mesure de cette fille dans la pénombre. Elle avait une petite vingtaine d'années, beaucoup trop mignonne pour le Jade Kettle. Les nanas de ce genre étaient attirées par les bars du centre-ville et de Northern Liberties, certainement par ceux de la vieille ville et du casino, peut-être Fishtown, les bars d'hôtels. Mais aucune fille aussi jolie qui n'était pas une prostituée ne s'aventurait au Jade Kettle sans escorte. Certainement pas en milieu de journée.

Son accent disait qu'elle venait du sud du New Jersey.

« Billy, répondit-il. Je m'appelle Billy.

— Moi, c'est Megan. »

Ils se serrèrent la main.

Megan se pencha à son tour en arrière, le jaugea une fois de plus.

« Vous n'avez pas une tête à vous appeler Billy.

— Vraiment ?

— Vraiment. »

Il vida son verre d'un trait, en commanda un autre. Ce serait son septième. Il en commanda un pour la fille.

Lorsqu'ils furent servis, il jeta un coup d'œil à la porte. Il était recherché. Il s'attendait à voir les flics d'une minute à l'autre. Le Makarov était lourd à sa taille. Il était sur le qui-vive.

Il regarda la fille.

T-shirt blanc. Cheveux auburn. Bracelets en argent.

« J'ai une tête à m'appeler comment ?
— Je trouve que vous ressemblez à un Malcolm.
— Je crois que j'avais un oncle qui s'appelait Malcolm. »

Elle but une gorgée.

« Vous voyez ? Je suis presciente. »

Elle ne s'attendait pas à ce qu'il connaisse ce mot. Mais, naturellement, il le connaissait. Il l'avait appris à la bibliothèque. Le souvenir d'Alex, le collègue d'Emily, fit monter en lui un nouvel accès de colère.

« En fait, mon oncle s'appelait Desmond.
— Là, vous essayez de m'embrouiller.
— Oui, dit-il. Ça fait partie de mon plan.
— Et où est l'oncle Desmond ces temps-ci ?
— Six pieds sous terre, et depuis longtemps. Victime de l'immoralité et des mauvaises intentions. »

Elle ne savait pas de quoi il parlait, mais tandis que le bourbon prenait le dessus, il se rendit compte qu'il s'en foutait.

« Son deuxième prénom était Malcolm, ajouta-t-il.
— Je vois, dit-elle. Donc. Billy. Billy quoi ? »

Il siffla son verre, fit tinter les glaçons pour attirer l'attention du serveur. Il avait posé deux billets de cent sur le bar. On ne risquait pas d'arrêter de le servir ici.

Il se pencha en avant, murmura : « Billy le Loup. »

Elle pouffa dans sa main. Billy lui tendit une serviette qu'elle saisit.

En finissant son verre, elle demanda : « Dites-moi, Billy le Loup.
— Quoi ?
— Vous habitez dans le coin ? »

Il l'emmena dans l'ancienne chambre de Sean, au sous-sol du Stone, qui ne comportait désormais qu'un petit lit et une table de chevet, plus quelques années de poussière et de moisissure au sol et sur les draperies.

Il s'aperçut qu'il avait vu juste. C'était une prostituée.

Il se mit d'accord avec elle, puis ils firent l'amour.

C'était le rêve du rêve.

Il a froid et peur. La main de son père est sur son épaule. Comme toujours, il y a deux hommes – des hommes imposants, en longs manteaux d'hiver – qui se tiennent à proximité. L'un d'eux est sur le trottoir, l'autre au bord de la chaussée, entre deux voitures.

L'oncle Pat est au milieu de la route.

Il neige.

D'un endroit lointain provient une version reggae de « The Little Drummer Boy ».

Une explosion de coups de feu retentit. Quatre flashs blancs aveuglants illuminent les ténèbres. Il vole, tombe. Il se retrouve dans le noir complet, le visage contre la pierre froide. Lorsqu'il s'assied, il a l'impression que le plafond est très haut, presque autant que le ciel. Mais il n'y a pas d'étoiles. C'est une galerie des glaces dont les miroirs sont noirs, et chaque fois qu'il regarde dans l'un d'eux il ne voit personne.

Il entend des voix. Des voix familières. Il entend des gens prier en anglais et en irlandais. Il entend de la musique. Elle paraît provenir d'un long tuyau en métal, a un son de carnaval. Il entend un sifflement, comme de la vapeur s'échappant d'une bouilloire. Le bruit semble l'entourer.

Et il marche. Kilomètre après kilomètre. Parfois les murs sont plus proches et semblent être en métal : froids, parfaitement lisses. Parfois il sent d'autres présences, peut-être des animaux, mais elles filent d'une ombre à l'autre et il ne les distingue jamais vraiment. Dans les endroits les plus sombres, où les miroirs sont éloignés les uns des autres, il les entend qui gémissent et hurlent, des sons lugubres qui s'élèvent dans le ciel nocturne infini, puis retombent comme de la pluie.

Et il marche. De rivière en rivière. Il entend les mouettes, le clapotis de l'eau contre les jetées.

En dessous, sous les lamentations des animaux et le sifflement de la vapeur, sous les sanglots et les récitations de prières, il y a toujours de la musique.

Il entend une chanson qui parle d'une pièce blanche. Il entend une chanson qui parle d'un saignement rouge éclatant. Il entend une chanson qui parle d'une femme nommée Virginia Plain, une autre qui dit que les garçons sont de retour en ville.

Une nuit, il entend une chanson qui lui parle comme aucune autre ne l'a jamais fait.

Attention, Billy, les loups sortent la nuit.
Cours avec la meute, ne te retourne pas,
Cache-toi de la lumière du matin.

Voilà qui il est. Billy le Loup.

Un jour, tandis qu'il marche, il voit une faible lueur devant lui. Au début, elle est d'un rouge incandescent ; puis elle vire à l'orange, au doré.

À mesure qu'elle gagne en intensité, l'attirant toujours plus, il entend un hurlement. Il est lointain, mais devient progressivement plus fort, plus impérieux…

Billy ouvrit les yeux. Il se redressa, désorienté, trempé de sueur.

T-shirt blanc. Cheveux auburn. Bracelets en argent.

Il repoussa vivement les couvertures, nu, cherchant à tâtons dans l'obscurité. Où était la fille ?

Il entendit un bruit de verre brisé, une lutte. Il tendit la main vers le Makarov, le trouva, inséra une balle dans la chambre de l'arme. Les sons provenaient de la pièce voisine.

Sa chambre.

Il ouvrit la porte, la vit debout près de son lit. Elle avait allumé les lumières, et l'éblouissement lui fit mal aux yeux.

« Qu'est-ce… qu'est-ce que c'est que tout ça ? » demanda-t-elle.

Billy tenta de s'accoutumer à l'éclairage. Les murs étaient couverts de photos. Sur l'un d'eux, celui consacré aux chansons de mort, il y avait des photos de personnes, des personnes dont le visage avait été effacé et grossièrement redessiné. Sous certains clichés il y avait des coupures de presse.

Un dealeur retrouvé assassiné.

Un avocat de Torresdale mort à cinquante ans.

Un chef de gang tué par balle.

« Ces… ces personnes sont toutes *mortes*. Vous avez des photos d'elles. De *vraies* photos.

— Je peux expliquer. »

La fille commença à s'éloigner de la porte.

« Qu'avez-vous fait à leur *visage* ?

— Attendez », dit Billy.

Elle se retourna et se mit à courir. Avant d'avoir pu faire un pas, Billy entendit une explosion. Le coup de feu ébranla la maison.

Il éteignit la lumière, traversa lentement sa chambre. Il jeta un coup d'œil de l'autre côté du montant de la porte.

Un homme se tenait dans le couloir faiblement éclairé, tenant dans sa main tendue une photo. Billy alluma la lumière du couloir et vit que l'homme avait un pistolet semi-automatique dans son autre main. À ses pieds gisait la femme. Le côté droit de son crâne avait disparu. Les murs étaient tachés de sang et de fragments d'os.

Il pointa son Makarov sur l'inconnu, fit un pas en avant, le cœur cognant.

« C'est moi, Sean », dit l'homme.

Billy scruta ses yeux. Ils étaient semblables aux siens. C'était son frère. Sean. Il abaissa son arme.

Billy ne se rappelait que de brèves bribes de l'après-midi.

T-shirt blanc. Cheveux auburn. Bracelets en argent.

« Qui c'est, celle-là ? » demanda Sean.

Il était défoncé à la meth, tournait en rond comme un lion en cage.

« Je me souviens pas de son nom. Je l'ai rencontrée au Kettle.

— Et tu l'as ramenée *ici* ? »

Billy lui expliqua comment sa journée avait commencé, l'incident avec l'homme à la librairie. Il n'avait jusqu'alors jamais parlé à son frère d'Emily.

Sean porta la fiole à son nez, poussa un hurlement d'oiseau de proie.

« Putain de merde !

— Ils étaient ici », déclara Billy.

Sean se figea.

« Qui ça ?

— La police.

— *Quoi* ?

— Je les ai vus depuis le grenier. Ils ont frappé à l'avant et à l'arrière, ils ont essayé de regarder par les fenêtres, puis ils sont repartis.

— Est-ce qu'ils sont revenus ?

— Non, répondit Billy. Après ça, j'ai tout bouclé et je suis allé au Kettle. »

Sean se remit à faire les cent pas.

« Faut qu'on se tire, mec, dit-il. Tu le comprends ça, hein ? On pourra jamais revenir. Faut qu'on aille chercher tout le fric qui est là-bas. Ce soir. On récupère tout. On règle tous nos comptes. »

Billy resta un moment sans rien dire.

« Et les deux dernières lignes ? On doit les tracer. »

Sean se passa une main sur le menton.

« On récupère d'abord le pognon, et ensuite on les tracera. Après ça, on quitte la ville. »

Billy regagna la chambre, s'habilla. Les vêtements de la femme étaient éparpillés à travers la pièce. Sean le suivit.

« Prends les actes de naissance », dit-il.

Billy tira le petit coffre qui contenait les documents dont ils avaient besoin. Il décida de l'emporter tel quel. Il renfermait également du cash, près de trois mille dollars.

Sean trouva une serviette de bain, essuya le sang de la fille sur son visage et ses mains. Il traîna le cadavre sur un vieux tapis, l'enroula et maintint le tout au moyen d'une solide ficelle.

« On va la sortir par-derrière. Je vais l'emmener à la rivière. »

Ils la portèrent péniblement jusqu'à l'arrière de la maison. Sean partit et revint quelques minutes plus tard dans la camionnette blanche qu'ils avaient piquée à Fishtown. Quand ils l'avaient volée, elle était verte. Ils chargèrent le corps de la fille à l'arrière.

Sean sniffa sa fiole une fois de plus, se glissa derrière le volant, baissa la vitre.

« Je reviens, et alors on s'occupera du business, dit-il. Tu m'attends ici, OK ?

— OK. »

Tandis que Sean s'éloignait, Billy retourna dans la maison, toute une vie d'échos tonnant dans sa tête.

Chacun de ses souvenirs, chaque instant de son passé avait disparu. Il n'y avait que le présent, et le monde était peuplé d'inconnus.

Il n'y avait jamais eu de Michael Anthony Farren. Il n'y avait que Billy.

26

Lorsque Jessica pénétra dans la salle commune de la brigade criminelle, ce qu'elle ressentit lui coupa presque le souffle. Elle s'était attendue à une vague de nostalgie, mais ne s'était pas préparée à ce que ce soit aussi intense.

La première personne à venir vers elle pour l'étreindre fut Josh. Il lui avait vraiment manqué.

« Josh, dit-elle. Vous avez une super mine.

— Pas autant que vous. »

Jessica se rappelait le jour où elle avait rencontré Josh Bontrager, avec son visage juvénile et ses vêtements mal assortis. Il avait été blessé lors d'une enquête sur des meurtres en série qui les avait menés jusqu'à la source de la rivière Schuylkill.

Elle fit le tour des lieux, parlant aux secrétaires à l'entrée, passant quelques minutes avec le capitaine Ross. Lorsqu'elle regagna la salle commune, elle vit John Shepherd. Ils se donnèrent l'accolade. John était un roc, et il rappela encore plus à Jessica tout le temps qu'elle avait passé dans cette pièce, et combien ces gens lui avaient manqué.

« Vous aviez raison pour le mouchoir, dit Shepherd à Byrne.

— Il était où ?

— Tout au bout de la propriété, attaché à un pommier. Il y a une petite clôture, alors j'ai d'abord cru que c'était là que se terminait le terrain des Rousseau. Mais j'ai consulté un plan du cadastre, et il s'étend des deux côtés des arbres. »

Il sortit son téléphone, fit défiler quelques photos, tourna l'écran vers Jessica, Byrne et Josh Bontrager.

Le mouchoir semblait identique à celui retrouvé derrière la maison d'Edwin Channing.

Cette fois-ci, le mot était : *AREPO*.

« Est-ce qu'il a été analysé ? » demanda Byrne.

Shepherd acquiesça.

« Il est au labo. Ils l'ont depuis hier après-midi.

— Est-ce qu'on a des constatations préliminaires ?

— Oui. Ce sont probablement les mêmes mouchoirs, faisant partie d'un lot. Chandi dit qu'ils sont en lin. Fabriqués à la main.

— Neufs ? »

Il secoua la tête.

« Elle ne pense pas, mais elle n'a pas encore effectué de tests.

— Vous pouvez imprimer ça ?

— Bien sûr », répondit Shepherd.

Quelques instants plus tard, ils regardaient tous une reproduction de vingt centimètres sur vingt-cinq du mouchoir, posée à côté de la photo du premier spécimen, celui qui portait le mot *TENET*.

Byrne jeta un coup d'œil à sa montre.

« Faut que je m'arrête au labo », dit-il. Il se tourna vers Jessica. « Si vous voulez, je peux…

— Le labo me manque », coupa-t-elle.

Byrne sourit.

« Madame Subtile. OK, vous pouvez venir. »

En chemin vers le labo, Byrne briefa Jessica sur les deux affaires. Elle savait qu'il ne lui disait pas tout, mais elle comprenait. S'ils étaient ostensiblement du même côté, celui des personnes qui voulaient rendre justice aux citoyens de leur pays à qui on avait fait du tort, à quelque degré que ce soit, ils obéissaient désormais à des règles différentes.

Lorsqu'ils se garèrent sur le parking du Centre de sciences médico-légales, Jessica enfonça la main dans son sac et en tira une enveloppe qu'elle tendit à Byrne. Il l'ouvrit.

« Oh bon Dieu », lâcha-t-il.

C'était une copie de la photo qu'elle avait prise pour Sophie.

« Cool, hein ? Sophie l'a imprimée pour vous.

— Est-ce que j'ai vraiment cette tête-là ? demanda Byrne.

— Vous voulez la déclaration liminaire ou la plaidoirie finale ?

— Laquelle constitue le plus gros mensonge ? »

Jessica n'eut pas à réfléchir trop longtemps.

« La déclaration liminaire. Les preuves empêchent de raconter n'importe quoi dans la plaidoirie.

— OK, dit Byrne. Va pour la déclaration liminaire.

— Vous avez une sacrée allure, partenaire. C'est vrai. » Elle tapota la photo. « Pièce à conviction numéro un.

— Je ne sais pas, répondit Byrne. J'aurais dû mettre une veste. »

Sur la photo, qui était un gros plan, Byrne portait une chemise blanche impeccable et une cravate bleu marine.

« C'est une bonne photo de vous, et je ne dis pas ça juste parce que c'est moi qui l'ai prise, répliqua Jessica. Vos cheveux sont un peu en désordre, ce qui est adorable. Et vous avez une barbe de trois jours très tendance.

— Donc, une sorte de croisement entre Gerard Butler et Brad Pitt ?

— Oui, dit Jessica en se retenant de rire. Quelque chose comme ça.

— Remerciez Sophie de ma part », dit Byrne.

Il enfonça la photo dans sa poche de veste.

« Je n'y manquerai pas, répondit Jessica. Mais je dois vous avouer autre chose à propos de cette photo.

— Quoi ?

— Elle est désormais le fond d'écran officiel du smartphone de Sophie.

— Vous rigolez ?

— Non, répondit Jessica. Vous avez remplacé Nick Jonas. »

De toutes les divisions du Centre de sciences médico-légales, la criminalistique était la plus variée. Son domaine était l'analyse des cheveux, des fibres et des traces de sang, ainsi que l'ADN.

La responsable était Chandi Dhawan.

Née dans une pauvreté extrême dans le bidonville de Basanti à Calcutta, Chandi, désormais âgée d'une petite quarantaine d'années, avait réussi à gagner l'Angleterre, obtenant un diplôme de biochimie à Oxford. Elle avait épousé un homme qui travaillait dans la finance internationale et accepté un poste au sein du département américain de l'Agriculture avant de passer aux sciences médico-légales dans les forces de l'ordre.

Et elle avait accompli tout ça en fauteuil roulant. Jessica ne connaissait pas la cause de son handicap, mais elle n'avait jamais osé poser la question.

Tandis qu'ils échangeaient des nouvelles récentes, Jessica fut une fois de plus frappée par sa beauté parfaite et sa grâce naturelle.

« Comment ça se passe au bureau du procureur ? demanda Chandi.

— Les horaires sont mieux, mais le café est pire, croyez-le ou non.

— Je peux y remédier », déclara Chandi avec un délicieux mélange d'accents indien urbain et anglais chic.

Elle désigna une cafetière Chemex surmontée d'un filtre conique. À côté se trouvait le moulin à café le plus complexe que Jessica ait vu, un objet nommé Gaggia MDF. De l'autre côté de la pièce, une bouilloire venait de s'arrêter.

« Vous laisseriez-vous tenter par une tasse de Geisha d'Ojo De Agua ? demanda Chandi.

— C'est du café, n'est-ce pas ? demanda Byrne.

— L'un des meilleurs.

— Ça marche », dit Jessica, répondant pour eux deux.

Ils continuèrent de parler de tout et de rien jusqu'à ce que le café soit prêt. Chandi utilisait même un minuteur. Elle versa le breuvage dans un trio de magnifiques tasses en porcelaine, puis, comme tous les vrais pros des arts culinaires, observa en silence tandis que ses invités goûtaient son offrande.

« Oh mon Dieu ! » s'exclama Jessica.

C'était peut-être le meilleur qu'elle ait jamais bu.

« Le café, ce n'est pas de la cuisine, déclara Chandi. Le café, c'est de la science. »

Elle but sa dernière gorgée, ferma les yeux pour savourer l'arôme. Lorsqu'elle les rouvrit, elle était de nouveau dans le labo.

« Et maintenant, au boulot. »

Elle roula jusqu'à sa table de travail, alluma la lumière au-dessus, repoussa la lampe-loupe. Sur la table se trouvaient les indices prélevés chez Edwin Channing et chez les Rousseau, les deux mouchoirs sur lesquels étaient inscrits les mots *AREPO* et *TENET*.

« Qu'est-ce que vous pouvez nous dire là-dessus ? demanda Byrne.

— Plusieurs choses, je pense. »

Tandis que Jessica regardait les spécimens, elle se rappela l'époque où elle était inspectrice et l'excitation qu'elle ressentait à de tels moments, quand les pièces du puzzle commençaient à s'assembler. Elle se rendit compte qu'elle éprouvait le même genre de chose quand un témoin commençait à s'emmêler dans ses mensonges à la barre.

Ce n'était ni mieux ni pire, juste différent.

« Ces mouchoirs sont en lin irlandais, expliqua Chandi. Très belle qualité. Ce sont des carrés de vingt-neuf centimètres et deux millimètres de côté, en incluant la bordure en dentelle.

— Du lin irlandais, c'est-à-dire fabriqué en Irlande ? demanda Byrne.

— Je n'en suis pas encore certaine. Mais je pense. Et ils sont assurément anciens.

— Comment ça, anciens ? »

Chandi haussa les épaules.

« Probablement les années 1940. Peut-être plus vieux. Si c'était du papier, je pourrais vous le dire. De fait, je m'appuierais sur Hell Rohmer. Mais ce n'en est pas. »

Helmut Rohmer était le chef volubile de l'unité d'analyse des documents de la police de Philadelphie. Jessica et Byrne avaient travaillé avec lui à de nombreuses reprises.

« Et vous êtes sûre que c'est un mouchoir ? » demanda Byrne.

Chandi le fusilla du regard.

« OK, fit-il. C'était juste une question. »

Chandi poursuivit : « Il est fait main, très belle facture. » Elle positionna la lampe-loupe au-dessus du morceau de tissu. « Comme vous pouvez le voir, il y a de légers défauts – comme avec toutes les étoffes tissées à la main – et des signes d'usure qui collent avec son âge.

— Donc il a servi ? demanda Jessica.

— Peut-être pas, répondit Chandi. Mais il a été manipulé. »

Elle tira un petit pointeur laser d'un tiroir, l'alluma. Elle fit courir le faisceau étroit le long du bord du mouchoir qui portait le mot *AREPO*.

« Vous voyez comment, sur cet échantillon, la dentelle est d'une nuance de bleu plus claire que sur l'autre ? De fait, elle est plus claire que sur les trois autres quarts du même mouchoir. »

Jessica ne l'avait tout d'abord pas remarqué, mais Chandi disait vrai.

« Comment ça se fait ? demanda Byrne.

— Une fois encore, c'est une simple supposition, mais je dirais que pendant que ces mouchoirs étaient entreposés – et je crois qu'ils l'ont été très longtemps –, ils étaient pliés en quatre, et que ce quart-ci était sur le dessus. Si bien qu'il était exposé à la lumière du soleil. Il est donc plus clair que les autres. »

Jessica avait hâte de voir Chandi témoigner à la barre un jour. Elle était le rêve de tout procureur.

« Donc il n'y a probablement aucune chance de prélever une empreinte latente sur cette surface, observa Byrne.

— J'en doute. Si nous avons déjà été en mesure de prélever des empreintes latentes sur des matériaux tissés, ils n'étaient en général pas aussi poreux. Néanmoins, quand j'en aurai fini, je l'enverrai à l'unité d'identification. Il paraît qu'ils sont très doués. »

Chandi fouilla dans une chemise, en tira deux documents, en tendit un à Byrne.

« Nous avons analysé les fluides sur les deux échantillons. Dans les deux cas, c'est du sang – du sang humain –, et à chaque fois du même groupe.

— De la même personne ? demanda-t-il.

— Pour ça, il va falloir attendre un peu. Mais je peux vous dire que les échantillons de sang sur ces mouchoirs ne proviennent d'aucune des victimes.

— Vous dites qu'il pourrait appartenir à l'assassin ?

— Il y a une chance sur environ huit milliards.

— Et les cheveux ou les fibres ? »

Chandi produisit deux photos. Jessica reconnut des clichés microscopiques de cheveux.

« Ces deux échantillons ont été trouvés sur les mouchoirs. Il y avait au total six cheveux, mais seulement, je crois, deux donneurs. »

Pour Jessica, les deux échantillons semblaient similaires.

« Je peux vous dire que ce sont tous les deux des cheveux humains. Et aussi que les sujets sont caucasiens.

— Homme ou femme ?

— Ça, je n'en sais rien. Il n'y a pas de caractéristiques ni de marqueurs qui permettent d'identifier le sexe. Mais je présume qu'ils proviennent de sujets mâles.

— Pourquoi ?

— Vous allez me trouver terriblement anachronique, voire ignoble et sexiste.

— Jamais ! »

Chandi désigna quelques points sur la tige pilaire.

« Je dis ça parce que ce cheveu n'a jamais été permanenté, et il n'y a pas non plus de signes de nombreux produits chimiques comme ceux qu'on trouve dans les laques.

— C'est franchement sexiste.

— Je vous l'avais dit. »

Comme ils s'apprêtaient à partir, Byrne s'arrêta à la porte.

« Je ne vous ai jamais demandé, dit-il. Mais je me suis toujours posé la question. »

Chandi leva les yeux sans rien dire.

« Chandi Dhawan est un très joli nom. Est-ce qu'il signifie quelque chose ? »

Elle ôta ses lunettes, fit battre ses cils abondants.

« Inspecteur Byrne, cherchez-vous à me séduire ? »

Byrne se tourna vers Jessica, puis de nouveau vers Chandi. Il rougit légèrement.

« Je suppose.

— Comme c'est flatteur. Je suis, naturellement, une femme mariée. Mais je suis aussi absolument certaine que quand je raconterai ça pendant le déjeuner, je rendrai jalouse toutes les femmes du centre. Et aussi certains hommes.

— J'en doute.

— Pour répondre à votre question, mon nom, comme de nombreux noms indiens, a une signification. Grossièrement traduit, mon nom de famille, Dhawan, signifie "messager sur le champ de bataille".

— Ouah, fit Byrne. Sans déconner ?

— Sans déconner. »

Chandi leva la main, éteignit la lampe-loupe pivotante et poursuivit :

« Quant à mon prénom, Chandi, il signifie "clair de lune".

— Donc votre nom veut dire "clair de lune messager sur le champ de bataille".

— Oui, répondit-elle avec un sourire désarmant. Que ça serve d'avertissement à tous les ennemis. Je me déplace la nuit. »

Elle fit rouler son fauteuil jusqu'à la porte, serra la main de ses deux hôtes.

« Il y a un vieux proverbe hindou qui dit : *Des*

chiens nombreux tueront un lièvre, qu'importe le nombre de tournants qu'il prendra. Nous sommes des chiens nombreux, inspecteur Byrne. Nous attraperons ces hommes. »

Ils se tenaient devant l'ascenseur, attendant la cabine. Avant que les portes s'ouvrent, ils entendirent quelqu'un monter l'escalier. À toute allure. En se retournant ils virent un Jack Conroy à bout de souffle.

« Je suis content de vous attraper », dit celui-ci.

Il était sérieusement excité.

« Qu'est-ce qui se passe ? demanda Byrne.

— Je le savais. Je le *savais* ! »

Jessica songea que les types de la balistique avaient de l'énergie à revendre. Ça avait toujours été le cas. Peut-être que c'était lié à la poudre, à l'acier et à la vélocité. Il y avait manifestement du neuf.

« J'ai trouvé le Makarov dans le NIBIN. Ça date d'il y a deux ans. Un vol à main armée dans une boutique de pièces de collection à Quakertown.

— Ça correspond ?

— Ça correspond.

— Et on a un suspect ?

— Sous observation. On surveille l'adresse en ce moment même. Il y est. »

27

Le bâtiment cible était une maison mitoyenne de trois niveaux reconvertie, située dans Tasker Street, entre les 5e et 6e Rues, dans un quartier de la ville nommé Dickinson Narrows.

L'équipe d'assaut y alla en premier et découpa les verrous de la clôture à l'arrière. L'équipe de renfort était déployée dans deux camionnettes garées une demi-rue plus loin, de chaque côté de la maison.

Même si, ayant un mandat signé, les hommes devaient attendre le signal de donner l'assaut, ils n'avaient aucun besoin d'apporter les papiers sur place.

Jessica était en faction dans la camionnette des techniciens. Juste après 14 heures, elle reçut un appel du bureau.

« On le tient », annonça-t-elle dans sa radio.

Le plan était qu'un seul agent s'approcherait de la maison, déguisé en employé des travaux publics. S'il parvenait à neutraliser l'homme et s'il n'y avait plus aucune menace à l'intérieur, l'opération pourrait être rapide.

Outre le Makarov, il y avait une demi-douzaine d'armes enregistrées au nom de l'homme qui vivait dans la maison. Et il s'agissait seulement de celles dont la police avait connaissance.

Si le suspect refusait de se laisser faire, le risque de violence était grand. Comme il s'agissait d'un mandat pour meurtre, ils ne pouvaient courir aucun risque. La plupart des fusillades impliquant la police avaient lieu au bout de trois à cinq secondes. Il n'y avait pas de marge pour l'erreur.

Jessica regarda par les vitres sans tain de la camionnette.

Elle vit qu'il y avait un paquet d'adolescents, voire de gamins plus jeunes, au coin de la rue avec leurs téléphones portables. Et la possibilité que le sujet soit informé et cherche à s'échapper était hautement envisageable.

Tandis qu'elle observait la scène, elle sentit l'adrénaline monter. Dans un sens, elle aurait voulu faire partie de l'équipe d'assaut, comme au bon vieux temps ; mais elle était également heureuse de ne pas en être.

Quelques secondes plus tard, elle entendit le commandant de l'opération donner le signal. Sur l'écran, elle vit l'agent approcher dans la rue. Il tenait une écritoire dans sa main gauche et portait un anorak et une casquette des travaux publics. Jessica savait qu'il avait un gilet pare-balles en Kevlar sous son coupe-vent.

Il se posta devant la maison, scruta les fenêtres et la porte. Il griffonna quelque chose sur son écritoire, au cas où il serait observé.

Il appuya sur la sonnette, attendit. Il sonna encore une fois. Quelques secondes plus tard, la porte s'ouvrit. Grâce à la caméra positionnée juste devant la maison, Jessica vit que le sujet était âgé d'environ trente-cinq ans et qu'il avait les cheveux coupés à ras.

En un clin d'œil, l'agent dégaina et pointa son arme. Le sujet se mit à terre devant la maison, et quelques secondes plus tard il était en état d'arrestation.

Deux agents de l'unité d'assaut franchirent la porte, suivis de Byrne et de Josh Bontrager, tous équipés de gilets pare-balles.

Jessica se rendit compte qu'elle retenait son souffle.

Finalement, Byrne ressortit, replaçant son arme dans son holster tandis qu'il descendait les marches. Il jeta un coup d'œil à la caméra.

« La voie est libre », déclara l'un des agents de l'unité d'élite dans sa radio.

Jessica souffla.

Le rez-de-chaussée de la maison était en train d'être transformé en local commercial. Sur le côté gauche se trouvait un long comptoir doté de présentoirs derrière lequel se dressaient des étagères. Les murs avaient été retapés, mais pas encore repeints.

Le sujet était assis sur une chaise pliante au fond de la pièce, les mains menottées dans le dos. Même s'il n'avait pas de casier judiciaire, des informations glanées auprès du service des véhicules motorisés et du service des licences et des inspections permettaient de l'identifier comme Timothy Gallagher, trente-huit ans.

Quatre inspecteurs de la division sud avaient effectué une fouille des lieux, ainsi que de sa voiture – une

Audi 4 de 2014 qui était garée une demi-rue plus loin dans un parking municipal –, et ils n'avaient rien trouvé. Aucune arme n'avait été découverte.

En fonction de la manière dont se déroulerait cet interrogatoire initial, ils décideraient si la voiture serait ou non saisie et expédiée au garage de la police pour y être passée au crible à la recherche de sang, de cheveux et de fibres.

Pendant que Byrne plaçait une chaise face à Gallagher, Jessica resta en retrait, assise de l'autre côté du comptoir. Josh Bontrager et John Shepherd se tenaient près de la porte.

Une caméra, braquée sur Gallagher, avait été placée sur la vitrine de présentation. Il avait appelé son avocat, qui n'était pas encore arrivé. Il avait tout à fait le droit de ne pas dire un mot.

« Monsieur Gallagher, je suis l'inspecteur Kevin Byrne. J'appartiens à la brigade criminelle du département de police de Philadelphie. »

Gallagher leva les yeux vers Byrne, mais ne dit rien.

« Savez-vous pourquoi nous sommes ici ?

— Mon avocat devrait arriver d'un instant à l'autre. Nous parlerons alors. Si nous avons quelque chose à nous dire. »

Byrne acquiesça.

« C'est votre droit, naturellement. Mais rien ne m'empêche de vous dire pourquoi nous sommes ici. Il s'agit de votre Makarov. »

L'homme releva les yeux.

« Mon Makarov ?

— Oui, monsieur.

— Je ne possède pas de Makarov. »

Byrne enfonça la main dans son manteau, en tira un document plié qu'il fit glisser sur le bureau. Un formulaire officiel du BATFE, le 4473, était obligatoire en Pennsylvanie pour acquérir légalement une arme à feu chez un commerçant. L'homme le parcourut à peine, cherchant peut-être seulement son nom et sa signature.

« Vous avez vu la date indiquée dessus ? demanda Gallagher.

— Oui, monsieur.

— Je n'ai plus cette arme.

— Qui l'a ?

— Aucune idée. On me l'a volée.

— Quand ?

— Il y a deux ans. Juste avant Noël. C'était environ un mois après qu'on m'a cambriolé.

— Avez-vous signalé ce cambriolage à la police ? »

L'homme regarda Jessica, puis Byrne.

« Évidemment. Qui diable n'irait pas signaler un cambriolage à la police ? »

Tu serais surpris, songea Jessica.

« Auprès de quelle agence l'avez-vous signalé ?

— Police de l'État. Ça s'est passé dans mon ancienne boutique à Quakertown. »

Quakertown était une ville d'environ neuf mille habitants dans la partie nord-est du comté d'Upper Bucks, à environ cinquante kilomètres au nord de Philadelphie.

Byrne échangea un rapide coup d'œil avec Jessica. Ils s'étaient déjà retrouvés dans cette situation. La communication entre les polices d'État, municipale, de comté et fédérale laissait grandement à désirer.

S'ils avaient eu l'information sur l'arme volée, ils auraient pu éviter cette opération. Ils auraient tout de même questionné cet homme, mais sans les menottes.

Josh Bontrager sortit son téléphone et quitta le bâtiment pour vérifier les dires de Gallagher. Byrne se tourna de nouveau vers le suspect. Tant qu'il n'aurait pas la certitude que cette histoire de cambriolage était vraie, l'homme resterait entravé.

« Dites-moi comment vous avez acquis le Makarov », demanda-t-il.

Gallagher laissa passer un temps, prit une profonde inspiration.

« Pas grand-chose à dire. Je l'ai acheté à une foire aux armes il y a quinze ans. » Il désigna le formulaire 4473. « Tout figure là-dessus.

— Où se tenait cette foire ?

— À Greencastle.

— Pourquoi l'avez-vous acheté ?

— Je vends des timbres et des pièces, répondit-il. J'achète et je vends de l'or. J'ai de l'argent en liquide. Alors d'après vous ? »

Byrne poursuivit :

« Est-ce que quelqu'un vous a déjà emprunté cette arme ?

— Jamais.

— Même pas pour un après-midi, pour aller au stand de tir ou quelque chose comme ça ?

— Pas une seule fois.

— Pouvez-vous me raconter le cambriolage dans les grandes lignes ?

— Qu'est-ce qu'il y a à dire ? C'était le milieu

de la nuit. J'avais fermé, mis l'alarme en route, verrouillé le coffre.

— Où était l'arme ?

— Je la gardais sous le comptoir.

— Pourquoi pas dans le coffre ? demanda Byrne.

— À quoi elle m'aurait servi dedans ? Vous auriez voulu que je demande aux voleurs d'attendre une minute le temps que j'aille chercher mon arme ? Si je ne l'avais pas eue sous la main un mois plus tôt, je serais mort. »

Byrne laissa passer un moment. Ce qu'il avait voulu dire, c'était : pourquoi pas dans le coffre pendant la nuit ? L'attitude de l'homme ne lui plaisait pas, mais autant être indulgent. Il savait bien qu'il n'aurait été guère plus heureux si on lui avait réservé le même traitement.

« Qu'est-ce qu'on vous a volé d'autre pendant ce cambriolage ?

— Quelques pièces rares, des bijoux en argent. Un vieil album de timbres. Rien de précieux. Il y en avait peut-être pour quatre ou cinq mille dollars en tout.

— Aviez-vous l'habitude de laisser ces articles sortis ?

— On ne peut pas tout mettre dans le coffre chaque soir, répondit-il. Je ne laisserais pas un Inverted Jenny sorti. C'est le…

— Premier timbre de l'aéropostale américaine, interrompit Byrne. Un Curtis JN-4 imprimé à l'envers. »

Gallagher sembla surpris.

« Vous vous y connaissez en timbres. »

Byrne ne répondit rien.

« Et puis la police ne conseille-t-elle pas de laisser quelques trucs sortis ? » ajouta Gallagher.

C'était vrai. La sagesse populaire voulait que si un cambrioleur ne trouvait absolument rien, il était plus susceptible de saccager les lieux de colère.

Josh Bontrager réapparut dans la boutique, croisa le regard de Byrne, acquiesça. Ça signifiait que l'histoire de l'homme était vraie. Il avait été cambriolé et avait signalé que le Makarov avait été volé. Tout figurait dans le rapport de police.

Byrne se leva et lui détacha les mains.

« Pour commencer, laissez-moi vous dire que je suis désolé pour ça. »

L'homme se massa les poignets sans répondre.

« Parlez-nous du braquage de la boutique à Quakertown. »

Le récit que Gallagher fit de l'incident collait avec le rapport de police officiel. Deux hommes cagoulés avaient fait irruption dans le magasin juste avant la fermeture en braquant une arme sur lui. Il était parvenu à s'emparer du Makarov sous le comptoir. Ils avaient tous les deux fait feu. Les voleurs avaient pris la fuite. C'était la balle du Makarov qui avait été extraite du mur qui correspondait avec celles des affaires Channing et Rousseau.

Un mois plus tard, il y avait eu le cambriolage.

« Avez-vous la moindre idée de qui a pu commettre le cambriolage ? » demanda Byrne.

Gallagher regarda tour à tour chacun des détectives et répondit : « J'ai ma petite idée. Mais c'était il y a longtemps. Ça n'a plus vraiment d'importance. »

Byrne attendit la suite. Rien ne vint.

« Comme vous l'avez peut-être deviné, c'est une affaire extrêmement sérieuse. Ça nous serait très utile si vous partagiez cette petite idée avec nous. »

Gallagher se passa la main sur le menton.

« Je vous préviens, ça remonte à loin. Bien avant le cambriolage. »

Byrne écouta en silence.

« Mon père venait d'ouvrir une boutique dans Grays Ferry Avenue. Vous connaissez ? »

Byrne acquiesça.

« On s'en sortait bien. C'était l'époque où les gens collectionnaient. Maintenant, c'est juste les lingots, les souvenirs sportifs. À l'époque, il y avait de vrais collectionneurs. »

Gallagher réfléchit quelques instants. Il n'avait clairement pas l'habitude de parler de ce qu'il était sur le point de raconter. Il poursuivit :

« Donc on était ouverts depuis quelques mois, et un jour, juste avant la fermeture – un samedi, évidemment – ce type entre. Costaud, plutôt âgé – dans les cinquante ou soixante ans, peut-être –, l'air d'un dur, avec des tatouages de prison. J'ai immédiatement su que c'était un racket. J'en avais vu d'autres.

— Qu'est-ce qu'il a dit ?

— Vous connaissez la musique. Il a dit que les Irlandais devaient se serrer les coudes, que la police ne serait pas toujours là pour nous aider. Je lui ai fait remarquer que les flics à Philly étaient irlandais. Il n'a perçu ni l'humour ni la logique.

— Donc vous l'avez payé en échange de protection. »

Gallagher regarda le sol, releva les yeux.

« Qu'est-ce que j'étais censé faire ? Je me suis renseigné autour de moi, j'ai parlé aux autres commerçants. Ces types étaient des putain d'animaux. Il y avait ce mec, Ralph Brady, qui tenait une petite boutique d'équipements sportifs dans South Street. Il disait qu'il avait manqué un paiement et qu'en rentrant chez lui il avait trouvé le chien de la famille pendu à un arbre dans le jardin. Accroché au collier du chien, il y avait une photo de sa fille de sept ans.

— Combien de temps ça a duré ? »

Gallagher haussa les épaules.

« Deux ans, peut-être. On a ouvert deux autres magasins, et j'ai dû payer pour ceux-là aussi. »

Byrne prit des notes. Gallagher continua :

« Comme j'ai dit, le cambriolage n'a pas eu lieu ici. J'avais cinq boutiques à l'époque. Le Makarov était à Quakertown.

— Et vous croyez que c'étaient ces hommes ? Ceux qui vous extorquaient de l'argent ?

— Je *sais* que c'était eux. Mais je ne pouvais pas exactement le dire à la police. Tout bien considéré.

— Et vous êtes certain que le Makarov a été volé lors de ce cambriolage ?

— Sûr à cent pour cent. »

Jessica médita sur ce qu'elle venait d'entendre. Si l'arme avait été volée depuis aussi longtemps, elle avait pu être vendue et revendue cent fois. Pas besoin de paperasse.

« Je suppose que vous ne payez plus ces gens en échange de protection », reprit Byrne.

L'homme hésita.

« Après le cambriolage, j'ai fait appel à une boîte

de sécurité privée. Ils m'emmenaient à la banque, passaient me prendre chez moi et me ramenaient le soir. J'ai dépensé environ six mille dollars pour ma maison – alarmes, éclairages à détecteur de mouvement, clôtures. Cinq fois plus pour mes boutiques. J'ai chez moi trois pitbulls qui vous dévoreraient en guise d'amuse-gueule. Après l'incendie, ils ont cessé de venir. Ils sont passés à des cibles plus faciles, je suppose. »

Au mot « incendie », Byrne jeta un coup d'œil en direction de Jessica.

« Il y a eu un incendie ? demanda-t-il.

— Oh oui. Après avoir volé tout ce qu'ils ont pu emporter, ils ont foutu le feu. J'étais assuré, naturellement, mais j'ai perdu de nombreux articles irremplaçables. Des timbres, principalement.

— Est-ce qu'il pouvait s'agir d'une bombe ? demanda Byrne ?

— C'est possible. Pour moi, un incendie est un incendie.

— Qui étaient ces types, monsieur Gallagher ?

— Je n'ai jamais connu le nom de ceux qui collectaient l'argent.

— Croyez-vous que vous les reconnaîtriez si vous les voyiez ?

— Je pense. Ça fait un bail, mais je me souviendrais.

— Nous apprécierions vraiment que vous passiez à la Rotonde pour regarder quelques photos, dit Byrne.

— Quoi, *maintenant* ?

— C'est très important, monsieur Gallagher. »

Il baissa la tête quelques instants, consulta sa montre.

« Oui, répondit-il finalement. De toute façon ma journée est fichue. Allons-y. »

De retour à la Rotonde, Byrne appela non seulement la police d'État à Dublin, Pennsylvanie, mais aussi le capitaine des pompiers à propos de l'incendie de la boutique de Tim Gallagher.

Il apprit que le spécialiste qui avait travaillé sur ce délit avait déclaré qu'aucun accélérateur n'avait été utilisé. L'homme ajouta qu'aucune arrestation n'avait jamais eu lieu, et qu'il n'avait plus jamais rencontré ce mode opératoire depuis.

Byrne demanda si les photos de la scène de crime, ainsi que les rapports, pouvaient lui être envoyés par e-mail, et le chef répondit que ce n'était pas un problème. Byrne le remercia, raccrocha. Environ dix minutes plus tard, les fichiers arrivèrent. Il ne prit pas la peine de les consulter car il n'avait aucune idée de ce qu'il devait chercher.

Il appela Zach Brooks à la brigade de déminage, qui répondit qu'il avait un peu de temps pour examiner les photos et les documents. Byrne les lui transféra.

Dix minutes plus tard, Brooks rappela. Byrne le mit sur haut-parleur.

« Qu'est-ce qu'on a, Zach ?

— Bon, de toute évidence je ne peux pas tirer de conclusion concrète sans aller là-bas et collecter moi-même des échantillons, mais d'après ce que vous m'avez envoyé, et d'après les découvertes des enquêteurs sur place, je dirais qu'il s'agit du même engin.

— Vous dites que ça pourrait être la même personne ?

— Je ne peux pas l'affirmer, mais l'engin utilisé semble avoir été identique. Le cœur de la déflagration est en tout point comparable, et le motif de l'explosion semble le même. Je peux aller là-bas si vous voulez. Si l'endroit n'a pas été restauré ou démoli, je pourrai vous en dire plus. »

Byrne réfléchit un moment.

« Je ne crois pas que ce soit nécessaire pour le moment, répondit-il. Mais merci, Zach.

— À votre service. »

Il traversa la pièce jusqu'au terminal devant lequel Tim Gallagher était assis. Celui-ci leva les yeux.

« Je suis désolé, dit-il. Je n'ai pas reconnu le type. Ils finissent par tous se ressembler.

— Pas de problème. »

Byrne se pencha, enfonça quelques touches. Une seconde plus tard, une photo d'identité judiciaire apparut, une vue de face et une autre de profil.

« Bon Dieu ! s'exclama Gallagher. C'est lui. »

Jessica ressentit une montée d'adrénaline soudaine. Elle alla se poster devant l'écran LCD.

L'homme qui avait extorqué de l'argent à Tim Gallagher était Danny Farren.

« Vous êtes sûr que c'est lui ? demanda Byrne.

— À cent pour cent.

— Et vous dites que les hommes qui passaient récupérer l'argent étaient plus jeunes ?

— Oui. »

Byrne traversa la salle commune, revint avec une chemise. Il l'ouvrit, plaça une photo sur la table. C'était un arrêt sur image pris par la caméra de surveillance devant l'épicerie Sadik Food King.

« Est-ce qu'il s'agit de ces hommes, monsieur Gallagher ?

— C'est eux. Ils sont plus vieux là-dessus, mais c'est eux. »

Six inspecteurs se retrouvèrent au fond de la salle commune. À un tableau blanc était fixée une photo de Danny Farren et ses deux fils, Michael et Sean. Tous deux avaient fait plusieurs séjours en prison au cours des vingt dernières années, depuis leur adolescence, mais aucun n'avait purgé de longue peine.

Chaque inspecteur prit un moment pour lire le dossier des Farren – leurs associés connus, leur dernière adresse connue, leur histoire criminelle. Rien ne semblait les lier aux Rousseau ni à Edwin Channing.

Tandis que Josh Bontrager et Maria Caruso saisissaient leur téléphone pour coordonner les différentes unités, Jessica et Byrne se réunirent près du bureau du capitaine.

« Il nous faut un mandat, déclara Byrne.

— Si vous parlez d'un mandat d'arrêt, vous ne l'aurez pas.

— Bien sûr que si.

— Comment suis-je censée en obtenir un avec ce que nous avons ? demanda Jessica. Ou, plus précisément, ce que nous n'avons pas ? »

Byrne réfléchit un instant.

« On a les Farren sur la vidéo de surveillance devant la maison de Channing. On vient de localiser l'arme du meurtre entre leurs mains.

— Pour commencer, cette vidéo a été filmée de si loin et elle est tellement sombre que ça pourrait être n'importe qui. En plus, le SUV ressemble à dix mille autres SUV cabossés à Philly. Le fait que les Farren étaient dans les parages quelques heures plus tôt dans un véhicule vaguement similaire ne suffira pas. Si on les arrête, on a six heures pour les inculper. Si on trouvait cette Acadia, on aurait peut-être quelque chose à se mettre sous la dent. »

Byrne se contenta d'écouter. Ils savaient tous deux que l'Acadia était probablement déjà en pièces détachées.

« Deuxièmement, cette arme a été volée il y a longtemps, dans un autre comté, poursuivit-elle. On ne peut pas exactement affirmer qu'elle est entre leurs mains. Et si on devait en arriver là, le témoignage de Gallagher à propos du fait qu'il sait qui a fait irruption dans son magasin serait mis en lambeaux. Vous savez comment les armes s'achètent et se revendent dans la rue. En plus, je ne suis même pas certaine qu'on pourrait convaincre Gallagher de venir à la barre. »

Jessica savait que Byrne savait tout ça. Ils s'étaient pendant des années heurtés au système ensemble.

Consciente qu'elle devait aller jusqu'au bout, elle poursuivit : « On n'a aucune preuve scientifique, pas d'ADN, aucun témoin fiable. Si on les arrête sans les inculper, ils seront libérés. Après ça, tout ce qu'on fera sera considéré comme du harcèlement. »

Ils laissèrent leur colère retomber.

« Alors, qu'est-ce que vous en dites ? demanda Byrne.

— J'en dis que je vais immédiatement passer le coup de fil. »

Vingt minutes plus tard, Jimmy Doyle pénétra dans la salle commune. Byrne le briefa sur ce qu'ils avaient. Les deux procureurs adjoints et les trois inspecteurs se rassemblèrent dans un coin.

« Vous en pensez quoi, Jess ? » demanda Jimmy.

Jessica réfléchit à ce qu'ils avaient et n'avaient pas.

« Je pense qu'on peut obtenir un mandat de perquisition pour le Stone. C'est la dernière adresse connue de Michael Farren. Je dirais qu'on a un motif raisonnable. On fouille les lieux, et si on trouve une douille, l'arme elle-même ou n'importe quel objet ayant appartenu à Edwin Channing ou aux Rousseau, le mandat d'arrêt sera une formalité.

— Je suis d'accord.

— Qui est disponible ? » demanda-t-elle. Jimmy jeta un coup d'œil à sa montre.

« Je crois que le juge Chambers est dans son bureau. » Il regarda Jessica. « Si vous le rédigez, je le lui porterai.

— C'est comme si c'était fait. »

Moins d'une demi-heure plus tard, le téléphone de Jessica sonna. C'était Jimmy.

« Jessica à l'appareil, dit-elle. Vous êtes sur haut-parleur.

— À qui je parle, Jess ?

— Aux inspecteurs Byrne et Shepherd.

— On a le mandat de perquisition, annonça-t-il. J'ai été en contact avec le capitaine Ross et l'inspecteur Mostow. Ils préparent la brigade des fugitifs pour qu'ils apportent le mandat d'arrêt au besoin. »

Jessica et Byrne restèrent silencieux.

« J'ai aussi parlé au procureur, continua Jimmy. C'est désormais une seule et même enquête. Quatre accusations de conspiration en vue de commettre un meurtre. Danny Farren et ses deux fils. On va enterrer ces putain d'animaux.

— Oui, monsieur », répondit Jessica, le mot « monsieur » lui échappant avant qu'elle puisse se retenir.

Jimmy Doyle ne sembla pas s'en rendre compte.

« Je vais rejoindre les agents sur place, dit-il. J'ai besoin que vous reveniez ici.

— J'arrive », répondit-elle.

Tandis que toute la pièce se préparait pour l'opération, le sentiment que les choses avançaient était palpable.

« Beau boulot, conseillère, dit Byrne à Jessica.

— Attendez de recevoir ma facture. »

Il sourit tout en enfilant son gilet pare-balles. Jessica l'aida à l'attacher.

« Faites attention à vous, inspecteur.

— Toujours. »

Elle leva son téléphone, ce qui signifiait : « Appelez-moi dès que possible. »

« Reçu cinq sur cinq », dit Byrne.

Tandis qu'elle regardait les agents quitter la salle commune, Jessica songea à ce qui venait de se passer et à ce qu'ils savaient désormais : les tueurs avaient un nom.

Sean et Michael Farren.

28

Le bâtiment était une maison mitoyenne à bardeaux délabrée, autrefois une taverne nommée The Stone.

Durant la dernière décennie, le quartier s'était embourgeoisé, particulièrement après que la vieille Naval Home avait été transformée en Naval Square, un complexe d'habitations et de commerces.

Mais ça, c'était quelques rues plus loin. Ici, dans cette portion du quartier, entre la 26e Rue et Grays Ferry Avenue, ça ressemblait toujours à peu près à ce que ça avait été cinquante ou soixante ans plus tôt.

Tandis que les inspecteurs se déployaient le long du pâté de maisons, Byrne retrouva Jimmy Doyle à environ dix mètres de la façade du bâtiment.

« Bon Dieu, ça me rappelle des souvenirs », déclara Jimmy.

Byrne désigna la taverne.

« Tu y es déjà entré ? »

Il acquiesça.

« Ma mère m'y a traîné à quelques reprises pour en faire sortir mon père. Cet endroit m'a toujours filé le frisson. »

Byrne se rappelait bien le Stone. La taverne avait longtemps eu la réputation d'être un endroit pour les durs. Et quand vous aviez dix ans, ça en faisait une sorte de mythe.

« J'ai vu Patrick Farren littéralement soulever un type et le balancer dehors. Un mec de quatre-vingt-dix kilos, et il l'a soulevé d'un tabouret. Un poids mort. »

Byrne scruta la rue. Il vit une camionnette de la police scientifique qui attendait au cas où ils auraient besoin de passer la scène au crible. Il se retourna et posa la question qui avait commencé à le tarauder :

« Jimmy. Tu connais Graham Grande ? »

Jimmy le regarda.

Pendant un instant, Byrne crut voir les rouages tourner. Les rouages *juridiques*. Puis, tout aussi rapidement, Jimmy Doyle redevint lui-même.

« Bien sûr, répondit-il. Un bon gars. Un pro de la vieille école. Ils sont rares de nos jours. »

Avant de pouvoir répondre, Byrne reçut le message sur sa radio. L'équipe était en place.

Jimmy lui tendit le mandat de perquisition.

« Allons-y. »

Pendant que Jimmy sortait son téléphone pour faire à son patron un rapport en temps réel, Byrne vérifia son arme de service.

En approchant de la taverne, il remarqua que la porte d'entrée comportait un double cadenas, et que la pancarte au-dessus, dont les néons disaient autrefois *The Stone*, avait des tubes brisés. La fenêtre de devant arborait encore deux enseignes de marques de bière qui dataient des années 1960 ou 1970.

La porte, qui était toute proche de la rue, était

encore plus affreuse fermée. Des années de noms gravés et de graffitis peints à la bombe la recouvraient.

Avec Josh Bontrager, John Shepherd et Bình Ngô à sa suite, flanqué de quatre agents des unités tactiques, il frappa et annonça, suffisamment fort pour être entendu à travers la porte : « Police de Philadelphie ! Perquisition ! »

Il attendit quelques instants et recommença.

Pas de réponse.

Les quatre agents de l'unité tactique se rendirent prudemment à l'arrière du bâtiment, brandissant leurs fusils AR-15.

Tandis qu'il contournait avec Shepherd la maison par la droite, Byrne remarqua que les fenêtres condamnées au rez-de-chaussée et au premier étage étaient dotées de barreaux en acier rouillé. Au niveau du sol, il y avait trois fenêtres constituées de blocs de verre.

À l'arrière du bâtiment se trouvait une petite terrasse. Byrne se rappela qu'elle avait été autrefois entourée d'une clôture en bois blanche, mais les piquets avaient depuis longtemps été arrachés. La porte de derrière, comme celle de devant, était fermée par un cadenas. Il ne semblait pas y avoir d'autre accès ; pas de trappe à charbon, pas de porte pour les livraisons. Byrne marcha jusqu'aux deux fenêtres et tira sur les barreaux métalliques. Ils étaient bien fixés.

Par radio, il suggéra à John Bontrager de faire la même chose de l'autre côté. Bientôt ce dernier le rappela avec la réponse à laquelle il s'attendait. Les barreaux de son côté étaient également bien scellés.

Lorsque l'équipe d'assaut fut prête, Byrne frappa à la porte de derrière et écouta, à l'affût du moindre son à l'intérieur. Il n'y en avait aucun. Pas de télévision, pas de radio, pas de conversations. Et, surtout, pas de chien.

Il contacta Bontrager par radio. Une minute plus tard, ce dernier et Bình Ngô apparurent à l'angle du bâtiment.

Bontrager avait un grand pied-de-biche. Il croisa le regard de tout le monde et, voyant que l'équipe était prête, il l'inséra entre le montant et la porte, juste à côté du cadenas, et poussa. Après deux ou trois tentatives, la porte céda.

« Police de Philadelphie ! hurla Byrne. Perquisition ! »

Les quatre inspecteurs sortirent leur arme, la tinrent contre leur flanc. Les quatre agents de l'unité tactique pénétrèrent dans le bâtiment. Comme ils ne savaient pas si les suspects étaient présents, ils inspecteraient méthodiquement les lieux plutôt que de se précipiter à travers la maison.

Les agents de l'unité tactique s'occuperaient du rez-de-chaussée et du premier, Byrne et Shepherd, du sous-sol. Josh Bontrager et Bình Ngô couvriraient l'extérieur.

À en croire le plan qu'ils avaient obtenu auprès du Département des licences et des inspections, la cuisine se trouvait à l'arrière de la structure. Byrne et Shepherd trouvèrent rapidement l'escalier qui menait à la cave. Ils sortirent leurs lampes torches, évitant de les braquer droit devant eux.

S'il y avait eu au rez-de-chaussée un peu de lumière qui filtrait à travers les planches qui recouvraient les fenêtres, la cave était pour sa part plongée dans une totale obscurité. Byrne chercha à tâtons sur le mur, mais ne trouva pas d'interrupteur.

Tandis qu'ils descendaient, les vieilles marches

desséchées annoncèrent leur arrivée, de même que le faisceau blanc de leurs torches. Ce qui faisait des deux inspecteurs des cibles parfaites dans cet espace confiné.

Lorsqu'ils atteignirent le bas de l'escalier, Byrne observa les lieux.

Un couloir étroit. Deux portes. Une à droite, l'autre à gauche. Toutes deux fermées. Aucune lumière ne passait en dessous. Devant eux, au bout du couloir, se trouvait une vieille chaudière à pétrole.

Byrne pointa sa lampe vers le plafond, croisa le regard de Shepherd, qui acquiesça. Il y avait trois ampoules nues fixées au plafond brut. Byrne leva la main et en toucha une. Elle était froide.

Il entendit les autres agents monter au premier étage.

Les deux hommes se postèrent de chaque côté de la porte de droite. John Shepherd essaya doucement la poignée. Il secoua la tête. Elle n'était pas verrouillée.

Il adressa à son collègue un signe de la tête et la poussa brusquement. Tandis qu'elle s'ouvrait en grand, Byrne contourna le montant, tenant son arme en position de garde rétrécie. De son autre main il balaya la pièce de haut en bas avec sa lampe torche, décrivant des arcs rapides, l'observant dans son intégralité.

Contre le mur du fond, il y avait un lit de camp, une petite table, une lampe. Dans un coin se trouvait un amas de vêtements sales. Au pied du lit il y avait une table, surmontée d'une plaque chauffante. L'appareil était muni d'un câble qui était relié à la douille de lampe au plafond. Il y avait un placard sans porte. La pièce était vide.

Les deux inspecteurs se rendirent à la seconde porte. Cette fois-ci, ils inverseraient les rôles. Byrne testa la poignée. Cette porte n'était pas verrouillée non plus. Lorsque Shepherd fut prêt, Byrne l'ouvrit, couvrit Shepherd sur la droite.

« Putain de merde ! » s'exclama ce dernier.

Quelques instants plus tard, une fois la pièce sécurisée, Shepherd rengaina son arme. Byrne entra dans la pièce et vit ce qu'il avait voulu dire.

Tandis que l'agent de la brigade cynophile et son chien exploraient la maison à la recherche d'objets piégés et d'explosifs, Byrne retrouva John Shepherd à la porte de derrière. Ils échangèrent un regard connu de tous les anciens de la police à travers le monde, de tous les soldats et toutes les personnes qui se retrouvaient en première ligne, quelle que soit leur discipline. C'était un regard qui indiquait à la fois du soulagement et de la détermination. Ils avaient plongé dans l'abîme et en étaient ressortis indemnes. Il y avait toujours ce moment de décélération.

« L'entonnoir fatal, dit Shepherd. On ne s'y habitue jamais. »

Byrne se contenta d'acquiescer. C'était l'expression d'usage quand on franchissait la porte d'une pièce où la menace était inconnue. Il posa la main sur l'épaule de son ami. Ils avaient une fois de plus survécu.

Une fois le bâtiment passé au crible et sécurisé, Byrne retourna à l'intérieur pendant que les autres se détendaient.

La taverne comprenait un bar en fer à cheval et ce qui avait jadis été des bancs le long des murs. Les fenêtres avaient depuis longtemps été condamnées.

Seuls quelques tabourets restaient. La zone derrière

le bar était un amas de meubles brisés, de placoplâtre à moitié pourri, de gaines électriques sectionnées. Une pile d'affiches encadrées gisait par terre près de ce qui avait autrefois été le couloir qui menait aux toilettes, l'attraction touristique irlandaise.

Partout flottait l'odeur du vieillissement, de l'usure, du pourrissement.

La première pièce dans laquelle Byrne et Shepherd étaient entrés au sous-sol avait servi de chambre. Vêtements abandonnés, à la fois d'homme et de femme, ainsi que des détritus de fast-food, des cannettes de bière, des magazines dont aucun ne datait de moins de cinq ans. La piaule d'appoint typique.

C'était l'autre pièce qui dénotait une pathologie profonde et perturbante.

Si elle contenait bien un petit lit et une table, c'était plus qu'un simple endroit où dormir. Chaque centimètre carré des murs, des portes et du plafond était recouvert de photos, de coupures de presse et de dessins, chacun accompagné d'une sorte de note rédigée à la main. À certains endroits, il y avait dix ou quinze photos superposées, fixées au moyen de gros clous. Nombre des personnes représentées dessus n'avaient plus de visage. D'autres avaient des visages dessinés. Partout des flèches reliaient les visages à des bâtiments, identifiant des propriétaires de boutique, des serveuses, des facteurs, des personnes dans la rue.

Il devait y en avoir des milliers.

Et les imprimantes photo. Il y en avait plus de deux dizaines datant d'époques diverses, éparpillées à travers la pièce. Dans un coin, une demi-douzaine étaient empilées jusqu'à mi-hauteur du mur, couvertes de poussière. Byrne avait vu son lot de pièces occupées par des gens atteints de toutes les obsessions possibles et imaginables, mais il n'avait jamais rien vu de tel.

« Kevin. »

Il se retourna et vit Josh Bontrager qui se tenait à la porte.

« On a trouvé quelque chose. »

Byrne le suivit dans le couloir jusqu'au pied des marches. Bontrager pointa sa lampe torche vers le mur, où Byrne vit ce qui était de toute évidence du sang. Au-dessus, un trou dans le plâtre qui semblait avoir été causé par une balle de gros calibre. Le sang n'était pas humide, mais il brillait. Il était frais.

Byrne appela Jimmy Doyle sur sa radio.

« Jimmy, dit-il.

— Oui, Kevin.

— Tu ferais bien de rappliquer. »

Une fois les lampes halogènes portables installées, ils découvrirent d'autres détails. Outre les premières traces de sang qu'ils avaient trouvées, il y avait ce qui ressemblait à des tissus humains sur les murs, ainsi que des cheveux auburn attachés à un morceau de cuir chevelu. Une petite flaque de sang était encore humide sous les marches.

Jimmy et Byrne se tinrent à l'écart au bout du couloir tandis que les agents de la police scientifique commençaient à inspecter ce qui était clairement une scène de crime.

Après quelques instants, Jimmy sortit son téléphone. Il désigna le sang frais.

« J'aurai le mandat d'arrêt avant qu'il soit sec. »

29

Lorsque Byrne arriva chez lui, il retournait les nouveaux développements dans sa tête. L'hypothèse – ce n'était pas encore un fait – que les fils de Danny Farren, travaillant probablement au nom de leur père, aient commis ces effractions et ces meurtres sauvages avait élargi le champ de l'enquête d'une manière qu'il n'avait pas anticipée.

Le Stone était sécurisé, et les inspecteurs de la division sud, ainsi que les équipes techniques, passaient l'endroit au crible, à la recherche de tout élément qui les mènerait à Sean et Michael Farren. Mais étant donné le capharnaüm et les milliers de photos, ça prendrait un bon bout de temps.

Il était d'astreinte pour les vingt-quatre heures à venir, mais ça, c'était uniquement sur le papier. Il retournerait probablement à la Rotonde d'ici quelques heures. Il devait être au cœur de cette enquête.

Comme ils le suspectaient, c'était bien du sang humain sur le sol et sur les murs. Une balle de 9 mm avait été extraite de la plinthe en bois près du pied de l'escalier. Aucun corps n'avait été retrouvé, mais une trace dans la poussière sur le sol, qui menait à la porte de derrière, suggérait qu'un cadavre avait pu être enroulé dans une couverture ou un tapis et traîné dehors. Les techniciens de scène de crime avaient trouvé ce qu'ils pensaient être du sang sur la porte de derrière.

Il avait beau essayer, Byrne ne comprenait pas totalement les photos et les notes accrochées aux murs du sous-sol. Elles devaient remonter à de nombreuses années. Il était certain qu'ils trouveraient les preuves d'une myriade de crimes dans cette pièce, mais ça ne résolvait pas le problème qui les occupait, à savoir qu'il y avait des tueurs psychotiques dans la nature.

Jimmy Doyle avait appelé l'avocat de Danny Farren dans l'espoir que ce dernier parlerait à la police et apporterait quelques éclaircissements dont ils avaient bien besoin. Mais comme ils s'y attendaient, il avait refusé.

Un mandat d'arrêt avait été émis au nom de Sean et Michael Farren.

C'est avec ces énigmes et ces interrogations en tête qu'il s'engagea dans sa rue et gara sa voiture. Il était tellement préoccupé par l'affaire qu'il faillit ne pas voir l'ombre.

Là, devant la porte de son habitation, se trouvait une femme menue.

Elle était vêtue de blanc.

« Désolée, papa. »

Colleen Siobhan Byrne était assise à la table de la salle à manger, faisant tourner une tasse entre ses mains.

Sourde de naissance, elle avait récemment obtenu sa licence avec les félicitations à la fac de Gallaudet, la principale université du pays pour les sourds et les malentendants. Byrne avait oublié qu'elle devait se rendre à l'anniversaire de sa grand-tante Dottie.

« Désolée pour quoi ? » demanda-t-il en langue des signes.

Colleen sourit.

« De t'avoir fait peur tout à l'heure.

— Peur ? *Moi* ? Tu sais combien de sourdes j'ai arrêtées et envoyées en prison ?

— Combien ?

— Pas une seule. Mais je n'ai pas eu peur. J'étais juste surpris et heureux de te voir.

— OK », fit-elle, le laissant tranquille.

Byrne jeta un coup d'œil à la main de sa fille. Spécifiquement, à la bague sur l'annulaire de sa main gauche. Elle était fiancée. Il avait rencontré le jeune homme, était également tombé sous le charme. C'était un gars bien. Pourtant, Byrne n'en revenait pas. Colleen n'était encore qu'un bébé quelques mois plus tôt.

Sa fille tapa sur la table pour avoir son attention. Byrne releva les yeux.

« Quelque chose ne va pas », signa-t-elle.

Byrne secoua la tête, esquissa un piètre sourire. Mais Colleen ne marcha pas, pas une seconde. Elle tapota de l'ongle sur la table entre eux. Ce qui signifiait : « Foutaises. »

« Je ne sais pas, signa-t-il. Le boulot, peut-être.

— C'est toujours ton boulot. Qu'est-ce qui se passe ? »

Haussement d'épaules.

« Je me définis par ce que je fais pour gagner ma vie.

— Comme tout le monde, signa Colleen. Telle femme est médecin, tel homme est paysagiste ou architecte. Nous sommes ce que nous faisons.

— Si je devais cesser d'être flic, qu'est-ce que je serais ?

— Beaucoup de choses. »

Byrne but une gorgée de bière, reposa la bouteille.

« Par exemple ?

— Pour commencer, tu es un père génial. »

Byrne sourit.

« Eh bien, tu n'as eu que celui-là. Je ne suis pas sûr que tu saches de quoi tu parles.

— C'est amplement suffisant. Et en plus, tu es un super fils. »

Byrne ne s'attendait pas à ça. Il sentit les émotions monter.

« Je ne suis pas sûr.

— Si. Grand-père ne pourrait pas être plus fier de toi. Tu ne le vois pas, mais moi, si.

— Tu le vois ? »

Colleen acquiesça.

« Je l'observe quand il te regarde.

— Comment ça ? »

Sa fille réfléchit un instant.

« Chaque fois que tu fais quelque chose – comme quand tu racontes une histoire, quand tu fais des travaux dans la maison, quand tu donnes un coup de main à quelqu'un –, il te regarde et il a cette expression, comme s'il débordait de fierté et d'admiration. »

Byrne ne l'avait jamais remarqué. Paddy Byrne était

juste Paddy Byrne. Docker en retraite, syndicaliste, buveur de bière blonde, le plus inconditionnel des fans des Eagles. Ils avaient eu quelques conversations à cœur ouvert au fil des années – certes, plutôt récemment qu'avant –, mais, comme beaucoup d'Irlandais, Paddy gardait l'essentiel pour lui. Byrne savait que son père l'aimait, et il espérait que celui-ci savait que la réciproque était vraie.

« Tu étais là pour lui quand grand-mère est morte, signa Colleen. Tous les jours.

— C'est ce qu'un fils est censé faire.

— D'accord, mais beaucoup de gens ne le font pas. Il m'a dit qu'il ne savait pas ce qui se serait passé si tu n'avais pas été là.

— Il t'a dit ça ? demanda Byrne. Quand ?

— Dans une lettre. »

Il fut abasourdi.

« Il t'écrit des lettres ? »

Colleen roula les yeux. Elle tapota la main de son père. Byrne n'en revenait toujours pas que le sourire de sa fille et le contact de sa main puissent autant embellir sa journée. Il était béni.

« Alors, pourquoi aujourd'hui ? » demanda-t-elle.

Il haussa les épaules.

« Grosse affaire.

— Moche ? »

Il n'avait pas besoin de trop réfléchir pour répondre à cette question. Il acquiesça.

« Désolée, signa Colleen.

— J'aimerais dire que c'est juste une mauvaise journée de plus, mais je ne peux pas.

— Tu veux en parler ? »

Oui, il aurait aimé.

« Peut-être plus tard. Mangeons d'abord.

— Génial. Qu'est-ce que tu prépares ? »

Il éclata de rire. Sa fille avait ce pouvoir-là, même quand tout allait mal.

« Une préférence ? »

Colleen sourit, l'embrassa sur la joue.

« Je vais trouver quelque chose ici. C'est incroyable tout ce qu'on peut préparer à partir de rien dans une résidence universitaire. Un jour j'ai fait un ragoût avec du fromage blanc et des saucisses viennoises.

— Parfait, dit-il. Je vais aller prendre une douche. »

Byrne se sentait infiniment mieux. Il enfila un pantalon décontracté et un pull-over. Lorsqu'il pénétra dans le salon, il vit Colleen en train de regarder les deux photos qui étaient posées sur sa serviette. Il s'en voulut de les avoir laissées là. Il espérait qu'elles n'étaient pas trop explicites.

D'un autre côté, Colleen n'était plus une enfant. Elle savait ce qu'il faisait.

Avant qu'il ait le temps d'atteindre la cuisine, elle saisit les deux clichés avec une expression perplexe. Ils représentaient les deux mouchoirs en lin.

Elle les reposa et signa : « Est-ce qu'ils font partie de l'affaire ? »

Byrne acquiesça. Leva deux doigts.

« Deux affaires. »

Elle les regarda de nouveau, fronça le nez.

Byrne attira son attention. Il savait ce qu'elle pensait.

« Oui, dit-il. Ces mots sont écrits avec du sang. »

Colleen fixa les clichés un peu plus longtemps. Elle semblait subjuguée.

« Ce sont les deux seuls ?

— Comment ça ?

— Est-ce que ce sont les deux seuls mouchoirs que vous ayez ?

— Oui. Ce sont les seuls. Pourquoi tu me demandes ça ? »

Elle désigna les photos.

« À cause de ces deux mots, *TENET* et *AREPO*.

— Et ?

— Ils font partie du carré. »

Byrne était perdu. Il le fit savoir à sa fille.

« Ce sont deux des mots du carré Sator. Tu n'en as jamais entendu parler ? »

Il secoua la tête. Il avait compté effectuer une recherche sur Internet dans la soirée. C'était la principale raison pour laquelle il avait laissé les photos sorties.

« Comment tu appelles ça ?

— Le carré Sator. »

Elle épela avec ses doigts *S.A.T.O.R.*

« Et c'est quoi ? »

Colleen réfléchit un instant. Elle leva un doigt, ce qui signifiait : « Attends. »

Elle tira son téléphone de son sac, commença à rédiger un texto à une vitesse hallucinante. Elle reposa l'appareil, se tourna de nouveau vers Byrne.

« Tu te souviens de sœur Kathleen ? »

Ça ne lui disait rien. Mais au lieu de le dire de but en blanc à sa fille, il se contenta de hausser les épaules.

« Tu ne t'en souviens pas, signa-t-elle.

— J'ai mes propres cauchemars peuplés de bonnes sœurs, répliqua-t-il. Rafraîchis-moi la mémoire.

— Elle a été ma prof de maths pendant quatre ans. Géométrie, algèbre et calcul. On est restées en contact.

— Tu as étudié le calcul ? »

Colleen tendit les deux mains, paumes vers le haut. Elle poursuivit :

« Enfin bref, c'est une grande fan de ce genre de trucs. C'est avec elle que j'en ai entendu parler pour la première fois. On a fait tout un cours dessus. Ce n'est pas exactement des maths, mais sœur Kathleen est comme ça. J'étais toujours dans la classe des meilleurs élèves, donc on pouvait se permettre des digressions. »

Le téléphone de Colleen vibra sur le plan de travail. Elle le saisit, jeta un coup d'œil à l'écran, sourit. Puis elle le replaça dans son sac et signa :

« Je viens de lui envoyer un texto à ce sujet, et elle répond qu'elle serait heureuse d'en parler. »

Byrne sentit son pouls s'accélérer. Il ne savait absolument pas si ce dont sa fille parlait avait quoi que ce soit à voir avec les affaires, mais c'était une piste à suivre.

« Génial, dit-il. Quand penses-tu qu'elle aura le temps ? »

Colleen attrapa son manteau sur la chaise, l'enfila.

« Maintenant. Je lui ai dit qu'on arrivait. » Elle ouvrit la porte. « On mangera en route. Même moi je ne peux rien préparer avec du Jim Beam et des crackers rances. »

Gardenia Hall était un couvent et un centre médical situé à Malvern, Pennsylvanie. Comme la circulation était fluide, ils mirent moins d'une heure à y parvenir.

Lorsque sœur Kathleen ouvrit la porte, Byrne fut

pris de court. La femme devait avoir dans les soixante-quinze ans, mais elle avait le maintien d'une femme plus jeune. Sans un mot – ni prononcé à voix haute ni dit en langue des signes –, elle prit Colleen dans ses bras. Voyant que c'était pour elles un moment chargé d'émotion, Byrne s'écarta de quelques pas.

Lorsqu'elles rompirent leur étreinte, Colleen désigna la nonne.

« Je te présente sœur Kathleen. »

Ils se serrèrent la main. Byrne ne fut pas surpris de s'apercevoir que la femme avait la poigne plus ferme que lui. Il tenta de se rappeler s'il avait déjà serré la main d'une nonne, mais il ne voyait pas à quelle occasion ça aurait pu lui arriver. Faire une génuflexion ou bien s'enfuir, oui, mais échanger une poignée de main, probablement pas.

« Appelez-moi Kathleen si vous voulez, dit-elle.

— J'adorerais, répondit-il. Mais je ne crois pas que j'en sois capable. »

Elle acquiesça avec un intérêt moqueur.

« Éducation catholique ?

— Toujours en cours.

— Comme nous tous », dit-elle. Elle fit un pas de côté, leur désigna le couloir de l'autre côté du vestibule. « Bienvenue à Gardenia Hall.

— Merci, ma sœur. »

Si la chambre de sœur Kathleen était austère, c'était juste en raison de sa taille. Contre un mur il y avait un petit bureau et un ordinateur portable, ainsi qu'un poster d'Albert Einstein, un tableau blanc sur lequel figurait ce qui semblait être un problème de maths complexe, et un autre de liège. Quasiment chaque centimètre carré de ce dernier était couvert de morceaux de papier avec des nombres et des diagrammes.

Pendant que les deux femmes échangeaient des nouvelles en langue des signes, si vite qu'il n'arrivait même pas à suivre, Byrne regarda les certificats et les photos qui ornaient le mur. Sœur Kathleen avait fait sa licence à l'université de Villanova et passé son diplôme de troisième cycle à Georgetown.

Elle le vit qui regardait ses tableaux et sourit.

« Vous croyez peut-être que ça n'a aucun sens – qu'il n'y a ni ordre ni équilibre dans tout ça – et vous pourriez bien avoir raison. Je n'ai aucune idée de ce qui relie ces théories, pour autant qu'il y ait un lien. Mais un jour. Un jour. »

Elle saisit un marqueur noir.

« Donc. Le carré Sator, n'est-ce pas ? demanda-t-elle.

— Oui, ma sœur », répondit Byrne.

Elle se tourna vers le tableau blanc, effaça ce qu'il y avait dessus et commença à tracer des lettres. Une minute plus tard, elle se tint sur le côté. Elle avait écrit :

SATOR
AREPO
TENET
OPERA
ROTAS

« Le carré Sator », dit-elle.

Deux mots sautèrent aux yeux de Byrne. *Ses* mots. *TENET* et *AREPO*. Un instant plus tard, il vit le casse-tête.

Sœur Kathleen désigna le tableau.

« Comme vous pouvez le voir…

— Ça se lit de haut en bas, de bas en haut, de gauche à droite et de droite à gauche, interrompit-il.

— Exactement. »

Byrne parcourut le carré des yeux, émerveillé par la symétrie. Mais même s'il l'appréciait, il ne comprenait pas pourquoi deux de ces mots étaient apparus, écrits en lettres de sang, sur deux scènes de crime violent.

« Qu'est-ce qu'il signifie ? demanda-t-il.

— Eh bien, pour commencer, c'est quatre fois un palindrome, et les palindromes sont très lourds de sens, notamment d'un point de vue religieux.

— Comment ça ?

— Certaines personnes croient que comme on peut les lire dans les deux sens, ils sont immunisés contre les manipulations du diable. »

Byrne se demanda si la femme était sur le point de divaguer.

Sœur Kathleen sourit, leva les mains.

« C'est une interprétation. Mais juste une. » Elle tapota le tableau blanc avec son doigt. « Pour autant que je sache, ce carré est apparu pour la première fois à Pompéi, où il a été enfoui sous les cendres du Vésuve en l'an 79 de notre ère. Depuis, on l'a vu dans de nombreux endroits. Manchester en Angleterre ; Doura Europos en Syrie ; dans la cathédrale de Sienne en Italie. Quant à sa signification, ou même sa traduction, il y a à peu près autant de théories que d'apparitions.

— Par exemple ? demanda Byrne. Si ça ne vous ennuie pas.

— Pas du tout. »

Tout en parlant elle traduisait en langue des signes.

« Les premiers exemples étaient en fait des carrés Rotas, pas des carrés Sator. Les mots eux-mêmes, si on part du principe qu'ils sont en latin, peuvent être approximativement traduits, à l'exception du mot Arepo. La phrase – encore une fois, c'est une traduction approximative, en aucun cas littérale – signifie : "Le fermier, Arepo, utilise sa charrue pour travailler." Ou quelque chose comme ça. Croyez-le ou non, j'étais une élève médiocre en latin. »

Byrne attendit la suite, mais rien ne vint. Il regarda sa fille, qui sourit et haussa les épaules.

« Certes, pas la phrase la plus bouleversante qui soit, reprit sœur Kathleen. Ce n'est probablement même pas du latin correct, mais c'est juste une idée. D'autres le considèrent comme une sorte d'amulette. Les mots latins *Pater Noster*…

— Qui signifient "Notre Père" », traduisit Byrne.

Sœur Kathleen sourit.

« Catholique, dit-elle.

— J'ai eu mon lot de pénitences. »

Elle désigna les lettres du carré.

« *Pater Noster* est contenu dans le carré sous forme d'anagramme, avec deux occurrences d'*alpha et oméga* – A et O. Nombreux sont ceux qui pensent que les premiers chrétiens l'utilisaient comme un symbole secret pour informer les autres chrétiens de leur présence. Il y en a même qui croient que l'invocation du carré peut lever les sorts et les malédictions.

— Les malédictions ? demanda Byrne, se rappelant sa conversation avec Jessica à propos des dernières semaines de la vie de Frankie Sheehan.

— Oh, oui. La Prière de la Vierge à Bartos prétend que ce sont les noms des cinq clous qui ont servi à crucifier le Christ. D'un autre côté, le carré Sator est considéré par de nombreuses personnes, aussi bien dans les milieux religieux que séculaires, comme un symbole mystique, un emblème censé repousser le diable. »

Byrne n'était pas sûr que tout ça ait quoi que ce soit à voir avec ses affaires. Ils n'avaient trouvé que deux mots. Est-ce que ça pouvait être une coïncidence ? Les Rousseau connaissaient-ils Edwin Channing ? Ces mouchoirs leur appartenaient-ils, et non aux frères Farren ?

Il songea qu'il ferait bien d'appeler les inspecteurs de la division sud pour voir si le moindre signe du carré Sator avait été trouvé à la taverne de Montrose.

« Et maintenant ? demanda-t-il. Pourquoi apparaît-il ici ? »

Sœur Kathleen s'assit à son bureau, joignit le bout des doigts.

« J'ai peur que ce soit un peu hors de mes compétences, répondit-elle. Je ne connais pas le contexte, et c'est très bien comme ça. »

Elle se pencha en avant, continua :

« Je connais Colleen depuis longtemps, et je sais ce que vous faites comme métier, inspecteur. Ça ne m'étonnerait pas que ces mots soient apparus dans le cadre d'une enquête.

— En effet. »

La femme réfléchit un instant.

« À bien des égards, nous avons choisi des vies semblables. Nous essayons de trouver une signification à un monde sens dessus dessous, d'affronter et de vaincre le mal quand nous le rencontrons, de réconforter ceux qui souffrent. »

Byrne avait beaucoup réfléchi à ça au fil des années, continuant de s'accrocher aux vestiges de son éducation catholique. Et il ne voyait rien à redire à ce qu'affirmait la femme.

« Très souvent les gens donneront un sens à des choses alors que d'autres aspects de leur vie n'en ont aucun. Ils se raccrochent à l'alcoolisme, ou à la drogue, ou à la promiscuité sexuelle. »

Sœur Kathleen se leva, regarda ses murs, les problèmes mathématiques en cours. Elle se tourna de nouveau vers Byrne et Colleen.

« Einstein a un jour dit que les mathématiques pures étaient une poésie d'idées logiques, reprit-elle. S'il y a une logique là-dedans, et je soupçonne qu'il y en a une, je sais que vous la trouverez. »

Tandis qu'ils repartaient, Byrne s'arrêta devant la photo qui était accrochée au mur près de la porte.

« Où a-t-elle été prise ? » demanda-t-il.

La femme la regarda, passa le doigt sur le bas du cadre.

« Au Ghana. »

Byrne examina les enfants souriants. Douze au total. Tous semblaient avoir sept ou huit ans.

« Quatre d'entre eux ne sont plus parmi nous, déclara sœur Kathleen.

— Je suis désolé.

— Les autres sont diplômés de l'université. » Elle toucha la fillette souriante au premier rang. « Abeeku est pédiatre maintenant, et elle a cinq enfants. »

Byrne ne sut que dire. Il comprenait désormais pourquoi Colleen avait une si haute estime de cette femme. Il tira sa carte, la tendit à sœur Kathleen.

« Si vous pensez à autre chose, s'il vous plaît, appelez-moi.

— Je n'y manquerai pas.

— Et merci pour votre temps. Je vous fais confiance pour que tout ça reste entre nous.

— Vous avez ma parole. »

Alors que Colleen était profondément endormie sur le canapé du salon, Byrne était assis à la table de la salle à manger. Il avait devant lui son ordinateur portable, une demi-bouteille de Bushmills et la boîte. C'était ainsi qu'il en était venu à considérer le carton. *La boîte.* Il y avait replacé le passe de bus et les lunettes de soleil de Desmond Farren, qui étaient de nouveau à côté du calibre .38, comme ils l'avaient été au cours des quarante dernières années.

Mais l'avaient-ils vraiment été ?

Qui pouvait affirmer que l'arme n'avait pas été sortie de cette boîte et utilisée à de multiples reprises pour commettre des crimes ? Qui pouvait affirmer qu'il n'y avait pas à la balistique, à cet instant même, une balle dans une enveloppe, qui correspondait à cette arme et permettrait de traîner un tueur ou plusieurs devant la justice ?

Byrne ne doutait pas qu'il faisait pour le moins preuve de négligence en n'apportant pas cette arme à la balistique pour qu'elle soit analysée. Ce comportement était presque criminel.

Il se rendit au placard du couloir, en tira une boîte de chaussures qu'il utilisait pour ranger les coupures de presse et les vieilles photos. Il trouva les trois articles qu'il cherchait.

L'un était une photo prise près de la rivière sous le pont de South Street. Dessus, Byrne se tenait avec Dave Carmody, Ronan Kittredge et Jimmy Doyle. Elle avait été prise en juin 1976. Dave, comme toujours, portait son maillot immaculé des Phillies. Ronan avait un short et des Nike usées. Quant à Jimmy, il portait un T-shirt et un Levi's.

C'était la dernière photo qu'ils avaient prise ensemble. Après les événements du 4 juillet de cette année-là, ils s'étaient peu à peu éloignés. En partie parce qu'ils étaient adolescents et que, comme tous les adolescents, ils avaient commencé à laisser derrière eux ce qui appartenait à l'enfance, y compris les amitiés. Mais également à cause de la noirceur qu'ils portaient tous en eux après avoir été impliqués dans le tourbillon maléfique qui avait entouré les décès de Catriona Daugherty et Desmond Farren.

Byrne n'avait plus jamais passé d'été à Devil's Pocket. Les quatre garçons n'avaient jamais parlé de ce qui s'était passé cette nuit-là.

Le deuxième article qu'il tira de la boîte était une coupure de presse jaunie datant de 1996. Elle était tirée du *Newark Star-Ledger*. Le titre disait : « Un professeur du comté d'Hunterdown meurt dans l'embrasement de son véhicule ».

Byrne parcourut le court article, même s'il le

connaissait quasiment par cœur. Il racontait comment Ronan Kittredge, trente-trois ans, avait été retrouvé au pied d'une colline, carbonisé dans sa Ford Aspire de 1995. L'article affirmait que la route avait été traîtresse cette nuit-là à cause de l'absence de visibilité due à une tempête de neige.

Quand Byrne avait été informé de la mort de Ronan, il avait appelé le bureau du shérif du comté d'Hunterdown pour avoir plus de détails. On lui avait dit qu'il y avait deux séries de traces de pneus sur le bas-côté de la route cette nuit-là. La première – celle qui dévalait la colline – appartenait à l'Aspire de Ronan. L'autre appartenait à un véhicule bien plus gros.

Son interlocuteur avait également précisé que personne ne les avait contactés pour donner plus d'informations. Il lui avait promis de le rappeler s'il en apprenait plus. Il ne l'avait jamais fait.

Le troisième article était une autre coupure de presse. Même si elle était plus récente, datant d'août 2004, elle était plus usée et froissée. Le papier était un peu déchiré et il y avait quelques taches aux endroits où du liquide avait été renversé dessus, pour la simple et bonne raison que Byrne l'avait sortie de la boîte des dizaines de fois, la lisant encore et encore tout en buvant du café ou du Bushmills au milieu de la nuit comme il le faisait alors.

Cette fois-ci, le titre disait : « Un homme de Pittsburgh tué par balle ». Il relatait comment David Paul Carmody, quarante et un ans, avait été retrouvé mort dans une allée dans le quartier d'Homewood.

Quand Byrne avait reçu le coup de fil de la mère de Dave, il s'était rendu à Pittsburgh et avait rencontré les enquêteurs criminels chargés de l'affaire. Ils l'avaient gracieusement autorisé à consulter les dossiers, le rapport d'autopsie, les résultats des analyses toxicologiques. Rien ne collait. Dave vivait de l'autre côté de la ville par rapport à Homewood, il n'avait jamais consommé de drogues. Il ne buvait pas, était heureux en ménage. D'après le bureau du légiste, il avait été tué d'une unique balle derrière la tête. Ni la balle ni la douille n'avaient été retrouvées. Sa voiture avait été découverte une rue plus loin. Aucun témoin ne s'était signalé.

Byrne regarda la photo qui accompagnait l'article. Un Dave Carmody d'âge moyen et souriant lui retournait son regard.

Byrne appelait la brigade criminelle de Pittsburgh une fois par an depuis 2004. Aucune arrestation n'avait jamais été effectuée.

De ses trois amis de Devil's Pocket, Jimmy Doyle était celui dont Byrne avait le plus perdu la trace. De fait, après l'été 1976, il ne lui avait plus reparlé jusqu'au jour où, cinq ans plus tôt, Jimmy était entré dans la Rotonde et lui avait tapé dans le dos en lui annonçant qu'il travaillait désormais au sein de la division criminelle du bureau du procureur de Philadelphie.

Ils s'étaient rencontrés à un certain nombre de réceptions, mais ne s'étaient jamais assis ensemble autour d'une bouteille pour réellement discuter.

Byrne alla sur Internet, effectua une recherche sur Greene Towne LLC, la compagnie qui rénovait la maison de Devil's Pocket où le carton avait été trouvé.

Il découvrit qu'elle était basée à Chestnut Hill et possédait, pour une entreprise, un modeste site

Internet qui ne comportait que quelques pages. Il apparaissait que le projet à Devil's Pocket était leur premier. Sur l'une des pages figuraient de courtes bios des quatre principaux associés.

L'un des noms lui était familier : Robert Anselmo. Bien qu'il eût quarante ans de plus que la dernière fois qu'il l'avait vu, Byrne n'eut aucun mal à le reconnaître.

Il avait autrefois été l'associé du beau-père de Jimmy, Tommy Doyle, au sein de son entreprise de paysagisme.

« Qu'as-tu fait, Jimmy ? » demanda Byrne dans la nuit.

Il navigua jusqu'au site de campagne de Jimmy Doyle et lut la page de sa bio.

Après le lycée, Jimmy avait réussi à s'inscrire à l'université Duquesne, où il avait obtenu un diplôme de droit.

Un point du CV de Jimmy lui sauta aux yeux. De janvier 2002 à mars 2005, il avait été procureur adjoint dans le comté d'Allegheny, en Pennsylvanie.

Byrne souleva la photo de lui et ses trois amis d'enfance.

Tandis qu'il regardait le visage jeune et souriant de Jimmy Doyle, il sentit un frisson lui parcourir la colonne vertébrale.

La plus grande ville du comté d'Allegheny était Pittsburgh.

30

La réunion était destinée aux procureurs adjoints qui travaillaient sur l'affaire Farren, plus le chef de la division criminelle. Tant qu'aucune arrestation n'aurait été effectuée – et ils étaient certain que Danny Farren était à l'origine de la série d'assassinats –, l'objectif principal serait de constituer un dossier pour le meurtre de Jacinta Collins et de compiler autant d'indices que possible contre lui.

Jimmy Doyle, Jessica, Amy Smith et trois procureurs adjoints novices étaient présents.

« Nous ne sommes guère plus avancés qu'avant, commença Jessica. Nous avons le témoignage de la femme qui a vu Danny Farren garer sa voiture dans la rue cette nuit-là. Elle l'a vu sortir du véhicule, marcher derrière le bâtiment. Elle dit qu'il n'est pas resté plus de quelques minutes – ce qui colle avec l'enregistrement de la caméra –, puis qu'il est retourné à sa voiture et est reparti.

— Est-ce qu'on a d'autres témoins oculaires ? demanda Jimmy.

— Non, juste celui-là. Mais on a cette vidéo, et ce que Farren porte dessus colle avec ses déclarations.

— Et vous avez rencontré un membre de l'unité de déminage ? » demanda Jimmy.

Jessica acquiesça.

« L'inspecteur Zachary Brooks. Il nous a fait faire le tour des lieux.

— Je l'ai déjà eu à la barre, déclara Jimmy. Bon agent. Excellent témoin. »

Jessica en convint.

« Et nous avons aussi les empreintes de Farren sur le ruban adhésif. »

Avant que Zach Brooks lui donne un cours accéléré sur la manière de fabriquer et d'utiliser une bombe tuyau, elle aurait parié qu'aucun indice scientifique – cheveux, fibres, sang, ADN, empreintes digitales – n'avait pu survivre à la chaleur et la pression de l'explosion. Elle savait désormais que c'était faux.

Une série de photos prises dans le sous-sol du Stone était étalée sur la table.

« Qu'est-ce qu'on tire de tout ça ? demanda Jimmy.

— On est encore en train de les référencer et de les cataloguer, mais je peux vous dire que ces photos et ces dessins remontent à de nombreuses années. »

Elle tapa du doigt sur un cliché. Il représentait un homme costaud portant un pantalon en épaisse laine bleu pastel et une chemise en Ban-Lon assortie. Elle semblait dater des années 1990.

En dessous il y avait une coupure tirée de l'*Inquirer*. Le titre disait : « Un célèbre gangster tué à Cherry Hill ».

« Nous avons identifié cet homme comme étant Carmine Sciaccia. Il a été capitaine au sein du clan Ruolo de la fin des années 1970 à sa mort en 1997. Cet article parle d'un meurtre toujours non élucidé dans le parking d'un centre commercial de Cherry Hill. Une bombe tuyau dotée d'un minuteur.

— Vous dites que les Farren ont exécuté ce contrat ?

— Trop tôt pour l'affirmer, répondit Jessica. Mais je peux vous dire qu'il y a au moins une dizaine d'autres exemples de photos prises clandestinement accompagnées de coupures de presse où la personne photographiée a été assassinée. J'ai fait des recherches sur une demi-douzaine d'entre elles. Aucun dossier n'a pour le moment été élucidé. »

Toutes les personnes présentes dans la pièce restèrent quelques instants silencieuses. La possibilité qu'ils soient sur le point de résoudre une dizaine de meurtres supplémentaires était pour le moins stimulante.

« Et les autres photos ? On dirait qu'il y en a des centaines.

— Des milliers, corrigea Jessica.

— Beau travail, déclara Jimmy Doyle. Tenez-moi informé. »

Jessica commença à constituer son dossier. Elle inclurait au fur et à mesure tout ce qui, selon elle, pourrait mener à une inculpation pour complot criminel.

Elle effectua tout d'abord des recherches sur la famille Farren. Les archives remontaient à 1944. Tout était sur papier à l'époque, et elle dut emporter son déjeuner au bâtiment où elles étaient conservées, le vaste complexe qui avait autrefois abrité le *Philadelphia*

Bulletin, lequel avait à un moment été le plus grand journal du soir des États-Unis.

Liam Farren et sa femme Máire étaient arrivés d'Irlande au début des années 1940. Liam était un ancien fusilier de l'armée britannique, et en moins d'un an ils avaient ouvert leur taverne, le Stone.

Il avait été arrêté pour la première fois en 1945 à la suite d'une plainte pour agression et intimidation. Le dossier disait qu'il avait offert sa protection au propriétaire d'une quincaillerie, qui avait refusé de payer. Il avait été reconnu coupable et avait purgé onze mois.

Jessica notait les principaux détails, les dates et les lieux.

Au cours des quinze années suivantes, Farren avait été arrêté à six reprises, chaque fois pour un délit sérieux. Grâce à ce qui semblait être un système efficace d'intimidation des témoins, il avait réussi à échapper à toutes les accusations sauf deux, ce qui lui avait valu de retourner en prison pour un total de trois années.

L'une des charges auxquelles il avait échappé concernait l'attaque à la bombe incendiaire d'une société d'assurances de Grays Ferry. Jessica souligna les mots « bombe incendiaire ».

En 1974, Liam Farren avait de nouveau été arrêté et inculpé, cette fois pour homicide après avoir frappé à mort un chauffeur de taxi avec un marteau. Il avait été condamné à une peine de dix ans à Graterford et n'en était jamais ressorti. À en croire les archives de la prison, il avait été tué lors d'une bagarre dans la cour cette même année.

Si la carrière criminelle de Liam Farren s'était cantonnée à Devil's Pocket et à quelques quartiers avoisinants, ses fils Patrick et Daniel avaient vu plus grand. À eux deux, ils avaient cumulé pas moins de trois douzaines d'inculpations, allant d'agression à incendie criminel en passant par vol à main armée et cambriolage, dans des quartiers aussi éloignés que Cobbs Creek dans l'ouest de Philadelphie, Torresdale dans le nord-est et Queen Village dans le sud.

Patrick Farren avait été tué lors d'une fusillade avec la police en 1988. Byrne avait déjà mis Jessica au courant du rôle qu'il y avait tenu, ainsi que Frankie Sheehan.

Après la mort de Patrick, Danny Farren avait consolidé son emprise sur les commerces de Devil's Pocket, de Schuylkill, de Grays Ferry et de Point Breeze.

Avec Michael et Sean Farren, les jumeaux de Danny, il avait été démontré que l'adage *Les chats ne font pas des chiens* n'était pas un cliché. Ils avaient tous deux été incarcérés dans une institution pour mineurs. En 2006, Sean avait été arrêté pour avoir proféré des menaces. Il avait purgé deux des cinq années auxquelles il avait été condamné.

À en croire les registres récents, il n'avait pas d'adresse connue. Quant à Michael Farren, il habitait au Stone.

Les inspecteurs de la division sud cherchaient en ce moment même à identifier leurs éventuels associés.

En rentrant chez elle, Jessica prit une longue douche brûlante. Elle n'arrivait pas à s'ôter de la tête le contenu de cette pièce en sous-sol.

Les photos des visages mutilés d'Edwin Channing et de Laura Rousseau étaient au-delà de l'horreur. Jessica savait pourquoi elle n'avait pas été informée des détails des meurtres. Son boulot était de monter un dossier contre Danny Farren. Mais maintenant qu'il était question de complot, elle serait systématiquement mise en copie.

Comme Vincent s'occupait des enfants, elle alla se coucher juste après 21 heures.

Elle rêva du Stone et de ce à quoi l'endroit avait dû ressembler dans les années 1940 et 1950. Philadelphie n'avait jamais manqué de petites tavernes de quartier. Si le Stone n'avait certainement jamais été un lieu élégant, il était chaleureux et accueillant dans son rêve, ce qui contrastait certainement avec ce qu'il avait réellement été : un repaire de voleurs.

Tandis que la lumière commençait à filtrer par les stores, elle ouvrit les yeux, se tourna sur le côté, tendit la main vers son mari. Vincent était déjà levé et parti. Lui et son équipe des stups de la division nord montaient une opération d'envergure, et il travaillait dix-huit heures par jour.

Jessica regarda le réveil. Il était près de 6 heures, ce qui lui laissait quarante-cinq bonnes minutes avant de se lever. Dieu merci, Sophie était assez grande pour s'occuper d'elle-même et de son frère.

Mais le boulot ne lui accorda pas ce répit. Son téléphone portable sonna alors qu'il était 6 heures tout juste passées.

C'était Byrne.

Un nouveau meurtre avait été commis.

31

Le meurtre n'avait pas eu lieu dans le comté de Philadelphie, mais dans celui de Montgomery.

Lorsque Byrne se gara au bord du trottoir juste après 7 heures du matin, il avait deux tasses en carton de chez Starbucks dans les porte-gobelets. Dieu le bénisse.

Jessica monta, but une gorgée de café, toujours à moitié ensommeillée et habitée par son rêve.

Tandis que Byrne se dirigeait vers la voie express, il la mit au courant de ce qu'il avait appris de sœur Kathleen. Il lui tendit une copie du carré de Sator.

« Est-ce que quelqu'un a effectué une recherche dans le VICAP ? » demanda Jessica.

Lancé par le FBI en 1985, le VICAP – Programme d'appréhension des criminels violents – était une base de données nationale qui recensait les crimes violents : meurtres, agressions sexuelles, personnes disparues et restes non identifiés.

« Josh est dessus. Il nous appellera.

— Comment a-t-on obtenu cette nouvelle piste ?

— L'enquêteur du bureau du procureur du comté de

Montgomery dit que le meurtre remonte à une semaine, répondit Byrne. Il a été informé de nos affaires et il pense que le mode opératoire est identique.

Jessica frissonna. Si les frères Farren avaient transporté leur folie dans un autre comté, à quels autres endroits la piste du sang mènerait-elle ?

Le siège du comté de Montgomery était Norristown, une ville de trente-cinq mille habitants située à dix kilomètres des limites de Philadelphie.

En chemin, Jessica lut le dossier que l'inspecteur en charge de l'affaire avait faxé à Byrne.

« C'est les Farren, déclara-t-elle.

— C'est sûr que ça y ressemble. »

Ils rencontrèrent l'enquêteur sur la scène de crime, une maison divisée en deux appartements dans Haws Avenue, près de la Route 202.

L'inspecteur Ted Weaver avait autour de quarante-cinq ans. Il avait des cheveux blonds clairsemés, les cils blonds, des yeux bleus circonspects. Sa veste de costume était une taille trop petite, et ses poches plaquées étaient pleines de carnets, reçus, bouts de papier et autres broutilles qui ne rentraient apparemment pas dans son porte-documents plein à craquer dont la fermeture éclair avait depuis longtemps démissionné. Il avait cette posture voûtée que Jessica reconnut immédiatement comme étant celle d'un enquêteur surchargé de travail.

Il sourit à leur approche, et son expression égaya la scène autrement déprimante.

Jessica et Byrne se présentèrent.

« Vous avez été mis au parfum ? » demanda-t-il.

À en croire le résumé que Weaver avait envoyé, la victime était un homme de cinquante-deux ans nommé Robert Kilgore. Selon les dires de ses collègues, cet avocat spécialisé dans les successions avait quitté son bureau le jour de son meurtre à 17 h 30. Ses reçus de carte de crédit indiquaient qu'il s'était arrêté pour manger une pizza dans un restaurant de West Main Street à 17 h 50. Après quoi on ne l'avait plus revu vivant.

Quand la personne qui louait l'autre partie de la maison, une femme de trente-deux ans nommée Denise Joseph, avait frappé à sa porte à 7 heures le lendemain matin pour lui demander de déplacer sa voiture, elle avait regardé par la fenêtre et vu l'horreur dans le salon.

Comme Edwin Channing et Laura Rousseau, Robert Kilgore n'avait plus de visage.

« Et Mlle Joseph n'a rien vu ni entendu la veille au soir ? demanda Byrne.

— Pas à en croire sa déposition. Elle affirme être rentrée à 9 heures, avoir pris une douche, être restée devant son iMac avec un casque sur les oreilles jusqu'à minuit, puis s'être couchée.

— Et l'enquête de voisinage ?

— Rien. C'est un endroit plutôt calme. Celui qui a fait ça a pris soin de ne pas être vu ni entendu.

— Avez-vous lu le résumé de nos affaires ? » demanda Byrne. Weaver acquiesça.

« On dirait le même mode opératoire, dit-il. Intrusion dans le domicile, une seule balle au milieu de la poitrine.

— Ruban adhésif ?

— Oui. »

Weaver ouvrit le dossier sur le capot de la voiture, le feuilleta. Jessica vit que les photos de scène de crime étaient aussi horribles que pour les deux autres affaires.

La victime était assise sur une chaise au milieu du salon, les chevilles attachées aux pieds de celle-ci, les mains ligotées dans le dos. Sa tête retombait vers l'avant. Un gros plan pris de devant montrait un unique orifice d'entrée sur sa poitrine.

L'homme avait l'air de porter un pull en cachemire onéreux et un pantalon maculé de taches de peinture.

« Et les prélèvements ? » demanda Byrne.

Weaver secoua la tête.

« Des gants sur toutes les surfaces. Pas d'empreintes latentes sur le ruban adhésif.

— Avez-vous retrouvé le projectile ? demanda Jessica.

— Oui. »

Il produisit deux photos de la balle. Elle n'était pas en bon état, mais il n'y avait aucune raison de croire qu'elle provenait d'autre chose que du Makarov utilisé lors des autres meurtres.

Byrne sortit deux clichés. C'étaient les portraits les plus récents qu'ils avaient de Sean et Michael Farren. Il les tendit à Weaver, qui les étudia.

« Ce sont nos types ? demanda-t-il.

— Affirmatif », répondit Byrne.

La maison était une grande structure des années 1930 dans Haws Avenue, à quelques rues de la rivière Schuylkill. Elle était située à l'écart de la rue, sur une élévation, avec un mur de soutènement en pierres. Il y avait de vieux érables et des chênes des marais sur la propriété, ainsi que de gros arbustes près des fenêtres. La couverture parfaite pour pénétrer par effraction.

Mais les tueurs n'avaient pas pénétré par effraction. Comme sur les deux autres scènes, il n'y avait aucun signe d'entrée forcée.

Ils montèrent sur le porche. Jessica remarqua qu'il y avait autrefois eu une balançoire. Les deux œillets vissés dans le plafond avaient commencé à rouiller.

Weaver découpa le scellé et déverrouilla la porte sur la gauche.

Byrne désigna celle qui se trouvait sur la droite.

« Mlle Joseph est-elle disponible pour être questionnée ?

— Pas pour le moment. Elle a décidé d'aller chez sa sœur à Meadville. Je peux vous donner ses coordonnées, mais nous avons sa déposition, et elle est plutôt complète. »

Jessica ne décela aucun agacement chez Weaver, même si aucun inspecteur n'appréciait vraiment qu'un autre enquêteur mette son nez dans un travail qui avait déjà été correctement effectué. Mais elle savait aussi que Byrne était forcé de poser ces questions.

Le salon de Robert Kilgore était grand et trop abondamment meublé. Il y avait deux imposants canapés, une causeuse, deux grands fauteuils inclinables. Une bibliothèque courait le long d'un mur, et Jessica nota que de nombreux livres étaient des thrillers juridiques et que quelques étagères étaient couvertes d'ouvrages sur le droit des successions.

Au centre du tapis couleur amande il y avait une

grosse tache marron. Jessica observa que la table de la salle à manger n'était entourée que de cinq chaises. Elle supposa que celle sur laquelle la victime avait été tuée avait été emportée pour être analysée au labo criminel.

« Où a été retrouvée la balle ? » demanda Byrne.

Weaver traversa la pièce, désigna une portion arrachée du placoplâtre.

« Elle a pénétré ici et heurté le mur de briques. Elle n'est pas en super état.

— Elle est où maintenant ?

— Je l'ai ici, dans le coffre de ma voiture. »

Byrne recula, considéra la trajectoire, l'angle de vol. Pendant qu'il faisait ça, Jessica examina le reste du rez-de-chaussée. Robert Kilgore, qui, à en croire le compte rendu, n'était pas marié, était soigneux mais pas au point d'être obsessionnel. Il n'y avait que deux plats dans l'évier, et les appareils de cuisine – qui avaient tous environ quinze ans – étaient propres et dénués de graisse. Elle repéra une boîte de pizza posée sur la table. Elle souleva le coin, vit qu'il n'en manquait pas un morceau. De la moisissure avait commencé à se répandre sur le fromage.

Elle pénétra dans une petite pièce attenante à la cuisine. À l'intérieur se trouvaient un grand bureau en chêne et un ordinateur de modèle ancien avec un écran LCD de vingt pouces. Autour de l'écran il y avait une cascade de Post-it jaunes. Elle en lut quelques-uns.

Anniv. Maman. Abonnement Arc Digest.
Testament Darden !!!
CD majeur le 19/8 !

À côté du bureau se trouvait un meuble de classement en métal doté de trois tiroirs. Le sol sous le bureau et à côté du meuble était couvert de documents.

Jessica passa la tête dans la petite pièce qui donnait sur le porche de derrière. Il y avait une vieille bibliothèque qui renfermait des chaussures de course et de randonnée. Les étagères du milieu regorgeaient de livres sur le jardinage et de matériel : fertilisants, insecticides naturels, graines, bulbes ornementaux. Elle distingua un petit jardin clôturé à l'arrière de la propriété.

Lorsqu'elle rejoignit Byrne et l'inspecteur Weaver, ceux-ci étaient en train d'examiner des documents étalés sur la table du salon.

« Il faut que je vous demande, commença Weaver. Et je comprendrai si vous ne pouvez rien dire.

— Qu'est-ce que vous voulez savoir ? » demanda Byrne.

Weaver prit un moment, regarda les photos de la victime.

« La mutilation faciale, dit-il. Je sais qu'il y a beaucoup plus d'affaires de meurtres à Philly qu'ici, mais j'ai un peu d'ancienneté, et je n'ai jamais rien vu de tel. »

Byrne acquiesça.

« C'est une nouveauté pour nous tous. »

Il expliqua alors que la recherche de crimes similaires dans le VICAP n'avait rien donné.

« Quand vous avez fouillé la propriété et la maison, avez-vous trouvé quoi que ce soit qui vous ait semblé étrange, ou pas à sa place ? demanda-t-il.

— Je ne suis pas sûr de vous suivre. »

Jessica vit Byrne hésiter un moment. Elle comprenait. Si Ted Weaver était un collègue et, à en croire les apparences, un enquêteur minutieux, l'informer d'une chose que seuls la police de Philadelphie et les tueurs savaient n'était pas nécessairement une bonne idée.

Byrne décida de jouer franc jeu.

« Avez-vous trouvé un grand mouchoir en lin ? »

Weaver le dévisagea quelques secondes. Puis il souleva son épaisse chemise et chercha dedans. Lorsqu'il arriva au bout, il répondit simplement : « Non. »

Byrne attendit quelques secondes à son tour, puis ouvrit l'une de ses propres chemises. Il en tira les deux photos des mouchoirs en lin trouvés chez les Rousseau et Edwin Channing et les plaça sur la table. Jessica observa l'inspecteur Weaver tandis qu'il les regardait. Il sembla blêmir un peu, puis retrouver immédiatement son sang-froid. Il avait en effet de la bouteille.

« Je peux vous affirmer que nous n'avons rien trouvé de tel.

— Avez-vous entendu parler d'une chose nommée le carré Sator ? »

L'expression de Weaver indiqua à Jessica qu'il savait qu'ils avaient une foule de théories. Il laissa passer une seconde avant de répondre.

« Ça ne me dit rien. »

Byrne tira la photocopie du carré entier. Weaver l'étudia un moment.

« Des palindromes, dit-il.

— Oui. »

Weaver désigna les photos des mouchoirs.

« Où les avez-vous trouvés ? »

Byrne expliqua que le premier, *TENET*, avait été découvert sur un robuste oranger derrière la maison d'Edwin Channing, et que le second, *AREPO*, l'avait été sur un pommier au fond de la propriété des Rousseau.

« Nous avons ratissé l'extérieur de la maison à la recherche d'empreintes de pieds, nous avons examiné les haies à proximité en quête de fibres qui auraient pu s'y accrocher, expliqua Weaver. Il n'y avait rien de tel.

— Et les plants de tomates ? » demanda Jessica.

Les deux hommes la regardèrent.

« Quels plants de tomates ? » demanda Weaver.

Elle pointa le doigt en direction de la petite pièce à l'arrière de la maison.

« M. Kilgore jardinait. Sur l'une des étagères il y a un sac d'engrais bio à l'aragonite de marque Burpee. Mon père utilise le même. Il n'est pas donné, donc on dirait que M. Kilgore prenait ses tomates au sérieux. Il doit y avoir des plants quelque part. »

Byrne croisa son regard, acquiesça. Il savait qu'elle savait déjà qu'il y avait des plants de tomates, et qu'elle connaissait leur emplacement. Mais elle ne pouvait pas le dire, car elle ne pouvait pas être présente si un nouvel indice était découvert.

« J'ai quelques coups de fil à passer », déclara-t-elle.

Elle sortit de la maison et marcha vers la voiture tandis que les deux inspecteurs enfilaient des gants en latex et se dirigeaient vers l'arrière de la propriété. Même s'il n'y avait aucune raison de croire que Ted Weaver, s'il était appelé à témoigner à la barre, trahirait la confiance d'une collègue, rien ne prouverait que c'était Jessica qui avait repéré le sac d'engrais.

Elle passa quelques coups de fil, dont un à Josh

Bontrager, qui l'informa que sa recherche du carré Sator dans le VICAP n'avait rien donné. Bientôt elle vit Byrne et Ted Weaver approcher dans l'allée. Elle sut à la démarche de son équipier qu'ils avaient trouvé quelque chose. Elle l'avait déjà vu ainsi de nombreuses fois.

Lorsqu'ils atteignirent la voiture, Byrne attrapa un sac en papier blanc sur la banquette arrière. Il l'ouvrit, le posa sur le capot, puis il plaça le mouchoir dessus, détacha doucement la ficelle et le déroula. Quand Jessica le vit, elle sentit son pouls s'accélérer. Dessus était inscrit le mot *SATOR*.

Byrne produisit la photocopie du carré Sator, ainsi que les deux photos.

« Ça colle avec les deux autres, observa Weaver.

— Oui, en effet.

— Je ne sais pas comment on a pu le manquer.

— Nous aussi on l'a manqué », répondit Byrne.

Jessica nota que ce mouchoir-ci, ayant été exposé aux éléments pendant une semaine, était en un peu moins bon état que les autres.

« Robert Kilgore a été tué en premier, puis les Rousseau, puis Edwin Channing », déclara Weaver.

Byrne se contenta d'acquiescer.

« Ce qui signifie qu'il y en aura deux autres.

— *OPERA* et *ROTAS*. »

Le fait qu'ils venaient d'établir que leurs tueurs s'étaient lancés dans leur folie meurtrière une semaine plus tôt et qu'ils l'avaient fait dans un autre comté ouvrait tout un nouveau champ de possibilités, dont aucune n'était réjouissante.

« Au fait, dit Byrne, avez-vous dressé la liste des documents importants qui manquaient dans les papiers de M. Kilgore ?

— Oui, répondit Weaver. Le seul document d'importance que nous n'avons pas pu trouver était son acte de naissance.

— Est-ce qu'on peut avoir des copies de tout ce que vous avez pour le moment ? »

Byrne savait qu'il en demandait beaucoup, mais il n'avait pas le choix.

Weaver tira un sac en plastique du coffre de sa voiture et le tendit à Jessica.

« Pour vous. J'ai déjà passé le coup de fil. Le bureau du procureur du comté de Montgomery est là pour vous aider. Il y a là-dedans tout ce dont vous avez besoin. La balle est aussi à l'intérieur.

— Merci, inspecteur.

— Je vous en prie. »

Ils se serrèrent tous la main.

« La prochaine fois que vous venez à Philly, le dîner sera aux frais du département », déclara Byrne.

Weaver sourit, tapota son ventre qui n'était pas inconséquent.

« Vous êtes sûr d'avoir les moyens ? »

Ils s'arrêtèrent dans un petit restaurant de la Route 202 et essayèrent de parler d'autre chose que de l'affaire. Ça ne dura pas longtemps.

« Est-ce que Robert Kilgore apparaît où que ce soit en lien avec les Farren ? » demanda Byrne.

Jessica secoua la tête.

« Pas encore. Mais maintenant que j'ai son nom, on verra. »

Alors qu'ils en étaient au café, Jessica formula ce qui les taraudait tous les deux. Ni l'un ni l'autre ne l'avait dit à voix haute car c'était – en plus du carré Sator et de la mutilation des visages – une pièce de ce terrifiant puzzle qui ajoutait une couche d'opacité supplémentaire à l'affaire.

« Ils collectent leurs actes de naissance. »

32

Ils passèrent la nuit dans un des motels insipides qui bordaient la voie express, réglant leur chambre en espèces. Billy dormit tout habillé, son Makarov à la main, une demi-douzaine de photos scotchées au plafond au-dessus de lui.

Sean sortit à l'aube et revint avec des muffins aux œufs et du jus d'orange. Ils regardèrent les informations. Il n'y fut pas question des affaires.

Ils garèrent la camionnette blanche face à la maison mitoyenne. Deux portes plus loin, il y avait un petit boui-boui qui proposait des pizzas et des sandwichs. Les arômes redonnèrent faim à Billy.

« C'est elle. »

Billy se tourna pour regarder le conducteur. C'était son frère Sean. Il se tourna de nouveau pour voir la femme dans le hall de son immeuble, en train de tirer son courrier de la rangée de boîtes à lettres. Elle était élancée et jolie.

Robe rouge. Collier en or. Cheveux blonds coupés court.

« Tu es sûr ? demanda-t-il.

— Certain. »

Il regarda la photo dans sa main, celle qu'il avait prise de la femme dans le train de banlieue huit jours plus tôt. Son visage était vide.

« Elle est pas censée être au boulot ? demanda-t-il.

— Si. Elle est censée. »

Ils étaient là, devant l'immeuble de cette femme, en reconnaissance, pour trouver un moyen d'entrer et de sortir. Ils n'étaient pas supposés la voir, pas avant plus tard dans la soirée.

« Liquidons-la, déclara Sean.

— Non. »

C'était le milieu de la matinée. Il y avait trop de monde. Ils se feraient prendre, et ce serait un chaos sans nom.

« On doit connaître l'agencement de l'immeuble. »

Sean attrapa sa casquette des Phillies, ses lunettes de soleil. Il posa une main sur la portière.

« Attends, dit Billy. Je vais y aller. »

Il attacha le silencieux à son Makarov, épingla la photo à l'intérieur de sa veste et sortit de la camionnette.

« Je peux vous aider ? »

Robe rouge. Collier en or. Cheveux blonds coupés court.

« Excusez-moi ? » demanda Billy.

Il aurait voulu enfoncer la main sous sa veste et en tirer la photo de la femme – elle s'appelait Danielle Spencer –, mais il ne pouvait pas le faire, pas tant qu'elle était devant lui. Elle se tenait près de la porte de son appartement, clés en main.

« Je cherche juste quelqu'un qui habite ici. »

Tout en disant ça, il pointa le doigt par-dessus son épaule, vers l'autre côté du couloir.

« Je connais tout le monde ici. Qui cherchez-vous ? »

Il devait lui donner un nom.

« Emily, répondit-il. Mon amie Emily. »

La femme réfléchit un moment.

« Il n'y a personne de ce nom dans l'immeuble. Êtes-vous sûr d'être à la bonne adresse ? »

Billy jeta un coup d'œil au hall et vit une caméra pointée sur lui.

Il regarda à travers la porte d'entrée en direction de l'homme assis dans la camionnette. C'était Sean. Et Sean avait raison. Ils devaient agir maintenant.

« Peut-être que je me suis trompé, répondit-il. Quelle est l'adresse ici ? »

Il voyait le soupçon de la femme croître ; dans sa posture, dans la manière qu'elle eut de s'écarter légèrement de lui.

Avant qu'elle ait le temps de répondre, la porte de son appartement s'ouvrit. Billy regarda par-dessus l'épaule de la femme et vit un homme – un homme imposant – qui se tenait là. Il portait un uniforme gris et avait un revolver à la hanche, enfoncé dans un étui.

« Salut, chérie, dit-il à la femme.

— Salut », répondit-elle.

Robe rouge. Collier en or. Cheveux blonds coupés court.

« Qui est ton ami ? » demanda l'homme.

Billy vit à son ton condescendant, à sa façon de

quasiment cracher le mot « ami », qu'il le considérait comme un minable. Il sentit la rage monter en lui.

« Je crois que je me suis trompé, dit-il. Désolé de vous avoir dérangée. »

Il se retourna pour partir, déboutonna sa veste. L'homme sortit complètement dans le couloir, lui posa une main sur l'épaule.

« Attends une seconde, mon pote. »

Tandis que l'homme le faisait pivoter sur lui-même, Billy referma sa main sur la crosse du Makarov. Lorsqu'il fit face à l'homme, il déclara : « Mon pote ? Est-ce qu'on se connaît ? »

Pendant un instant, l'homme fut pris de court par les paroles de Billy. Puis il abaissa la main vers son arme de service. Son geste ne prit qu'une seconde, mais ce fut une seconde de trop. Billy se campa fermement sur ses pieds, eut un mouvement de recul et lui donna un coup d'épaule en pleine poitrine, le faisant tomber à la renverse dans l'appartement. Avant qu'il ait pu se relever, il dégaina son Makarov et lui tira deux balles dans la tête.

Une heure plus tard, alors que le chant de mort avait été chanté, Billy s'agenouilla devant la femme. Elle était attachée sur une chaise au milieu de son salon. Ils avaient trouvé son acte de naissance. Ils avaient tout ce dont ils avaient besoin pour compléter sa ligne dans le carré.

OPERA.

Robe rouge. Collier en or. Cheveux blonds coupés court.

« Connaissez-vous mon visage ? » demanda-t-il.

La femme ne bougea pas.

Alors que Sean dépliait son rasoir, Billy se leva, alla se placer derrière elle. Lorsqu'il eut fini de réciter la prière, il lui plaça les deux mains sur les épaules, absorbant son essence, puis il ferma les yeux tandis que…

... le soleil de l'après-midi filtre à travers les arbres, le « Captain Jack » de Billy Joel flotte dans la brise, la berline bleu marine est garée dans South Taney Street, portières ouvertes, l'homme au blouson de cuir noir est agenouillé devant la fille dont la bouche est tordue par la peur et la détresse, les larmes coulent sur son visage tandis que l'homme se tourne, un sachet de M & M's à la main...

Billy rouvrit les yeux.

Après avoir soigneusement mis le mouchoir à sa place, Sean arpenta le petit salon. Il sniffa rapidement sa fiole deux fois de suite et Billy se demanda s'il avait dormi au cours des deux derniers jours.

Sean cessa de faire les cent pas. Il enfonça la main dans la veste de Billy, détacha la photo de lui et la tendit à son frère.

« J'ai besoin que tu tiennes ceci dans ta main. Tu *dois* garder ma photo dans ta main. On en a presque fini. On n'a pas le droit à l'erreur.

— OK, répondit Billy d'une voix qui semblait lointaine.

— On va récupérer le reste de l'argent. Puis on tracera la dernière ligne du carré. »

Billy n'arrivait pas à y croire. Il était empli d'une chose qu'il n'avait jamais ressentie jusqu'alors, une sorte de légèreté.

Il s'imagina que c'était ce que les autres appelaient de l'espoir.

33

Le message sur la boîte vocale de Byrne était d'un vieil ami du temps de l'école de police, Ron Cimaglio, désormais capitaine dans le 17e district. Il avait vu l'alerte qui avait été postée concernant Michael et Sean Farren, et ces noms avaient réveillé un souvenir récent.

Michael Farren avait traversé son radar quelques jours plus tôt.

Emily Carson était une jolie femme svelte qui approchait de la trentaine. Elle portait une robe jaune citron et un délicat pendentif en or en forme de rose.

Avant de quitter la Rotonde, Byrne lut le compte rendu rédigé par les deux officiers qui lui avaient parlé le jour en question. Ils avaient souligné le passage qui stipulait qu'elle était officiellement aveugle.

Byrne la retrouva dans un petit carrel situé à l'écart de la salle principale de la bibliothèque Queen Memorial et prit des notes lorsque Emily lui raconta sa rencontre avec Michael Farren, expliquant qu'il était venu presque chaque semaine pendant de nombreux mois.

« Il m'apportait toujours des roses, dit-elle tout en passant les doigts sur son pendentif en or. À chaque fois.

— Est-ce qu'il a dit où il les achetait ?

— Je n'ai jamais songé à lui demander.

— Je comprends, dit Byrne. Vous rappelez-vous votre conversation avec les policiers ? Les raisons pour lesquelles ils voulaient vous parler ?

— Bien sûr, répondit-elle. Alex disait que Michael avait une arme. C'est lui qui a appelé la police.

— Aviez-vous la moindre raison de douter des propos de M. Kiraly ?

— J'avais de *nombreuses* raisons de douter de ce qu'il disait. Je suppose que je ne voulais juste pas le croire. Je ne connais pas Alex si bien que ça, et je ne crois pas que ce soit un menteur ou un affabulateur. Mais je ne savais pas quoi penser.

— Et c'est la dernière fois que vous avez parlé à Michael Farren ?

— Oui. C'était après que nous nous étions promenés pendant ma pause déjeuner. »

Byrne feuilleta ses notes.

« Vous avez dit aux policiers que Michael et vous étiez allés dans une boutique à quelques rues d'ici. C'est exact ? »

Emily acquiesça.

« Oui. C'était une espèce de magasin d'électronique.

— Vous vous rappelez où il était situé ? »

Emily lui indiqua le chemin à pied.

« Vous souvenez-vous si Michael a dit à ce moment

des choses qui auraient pu sembler étranges ou déplacées ?

— Comment ça ?

— Semblait-il agité, ou différent de d'habitude ? »

Emily resta quelques instants silencieuse.

« Je suis désolée, inspecteur. Je n'arrive pas à réfléchir.

— C'est bon, dit Byrne. Prenez votre temps. Je sais que ça doit être une conversation difficile pour vous. »

Emily prit une profonde inspiration, expira lentement.

« Non. Je ne me rappelle rien qui soit sorti de l'ordinaire.

— Michael vous a-t-il dit ce qu'il avait acheté à la boutique ?

— Oui. Il m'a dit qu'il avait acheté un détecteur de mouvement.

— Un détecteur de mouvement ? Est-ce qu'il a précisé pourquoi il en avait besoin ? »

Elle secoua la tête.

« Non. J'ai fait une petite blague à ce sujet sur le coup. Ça semble tellement loin maintenant.

— Est-ce qu'il a dit où il allait quand vous vous êtes séparés ce jour-là ?

— Non. »

Byrne voyait qu'il était en train de la perdre. Elle était clairement au bord des larmes.

« Ça ne peut pas être vrai, dit-elle. Ce qu'ils prétendent qu'il a fait. Tous ces gens. C'est forcément une erreur. »

Byrne ne savait pas quoi dire. Il s'était rendu sur les scènes de crime, avait vu ce que les frères Farren avaient provoqué. Il savait pertinemment que les gens présentaient différents visages au monde, mais il avait du mal à associer l'horreur de ce qu'il avait vu à l'âme douce que cette jeune femme lui décrivait.

« Nous avons juste besoin de lui parler, dit-il. Avez-vous la moindre idée de l'endroit où il pourrait se trouver en ce moment ?

— Je vous le dirais si je le savais, inspecteur Byrne. Pour le bien de Michael. Il ne m'a jamais dit où il habitait. » Elle désigna la salle principale de la bibliothèque, le bâtiment en général. « C'est le seul univers que j'aie partagé avec lui. »

C'était audacieux, mais Byrne décida de tenter le coup. Il sortit son téléphone portable.

« J'ai un service à vous demander. »

Emily sembla surprise.

« Bien entendu.

— Seriez-vous disposée à nous aider à interpeller Michael ?

— Oui, répondit-elle. Évidemment. Je ne veux pas qu'il lui arrive du mal. »

Byrne réfléchit à ce qu'il s'apprêtait à lui demander.

« J'aimerais que nous allions du côté de la pièce où se trouvent les magazines. Ce serait possible ?

— OK, répondit Emily. Je peux vous demander pourquoi ? »

Byrne se leva, lui prit la main et répondit : « La lumière est meilleure. »

Vingt minutes plus tard, Byrne marcha jusqu'à la boutique d'électronique dont avait parlé Emily, un grand magasin à l'ancienne nommé Circuit World. Il montra la photo de Michael Farren aux deux employés. Ni l'un ni l'autre ne le reconnurent.

Le propriétaire passa en revue les reçus des articles vendus ce jour-là aux alentours de l'heure indiquée par Byrne. Un détecteur de mouvement avait bien été acheté à ce moment-là, mais la transaction n'avait pas été effectuée par carte de crédit, moyennant quoi il n'y avait pas d'adresse de facturation.

Comme Byrne s'y était attendu, Michael Farren avait payé en espèces.

Byrne se tenait devant l'énorme tableau blanc en haut duquel étaient alignées les photos des victimes prises par les techniciens de scène de crime. Robert Kilgore, la famille Rousseau, Edwin Channing.

Il y avait un fil, un lien direct entre eux. Ces meurtres avaient-ils été perpétrés en représailles ? Ces personnes avaient-elles eu affaire à Danny Farren ou ses fils ?

Ça semblait peu probable, mais si Byrne avait appris une chose depuis qu'il était flic, c'était que les coïncidences étaient très rares, et que rien n'était inconcevable.

Avant qu'il puisse appeler ses contacts à la division sud pour vérifier s'il y avait du neuf quant aux associés connus de Sean et Michael, son téléphone sonna. C'était Jessica.

« Qu'est-ce qui se passe ?

— Il s'avère que Michael Farren a été dans le coma pendant près de deux ans après cet accident en 1988. Vous étiez au courant ?

— Non, répondit Byrne. Je n'ai jamais cherché à savoir ce qui s'était passé ensuite.

— Eh bien, quand il en est sorti, il a eu de nombreux soucis physiques, mais aussi un autre problème. Un trouble neurologique.

— Quoi ?

— J'ai retrouvé le médecin qui l'a traité. Il nous attend. »

Le docteur Bruce Sheldon approchait de la soixantaine. Il pratiquait désormais dans le privé mais avait travaillé pour le système médical du comté pendant quinze années après avoir obtenu son diplôme à Penn State.

Ils se rencontrèrent dans son petit cabinet confortable de Chestnut Street, près de la 5e Rue.

Tandis qu'ils prenaient place, Jessica parcourut les murs du regard. Sheldon était spécialisé en psychiatrie, en pédopsychiatrie et en médecine psychosomatique.

Ils évacuèrent sans traîner les politesses de rigueur.

Byrne produisit un cliché de Michael Farren. Il avait agrandi la photo d'identité judiciaire et l'avait coupée pour qu'elle ressemble plus à un portrait. Mais l'effet était moins que convaincant, surtout pour un psychiatre qui avait affaire à des criminels depuis trente ans.

« Nous avons cru comprendre que vous aviez traité Michael Farren.

— Oui, répondit Sheldon. Il était détenu dans un centre pour mineurs à l'époque. Il y a passé un peu plus d'un an.

— Pourquoi était-il là-bas ?
— Il avait été condamné pour une agression à l'encontre d'un employé du comté.
— Était-il armé ?
— Non. Mais l'attaque avait été suffisamment violente pour que la victime finisse à l'hôpital.
— Comment Farren est-il apparu sur votre radar ? demanda Byrne.
— Il était considéré comme peu coopératif. Il n'acceptait pas l'autorité. Évidemment, ce n'est pas vraiment une rareté dans les institutions pour mineurs. C'est l'une des raisons pour lesquelles ils y sont envoyés.
— Y a-t-il eu des incidents violents pendant sa détention ? » Sheldon jeta un coup d'œil au dossier devant lui.
« Des petites rixes avec d'autres garçons. Rien de bien méchant. Au bout d'un moment, les autres ont appris qui était sa famille et ils ont gardé leurs distances.
— Ils savaient que son père était Danny Farren ?
— Oh, oui. Nombre de ces gamins – la plupart d'entre eux, à en croire mon expérience – en rajoutent. Ce ne sont pas vraiment des mauvais bougres, mais ils font ça pour avoir de l'attention. Quelqu'un comme Michael Farren était considéré comme l'héritier d'une longue lignée, un criminel de la troisième génération.
— Vous dites qu'il n'était pas coopératif. En quoi ?
— Eh bien, pour commencer, il maintenait qu'il n'était pas Michael Farren. Il disait s'appeler Billy.
— Il se faisait appeler Billy ?

— Oui, répondit Sheldon. Billy le Loup. Ça vient d'une chanson de…

— The Stark, coupa Byrne.

— Vous la connaissez ? »

Byrne se contenta d'acquiescer.

« Une autre de ses bizarreries était qu'il voyait les mêmes surveillants et les mêmes employés chaque jour mais prétendait ne pas savoir qui ils étaient. Au début, on a cru que ça faisait partie de son cinéma. Vous seriez étonné par certaines des choses que ces gamins inventent.

— Pouvez-vous nous dire quelles ont été vos conclusions initiales ?

— Comme Michael avait eu un traumatisme crânien sévère et était d'ailleurs resté longtemps dans le coma, il était assez difficile d'établir un diagnostic. Je crois me souvenir que nous avons fait des tests pendant trois mois d'affilée. Au final, entre autres choses, nous avons découvert qu'il souffrait d'un trouble neurologique assez rare appelé la prosopagnosie.

— Qu'est-ce que c'est ?

— C'est un trouble cognitif de la perception des visages qui fait que la capacité à reconnaître les gens est altérée. D'autres aspects du processus de la vision – par exemple, l'identification des objets – et le fonctionnement intellectuel, comme la prise de décisions, demeurent souvent intacts. Parfois, ils sont même renforcés. Les gens atteints de prosopagnosie peuvent être très intelligents. Oliver Sacks, par exemple.

— Le médecin ?

— Oui. Le terme n'a été inventé que vers 1944, quand des hommes atteints de troubles de stress post-traumatique et de traumatismes crâniens sévères revenaient de la guerre et n'arrivaient pas à reconnaître leur femme et leur famille.

— Comment ça se manifeste dans le monde réel ? demanda Byrne.

— Eh bien, si vous souffrez de ce syndrome, même dans sa forme la plus douce, vous pourriez rencontrer quelqu'un, passer un bon bout de temps avec lui, et ne pas le reconnaître le lendemain.

— Il est donc possible d'utiliser les vêtements comme une stratégie de reconnaissance ?

— Absolument. La couleur, la texture et le style des vêtements peuvent être un outil très puissant. Les prosopagnosiques utilisent parfois une stratégie fractionnelle qui implique des indices comme l'habillement, la forme du corps et la couleur des cheveux. »

Les changements de vêtements, songea Jessica. C'était pour ça que Farren les forçait à s'habiller différemment. Les habits lui servaient de marqueur.

« La personne peut-elle utiliser des photos comme point de référence ? demanda-t-elle.

— Oui, répondit Sheldon. Aimeriez-vous voir certains des tests que nous utilisons comme outils de diagnostic ? »

Jessica regarda Byrne.

« Volontiers. »

Sheldon se leva, traversa la pièce jusqu'à une table située contre un mur. Dessus il y avait un iMac de vingt-sept pouces. Il enfonça quelques touches. Un écran de veille représentant la sculpture *LOVE* de Robert Indiana apparut. Le médecin se retourna vers ses hôtes.

« C'est un test de reconnaissance faciale pure, annonça-t-il. On commence ?

— OK », répondit Jessica.

Le docteur Sheldon appuya sur une touche. À l'écran apparurent six ovales : trois en largeur sur deux en hauteur. Dans chaque ovale il y avait un visage différent. Juste le visage, délimité par les joues, la naissance des cheveux et le bas du menton. Pas de cheveux ni d'oreilles, rien sous la mâchoire. Quatre d'entre eux étaient blancs ; deux étaient noirs.

Sheldon tendit alors à Jessica et à Byrne une feuille de papier vierge avec six ovales vides.

« Sans vous consulter, je veux que vous inscriviez le nom de chacune des personnes à l'écran, si vous les reconnaissez. Sinon, laissez un blanc. »

Pour Jessica – et elle était certaine qu'il en allait de même pour Byrne – ça ne semblait pas trop difficile. Elle écrivit six noms ; Byrne l'imita.

Le docteur Sheldon enfonça une touche. Les visages disparurent, laissant un écran blanc.

« Comment nous en sommes-nous sortis ? » demanda-t-il.

Ils tendirent leurs feuilles. Jessica vit que leurs réponses étaient identiques : Carroll O'Connor, Andy Reid, James Earl Jones, Ringo Starr, Sidney Poitier, Jackie Gleason.

« Vous avez tous les deux tout bon, déclara Sheldon. Maintenant je vais vous montrer six autres visages. Je veux que vous me disiez si vous en reconnaissez. » Il leur tendit des feuilles vierges. « Prêts ?

— Prêts », répondirent-ils à l'unisson.

Il enfonça une touche.

Jessica s'aperçut que ce qui semblait être un nouveau test simple ne l'était absolument pas. Les visages étaient tous à l'envers.

« Vous avez probablement envie de pencher la tête sur le côté, mais ne le faites pas », dit Sheldon.

Il avait raison, ça avait été le premier instinct de Jessica. Et c'était exaspérant : elle ne reconnaissait aucun des visages.

« Je ne connais aucune de ces personnes », dit-elle.

Sheldon regarda Byrne.

« Inspecteur ?

— Je crois en connaître une. »

Il nota le nom sur la feuille.

« Prêts à voir qui sont ces inconnus ? »

Sheldon enfonça une touche. Un instant plus tard, les images se renversèrent. C'était stupéfiant. Jessica les reconnut tous. B. B. King. Goldie Hawn. Richard Gere. Harry Dean Stanton. Anthony Hopkins. Donna Summer.

Byrne montra sa feuille. Il avait écrit *B. B. King*.

« Incroyable, fit Jessica.

— Je suis fan de blues, répondit-il. Qu'est-ce que vous voulez que je vous dise ?

— Pas aussi facile qu'on pourrait le croire, n'est-ce pas ? demanda Sheldon.

— Je n'aurais jamais cru ça, déclara Byrne. J'aurais parié que je les reconnaîtrais tous.

— Comme la plupart des gens. Toutes les parties sont là – les yeux, le nez, la bouche, les sourcils, le menton – mais il n'y a pas d'ensemble. Pas de lien. On a fait des tests où l'enfant du sujet, ou bien un parent, était dans le tas, avec les visages à l'endroit, et il ne le reconnaissait pas.

— Et vous dites que c'est à ça que ressemble le monde pour Michael Farren ? »

Sheldon prit un moment avant de répondre.

« Vous savez comment on voit parfois des vidéos à la télé et les gens sont tellement pixélisés qu'ils sont flous ?

— Bien sûr.

— Certaines personnes atteintes de prosopagnosie décrivent ça de cette manière. Ils se concentrent sur un trait – la coiffure, peut-être – et l'utilisent comme marqueur.

— Et le contexte ? demanda Byrne.

— Très important.

— Donc si quelqu'un atteint de ce trouble est dans un endroit qui lui est très familier, ça pourrait l'aider à reconnaître les personnes qu'il s'attend à y voir ?

— Absolument, répondit Sheldon. L'endroit, l'heure, même les odeurs peuvent servir de marqueurs.

— Ça affecte la reconnaissance des membres de la famille ?

— Oui. La mère, le père, les frères et sœurs. J'ai lu des histoires de femmes qui avaient laissé leur enfant au terrain de jeu parce qu'elles ne le reconnaissaient pas.

— L'incapacité de Michael Farren est-elle prononcée ?

— Je ne l'ai pas vu depuis plus de quinze ans, mais comme il n'y a aucun remède pour ça, pas de traitement médicamenteux, je dirais qu'elle l'est.

— Est-ce que ça peut s'aggraver progressivement ?

— Oui. »

Sheldon éteignit l'ordinateur.

« Je ne reçois pas souvent des visites de la criminelle et du bureau du procureur, dit-il. Et je sais que vous êtes tenus par la confidentialité, je ne poserai donc pas de questions. Mais de toute évidence, il s'agit d'une affaire sérieuse.

— En effet », répondit Byrne.

Sheldon se détourna un moment, regarda par la fenêtre les piétons qui passaient devant son cabinet, puis il leur fit de nouveau face.

« J'ai vu des milliers de patients au cours de mes trente années de pratique. Certains avaient des problèmes très bénins, d'autres des troubles qui nécessitaient une hospitalisation à vie. J'aimerais croire que je me souviens de chacun. Je me souviens de Michael Farren. J'espérais qu'il apprendrait à faire avec son trouble, mais je n'étais pas optimiste. » Il croisa les mains devant lui. « Si jamais j'ai l'opportunité de le revoir, je reprendrai tout à zéro. »

Ils se tenaient sur le trottoir, appuyés contre la voiture. Il faisait de plus en plus chaud. Byrne desserra sa cravate.

Pendant qu'ils attendaient, deux patients entrèrent dans le cabinet de Sheldon. *La vie continue*, songea Jessica.

« Prosopagnosie, dit-elle.

— Je dois avouer que je n'en avais jamais entendu parler.

— C'est pour ça que les victimes étaient habillées comme elles l'étaient.

— Je pense que vous avez raison.

— Farren a besoin qu'elles s'habillent d'une certaine manière pour être sûr qu'il a la bonne personne. »

Byrne acquiesça.

« Mais d'où les connaît-il ? »

Il n'y avait toujours pas de lien direct entre la famille Rousseau, Edwin Channing et Robert Kilgore. La seule connexion semblait être leur mort violente et des messages cryptiques peints avec du sang sur de beaux mouchoirs en lin.

34

Josh Bontrager se tenait dans le petit hall d'un immeuble de Germantown qui abritait huit appartements. Il était livide. Jessica ne l'avait jamais vu pâlir sur une scène de crime.

Autour de lui s'affairait une myriade de techniciens de scène de crime.

Byrne et Jessica avaient reçu l'appel après avoir quitté le cabinet du docteur Sheldon.

Il y avait eu un double meurtre.

Au centre du petit salon se trouvait l'une des victimes. Elle semblait approcher de la trentaine. Ses mains et ses pieds étaient attachés au moyen de ruban adhésif. Il y avait un unique orifice d'entrée au milieu de sa poitrine. Le tapis sous elle ainsi que la causeuse en cuir blanc derrière étaient éclaboussés de sang.

La femme était pieds nus. Elle portait une jupe rouge qui lui arrivait aux genoux et un sweat-shirt bleu foncé de l'université Robert Morris.

Il ne faisait guère de doute que Michael Farren

l'avait forcée à s'habiller de la sorte pour confirmer qu'elle était bien la victime qu'il voulait.

Son nom était Danielle Spencer.

Comme avec Edwin Channing, Robert Kilgore et Laura Rousseau, les Farren lui avaient arraché le visage.

Après que l'enquêteur du bureau du légiste eut constaté la mort et terminé de prendre des photos, les techniciens commencèrent à passer la scène au crible.

Jessica et Byrne se tenaient à l'écart, de l'autre côté de la table du salon, chacun comprenant l'autre sans qu'il fût besoin de prononcer un mot. Ils avaient tous deux déjà eu affaire à des meurtres en série, mais ils savaient désormais que ce déchaînement de violence était l'un des pires auxquels ils avaient été confrontés. Prédire où les Farren frapperaient ensuite deviendrait une priorité pour tous les agents des forces de l'ordre du comté.

Lorsque Josh Bontrager entra pour commencer son enquête, Jessica regarda la seconde victime, qui gisait au sol près de la porte. L'homme portait un uniforme gris de convoyeur de fonds. Le revolver à sa hanche était toujours attaché et ne semblait pas avoir été dégainé. Les deux trous dans son front, très rapprochés l'un de l'autre, expliquaient pourquoi il n'avait pas eu le temps de le faire.

Le technicien qui prenait des photos s'approcha de l'homme mort. Jessica retourna à la salle à manger et vit le mouchoir sur la table, étalé sur une grande feuille de papier blanc brillant.

OPERA.

Josh Bontrager la rejoignit.

« Il était où ? demanda-t-elle.
— Elle a un AeroGarden.
— Je ne suis pas sûre de savoir ce que c'est. »
Bontrager la mena à la cuisine. Sur le plan de travail se trouvait un jardin d'intérieur, un réceptacle en plastique avec des lumières blanches sur une base hydroponique. Il regorgeait de basilic, de persil, de tomates cerises et de piments.
Il sortit un crayon, souleva l'une des grosses feuilles de basilic.
« Il était attaché ici.
— La même ficelle ? demanda Byrne.
— On dirait. »
Byrne fit un geste en direction des papiers éparpillés à travers le salon, désigna une chemise qui portait la mention « Administratif ».
« Vous avez retrouvé l'acte de naissance de la victime ?
— Pas d'acte de naissance, répondit Bontrager. Tout sauf ça. »
Son téléphone sonna. Il répondit, s'éloigna, parla quelques instants.
« Vous pouvez me l'envoyer ? » demanda-t-il. Puis il donna son adresse e-mail, concluant par : « Merci beaucoup. »
Il se tourna vers Jessica et Byrne.
« C'était la société de sécurité qui s'occupe de cet immeuble. Il y a une caméra dans le hall, ainsi que sur le parking et à la porte pour les livraisons à l'arrière. Il y en a également une dans l'ascenseur. Les vidéos sont stockées sur un serveur en ligne.
— Est-ce qu'ils ont quelque chose ? demanda Byrne.

— Je vais dire que oui. Le type à qui je viens de parler a fait un clip à partir de ce que la caméra du hall a filmé plus tôt dans la journée. Il avait l'air assez secoué. »

Son téléphone bipa. Il regarda l'écran.

« On l'a reçu. »

Ils se tenaient dans le couloir de derrière, près de l'accès réservé aux livraisons. Bontrager cala son téléphone sur la table qu'utilisaient les livreurs. Il ouvrit le fichier que lui avait envoyé la société de sécurité.

L'enregistrement montrait le couloir situé à l'avant de l'immeuble, filmé en plongée. Au bout de quelques secondes, une femme s'y engagea et s'arrêta devant l'appartement 102. C'était la victime, Danielle Spencer. Jessica sentit un frisson lui monter le long de la colonne vertébrale. Cette femme était encore vivante quelques heures plus tôt.

La femme fouilla dans son sac, en tira ses clés. Après quelques instants, elle releva les yeux, en direction du hall. Une silhouette s'approcha, un homme avec les cheveux qui lui descendaient aux épaules, portant une veste en cuir.

C'était Michael Farren. Il portait la même veste que sur l'autre vidéo de surveillance, celle qui avait été filmée devant l'épicerie Sadik Food King.

Farren et Danielle semblèrent discuter brièvement.

Quelques secondes plus tard, la porte de l'appartement 102 s'ouvrit. Un homme sortit. C'était la victime qui gisait par terre près de la porte. Il salua

Danielle, puis porta son attention sur Michael Farren. Ils échangèrent quelques mots. Farren lui tourna le dos et déboutonna sa veste. L'homme lui posa une main sur l'épaule. La scène sembla se figer pendant un long moment, puis Farren pivota sur lui-même et enfonça son épaule dans la poitrine de l'homme, le repoussant dans l'appartement.

Après quoi, aussi rapide que l'éclair, il dégaina une arme munie d'un silencieux et fit feu à deux reprises.

Ils étaient réunis dans le hall tandis que les techniciens de scène de crime se préparaient à une nouvelle longue journée. Ils observaient l'activité en silence, comme ils l'avaient déjà souvent fait. Finalement, Bontrager parla.

« Je n'ai jamais ôté la vie à personne, dit-il. C'est une chose que j'ai été entraîné à faire, et que je ferai, au besoin, pour sauver ma vie ou celle d'un citoyen de cette ville. Mais à part ça, je n'ai jamais souhaité la mort de personne, aussi atroces qu'aient été ses actes. Pas une seule fois. » Il marqua une pause. « Jusqu'à aujourd'hui. Aujourd'hui j'ai souhaité la mort des gens qui ont commis cette horreur, et un jour je me tiendrai devant Dieu et je m'expliquerai. »

Jessica et Byrne ne dirent rien.

Bontrager désigna la scène de crime.

« Je dois y retourner. Je vous tiendrai informés. Faites attention à vous.

— Vous aussi, Josh », répondit Jessica, mais il avait déjà pivoté sur ses talons et s'éloignait dans le couloir.

Jessica et Byrne se tenaient sur le trottoir devant l'immeuble. Elle n'arrivait pas à s'ôter la vidéo de la tête. Elle regarda les marches, la porte, le hall, le couloir. Rares étaient les fois où ils arrivaient sur la scène d'un assassinat clairement prémédité si peu de temps après qu'il avait été commis.

« Comment on fait pour que ça cesse ? » demanda Jessica.

Byrne mit un moment à répondre.

« Si ces meurtres sont basés sur le carré Sator, ils arrêteront d'eux-mêmes, à moins qu'on ne les trouve d'abord. Nous devons donc les traquer. »

Son téléphone sonna. Il jeta un coup d'œil à l'écran.

« Je ne reconnais pas ce numéro. »

Il hésita quelques instants tandis que l'appareil continuait de sonner. Il décida de répondre, le mit sur haut-parleur.

« Byrne à l'appareil.

— Inspecteur Byrne, c'est Joe Sadik.

— Oui, monsieur Sadik. Qu'est-ce que je peux faire pour vous ?

— Les deux hommes. Les deux hommes qui étaient sur la vidéo de surveillance. Celle dont vous avez tiré une impression.

— Oui ?

— Je viens de rentrer de la banque. Ils sont dans la boutique U-Cash-It en ce moment même. »

35

Dennis LoConti était assis sur une chaise au milieu du bureau.

Ses mains étaient attachées dans son dos.

Billy l'observait depuis la porte.

Chemise jaune. Jean. Tatouages aux bras et au cou.

Un homme se tenait derrière LoConti.

Sean.

Ce dernier prit un nouveau sniff de meth. Ses yeux étaient d'un rouge vitreux.

« Je vais être un peu plus clair, dit-il. Tu vas ouvrir le coffre. Tu vas sortir tout son contenu. Et tu vas nous le donner.

— Je vous ai *payé* pour ce mois-ci, mec. »

Sean plaça le M & P contre sa tête.

« Tu es vraiment débile à ce point ? Tu vas vraiment discuter avec moi ? »

LoConti ne répondit rien.

« Voilà ce qui va se passer. Je vais te détacher. Tu vas te lever, marcher jusqu'à ce coffre et l'ouvrir. Si tu prends trop de temps, ou si tu fais un geste qui me plaît pas, je vide ce chargeur sur ta putain de tête de minable avec tes tatouages pourris. Tu saisis ? »

LoConti acquiesça.

Sean sortit son rasoir, le libéra.

LoConti se leva sur ses jambes flageolantes, traversa lentement la pièce, s'agenouilla. Il tendit la main vers le pavé numérique.

« Attends, dit Sean. Billy. »

Billy vint se poster juste derrière Dennis LoConti. Il abaissa son arme, la pointant sur sa tête.

« T'as pas d'arme là-dedans, pas vrai, Denny-Boy ? » demanda Sean.

Il porta une fois de plus sa fiole à son nez, secoua la tête.

« Non, répondit LoConti. Y a pas d'arme.

— Vaudrait mieux pas. Vas-y. Ouvre-le. »

À cause de ses mains tremblantes, il fallut à Dennis LoConti plusieurs tentatives pour ouvrir le coffre. Au deuxième essai raté, Sean commença à s'agiter. Finalement les goupilles s'abaissèrent et LoConti tourna doucement la poignée.

« Stop ! » ordonna Sean.

LoConti s'arrêta.

« Lève-toi – doucement – et reviens ici. »

LoConti obéit. Sean lança à Billy le ruban adhésif, et celui-ci rattacha LoConti sur la chaise. Sean attrapa le sac en toile, ouvrit le coffre en grand et regarda à l'intérieur.

« Bordel de merde ! Viens voir, Billy. »

Billy s'approcha. À l'intérieur du coffre il y avait ce qui ressemblait à quinze mille dollars en espèces, des liasses de billets de cent maintenus par des élastiques.

Il y avait aussi des sacs en plastique transparents qui contenaient des montres en or, des bracelets, des colliers. Sean fourra le tout à la hâte dans le sac. Avant de le refermer, il vit autre chose dans le coffre.

« Oh, *non*. Denny, Denny, *Denny*. »

Il enfonça la main dans le coffre, en tira un revolver qui ressemblait à un .38 Special. Il enfonça son M & P sous sa ceinture, se leva, traversa la pièce. Il donna des petits coups sur les lèvres de LoConti.

« Bâillonne-le », ordonna-t-il.

Billy enroula le ruban adhésif autour de la tête de l'homme.

Sean s'agenouilla devant LoConti.

« Tu m'as menti, Denny. C'est la chose la plus vile qu'un homme puisse faire. Tu m'as menti, et ça me blesse. »

Il se releva, désigna la caméra qui était pointée sur eux.

« Est-ce que la caméra est allumée ? »

Dennis LoConti acquiesça.

« Elle enregistre ? »

Nouveau hochement de tête.

« Bien. » Sean marcha jusqu'à la caméra, la fixa quelques instants. « Voilà ce qui arrive aux menteurs », dit-il.

Il regagna l'endroit où LoConti était assis, lui colla son arme contre la tête et pressa la détente. La force de la détonation à bout portant projeta LoConti au sol, sur le flanc. Des os et des fragments de crâne maculèrent les murs d'un jaune criard.

« Et *maintenant*, connard ? Et *maintenant* ? T'as quelque chose à dire ? »

Il vida le chargeur dans la poitrine de LoConti, puis balança l'arme sur le côté.

« Billy. »

Ce dernier regarda l'homme devant lui.

Sean.

Sean enfonça la main sous la veste de son frère, tira sa photo, la lui plaça dans la main.

« Je t'ai dit de garder la putain de photo *sortie*. Garde-la dans ta main. »

Billy fixa la photo. Il reconnaissait à peine Sean.

« Dis-moi qui je suis.

— Sean, répondit Billy.

— Passe par-derrière, va chercher la camionnette, gare-la devant. Je vais foutre le feu à cet endroit.

— OK. »

Sean courut jusqu'à l'avant de la boutique. Lorsqu'il sauta par-dessus le comptoir, des sirènes commencèrent à retentir au loin. On aurait dit que toutes les voitures de police de la ville s'étaient donné rendez-vous. Et elles approchaient.

Billy regarda la photo dans sa main, l'homme à l'avant de la boutique.

Sean.

« Faut qu'on se sépare, Billy. »

Ce dernier demeura silencieux.

« Tu sais où me retrouver, pas vrai ? »

Les sirènes étaient de plus en plus proches.

« Tu sais où me retrouver, pas vrai ? Faut qu'on se sépare.

— Je sais, répondit Billy. Près du dépôt de Trolley Works. Je sais. »

Sean jeta un coup d'œil à sa montre.

« À minuit.

— OK. »

Billy le regarda sortir en courant par-derrière, longer l'allée, puis escalader la clôture au bout. Il scruta la photo.

Sean. Minuit.

Billy se gara près du vieil entrepôt au bout de Reed Street, à bonne distance du réverbère le plus proche et à une quinzaine de mètres de l'entrée du dépôt de Trolley Works. De temps à autre, une voiture de police passait.

Il chercha Sean du regard. Il était minuit passé et son frère n'était toujours pas arrivé. Quelque chose clochait.

Il pénétra sous le porche obscur de l'entrepôt, tira le Makarov de son holster, le tint contre son flanc. Il tendit l'oreille, cherchant à percevoir des bruits de pas, le halètement rapide d'un chien de la brigade cynophile approchant dans la rue, mais il n'entendit rien. Un jour, il avait été attaqué par un berger allemand aux yeux argentés quand il avait piqué une paire de bougeoirs dans une maison à Torresdale. Ça s'était produit quand il avait environ neuf ans, avant son rêve, et il se rappelait chaque détail, chaque grincement des marches de l'escalier, même l'odeur du chien.

Il parcourut les environs du bâtiment du regard. Il y avait désormais deux policiers à côté de la camionnette blanche, assis dans un véhicule au gyrophare allumé. Billy tira le silencieux de sa poche de jean, le vissa sur le canon. Il hasarda un nouveau coup d'œil tandis qu'une seconde voiture de patrouille arrivait.

Il regarda sur sa droite en direction du pâté de maisons mitoyennes dans Earp Street. Il savait qu'il y avait une allée derrière, une allée qui donnait sur la 36e Rue Sud. Après ça, environ un bloc plus loin, dans Wharton, il pourrait attraper un bus.

Billy ferma les yeux, tenta de mettre de l'ordre dans ses pensées. Il avait passé beaucoup de temps dans ce quartier lorsqu'il était petit, quand il suivait les voies ferrées. Il avait un jour inscrit son nom à la bombe sur cet entrepôt. Il se demanda si son graffiti était toujours là. Peut-être que s'il le voyait, ça le ramènerait en arrière.

Il rouvrit les yeux, regarda le long du bâtiment. Curieusement, Emily se tenait à l'angle, juste sous le réverbère. Elle portait une robe bleu pastel et un fin collier de perles. Lorsqu'elle se tourna vers lui, Billy leva la main pour lui faire signe. Il vit alors que le côté droit de sa tête manquait.

Ce n'était pas Emily. C'était la fille du Jade Kettle. La fille morte.

Une illusion.

Billy prit une profonde inspiration, arrangea le poids de son sac sur son épaule. Avant qu'il ait le temps de faire un pas, il vit une ombre apparaître sur sa gauche. L'homme était à moins d'un mètre cinquante. Il ne l'avait pas entendu approcher. Le bruit de ses semelles était masqué par les sirènes.

« Police ! » hurla-t-il.

Billy pivota, son arme dégainée et pointée devant lui. Il fit feu une seule fois.

La balle pénétra par l'œil droit de l'agent et ressortit à l'arrière de son crâne dans une violente projection de sang écarlate. L'homme s'affala sur le flanc droit, roula sur le dos. Billy plaça le canon de l'arme sur le cœur du flic et pressa une fois de plus la détente. La force de la détonation fit se soulever légèrement le corps de l'homme.

Il recula, regarda l'agent, vit un entrelacs rouge sur sa poche désormais trempée de sang. Il rengaina son arme tandis qu'une voiture de police tournait à l'angle vingt mètres plus loin. Il regarda la photo à l'intérieur de sa veste.

L'homme au sol n'était pas un policier.

C'était Sean Farren. Son frère.

Il n'avait pas voulu dire qu'il était de la police. Il avait essayé de le prévenir.

Billy regarda l'esprit de Sean commencer à s'élever. Il vit leur mère, Deena Farren, si maigre sur son lit d'hôpital, des ecchymoses pourpres sur les bras, sa peau couleur d'os. Il vit son frère debout devant leur père, encaissant la correction qui lui vaudrait sa balafre sous l'œil. Il vit la tasse cassée par terre. Il vit son frère se tenant au-dessus de lui la veille de Noël dans Carpenter Street. Il se vit lui-même naissant dans l'obscurité.

Billy détacha la photo de sa veste. Soudain, il vit tout clairement. Chaque trait du visage de son frère. Il plaça le cliché sur le corps de Sean puis enfonça la main dans la poche de celui-ci et en tira le rasoir. Ce serait désormais à lui de tracer la dernière ligne.

ROTAS.

Il connaissait le chemin.

Il se mit à courir.

36

La scène dans la boutique U-Cash-It était un carnage. Dennis LoConti avait été retrouvé dans son bureau, attaché à une chaise, les murs repeints avec son sang. Au début, il avait semblé avoir reçu une balle dans la tête et deux dans la poitrine. Mais un visionnage de l'enregistrement de surveillance avait montré que Sean Farren avait vidé le chargeur du .38 Special, qui avait été retrouvé par terre près de la porte.

Joe Sadik, qui avait observé depuis l'autre côté de la rue depuis l'instant où il avait passé l'appel, avait vu une camionnette Econoline blanche repartir à vive allure. Il avait noté le numéro d'immatriculation.

Moins de cinq minutes après le meurtre au bout de Reed Street, un périmètre fut établi. Un navire de l'unité maritime fut appelé en urgence. L'unité d'identification dépêcha un agent sur place pour prélever les empreintes de la victime.

Quand Byrne arriva avec John Shepherd et Josh

Bontrager, il y avait vingt voitures de police sur place et plus de quarante agents qui attendaient.

Byrne se gara devant l'entrepôt. Les trois agents descendirent de la voiture. Byrne déplia un plan sur le capot.

Il y avait des douzaines de maisons dans les trois blocs les plus proches.

Byrne prit celui de Reed Street. Pendant que deux agents couvraient l'avant des maisons, il gagna lentement l'allée qui courait derrière. L'une après l'autre, il s'approcha des portes et des fenêtres et écouta. Seules quatre maisons avaient des lumières allumées.

Il savait que les agents frapperaient et sonneraient aux portes.

Lorsqu'il atteignit la troisième habitation avant le bout du bloc – une maison où toutes les lumières étaient éteintes –, il observa le montant de la porte de derrière.

Celle-ci était légèrement entrouverte.

Il se tint sur la marche supérieure, écouta. La maison était silencieuse. Il baissa le volume de sa radio, tapa légèrement sur le montant de la porte. Pas de réponse. Il tapa de nouveau. Pas de lumière, pas de réponse.

Tenant son arme contre son flanc, il poussa sèchement la porte de l'épaule et se roula dans la cuisine. La seule illumination provenait de la petite lumière sur la hotte.

La cuisine était vide. Byrne prit une profonde inspiration, s'engagea dans le petit couloir en direction du salon. Il y avait une porte qui ouvrait probablement sur un garde-manger ou des toilettes. Il essaya la poignée. Fermée à clé.

Lorsqu'il atteignit le bout du couloir, il marqua une pause. Les lumières rouges et bleues des voitures de police dans Reed Street balayaient les murs du salon.

Dans la lueur clignotante, il vit l'agencement de la pièce, repéra le chemin pour atteindre l'escalier qui menait au premier étage. Tandis qu'il tournait à l'angle de la salle à manger, il sentit quelque chose contre son pied. Quelque chose de lourd.

La femme gisait ventre à terre sur la moquette de la salle à manger. Byrne s'agenouilla, plaça deux doigts sur sa gorge. Son cœur battait. Il braqua sa Maglite sur l'arrière de sa tête, vit du sang.

Avant qu'il puisse saisir sa radio, il perçut une ombre sur sa gauche.

Il se retourna. Michael Farren était derrière lui. Dans un bras il tenait un enfant de trois mois. Une fillette dans une grenouillère rouge. Dans sa main droite il tenait le Makarov, auquel était fixé un silencieux.

« Posez votre arme par terre », ordonna Farren.

Byrne s'exécuta.

« Écartez les mains. »

Il obéit.

« Qui êtes-vous ? » demanda Farren.

Il se releva lentement.

« Mon nom est Byrne. Inspecteur de la police de Philadelphie. »

Farren désigna l'arme par terre. Il serra un peu plus le bébé contre son torse puis alla se poster derrière Byrne, hors de son champ de vision.

« Très lentement, retirez le chargeur. »

Byrne fit ce que l'homme lui demandait.

« Maintenant éjectez la balle de la chambre. »

Une fois de plus, il suivit les instructions.

« Videz vos poches. »

Byrne s'exécuta. Il s'imagina que le tueur voulait savoir s'il avait un deuxième pistolet ou un chargeur de rechange. Il n'avait ni l'un ni l'autre.

« Soulevez le bas de votre pantalon. Une jambe à la fois. »

Byrne obéit.

Michael Farren revint se planter devant lui et lui fit signe avec le canon du Makarov d'aller s'asseoir sur la chaise près de la cheminée, de l'autre côté de la pièce. Après quoi il ramassa le chargeur, ôta toutes les balles et les enfonça dans sa poche, de même que celle qui avait été éjectée de la chambre.

Un bruit de voix crépita dans la radio. Byrne jeta un coup d'œil en direction du passage qui menait à la cuisine. Il savait que la porte de derrière était toujours ouverte. Il s'attendait à ce qu'un jeune agent inexpérimenté déboule dans la maison, arme à la main. Il s'attendait à un désastre.

« Je veux que vous preniez votre radio, déclara Farren. Je veux que vous leur disiez que vous avez inspecté cette maison et que vous allez continuer de vérifier les autres. »

Byrne ne bougea pas. Il attendait la permission. Farren plaça l'extrémité du silencieux contre la tête du bébé.

« J'ai vu l'adresse en entrant, ajouta Farren. Je sais où nous sommes. Faites-le maintenant. »

Byrne saisit lentement sa radio, parla.

« Je suis au 3702. La troisième maison après l'angle. Elle est vide. Je continue.

— Bien, dit Farren. Maintenant baissez le volume, mais ne l'éteignez pas. »

Byrne s'exécuta. Il plaça ses mains contre ses flancs. « Le pâté de maisons est cerné », dit-il.

Farren acquiesça, mais ne dit rien. Il ajusta le poids du bébé dans son bras.

Tandis que les lumières des voitures de police balayaient les murs, Byrne put mieux voir l'homme qui lui faisait face. Sur l'image granuleuse tirée de la vidéo de surveillance de Sadik Food King, ainsi que sur la photo d'identité judiciaire la plus récente qu'ils possédaient, il avait vu un suspect – sexe masculin, environ trente-cinq ans, cheveux châtain, yeux bleus, corpulence moyenne, cicatrice sur la joue droite.

Mais à cet instant, dans cet endroit, il voyait le garçon de dix ans qui s'était mis à courir au milieu de la rue.

Byrne se rappelait cette nuit comme si ça avait été la veille. Il se souvenait de la neige. Il se souvenait de la chanson « The Little Drummer Boy » jaillissant des haut-parleurs au son de casserole de la bodega. Il revoyait Danny Farren debout au coin de la rue avec ses deux fils de dix ans. Il revoyait la voiture tournant à l'angle, se rappelait le son ignoble de l'impact, la neige tombant sur le sang rouge vif.

« Il est temps que j'y aille », déclara Farren. Il serra le bébé un peu plus fort. « Il vaudrait mieux que vos collègues n'aient pas la gâchette trop facile.

— Personne ne fera rien, Michael.

— Michael est mort, inspecteur. Vous autres l'avez tué la veille de Noël 1988. Il n'y a plus que moi.

— OK, dit Byrne. Comment je vous appelle ? »

Farren le regarda comme si la réponse était évidente.

« Billy. »

Billy le Loup, pensa Byrne. Il acquiesça.

« Soit, Billy. »

Une sirène retentit à un demi-bloc de là, puis elle commença à s'estomper. Farren se crispa, s'approcha du passage qui menait à la cuisine.

« Pourquoi tout ça, Billy ? Pourquoi ces gens ? »

Farren fixa l'obscurité pendant quelques instants.

« Grand-père, oncle Patrick, Sean. Ils étaient tous maudits. Comme moi. »

Il abaissa son arme contre son flanc.

« Et maintenant mon père. Il n'y a qu'une solution. »

Le carré Sator, pensa Byrne.

Cinq mots, cinq lignes.

L'invocation du carré peut lever les sorts et les malédictions.

« Comment ça ? demanda-t-il pour tenter de gagner du temps. En quoi votre père est-il maudit ? »

Farren n'arrêtait pas d'ouvrir le pan droit de sa veste et de regarder à l'intérieur. Byrne comprit finalement ce qu'il faisait. Il y avait des photos là-dessous. Il tentait de voir si Byrne était une personne qu'il connaissait, ou quelqu'un qu'il était censé tuer. Il tendit la main, toucha la photo en bas à droite. Byrne ne l'aperçut qu'une seconde, mais il vit que le cliché était ancien, décoloré par le temps. Celui d'à côté était un gros plan du père de Michael, Danny.

« Tout a commencé avec mon grand-père quand il est venu ici.

— Où ça, Billy ? À Devil's Pocket ? »

Farren acquiesça.

« Ma famille est maudite depuis.

— Vous n'avez pas besoin de faire du mal à l'enfant, Billy. »

Farren baissa les yeux, comme s'il avait oublié qu'il portait le bébé. La fillette dormait.

« Quand vous ne reconnaissez pas les visages, les gens vous croient arrogant, dit-il. Ils vous croient stupide. Si seulement ils vivaient ça de l'intérieur, ils verraient les choses autrement.

— Évidemment », répondit Byrne.

Il lança un coup d'œil discret en direction de la fenêtre. Il vit les lumières d'une voiture de patrouille balayer le mur d'en face. Elle approchait.

« Poussez du pied la radio vers moi », ordonna Farren.

Byrne obéit.

Farren attrapa une couverture dans le berceau, enveloppa la fillette dedans.

« On est pareils, vous et moi, dit-il.

— Comment ça ? »

Farren hésita longuement, regardant Byrne comme s'il était une curiosité dans un bocal.

« Vous êtes allé de l'autre côté. Comme moi. »

Byrne ignorait comment Farren savait ça, le fait que plus de vingt ans auparavant il avait reçu une balle et, après un plongeon dans la rivière Delaware, avait été déclaré mort. Que depuis, il y avait des moments où quelque chose qui ressemblait à un vague don de double vue s'emparait de ses pensées. Ça faisait un moment qu'il n'avait pas eu cette sensation, mais il savait qu'elle ne le quitterait jamais.

« Vous êtes revenu avec un bénéfice, comme moi, reprit Farren. Mais il y a aussi un manque. Un angle mort. Je me trompe ? »

Byrne ne répondit pas.

« Pour moi, c'est les visages, poursuivit-il. Que ne voyez-vous pas, inspecteur Byrne ? »

Étrangement, Byrne était incapable de parler. Il n'y avait jamais réfléchi, mais c'était vrai.

Farren souleva la radio.

« Je vais emporter ça avec moi et écouter les échanges. Si j'entends un mot sur notre rencontre dans les deux minutes qui viennent, vous retrouverez ce bébé dans la rivière. Compris ?

— Compris.

— Tenez-vous à la vie de cette enfant ?

— Beaucoup, répondit Byrne.

— Moi aussi. Je ne lui souhaite aucun mal. Alors ne me forcez pas la main. »

Puis il s'en alla.

Le bébé fut retrouvé, indemne, derrière une benne à ordures au bout de l'allée.

À moins que Farren n'ait été terré dans l'une des centaines de maisons mitoyennes du quartier – et tout ce que la police pouvait faire, c'était frapper aux portes –, il y avait de grandes chances pour qu'il ait réussi à passer à travers les mailles du filet.

Byrne retrouva Josh Bontrager et John Shepherd à l'angle de la 36e et de Wharton. Deux hélicoptères survolaient la zone. Le téléphone de Shepherd sonna. Il répondit, écouta.

« OK, dit-il. Merci. »

Il raccrocha, demeura silencieux.

« Qu'est-ce qu'il y a ? demanda Byrne.

— Le corps près de l'entrepôt.

— Et ?

— C'est Sean, le fils de Danny Farren.

— Michael Farren l'a abattu, déclara Bontrager.

— Oui, répondit Shepherd. Un agent l'a vu faire.

— Il n'a plus personne pour l'aider maintenant, observa Byrne. Il est seul. »

Les inspecteurs balayèrent la ville du regard.

Michael Farren pouvait être n'importe où.

37

La dernière fois que Byrne s'était tenu aussi près de Danny Farren remontait à vingt-cinq ans. C'était à un coin de rue dans Devil's Pocket, la nuit où une femme nommée Miranda Sanchez avait été sauvagement passée à tabac par son frère Patrick. C'était la veille de Noël. La nuit où Michael Farren était mort et où Billy le Loup était né.

À cette époque, Danny Farren était aussi intimidant que le laissaient entendre sa réputation et son casier judiciaire.

Désormais, bien qu'âgé de plus de soixante-dix ans, il avait toujours les biceps épais. C'était toujours un chien enragé, mais avec quelques dents en moins.

Ils se rencontrèrent dans une petite pièce proche du bloc de cellules principal de la prison Curran-Fromhold dans State Road. Celle-ci avait été ouverte en 1995 et baptisée à la mémoire du directeur Patrick N. Curran et de l'agent Robert F. Fromhold qui avaient été assassinés dans la prison d'Holmesburg le 31 mai 1973.

Sur un écran, dans une pièce voisine, Jessica observait les yeux bleus perçants de Farren. Il y avait de grandes chances pour qu'il sache déjà ce que Byrne allait lui annoncer, mais la procédure voulait qu'un agent de police le notifie officiellement.

Byrne entra dans la pièce. Danny Farren attendait assis, les mains enchaînées à la table d'acier. Jessica savait que son avocat était dans les parages, observant l'entretien depuis une autre pièce. Il avait sûrement conseillé à son client de ne pas rencontrer Byrne seul, mais il n'était pas étonnant qu'un homme comme Danny Farren veuille faire les choses à sa manière.

Les deux hommes restèrent face à face sans rien dire pendant une minute entière.

« Je me souviens de vous, dit finalement le vieil homme.

— Monsieur Farren, j'ai le regret de vous informer que votre fils Sean a été tué. »

Farren se contenta de le fixer du regard. Aucune réaction. Jessica ne pouvait imaginer une vie où la moindre marque d'émotion serait perçue comme une faiblesse. Même quand on apprenait la mort d'un enfant.

« C'est un flic qui a fait ça ? finit-il par demander.

— L'incident fait toujours l'objet d'une enquête.

— Est-ce que c'était un flic ? »

Byrne laissa passer un moment.

« Non. »

Farren détourna quelques instants les yeux, les reposa sur Byrne.

« Et je suis censé vous croire ?

— Je n'ai aucune opinion sur le sujet. Je vous dis juste ce que je sais.

— Vous avez tué mon frère. Et maintenant vous avez tué mon fils.

— Je n'ai pas tué votre frère, Danny. Je crois que votre mémoire vous joue des tours.

— Ma mémoire est excellente.

— J'étais là, certes. Mais je ne l'ai pas tué.

— Alors comment vous appelez ça ?

— J'appelle ça un accident malheureux. Votre frère a braqué une arme à feu sur un agent de police. Un homme qu'il *savait* être agent de police.

— Et il méritait d'être tué pour ça ? »

Byrne se pencha en avant.

« Oui, Absolument. »

Rien.

« Envoyez un message à votre fils », dit Byrne.

Farren leva les yeux.

« Je ne sais pas de quoi vous parlez.

— Envoyez un message à Michael.

— Je sais qui est mon fils. Il ne m'en reste plus qu'un, vous voyez ? Mes courses de Noël vont aller vite cette année.

— Tous les flics de la police de Philadelphie le cherchent. Le FBI aussi.

— Bonne chance à vous.

— Ça fait des milliers d'hommes et de femmes armés. Je crois que c'est votre fils qui va avoir besoin de chance.

— Et pourtant il a réussi à vous échapper.

— Faites-lui savoir que s'il se rend, je veillerai personnellement à sa sécurité. »

Farren leva ses mains entourées d'acier, regarda les murs autour de lui.

« Je suis dans une putain de cage. Comment vous voulez que je fasse savoir quoi que ce soit à qui que ce soit ?

— S'il se rend, je veillerai personnellement à sa sécurité, répéta Byrne.

— C'est ça, comme vous avez fait avec mon frère Desmond ? Comme l'a fait la police en 1976 quand il a été retrouvé en train de flotter dans la Schuylkill avec une putain de balle dans la tête ? Ce genre de sécurité ? »

Byrne ne répondit rien.

« Ma mère a envoyé une lettre à cet enfoiré de rital Rizzo. Il a pas eu la putain de décence de répondre. »

Frank Rizzo avait été le maire controversé de Philadelphie de 1972 à 1980. Avant ça, il avait été commissaire de police.

« J'étais au collège à l'époque, Danny.

— Et votre pote aussi.

— De quoi parlez-vous ? »

Danny Farren roula les épaules, s'étira la nuque. C'était le genre de geste de voyou qui précédait toujours un crochet traître du gauche dans un bar, le genre de chose dont Farren avait une grande expérience. Mais malheureusement pour lui, ça n'arriverait pas ce jour-là.

« Cette crapule de Doyle, dit-il. Jimmy Doyle.

— Quoi, Doyle ? »

Farren se pencha en avant.

« Vous croyez que je sais pas ce qui s'est passé dans le parc ce jour-là ? Vous croyez que je savais pas qu'il avait foutu un coup de couteau à mon frère ? » Il se pencha de nouveau en arrière. « Maintenant il veut se débarrasser du dernier des Farren. »

Les deux hommes restèrent silencieux.

« Je suis en train de crever », reprit Farren.

Il retourna ses mains. Parmi les croix celtiques sur chaque avant-bras il y avait les marques laissées par la chimiothérapie.

« J'ai fait des choses dans ma vie, dit-il finalement. Je suis pas un putain d'enfant de chœur. Mais ça ? Cette histoire de meurtre ? C'était pas moi. »

Jessica savait que quand Farren avait été poursuivi en justice, il avait plaidé non coupable de tous les chefs d'accusation. C'était habituel avec les hommes comme lui. Pourtant, alors qu'il avait désormais si peu à perdre ou à gagner, elle se demanda pourquoi il continuait de soutenir qu'il n'avait pas lancé la bombe incendiaire dans la boutique.

« On vous voit sur la vidéo de surveillance, Danny. Vos empreintes étaient sur la bombe. »

Les types comme Farren, même s'ils connaissaient le vrai coupable, purgeaient leur peine et attendaient leur heure, ruminant leur vengeance.

Le vieil homme ne dit rien.

Jessica le vit lancer un coup d'œil au surveillant qui se tenait à la porte. Ça signifiait que l'entretien était terminé. Byrne avait accompli son devoir en informant un citoyen de la mort d'un membre de sa famille. Il avait aussi émis une requête au nom de la population de Philadelphie.

Il se leva.

« Ça ne va pas bien se terminer pour votre fils, Danny. Si vous en aviez vraiment quelque chose à foutre de lui, comme vous le prétendez avec toutes ces histoires de famille et d'héritage, vous lui enverriez un message.

— Vous avez fini ?

— En ce moment même, il y a un paquet de flics à ses trousses. Pensez-y. Vous savez comment me joindre. Je peux faire venir une équipe de tournage ici en dix minutes et diffuser la vidéo à la télé vingt minutes plus tard.

— Je ne vous appellerai pas.

— Je m'en doute, dit Byrne. Mais le dernier jour de votre vie, vous vous souviendrez que je suis venu. Le dernier jour, vous vous souviendrez que j'ai essayé de sauver votre dernier fils et que vous n'avez rien fait. »

Danny Farren demeura silencieux.

« Vous avez fait ce que vous avez pu », dit Jessica.

Dès que les mots eurent franchi ses lèvres, elle vit à quel point ils étaient inappropriés. Mais elle était certaine que Byrne savait ce qu'elle avait dans le cœur.

Ils se tenaient sur le parking de la prison.

« Je me souviens, quand on était gosses, les frères Farren étaient comme des croque-mitaines, déclara Byrne. Bon, on essayait tous d'avoir l'air de caïds irlandais, mais eux, c'était du sérieux. »

Jessica se rappela son propre quartier dans son enfance. Il était peuplé d'Italiens, mais c'était la même chose. Son père était fier d'être italo-américain et aussi embarrassé chaque fois que quelqu'un racontait une histoire sur les gangs locaux.

« Certains d'entre nous auraient pu suivre cette voie, mais on ne l'a pas fait, poursuivit Byrne. Vous savez pourquoi ? »

Jessica avait une petite idée, mais elle demanda tout de même.

Byrne désigna le bâtiment.

« À cause d'endroits comme celui-ci. On avait une trouille bleue d'y finir. Ça vous freine, ça vous fait garder la tête froide. Les hommes comme Danny Farren n'ont jamais eu cette peur pour gouverner leurs actes. Dehors ou en prison, aucune importance. Ils font ce qu'ils veulent, ils prennent ce qu'ils veulent. »

Jessica médita ce qu'il venait de dire.

« Mais vous ne croyez pas qu'en privé, quand les lumières sont éteintes et qu'ils sont seuls avec leurs pensées, ils regrettent ces choix ?

— J'espère que si. Pour moi, croire autre chose reviendrait à renoncer au concept de réinsertion. »

Jessica réfléchit à leurs options.

« J'ai peut-être une idée.

— Laquelle ?

— Il faudrait que j'en parle d'abord à mon patron, mais si on offrait quelque chose à Danny ?

— Qu'est-ce qu'on a à offrir qui pourrait l'intéresser ?

— On peut lui offrir de lui rendre son dernier fils.

— Je ne suis pas sûr de vous suivre, dit Byrne. Comment on s'y prend ? »

Jessica organisa ses pensées.

« On peut lui promettre que si Michael est arrêté, jugé et condamné, il sera envoyé dans la même prison que son père.

— Le procureur ne marchera pas, objecta Byrne.

— On n'est pas forcés de le faire ; on lui fait juste croire qu'on le fera. »

Byrne réfléchit une seconde.

« Vous croyez que le procureur acceptera ? »

Jessica sortit son téléphone.

« On va voir. »

Vingt minutes plus tard, Jessica regarda à travers le parking. Un homme marchait à vive allure dans leur direction. C'était l'avocat de Farren.

« Vous avez dit que vous pouviez faire venir une équipe de tournage rapidement ? demanda-t-il.

— Oui, répondit Jessica. Pourquoi ?

— Mon client est disposé à lancer un appel télévisé à son fils. »

Les trois chaînes locales arrivèrent en moins d'un quart d'heure. Elles acceptèrent d'utiliser les images tournées par celle affiliée à NBC.

Jessica et Byrne regagnèrent la Rotonde. Ils pénétrèrent dans l'unité vidéo juste après 7 heures. La grande pièce abritait trois rangées de tables incurvées disposées en gradins, chacune supportant un certain nombre d'écrans qui pouvaient être reliés aux milliers de caméras dispersées à travers la ville. Les images de n'importe quel écran pouvaient être projetées sur celui de trois mètres qui se trouvait à l'avant de la pièce.

Quand Jessica et Byrne entrèrent, celui-ci affichait des barres de couleur. Elles furent bientôt remplacées par une retransmission en direct des chaînes d'information locales. Après une brève introduction, l'appel de Danny Farren fut diffusé.

Tout en regardant, Byrne songea à sa rencontre avec Michael Farren. Il l'avait eu à sa portée et l'avait laissé échapper.

Il savait que toutes les personnes à qui Farren ferait désormais du mal le hanteraient pour toujours. Certes, le tueur avait eu l'avantage sur lui – et la vie d'un bébé était en jeu –, mais ça ne soulageait pas sa conscience, et il soupçonnait que ça ne la soulagerait jamais.

Il était censé être un protecteur, et il avait échoué.

Il regarda la retransmission, la photo d'identité judiciaire de Michael Farren superposée dans le coin supérieur droit de l'écran.

Les yeux le fixaient.

Des yeux féroces.

Billy le Loup.

38

Billy passa la nuit et l'essentiel de la journée à Fairmount Park. Lorsqu'il retourna à son motel, il était 3 heures de l'après-midi tout juste passées.

Deux voitures de police étaient garées à proximité, de chaque côté de la rue.

Aucune importance. Billy avait tout ce dont il avait besoin dans son sac à dos. Une tenue de rechange, une centaine de balles pour son arme, plus de quinze mille dollars.

Il souleva son col, redescendit la rue en direction de la rivière.

Billy était assis au bout du comptoir, l'épaule droite contre le mur. Il n'y avait que quelques clients à cette heure. Les télévisions au-dessus du bar diffusaient un match des Phillies.

Il termina sa bière, en commanda une autre. Avant qu'elle arrive, il attrapa les billets sur le comptoir, les empocha et se rendit aux toilettes.

Il tira un peu de papier-toilette du distributeur, le

mouilla et se nettoya le visage, le cou, les mains. Il se passa les mains dans les cheveux, les sécha.

Il recula, regarda dans le miroir.

Il ne vit rien.

Lorsqu'il retourna à son tabouret, il y avait quelques nouveaux clients. Il regarda le serveur tandis que celui-ci lui apportait une bière fraîche.

T-shirt bleu, cheveux roux, petites oreilles.

Il déposa un billet de cinq sur le comptoir. Le barman s'en empara.

La télévision diffusait désormais un bulletin spécial. Elle montrait la photo d'un homme.

« La police a identifié le sujet comme étant Michael Anthony Farren, de Schuylkill, déclarait le présentateur. Il est recherché pour plusieurs meurtres. Dans une démarche sans précédent, la police a diffusé un appel lancé par le père du suspect, Danny Farren, lui-même en attente de procès pour la mort d'une habitante de Philadelphie dans l'explosion d'une bombe incendiaire. »

Les conversations dans le bar se turent quasiment. Les quelques douzaines d'yeux étaient collés aux écrans de télé. L'image passa à un homme âgé vêtu d'une tenue de prisonnier orange. Il avait les yeux fixés sur la caméra. Sur Billy.

« Mickey, tu dois te rendre. J'ai parlé à la police. Ils m'ont dit que si tu allais dans n'importe quel commissariat, posais ton arme par terre et levais les mains, aucun mal ne te serait fait. Je les crois. Tu dois le faire. »

Quelques secondes plus tard, le présentateur local réapparut, avec la photo d'un homme superposée à droite de l'écran.

« Si vous voyez Michael Farren, n'essayez pas de l'appréhender. Il est sans doute armé et considéré comme extrêmement dangereux. Appelez la police. »

En dessous s'afficha le numéro de téléphone.

Tandis que la diffusion du match reprenait, les clients recommencèrent lentement à discuter. Billy ne discernait pas les sujets de conversation, mais il n'en avait pas besoin. Elles n'avaient rien à voir avec lui.

Il jeta un coup d'œil sur sa gauche, vit un homme d'une vingtaine d'années.

Sweat-shirt à capuche noir, jean déchiré, barbe fournie.

À côté de lui, un autre homme d'une vingtaine d'années.

T-shirt jaune, cheveux blonds bouclés, pansement sur le poignet gauche.

Billy retourna à sa bière, la termina. Il ramassa sa monnaie et sortit.

Pendant qu'il était dans le bar, un épais amoncellement de nuages s'était installé au-dessus de la ville. Billy fut tout d'abord un peu désorienté, pensant que c'était le petit matin, ou alors la fin de la journée.

Puis il s'aperçut que c'étaient simplement des nuages de pluie.

Il mit son bonnet et ses lunettes de soleil, commença à prendre la direction de la voie ferrée. Il la suivrait jusqu'à Ellsworth Street, puis il irait jusqu'à Devil's Pocket à pied.

« Hé, mec ! »

Billy se retourna au son de la voix. Deux hommes se tenaient là.

« T’es une star ! »

Sweat-shirt à capuche noir, jean déchiré, barbe fournie.

Billy ne répondit rien.

L’autre homme, le plus petit des deux, enchaîna : « Paraît que t’es une espèce de desperado. Que t’as tué un vieux et une femme. Une mère de famille. C’est vrai ? »

T-shirt jaune, cheveux blonds bouclés, pansement sur le poignet gauche.

Billy regarda les mains du plus grand. Elles pendaient contre ses flancs, son sweat-shirt léger était ouvert. Il avait une bouteille de bière dans la main droite ; la gauche était vide.

« Je ne vous connais pas, dit-il. Je ne sais pas de quoi vous parlez. »

Le plus petit fit un pas en avant et son acolyte l’imita. Le plus grand agita un pouce par-dessus son épaule, en direction du bar.

« On vient de te voir à la télé, mec. Michael Farren. Ou est-ce qu’on t’appelle Mike ? »

Billy sentit le sol trembler légèrement. Un train approchait.

« Michael Farren est mort, répliqua-t-il. Celui que vous avez vu, c’est pas moi.

— Peut-être que je vais appeler la police tout de suite, pour voir ce qu’ils en pensent. »

Billy enfonça la main dans sa poche de veste – dans le trou dans sa poche – et la referma doucement sur la crosse du Makarov.

« Je ne me permettrais pas de vous dire ce que vous devez faire ou non. »

Le plus grand regarda son ami, fit une grimace, d'un air de dire que Billy se foutait d'eux. Comme de nombreux jeunes hommes, ils n'avaient peur de rien.

Ils firent quelques pas supplémentaires.

« T'es un gros malin, enfoiré », déclara le plus grand.

Billy demeura silencieux.

« Quoi, t'as rien à répondre à ça ? » demanda l'autre.

Billy laissa tomber son sac à dos, se campa fermement sur ses pieds face aux deux hommes.

À cet instant, le grand cogna sa bouteille de bière contre un poteau de réverbère. Elle ne se brisa pas à la première tentative. Mais elle le fit à la seconde.

Le bruit du train se transforma en rugissement. Le conducteur donna deux coups d'avertisseur tandis qu'il approchait du passage à niveau.

Le plus petit tira un couteau de sa ceinture.

En un clin d'œil, Billy dégaina le Makarov et visa. Les deux hommes se figèrent.

« Balance ton couteau de l'autre côté des voies ! » hurla Billy.

L'homme s'exécuta. L'autre laissa tomber sa bouteille brisée.

Billy se demandait où il les avait déjà vus, mais le grondement du train l'empêchait de réfléchir.

Soudain, il se souvint. Ils étaient dans le bar.

Sweat-shirt à capuche noir, jean déchiré, barbe fournie.

T-shirt jaune, cheveux blonds bouclés, pansement sur le poignet gauche.

Billy s'approcha d'eux, son arme pointée devant lui, le doigt sur la détente.

« À genoux. »

Les deux hommes s'agenouillèrent lentement. Billy était désormais à moins d'un mètre cinquante. Le train faisait vibrer le sol sous ses pieds. Il regarda l'homme sur la droite, braqua le Makarov sur celui de gauche.

« Supplie-moi de lui laisser la vie sauve ! » cria-t-il.

Le plus grand ouvrit la bouche, mais aucun son n'en sortit.

Billy pressa la détente. Deux fois. Le crâne du plus petit implosa.

T-shirt jaune, cheveux blonds bouclés, pansement sur le poignet gauche.

L'autre commença à pleurer. Billy se tint au-dessus de lui.

Sweat-shirt à capuche noir, jean déchiré, barbe fournie.

« Juste une question ! » hurla Billy.

L'homme leva les yeux, mais la peur l'avait rendu muet.

« On se connaît ? »

Le son des deux coups de feu suivants fut avalé par le fracas du train qui passait.

39

La salle commune de la brigade criminelle était en alerte maximum. Six cents photocopies du dernier cliché d'identité judiciaire de Michael Farren étaient en train d'être imprimées afin d'être réparties dans les commissariats de quartier et distribuées aux agents de patrouille. Des inspecteurs de toutes les divisions arrivaient constamment.

Au deuxième plan, les chaînes d'information locales diffusaient sa photo et l'appel de son père en boucle.

À 17 heures, un téléphone sonna sur un bureau. Josh Bontrager enfonça un bouton, écouta. Il se tourna vers Jessica et Byrne.

« On a deux cadavres à Grays Ferry, près des voies ferrées. Hommes blancs, une vingtaine d'années. Ils sont en train de les identifier.

— Des témoins ? demanda Byrne.

— Dave Sipari de la division sud dit qu'un homme correspondant à la description de Michael Farren se trouvait dans un bar de Dickinson Street quand le bulletin spécial a été diffusé. Il dit que ces deux types ont pu le suivre dehors. »

Jessica jeta un coup d'œil à Byrne. Ce serait à lui de voir combien de personnes il enverrait sur place.

« Depuis combien de temps Farren a-t-il quitté le bar ? » demanda-t-il.

Bontrager porta le combiné à son oreille, répéta la question.

« Moins d'une demi-heure. »

Il y avait deux voitures banalisées au Stone, mais il aurait pu parier que Farren le savait. Il ne retournerait pas là-bas.

« Josh, vérifiez si quelqu'un a signalé un vol ou un détournement de voiture dans un rayon de cinq blocs autour de cette taverne durant la dernière demi-heure.

— OK. »

Pendant que Bontrager appelait le central, Byrne alla voir le capitaine Ross. Les inspecteurs de la brigade des fugitifs se préparaient à partir, enfilant leurs gilets pare-balles, vérifiant leurs armes.

Le téléphone de Jessica sonna. C'était Amy Smith.

« Qu'est-ce qui se passe, Amy ?

— La recherche que vous vouliez a été effectuée. »

Elle parlait d'une recherche que Jessica avait demandée plus tôt dans la journée.

« Je suis à la Rotonde. Vous pouvez me faxer les résultats ?

— Je vous envoie ça tout de suite. »

Jessica traversa la salle commune, se posta près du fax. Elle s'en voulut de ne pas avoir demandé à Amy de scanner les documents et de les lui envoyer sur son iPhone en PDF. S'il y avait un appareil plus obsolète que le fax encore utilisé par les forces de l'ordre, elle ne le connaissait pas.

Elle était sur le point de rappeler Amy quand l'appareil se réveilla. Il n'y avait que trois pages, en incluant celle de couverture, mais elle eut l'impression qu'il fallut une minute entière à la machine pour les imprimer.

Elle s'en empara, trouva un bureau vide, commença à lire.

Au bout de quelques secondes, elle vit ce qu'elle cherchait.

« Oh mon Dieu. » Elle se leva d'un bond, rejoignit Byrne à l'autre bout de la pièce. « Regardez. »

Il lut le fax. Soudain tout ce qui s'était passé depuis que les enquêteurs étaient entrés chez les Rousseau fit sens.

« On a cherché le nom des victimes en le croisant avec celui des Farren dans les archives du tribunal en remontant jusqu'à 1943, expliqua-t-elle.

» Liam Farren a été jugé en 1960 et condamné pour voies de fait. Le principal témoin était Edwin D. Channing.

» Patrick Farren a été jugé en 1987 pour avoir tenté d'attirer une mineure dans sa voiture dans South Taney Street. Son nom était Danielle Spencer.

» Sean Farren est allé en prison en 2006 pour avoir proféré des menaces. Le principal témoin était Laura Rousseau.

» Michael Farren est allé dans un centre pour mineurs en 1994 à la suite d'une agression. Son accusateur était un avocat qui travaillait bénévolement pour une maison de quartier à Point Breeze. Son nom était Robert Kilgore.

— Et maintenant Danny Farren, dit Byrne. Il n'y

a qu'un seul témoin de l'incident de la bombe incendiaire. C'est le cinquième nom. Il complétera le carré. *SATOR. AREPO. TENET. OPERA. ROTAS.* Tuer le dernier accusateur lèvera la malédiction. »

Jessica sortit son téléphone, appela son bureau. Quelques secondes plus tard elle avait le nom et l'adresse du témoin.

Elle vérifia son Beretta, le glissa dans son holster.

« Qu'est-ce que vous faites ? demanda Byrne.

— C'est mon témoin, Kevin. J'y vais. »

40

Billy était assis dans la voiture rouge garée au bord du trottoir. Il savait que la police devait avoir été informée qu'une femme s'était fait voler son véhicule. Elle était à cet instant même ligotée et bâillonnée dans le coffre, mais autrement indemne.

Quand il s'était arrêté chez la fleuriste, il avait volé un marqueur et tenté de camoufler deux des lettres sur la plaque d'immatriculation arrière. Il savait que ça ne le mènerait pas loin, mais il avait un chargeur plein dans son Makarov et cent munitions dans son sac à dos.

La dernière chose qu'il voulait, c'était entraîner un jeune flic débutant à la gâchette facile dans sa malédiction, mais il n'hésiterait pas à le faire.

Il leva les yeux vers le premier étage et la pièce située au-dessus de l'avant du Stone. Il vit sa mère assise près de la fenêtre, fumant une cigarette. Elle avait toujours cru que personne ne savait qu'elle fumait parce qu'elle se cachait pour le faire.

Mais ce n'était pas le Stone. Et ce n'était pas sa mère.

C'était l'appartement d'Emily.

Billy vit une lumière s'allumer à l'intérieur.

Il se demanda ce qu'Emily savait. Il se demanda si elle croyait les histoires que les chaînes de télé racontaient à son sujet.

Il ferma les yeux un moment, s'imagina dans le musée en France, se vit en train de décrire le tableau à Emily.

Il savait que ça n'arriverait jamais. Il savait ce qui remplacerait le rêve dans ses derniers instants : Emily endormie au cœur de toutes les roses du monde.

« Tu te souviens de Tully's ? »

Billy s'en souvenait. Son frère et lui s'étaient souvent glissés chez Tully's, pas pour y voler de l'argent ou des objets, mais de la nourriture.

« Oui, Mórai.

— Tu te souviens des rouleaux de boudin noir et des saucisses au whiskey de Martin Tully ? C'était tellement délicieux. »

Billy en sentait encore le goût.

« Oui.

— Le grenier touchait la maison. »

Billy se souvenait du grenier de Tully's. À partir de là, Sean et lui pouvaient se glisser dans les maisons mitoyennes de chaque côté.

Qui es-tu ?

Je suis Billy le Loup.

Pourquoi Dieu a-t-il fait en sorte que tu ne voies pas le visage des gens ?

Afin que je puisse voir leur âme.

41

La maison jouxtait le bâtiment qui faisait l'angle de Bainbridge et South Taney Street. Lorsque Jessica et Byrne arrivèrent, une demi-douzaine de voitures de police étaient sur place, garées à un demi-bloc de là.

Pendant que quatre agents se déployaient derrière la maison cible, Byrne, accompagné de deux autres, s'approcha, frappa à la porte, écouta.

Arme à la main, Jessica se posta à droite de la porte.

Byrne frappa une deuxième fois.

La femme qui ouvrit avait une soixantaine d'années. La première impression de Jessica fut qu'elle ne courait aucun danger.

« Bonsoir », commença Byrne.

Dans une main il tenait sa plaque et sa carte. Dans l'autre il avait un mot qui disait :

Si vous êtes en danger, clignez trois fois des yeux sans rien dire.

Jessica observa attentivement la femme tandis qu'elle lisait le mot. Elle ne cligna pas des yeux. Elle n'eut aucune réaction. Jessica regarda l'interstice entre la porte et le montant, du côté des gonds. Elle ne vit aucune silhouette. Il n'y avait personne derrière la porte. Elle regarda le sol, ne vit aucune ombre de chaussures.

« Est-ce qu'il y a quelqu'un avec vous, madame ? demanda doucement Byrne.

— Non, répondit-elle. Je ne comprends pas. Qu'est-ce qui se passe ?

— Je peux entrer ? »

Elle hésita, regardant par-dessus l'épaule de Byrne. Puis elle sembla soudain revenir à la réalité.

« Bien sûr. Désolée. Je vous en prie, entrez. »

Byrne activa sa radio, fit venir John Shepherd qui attendait à l'angle de la rue.

« Avec votre permission, nous aimerions jeter un rapide coup d'œil à votre maison. »

La femme resta silencieuse.

« Madame, reprit Byrne. Je vais tout vous expliquer dans un moment, mais nous devons jeter un coup d'œil, et nous aimerions avoir votre permission de le faire.

— Oui, répondit-elle d'une voix tremblotante. Je veux dire, oui, vous avez ma permission. »

Byrne ouvrit la porte écran. Il présenta Jessica.

« Cette femme est du bureau du procureur. Elle va rester avec vous pendant que nous faisons le tour des lieux. »

La maison mitoyenne était en briques rouges avec des finitions blanches et ne comportait qu'un petit sous-sol. Byrne et Shepherd parvinrent à l'inspecter en quelques minutes.

Lorsque Byrne revint dans le salon, Jessica et la femme étaient assises côte à côte sur le canapé.

« J'aimerais tout d'abord vous remercier pour votre coopération, madame », dit-il.

La femme se contenta de le fixer.

« Vous êtes madame Leary, n'est-ce pas ?

— Oui, répondit-elle. Anjelica Leary. »

Tandis que la police sécurisait un périmètre autour de la maison, Jessica et Byrne s'entretinrent avec Anjelica Leary.

« Nous devons vous protéger, madame Leary, expliqua Jessica. Nous avons un endroit sûr en ville, que seules quelques personnes connaissent. Vous y serez à l'aise et à l'abri.

— Pendant combien de temps ? »

Jessica savait que la femme lui poserait cette question, mais elle n'avait pas de réponse satisfaisante.

« Je ne peux pas le dire avec certitude. Jusqu'à la fin du procès. Celui de Danny Farren, s'entend. Quand il était accusé d'incendie criminel et d'agression, c'était une chose. Mais un procès pour meurtre est un peu plus compliqué.

— Je ne quitterai pas ma maison.

— Madame Leary, c'est juste que…

— Non, insista-t-elle. Certainement pas pour quelqu'un comme Danny Farren. »

Jessica reconsidéra sa stratégie.

« Danny est en prison. Il ne peut pas vous faire de mal. »

Dès que les mots eurent franchi ses lèvres, elle vit à quel point ils étaient inappropriés et stupides. Si Danny Farren ne présentait aucune menace, qu'est-ce qu'elle faisait là ?

« Qui, alors ? »

Jessica s'enfonçait de plus en plus. Mais cette femme avait le droit de savoir.

« C'est son fils. Michael. »

Anjelica Leary se tourna vers elle.

« Le petit Michael Farren ? Celui qui a été renversé par une voiture ?

— Oui. Mais il n'est plus petit. C'est un homme très violent et dangereux. »

Anjelica se leva, marcha jusqu'à la fenêtre.

« Je croyais bien agir, dit-elle. Faire mon devoir.

— C'est ce que vous avez fait. Beaucoup de gens auraient prétendu n'avoir rien vu. Vous vous êtes présentée à nous. C'est important. »

Anjelica Leary demeura un long moment silencieuse. Finalement, elle se tourna de nouveau vers Jessica avec une expression de défiance.

« Je ne quitterai pas ma maison. Je n'abandonnerai pas mes patients pour les laisser aux mains de personnes qui ne se soucieront pas d'eux autant que moi. Je refuse. »

Jessica s'était à moitié attendue à cette réaction. Il était clair qu'elle avait perdu la femme.

Elle croisa le regard de Byrne. Il acquiesça.

À lui de prendre le relais.

42

Alors que Jessica regagnait son bureau pour commencer à coordonner une équipe de protection avec l'unité criminelle du procureur, Byrne resta avec la femme.

« Tout ça sera bientôt terminé », dit-il. Il désigna les voitures de police dans la rue. « Vous êtes entre de bonnes mains. »

Ils étaient assis devant un café dans la petite cuisine bien rangée d'Anjelica Leary. Byrne n'arrêtait pas de surveiller les portes et les fenêtres, s'attendant à ce que l'enfer surgisse d'un instant à l'autre.

La femme le fixait du regard.

« Qu'est-ce qu'il y a ? demanda-t-il.

— Je me souviens de vous. »

Dès qu'elle eut prononcé ces mots, les souvenirs commencèrent à lentement revenir. La chaleur de cette nuit-là, les moustiques, les explosions dans le ciel.

« Je ne suis pas sûr de comprendre, répliqua Byrne. D'où me connaissez-vous ?

— Vous étiez bien plus jeune alors, évidemment. Le monde était bien plus jeune. »

Byrne ne dit rien.

« J'avais un nom différent, poursuivit-elle. Je ne m'appelais pas Leary. À l'époque, je portais le nom de mon premier mari.

— C'est-à-dire ?

— Je m'appelais Daugherty. »

Ce nom lui fit l'effet d'un coup de poing.

« Vous êtes Anjelica Daugherty ?

— Oui, répondit-elle. Catriona était ma fille. »

43

Elle n'avait jamais été ce qu'on appellerait belle – ses traits étaient un peu asymétriques, d'aucuns auraient affirmé qu'elle avait une ossature épaisse –, mais elle était pétillante, avait le rire facile, et ça lui avait bien servi.

De tous les adultes que Byrne avait connus à Devil's Pocket, Anjelica Daugherty avait semblé la plus proche de son âge. Elle connaissait la musique qu'il écoutait, les films et les émissions de télé qu'il regardait. Mais la femme assise devant lui paraissait depuis longtemps dépassée.

« Mon Dieu, dit-elle. Kevin Byrne. »

Elle se passa une main dans les cheveux, lissa sa jupe.

Ces deux personnes s'étaient rencontrées à un moment de leur vie, et désormais, près de quatre décennies plus tard, elles se rencontraient à un autre. *Nous sommes tous égaux face au temps*, songea Byrne.

« Elle aurait été assez âgée pour être grand-mère. »

Byrne se contenta d'écouter.

« Ça semble tellement ridicule de simplement vous

demander comment vous allez, poursuivit Anjelica. Ça fait presque quarante ans. Comment vous allez maintenant est le résultat de ces quarante années. Comment nous allons *tous*. »

Byrne avait ses propres souvenirs de cette époque, de cette nuit-là. Il se rappelait avoir vu Catriona dans la rue la veille de son meurtre. Son visage qui s'était illuminé quand elle avait parlé à Jimmy Doyle, la légère brise qui faisait voleter en arrière ses fins cheveux blonds. Il se souvenait qu'elle avait rougi.

Il releva la tête, plongea son regard dans celui d'Anjelica. Il ne s'en était jamais vraiment rendu compte avant, mais il le voyait désormais : Catriona avait ressemblé à sa mère.

« Catie restait parfois chez sa grand-mère à l'époque, cet été-là. Elle habitait à quelques rues. J'avais deux emplois. » Elle essuya une larme. « Tous les soirs ma mère la bordait. Ça aurait dû être à moi de le faire.

— Vous avez fait ce que vous pouviez. Vous subveniez aux besoins de votre foyer. Et Catie était avec un membre de la famille. »

Il faillit dire qu'elle était en sécurité, mais c'était faux.

« Vous n'étiez pas de Devil's Pocket, n'est-ce pas ? » demanda Anjelica.

Byrne secoua la tête.

« Nous vivions à Pennsport à l'époque. Mon père était docker. J'allais voir mon cousin plusieurs fois par an. Principalement en été.

— C'est ça, dit-elle. Les Kittredge. »

Byrne acquiesça.

« Ronan était mon petit-cousin. Je logeais chez ma tante Ruth et mon oncle Matt.

— J'aimais bien Ruth. C'était une femme adorable.

— C'est vrai.

— Le genre à vous apporter une tourte quand vous aviez des problèmes. »

Byrne se rappela l'arôme des tourtes à la viande hachée et à la rhubarbe de sa tante. Ça le renvoyait loin dans le passé.

« Êtes-vous encore proche d'eux ? » demanda Anjelica.

Byrne songea au dernier enterrement dans sa famille, trois ans plus tôt, à sa tante Ruth dévastée par un cancer après avoir été elle-même veuve pendant dix ans.

« Mon oncle Matt et ma tante Ruth sont tous deux décédés.

— Je suis désolée.

— Merci. »

Il se rappela que Ronan et lui avaient effectué des petits travaux chez Anjelica Daugherty pendant les semaines qui avaient suivi le meurtre de Catriona. Elle voulait toujours les payer, mais ils refusaient. Alors elle compensait en les gavant de ragouts faits maison accompagnés de spaghettis.

Il la regarda, la surprit à esquisser un sourire qui sembla effacer tant d'années difficiles.

« Quoi ? demanda-t-il.

— Vous êtes toujours le même.

— Je ne crois pas.

— Si, insista-t-elle. Avec les garçons, ce n'est pas comme avec les filles. Vous, vous devenez plus costauds. Vous perdez peut-être un peu de cheveux. Mais ce qui faisait de vous ce que vous étiez à dix ans demeure. Mon père a ressemblé à un grand garçon jusqu'au jour de sa mort. »

Byrne n'était pas d'accord, mais à quoi bon contredire quelqu'un qui disait qu'il avait toujours l'air jeune ?

« Je me souviens de Ronan, continua-t-elle. Il se baladait toujours avec une batte de baseball ou un ballon. Soit ça, soit il était en train de courir. Je me souviens que j'étais jalouse de son énergie. »

C'était vrai. Ronan avait toujours joué avec les plus grands. Il était dans les équipes de baseball et de football universitaires alors qu'il n'était qu'en première année.

« Tant de temps a passé, dit-elle. J'ai presque peur de demander comment il se porte aujourd'hui. »

Byrne se rappelait exactement où il était et ce qu'il faisait quand il avait appris la mort de Ronan. Mais il lui sembla inutile d'ajouter ce chagrin au cœur déjà lourd d'Anjelica Daugherty.

Il haussa les épaules.

« Je crains que nous nous soyons perdus de vue. »

Lorsque Anjelica regarda par la fenêtre, Byrne étudia son profil. Il se rappelait l'avoir vue dans le parc cette terrible nuit, quand elle avait ouvert la bouche pour hurler mais qu'aucun son n'était sorti, du moins pas avant un bon moment. Peut-être son véritable cri était-il resté coincé en elle. Peut-être était-il toujours là.

« Et vous ? demanda-t-elle. Vous vous êtes marié ? »

Byrne acquiesça.

« Oui.

— Et vous êtes toujours ensemble ?

— C'est un peu compliqué, répondit-il. Nous avons divorcé il y a des années, mais nous avons recommencé à nous voir l'année dernière. C'est encore trop tôt pour le dire avec certitude, mais je crois que ça se passe bien. En ce moment, elle est à New York pour son travail. »

Anjelica sourit.

« C'est une jolie histoire. J'aime ce genre d'histoire. »

Byrne sortit son portefeuille, en tira une photo de Colleen qui avait été prise tout juste un mois plus tôt sur le campus de l'université Gallaudet. Il la lui montra.

« Ma fille.

— Mon Dieu, fit-elle. Elle est magnifique.

— Elle tient de sa mère. »

Tandis que Byrne reprenait la photo et la rangeait, son téléphone sonna. C'était Josh Bontrager.

« Oui, Josh.

— Le périmètre est en place. Deux inspecteurs de l'unité criminelle du procureur se chargent de la coordination. Ils ont besoin de vous voir.

— J'arrive. »

Il jeta un coup d'œil par la fenêtre, vit Jessica qui se garait.

« La procureure adjointe Balzano est de retour. Elle va rester avec vous. »

Anjelica se leva. Avant que Byrne comprenne ce qui se passait, elle le prit dans ses bras.

44

« Je l'ai vu aux infos, déclara Anjelica. Je ne peux pas croire qu'il s'agisse du petit Mick Farren. »

Jessica ne dit rien.

« Et le père. Danny Farren. Il avait l'air si… vieux, je suppose. J'imagine que c'est notre cas à tous.

— Maintenant que l'appel a été diffusé, dit Jessica, c'est juste une question de temps. Michael Farren n'a nulle part où aller. Son lieu de résidence est sous surveillance. Tous les flics de la région sont à sa recherche… Je vais rester cette nuit, poursuivit-elle. Demain matin, la municipalité nous enverra un véhicule blindé et nous irons ensemble au tribunal.

— Ça semble excessif, observa la femme. Pour Michael Farren.

— Michael Farren est sans pitié, Anjelica. Impossible de dire ce qu'il fera. »

Du coin de l'œil, elle vit l'unité cynophile arriver. Elle reconnut l'agent et son chien car elle avait déjà travaillé avec eux.

« Il y a de bonnes chances pour que Michael Farren soit bientôt appréhendé, poursuivit-elle.

— Alors on peut arrêter tout ça ? »

Jessica secoua la tête.

« Nous ne connaissons pas toute l'étendue de la menace. Il opère peut-être avec d'autres personnes. »

À cause du goût de la famille Farren pour les bombes incendiaires, l'agent de l'unité cynophile commença à passer les lieux au crible à la recherche d'explosifs. Deux autres agents de cette même brigade étaient en route. Les chiens qui arriveraient chercheraient Farren après avoir senti un vêtement récupéré au Stone.

« Je croyais en avoir terminé avec tout ça, dit Anjelica. Quand on m'a pris Catriona.

— Ce sera bientôt fini. »

Le téléphone de Jessica sonna. C'était Byrne.

« Le périmètre est verrouillé, annonça-t-il.

— Tout est calme ?

— Oui. J'arrive. »

Quelques secondes plus tard, Jessica ouvrit la porte et Byrne entra.

Anjelica se leva, marcha jusqu'au buffet sur lequel était posée une théière enveloppée dans un couvre-théière. Elle se tourna vers Byrne.

« Voulez-vous une tasse de thé ?

— Non, merci, répondit-il. Ça va. »

Anjelica resta plantée là à regarder son vieux service à thé ébréché.

« Je viens de me souvenir. J'ai acheté ce service lors d'un vide-grenier. À Máire Farren par-dessus le marché.

— Qui est-ce ? demanda Jessica.

— La mère de Danny Farren, répondit Byrne. La grand-mère de Michael.

— C'était une fouineuse, celle-là, ajouta Anjelica. Un parasite et une voleuse. Une fois par an elle organisait une vente derrière ce bar qu'elle possédait, elle vendait toutes sortes de choses. Ce dont les gens ne se rendaient pas compte, c'était qu'ils achetaient des objets qui avaient été volés chez d'autres. »

Jessica et Byrne se contentèrent de l'écouter.

« Après la mort de Desmond, elle a emménagé dans cette maison au bout de l'allée. À quelques rues d'ici, près de l'avenue. La bleue avec les volets. Vous vous en souvenez, Kevin ?

— Vous dites que cette maison appartenait aux Farren ? demanda-t-il.

— J'en suis sûre. Ce n'était pas le genre de famille qui voulait être assujettie à qui que ce soit, surtout pas à une banque ou à un quelconque propriétaire. »

Byrne appela le central. Si les Farren étaient propriétaires de cette maison, Michael Farren pouvait y être planqué.

« J'y vais », dit-il.

Jessica le vit ajuster son gilet pare-balles, enfoncer les rabats.

« Qui est à l'arrière ? demanda-t-elle.

— Deux agents du 17e. Ce sont tous les deux des hommes expérimentés. »

Byrne marcha jusqu'à la porte, regarda à travers le store. Il se tourna vers Jessica, leva sa radio.

« Je reste connecté. »

Lorsqu'il partit, Jessica verrouilla la porte, mit la chaîne de sécurité, tira sur la poignée. C'était superflu mais parfois le superflu sauvait des vies.

« Qu'est-ce qui se passe ? demanda Anjelica.

— Inutile de vous alarmer. Nous devons juste prendre quelques précautions supplémentaires. »

Anjelica désigna la télévision qui était allumée sans le son. Jessica regarda. Un bulletin spécial était diffusé. Une photo de Michael Farren était affichée à l'écran.

« Michael Farren, prononça Anjelica. Le petit Michael. »

45

Byrne connaissait la maison depuis son enfance. Elle était plutôt délabrée à l'époque, avait toujours eu besoin d'une couche de peinture. Il ne se rappelait pas qui y habitait, mais il se rappelait bien l'avoir vue quelques jours plus tôt.

C'était la maison en ruines isolée au milieu du bloc qui était en train d'être réhabilité par Greene Towne LLC.

Quatre agents de patrouille avaient établi un périmètre aux coins du bâtiment. Bình Ngô prit l'arrière pendant que Byrne gravissait les marches jusqu'à la porte. Il regarda par la fenêtre, ne vit aucun mouvement.

Il dégaina son arme, frappa. Pas de réponse. Il essaya de nouveau, avec le même résultat. Il appela Bình Ngô sur sa radio.

« Du mouvement à l'arrière ?

— Rien », répondit l'inspecteur.

Byrne devait prendre une décision. Il n'avait pas le temps d'attendre un mandat de perquisition. Ils n'étaient pas certains que cette maison ait encore quoi que ce soit à voir avec les Farren. Leur coup de fil au service des licences et des inspections n'avait rien donné.

« J'arrive. »

Lorsque Byrne atteignit l'arrière de la propriété, il avait pris sa décision.

Il enfonça aisément la porte de derrière d'un coup d'épaule.

Ils inspectèrent les lieux en quelques minutes.

La maison était inoccupée.

En parcourant la vieille habitation, Byrne eut l'impression d'avoir remonté le temps et d'être dans la maison de sa grand-mère. Chaque chose qu'il voyait était un nouveau pont avec le passé : le mobilier ancien, les draperies hors d'âge, les tapis usés jusqu'à la trame, le grand lit enfoncé d'un côté, le bol et le pichet en céramique sur la commode.

Dans le salon, il n'y avait pas de télévision, mais un vieux meuble radio. Des dizaines de livres sur les fées et les légendes folkloriques irlandaises, dont un avait été écrit par Francesca Speranza Wilde, la mère d'Oscar Wilde. Une poignée d'entre eux traitaient du *ban sídhe*, une créature mythologique celte.

Et partout il y avait des photos encadrées : Liam Farren en uniforme, Danny et Patrick, Michael et Sean, des clichés représentant plus de cinquante années de clients du Stone.

Au mur, au-dessus du canapé hors d'âge, une grande photo représentant des moyettes de maïs. En la voyant, Byrne frissonna. En bas était inscrit, dans un gribouillis enfantin : *Là où vivent les fées*.

Chaque pièce était un musée rempli d'antiquités.

Avant de partir, Byrne découvrit une porte au fond d'un placard. Il l'ouvrit, alluma sa Maglite, descendit l'escalier étroit qui le mena à une petite pièce.

Là, gravés dans le mur de pierres, occupant toute sa surface, il vit cinq mots qui firent s'emballer son cœur.

Le mur n'était qu'un grand carré Sator.

Dans un anneau qui entourait le carré, il y avait environ trente photos encadrées. Michael et sa grand-mère quand il était bébé. Michael et sa grand-mère quand il était bambin, garçonnet, pré-adolescent. L'une d'elles le représentait sur un lit d'hôpital, les yeux clos. Sur ce cliché, sa grand-mère tenait un chapelet blanc.

Mais c'est la dernière photo qui interpella Byrne, car elle répondait à une question qui le taraudait depuis qu'il avait questionné Perry Kershaw devant la maison d'Edwin Channing.

Sur celle-ci, un Michael Farren adulte se tenait avec une femme rabougrie aux cheveux blancs à un coin de rue de Grays Ferry. Au deuxième plan on distinguait l'affiche d'un film intitulé *American Sniper*.

Mon Dieu, songea-t-il. *Elle est toujours vivante*.

Máire Farren était la vieille femme.

C'était elle qui chantait les chants de mort.

46

Jessica traversa le salon et longea le petit couloir qui menait à la cuisine. Elle se versa une bonne dose de café, essaya pour la dixième fois la porte de derrière. C'était une vieille habitude, de celles qui avaient la vie dure.

Byrne l'avait appelée pour l'informer que la maison à Devil's Pocket était vide. Il n'y avait aucun signe de Michael Farren. Byrne et Bình Ngô étaient sur le chemin du retour.

Elle pénétra dans la petite salle de bains, ferma la porte. Elle s'aspergea le visage d'eau froide, s'essuya. Puis elle reprit le couloir en direction du salon.

Elle crut tout d'abord que c'était une sorte de mannequin, un modèle pour tailleur, peut-être. La silhouette était menue, presque enfantine. Mais le visage était sillonné de rides profondes, et la peau était pâle, presque translucide. Elle portait une robe de gaze blanche qui enveloppait ses épaules chétives.

Mais le choc procuré par la vision de cette inconnue dans cette maison – une maison avec laquelle elle s'était familiarisée au cours des dernières heures, au point qu'elle avait déplacé des meubles pour dégager l'accès aux portes et aux fenêtres – ne fut rien comparé à la vue des cheveux de la femme. Ils étaient longs et étonnamment soyeux pour une personne qui devait avoir plus de quatre-vingts ans.

Jessica sut qu'elle se trouvait face à une menace. Elle le sut avec la même certitude que lorsqu'elle affrontait un danger dans la rue, que ce soit en uniforme ou quand elle était inspectrice.

Mais elle était incapable de dégainer son arme.

Au moment où le charme se rompit et où elle voulut saisir son Beretta, la femme se mit à chanter. Au début, ce fut une lamentation basse, qui se transforma bientôt en un chant mélodieux. Jessica n'interrompit son geste que pendant quelques secondes, mais ce furent quelques secondes de trop.

« Donnez-moi ça », prononça une voix basse.

Avant qu'elle puisse se retourner, Jessica Balzano sentit le canon en acier froid du Makarov toucher le côté de sa tête.

4

BILLY LE LOUP

47

Devant la maison d'Anjelica Leary, Byrne vérifia à plusieurs reprises son arme, puis se réprimanda de perdre ainsi du temps en gestes inutiles. Il longea le bloc, contourna les maisons mitoyennes jusqu'à l'allée de derrière, testant de temps à autre portes et fenêtres.

Quand une voiture ralentissait à proximité, il posait la main sur la crosse de son arme jusqu'à ce que le véhicule soit passé.

Tandis qu'il faisait pour la deuxième fois le tour du périmètre, il reçut un appel sur sa radio. Il répondit.

« Byrne.

— Kevin, c'est Josh. L'unité cynophile a quelque chose. Je suis dans le bâtiment qui jouxte la maison de Mme Leary. »

Byrne sentit la sueur perler sur sa peau.

« Des explosifs ?

— Non, répondit Bontrager. Les chiens. Ils ont réagi aux vêtements de Farren. »

Lorsque Byrne tourna au coin de la rue, Josh Bontrager se tenait à côté d'un agent de l'unité cynophile nommé

Brad Summers. À ses pieds, il y avait un berger allemand mâle de deux ans nommé Calhoun.

Ils se tenaient à l'entrée du bâtiment qui faisait l'angle à côté de chez Anjelica Leary. C'était une boutique fermée. Une vieille pancarte au-dessus de la porte disait *Tully's*.

« Agent Summers, commença Byrne. Qu'est-ce qu'on a ?

— Calhoun faisait le tour du premier étage et m'a entraîné vers l'escalier qui mène au grenier. On est montés, et il est tombé en arrêt devant une petite porte construite dans le mur mitoyen.

— C'est comme ça qu'il vous a alerté ?

— Oui, monsieur.

— Et il a réagi à Michael Farren ?

— Oui, monsieur.

— Montrez-moi. »

Tandis que Calhoun ouvrait nerveusement la voie, ils montèrent au premier étage, puis prirent l'escalier qui menait au grenier. Le plafond était si bas que Byrne dut se voûter. La pièce était remplie de cartons et de vieux meubles.

Le chien s'assit devant une petite porte construite dans le mur mitoyen. Byrne enfila un gant, tendit le bras, la poussa doucement. Elle ne s'entrouvrit que de quelques centimètres avant de buter sur quelque chose. À cause du goût des Farren pour les engins explosifs, il décida de ne pas insister.

« Kevin », prononça Bontrager dans un murmure sonore.

Byrne se tourna vers lui. Josh pointait sa Maglite

sur un bout de papier à côté de la porte, un mot écrit à la main qui disait :

Il y a une alarme à détecteur de mouvement dans la pièce derrière cette porte. Vous ne la désactiverez pas avant qu'elle se déclenche. Si je l'entends, tout le monde meurt.

Byrne se rappela ce qu'Emily Carson lui avait dit :

Il m'a dit qu'il avait acheté un détecteur de mouvement.

« Est-ce que vous voyez quelque chose ? » chuchota-t-il.

Bontrager s'agenouilla, approcha doucement son visage de l'ouverture.

« Je le vois, répondit-il. C'est un de ces appareils portables à piles. J'ai déjà vu ce modèle. Impossible de s'en approcher sans le déclencher, et ça fait un sacré boucan.

— Est-ce qu'il y a des lumières allumées dessus ? »

Bontrager adopta une meilleure position.

« Il y en a une. Une lumière rouge au centre. L'alarme est activée. »

Michael Farren était chez Anjelica Leary.

Et Jessica aussi.

48

Jessica était assise sur une chaise au centre du salon. Sur sa droite se trouvait Anjelica Leary.

Michael Farren se tenait près de la porte d'entrée. En étant si proche de lui, elle fut une fois de plus sidérée de constater à quel point les gens pouvaient avoir l'air ordinaires, surtout ceux qui avaient commis des actes monstrueux.

Même s'il semblait épuisé et en manque de sommeil, c'était un homme banal d'une trentaine d'années – élancé mais musclé, avec de longs cheveux hirsutes qui lui descendaient aux épaules. Il portait une veste en cuir noir, un T-shirt noir, un jean taché de boue, des bottes de chantier noires. Le pistolet dans sa main était immaculé, soigneusement entretenu.

Le Beretta de Jessica était désormais enfoncé sous la ceinture de Michael Farren.

Sur le mur près de la porte d'entrée étaient punaisées environ une douzaine de photos. L'une d'elles représentait clairement la vieille femme, alors qu'elle devait avoir une cinquantaine d'années. À l'écart sur la droite il y en avait une d'Anjelica Leary.

Devant la cheminée étaient empilés cinq actes de naissance, avec celui d'Anjelica sur le dessus.

Les rideaux de la fenêtre de devant étaient très fins. Il n'y avait pas d'autre tenture. La télévision, allumée sur une chaîne d'information qui montrait en direct le pâté de maisons, alternant entre des images prises au niveau de la rue et d'autres depuis un hélicoptère, fournissait le seul éclairage de la pièce. Mais Jessica savait que, même avec la faible lumière, les unités d'élite, grâce à leurs armes et leurs lunettes sophistiquées, pouvaient voir tout ce qui se passait devant la fenêtre.

Lorsque le téléphone de la maison sonna, elle regarda Michael Farren. Il acquiesça, se tapota une oreille. Elle comprit ce qu'il voulait dire. Elle se leva lentement, marcha jusqu'au combiné qui se trouvait sur une petite table au pied de l'escalier. Elle appuya sur le bouton du haut-parleur.

« Jessica Balzano à l'appareil.

— Jess, vous êtes sur haut-parleur ? »

C'était Byrne.

« Oui.

— Tout le monde va bien ? »

Elle regarda une nouvelle fois Farren, qui acquiesça. Elle resta les yeux rivés sur lui tandis qu'elle répondait :

« Oui. Nous allons bien tous les quatre. »

Farren n'eut aucune réaction. C'était un risque, mais Byrne devait savoir qu'il y avait quatre personnes à l'intérieur. Elle ne voyait cependant pas comment lui dire que la quatrième personne était une vieille femme. C'était aussi une manière de l'informer qu'il y avait peut-être des complices, car Jessica ne savait pas s'il y avait quelqu'un d'autre dans la maison.

« Billy ? Je veux juste que vous sachiez qu'il ne va rien vous arriver, dit Byrne. Vous n'avez aucune raison de faire du mal à qui que ce soit. »

Farren traversa la pièce.

« Rappelez plus tard, dit-il. Nous avons à faire. »

Il enfonça le bouton, mettant un terme à la conversation, puis désigna la chaise vide.

Jessica alla se rasseoir.

Finalement, Anjelica Leary parla :

« Ça fait combien d'années, madame Farren ? »

La vieille femme leva une main délicate, comme pour repousser une toile d'araignée.

« Ça fait tellement longtemps que vous n'êtes plus obligée de m'appeler comme ça. Appelez-moi Máire. »

Elle parlait avec un fort accent irlandais.

« *Madame* Farren m'ira très bien », répliqua Anjelica.

La vieille femme acquiesça et déclara :

« C'était une époque merveilleuse, n'est-ce pas ? En ce temps-là.

— Pour certains, répondit Anjelica. Pas pour tous.

— J'ai enterré mon mari, deux de mes trois enfants. L'un de mes petits-fils.

— C'est la vie que vous avez choisie, Máire Farren. »

La vieille femme haussa les épaules.

« Nous servons tous quelqu'un. J'ai choisi mon Dieu. Vous avez choisi le vôtre. »

Anjelica pointa le doigt en direction de Michael.

« Le vôtre a une arme.

— C'est parfois nécessaire pour protéger les siens.

— Les hommes peuvent s'en sortir seuls.

— Vraiment ? demanda Máire. Comme mon Desmond ?

— Il a tué ma Catriona.

— C'est faux.

— Il a été vu avec elle.

— Qu'en savez-vous ? demanda Máire.

— Les mères savent.

— Oui, convint la vieille femme. Les mères savent.

— Que savez-vous de tout ça ?

— Je connais la douleur de la perte. Quand mon Desmond a été abattu comme un chien dans la rue, puis jeté à la rivière, mon mari était déjà sous terre. Danny et Patrick voulaient mettre le feu à tout le quartier, mais je m'y suis opposée.

— Et pourquoi ça ? Parce que vous saviez ce que Desmond avait fait.

— Parce que nous partagions le même abri. Où croyez-vous que la police serait allée si du sang irlandais avait coulé dans Devil's Pocket ? Chez vous ? Non. Chez *moi*. »

Anjelica eut un geste dédaigneux de la main.

« Vous autres Farren êtes un cancer. Tout s'arrête ici et maintenant. Vous avez vécu toutes ces années, et votre vie s'achève dans la honte.

— Je ne suis pas encore morte.

— Non, pas encore, répondit Anjelica. Vous mourrez dans une cellule de prison froide. Comme votre mari. Une vieille femme dans un cercueil de pierre. C'est approprié. »

Jessica voulait se mêler à cette conversation qui semblait déraper. Elle regarda par la fenêtre latérale, à côté de la cheminée. Même si elle n'en était pas certaine, elle crut voir un fin câble s'élever dans le coin inférieur droit, juste sous la latte inférieure du store vénitien. Si elle ne se trompait pas, ça devait être une caméra endoscopique déployée par l'unité d'élite.

Elle jeta un coup d'œil à Michael Farren. Il n'avait rien vu.

« Ou peut-être que ça va se terminer ici, dans cette pièce », reprit Anjelica. Elle désigna la fenêtre. « La police est partout. Croyez-vous que vous allez vous lever de cette chaise et vous en aller comme ça ? Vous vous prenez peut-être pour un *sídhe*, mais vous vous bercez d'illusions. Comme vous l'avez toujours fait. »

La vieille femme sourit, mais ne répondit rien. À la place, elle enfonça la main dans son sac posé par terre, en tira un mouchoir en lin blanc qu'elle étala sur la table devant elle. Puis elle prit un petit flacon d'un ambre profond, ôta le bouchon, l'inclina vers un de ses doigts et traça une ligne sur le morceau d'étoffe, sans cesser de chantonner doucement.

Mon Dieu, songea Jessica. *Elle écrit la dernière ligne de sang.*

Bientôt, Máire Farren rangea le flacon et laissa le mouchoir sécher sur la table. Elle avait écrit :

ROTAS.

Le téléphone se remit à sonner. Personne ne bougea.

« Ils vont faire irruption ici si je ne réponds pas, déclara Jessica.

— Non, ils ne feront pas ça », répliqua Michael.

Après dix sonneries, le téléphone se tut.

La vieille femme désigna Anjelica, puis regarda Jessica.

« Elle est la seule qui reste. La malédiction des Farren sera levée ce soir. Vous ne pouvez rien contre nous.

— Peu importe ce que vous me ferez, dit Anjelica. Votre place en enfer est réservée depuis des années. »

Michael Farren traversa la pièce, lui colla le canon du Makarov contre la tête. Elle ferma les yeux.

« Plus un mot de votre part, madame, ordonna-t-il. Plus un seul. »

49

Byrne regardait les ombres bouger sur le rideau fin. Il se retourna et vit les deux tireurs d'élite sur le toit du bâtiment de l'autre côté de la rue.

Il marcha jusqu'à la camionnette technique, grimpa dedans. La caméra endoscopique située du côté ouest de la maison montrait deux murs. Jessica, Anjelica Leary et une vieille femme aux cheveux blancs. C'était Máire Farren.

Byrne distinguait une partie du mur qui menait de l'entrée de la maison à la cuisine. Farren avait épinglé des photos près de la porte. Il devait les regarder pour savoir qui était qui.

Byrne vit Michael Farren traverser la pièce, couper la télévision.

Il appela par radio les deux tireurs d'élite.

Ils n'avaient pas de cible dans leur viseur.

Byrne trouva Maria Caruso dans la foule. Il attrapa son regard, lui fit signe de venir. Quand il lui dit ce qu'il voulait qu'elle fasse, elle n'hésita qu'une fraction de seconde. Quelques instants plus tard, elle était dans une voiture de patrouille avec un agent en uniforme. Ils quittèrent la scène en urgence, sans gyrophare ni sirène.

Trois camionnettes des médias étaient garées juste à côté du cordon de police à l'angle de la 23e et Bainbridge. Outre les journalistes qui attendaient de passer à l'antenne et les équipes de tournage, une foule de plus de cent personnes s'était massée.

Byrne la parcourut du regard, trouva un visage qu'il reconnut, un ancien reporter de la chaîne locale affiliée à CBS nommé Howard Kelly. Même s'il n'avait pas souvent affaire aux médias – les grands pontes préféraient laisser ça aux agents des relations publiques –, il avait été autorisé à donner une interview quelques années plus tôt après avoir résolu une série d'horribles meurtres dans les Badlands. Mais aussi limitées que fussent les relations professionnelles entre agents des forces de l'ordre et journalistes, Byrne estimait que la demande qu'il s'apprêtait à faire était justifiée.

Il passa sous le cordon, s'approcha de Kelly.

« Inspecteur, dit celui-ci en tendant la main.

— Ravi de vous voir, Howard. »

Ils se serrèrent la main.

« Vous n'avez pas l'air prêt à faire une déclaration, observa le reporter.

— Pas encore. Mais j'ai un service à vous demander. »

Un silence long et lourd suivait toujours ce genre de requête de la part d'un agent de police à un membre des médias.

« Je suis tout ouïe, répondit Kelly.

— Ça doit rester entre nous pour le moment.

— Compris.
— Avez-vous un cameraman digne de confiance ? »
Kelly désigna un homme appuyé contre une camionnette. À ses pieds il y avait une caméra portative haute définition avec le logo de la chaîne sur le côté.
« Je confierais ma vie à cet homme, déclara Kelly. Littéralement. Nous travaillons dans les quartiers nord de Philly. »
Byrne exposa son plan. Kelly écouta, captivé.
« Est-ce que vous pouvez le faire ? demanda l'inspecteur.
— Oui.
— Et pour répondre à votre prochaine question, oui, quand tout sera terminé, je vous accorderai une exclusivité. »
Kelly sourit.
« Ça ne m'avait pas traversé l'esprit. »
Les deux hommes échangèrent une nouvelle poignée de main.
« Vous voulez commencer par quoi ? demanda Kelly.
— Votre cravate, répondit Byrne.
— Quoi, ma cravate ?
— Elle est bleue ou noire ? »

Cinq minutes plus tard, Maria Caruso revint avec ce que Byrne lui avait demandé. Il regagna la camionnette technique, mit un casque, appela une fois de plus la ligne fixe d'Anjelica Leary. Après cinq sonneries, on décrocha, mais personne ne parla.
« Ici Kevin Byrne, police. Qui est à l'appareil ? »
Un silence, puis : « Billy.
— Parfait. Billy. Tout se passe bien là-bas ?

— Tout se passe bien. »

Byrne s'était rendu deux fois à Quantico et avait assisté à deux séminaires sur les techniques de négociation en cas de prise d'otage. Il connaissait les cinq étapes : avoir une écoute active, montrer de l'empathie, établir une relation, influer sur la personne et modifier son comportement.

Cependant, à cet instant, il ne se souvenait de rien. Il savait qu'un agent très entraîné était en route depuis l'antenne du FBI de Philadelphie, mais il n'était pas encore arrivé. Et Jessica était à l'intérieur.

« Comment on arrange les choses ? demanda-t-il.

— Il n'y a qu'une manière.

— OK. J'écoute. Qu'est-ce que je peux faire ?

— Vous pouvez remballer vos armes et vos hommes, et rentrer chez vous.

— Bon, je crains que mon patron soit difficile à convaincre. Est-ce qu'il y a une autre option ?

— Non. »

Byrne dut réfléchir. Il enfonça la main dans sa poche. Il n'avait pas le choix.

« J'ai quelque chose pour vous », dit-il.

Une longue pause.

« Quoi ?

— C'est assez difficile à décrire. Je peux vous l'envoyer sur votre téléphone portable. Vous en avez un ?

— Non.

— OK, fit Byrne. Écoutez-moi. Jessica a un iPhone. Demandez-lui de vous le donner, et je vous l'enverrai. »

Byrne ferma les yeux, s'attendant à ce que tout s'écroule.

« Envoyez-le », répondit Farren.

50

Billy le sentait. Il était proche. Il était resté si longtemps dans l'ombre qu'il avait presque oublié que la lumière existait.

Mais maintenant que Sean, sa grand-mère et lui avaient tracé quatre lignes du carré, il avait l'impression qu'un grand poids avait été ôté de ses épaules, de son cœur.

Une dernière ligne, et le soleil brillerait de nouveau.

Il baissa les yeux.

Emily était là, son beau visage tourné directement vers lui.

« Michael. C'est moi.

— Tu es là.

— Je suis tellement confuse et triste. Ils disent que tu as fait des choses terribles, mais je n'y crois pas. Ça ne peut *pas* être vrai. Ils disent que si tu poses ton arme et lèves les mains, il ne t'arrivera rien. »

Billy se contenta d'écouter. Emily était là. Il était fou de bonheur.

« Tu crois peut-être que je dis ça parce qu'ils me forcent à le faire, reprit-elle. Mais non. Je les crois quand ils disent qu'ils ne te feront pas de mal. Et c'est ce que moi aussi je veux. »

Billy regarda sa grand-mère.

« C'est Emily, dit-il. La fille dont je t'ai parlé.

— C'est une ruse, répliqua la femme.

— Non. Tu ne comprends pas. Elle va partir avec moi. En France. »

Du mouvement, juste de l'autre côté des fenêtres. Un éclat de lumière, qui disparut aussitôt.

Billy baissa de nouveau les yeux vers l'iPhone. Emily aussi avait disparu.

Avait-elle vraiment été là ?

Il parcourut du regard la pièce plongée dans l'ombre. Une pièce remplie d'inconnues. Rien que des femmes.

Aucune d'entre elles n'était Emily.

« Billy », dit la vieille femme.

Elle portait une robe blanche.

Il se tourna vers le mur derrière lui. Première photo, rangée du bas. C'était sa grand-mère.

« Prends ça, dit-il. Le moment est venu. »

Il traversa la pièce. Sa grand-mère s'empara du rasoir de barbier, l'ouvrit. La lame produisit un scintillement bleuté dans la lueur qui filtrait par la fenêtre.

Il posa l'iPhone, souleva le combiné du téléphone fixe. L'homme était toujours au bout du fil.

« Est-ce qu'Emily peut venir ici ? demanda Billy.

— Je ne crois pas que ce soit une bonne idée.

— Pourquoi ?

— Et si les choses se passaient mal ? Il y a des gens armés partout. Vous ne voudriez pas qu'il lui arrive un accident, n'est-ce pas ?

— Non.

— Mais elle a quelque chose pour vous.

— Vraiment ?

— Oui, répondit l'homme. Je pourrais vous l'apporter ? »

Billy regarda la porte. Il devait réfléchir.

« Billy ? »

51

Le téléphone demeura silencieux pendant trente bonnes secondes.

« Vous pouvez l'apporter », déclara Farren.

Byrne sentit une vague fraîche de soulagement le parcourir, qui fut aussitôt remplacée par une inquiétude brûlante.

« Peut-être que quand j'entrerai, on pourra envisager de laisser partir Jessica. Elle n'a rien à voir avec tout ça. Elle a un fils et une fille. »

Byrne attendit.

« Un mensonge. Une ruse. Et vous aurez leur sang sur les mains.

— Pas de ruses. Vous avez ma parole.

— Alors faites vite. Nous devons aller à la messe de minuit. »

52

C'était le dîner de la veille de Noël. Billy sentait l'odeur du bœuf épicé, du *colcannon*, du pudding aux prunes. Ils étaient réunis dans le petit salon au-dessus du Stone. Les illuminations scintillaient dans l'avenue.

Sa mère était présente, et elle n'était pas malade. Elle semblait robuste et en bonne santé. Il y avait de la couleur sur ses joues. Elle portait un pull-over blanc par-dessus un chemisier blanc.

« Où est Sean ? demanda Billy.

— N'écoute pas ces gens », répondit sa grand-mère.

Billy se tourna vers la voix. Quelque chose clochait. Elle paraissait tellement vieille. Plus tôt dans la journée, ses cheveux étaient bruns. Brun irlandais, aurait-elle affirmé avec un clin d'œil, même si Sean et lui avaient vu les paquets de teinture Clairol dans la poubelle. Mais ils n'avaient jamais dit qu'ils étaient au courant.

Désormais ils étaient blancs comme neige.

« C'est une ruse », répéta-t-elle.

Billy se tourna vers sa mère. Mais la femme n'était pas Deena Farren. Il consulta les photos sur le mur. Celle sur laquelle sa mère aurait dû se trouver était vide.

Cette femme-ci était bien plus jeune. Il ne l'avait jamais vue. Billy regarda par la fenêtre, les lumières clignotantes.

Ils attendaient l'oncle Pat et son père. Plus tard dans la soirée, ils iraient faire quelques courses de dernière minute. Puis ils iraient à la messe de minuit à St Patrick.

On sonna à la porte.

« N'y va pas, lança sa grand-mère.

— C'est bon.

— Michael ! »

Michael Anthony Farren.

Billy traversa la pièce et ouvrit la porte.

53

Lorsque Byrne franchit la porte, mains sur la tête, Jessica le vit balayer la pièce du regard, mémorisant son agencement, les entrées et les sorties, les acteurs présents.

Dans sa main droite, il tenait une rose jaune. Il la plaça sur la table de l'entrée.

« Fermez la porte à clé », ordonna Michael Farren.

Byrne s'exécuta.

Farren opéra une fouille au corps minutieuse, puis lui fit signe d'aller de l'autre côté de la pièce, où Anjelica Leary était assise, du côté opposé à la porte et au mur couvert de photos.

Avant d'obéir, Byrne ôta sa veste de costume, l'étala en travers de l'accoudoir du canapé. Ce faisant, il jeta un coup d'œil à Jessica, puis baissa de nouveau les yeux vers sa veste. Elle suivit son regard et vit ce qu'il voulait qu'elle voie.

Elle observa ensuite ses mains, qui étaient hors du champ de vision de Michael Farren. Il avait trois doigts tendus à chacune.

Et Jessica comprit.

Byrne se retourna, marcha jusqu'à l'autre côté de la pièce. Il se posta près de la télévision.

Máire Farren se leva lentement, se rendit à la cheminée, ouvrit le conduit, y enfonça une longue allumette de cuisine et alluma un feu. Dans le même temps, elle se mit à produire un son plaintif.

Jessica regarda Michael Farren. Rien en lui n'indiquait qu'il avait rencontré Byrne dans la maison de Reed Street.

« Vous pouvez laisser partir ma collègue, déclara Byrne. Vous me tenez. »

Michael Farren resta un moment sans rien dire.

« Vous dites qu'elle a une famille ?

— Oui. Un fils et une fille.

— Vous essayez de les protéger.

— Oui. » Byrne alluma la télévision. « De la même manière que j'essaie de vous protéger en ce moment même. »

Michael se tourna vers la télé, puis de nouveau vers Byrne.

« Vous ? »

La vieille femme continuait de chantonner, apparemment inconsciente de la conversation qui avait lieu autour d'elle. Un à un, elle plaça les certificats de naissance dans le feu. À chaque feuille de papier, elle changeait de chanson.

« Laissez-moi vous aider », reprit Byrne.

Farren le scruta.

« Pourquoi ? Pourquoi voulez-vous m'aider ? »

Byrne laissa lentement retomber ses mains contre ses flancs.

« Tu ne me reconnais pas, Michael ? »

La vieille femme interrompit sa complainte. Il lui restait un acte de naissance. Celui d'Anjelica Leary.

« Ne l'écoute pas », lança-t-elle.

Le regard de Michael Farren oscilla entre sa grand-mère et Byrne.

« Comment ça ?

— Je peux t'aider, reprit Byrne. Je peux te ramener en arrière. Te ramener avant l'accident.

— Arrêtez ! hurla la vieille femme.

— Me ramener au Stone ? demanda Michael.

— Te ramener au Stone », confirma Byrne. Il désigna la rue. « Avant tout ça.

— Taisez-vous, dit Máire Farren.

— Tu ne me reconnais pas ? répéta Byrne. Je suis ton père. »

Michael le fixa.

« Je suis ton père. »

Michael Farren se retourna, regarda le mur. Là, dans la rangée du bas, sur la droite, il y avait la photo de son père. Daniel Farren. Il portait une chemise blanche, une cravate bleue. Il était habillé exactement comme l'homme devant lui.

C'était l'homme devant lui.

« Papa.

— Oui.

— N'écoute pas, intervint Máire. C'est une ruse. Il essaie de t'amadouer.

— Regarde la photo, Michael.

— Ce n'est pas mon nom.

— Si, c'est ton nom. Billy n'est pas réel.

— Ne l'écoute pas, lança la vieille femme d'une voix sifflante.

— Ton nom est Michael Anthony Farren », dit Byrne. Il désigna la télé. « Tu es mon fils. »

Jessica s'aperçut que la télé ne diffusait plus le bulletin d'information. L'unité audio-vidéo avait connecté un câble à la maison, la reliant à un lecteur CD contrôlé par les techniciens. Byrne avait lui-même réenregistré l'appel de Danny Farren dans la camionnette des médias, et celui-ci passait en boucle. La photo au mur avait été punaisée par Jessica après qu'elle l'eut tirée de la veste de Byrne. C'était celle qu'elle avait prise de lui.

« C'est moi, répéta Byrne. Tu es mon fils. »

Michael regarda la télé, puis la photo, puis Byrne. Jessica percevait son combat intérieur. Il ne reconnaissait réellement personne.

« Tout ce que tu as à faire, c'est poser ton arme, et nous t'aiderons, dit Byrne. *Je* t'aiderai.

— Il ment ! »

Jessica vit que Máire Farren tentait difficilement de garder l'équilibre. Elle commençait à avoir le teint cendré ; son souffle était court.

Michael Farren fit un pas vers Byrne.

« Tu nous emmèneras tirer au pistolet ? Moi et Sean ?

— Bien sûr, répondit Byrne. Tout ce que tu voudras. »

Michael Farren commença à dévisser le silencieux de son arme.

« On pourra aller à cet endroit dans les bois ? demanda-t-il. Je connais le chemin.

— On va y aller tout de suite. Tout ce que tu as à faire, c'est poser cette arme. »

Michael Farren laissa tomber le silencieux.

« Je suis meilleur tireur que Sean. Je l'ai toujours été.

— Là, je ne peux pas prendre parti, répondit Byrne.

— Je peux tirer le chevreuil, et lui, il peut le dépecer. Il a toujours été meilleur avec un couteau.

— Alors c'est ce qu'on va faire. »

Farren se campa devant Byrne.

Il tenait l'arme contre son flanc.

54

Le rêve était fini. Son père était rentré à la maison et Noël pouvait débuter.

« Qu'est-ce que tu m'as rapporté, papa ? » demanda-t-il.

Son père désigna la table près de la porte. Une unique rose jaune était posée là. Billy la saisit, la sentit. Elle le fit penser à des citrons. Quelqu'un lui avait dit ça un jour, et c'était vrai.

« *Nollaig Shona Duit*, dit-il.

— Joyeux Noël à toi, fils.

— Récitons une prière, papa.

— D'accord. Laquelle ?

— *Un étranger familier*. On va la dire ensemble.

— Arrêtez ! » lança Máire Farren.

Michael se tourna vers elle. Ce n'était pas sa grand-mère. C'était une vieille femme.

« Michael. »

Il se tourna de nouveau vers son père.

« La prière. »

Il était Michael. Michael Anthony Farren.

Il éjecta le chargeur de son arme, puis, une à une,

ôta les balles de celui-ci. Il n'en avait plus besoin. Son père était de retour.

« *J'ai vu un étranger aujourd'hui*, commença-t-il. *J'ai mis à manger pour lui à l'endroit pour la nourriture. Et à boire à l'endroit pour la boisson. Et de la musique à l'endroit pour écouter.* »

Il laissa tomber trois balles par terre.

« *Au nom de la Sainte-Trinité. Il nous a bénis, moi et ma famille... Et l'alouette a gazouillé : souvent, souvent, souvent le Christ va avec l'apparence de l'étranger.* »

Il laissa tomber l'avant-dernière balle.

« *Oh, souvent et souvent et souvent, le Christ va...* »

55

« … *Avec l'apparence de l'étranger.* »

Michael Farren laissa tomber la dernière balle par terre.

Jessica jeta un coup d'œil en direction de Máire. Elle respirait fort. Anjelica Leary n'avait pas bougé, pas prononcé un mot.

Michael Farren commença à traverser la pièce, son arme devant lui.

« Pose-le, Michael, dit Byrne. Pose-le juste par terre. »

Mais il continua d'avancer pour lui donner l'arme.

« Stop ! » hurla Byrne.

Il ne s'arrêta pas.

« *Souvent le Christ va…* »

Il passa devant les rideaux fins.

Jessica vit le point rouge sur le dos de Michael Farren.

Non, pensa-t-elle. *Byrne le tient.*

Attendez.

Elle regarda son téléphone. Elle n'aurait jamais le temps.

« *Avec l'apparence de l'étranger.* »

Michael Farren leva les deux mains. Sa droite tenait le Makarov.

Jessica ferma les yeux, entendit le fracas du verre, le son de la balle chemisée de cuivre transperçant la poitrine de Michael Farren et percutant le mur, le bruit sourd lorsque son corps heurta le sol.

« Non ! » hurla Byrne.

En deux pas il traversa le salon et mit Jessica au sol.

Tandis que la détonation résonnait dans la pièce, la seule chose qu'elle entendait était la respiration difficile de Máire Farren, et son chant de mort qui s'estompait.

56

Deux jours après les sombres événements qui s'étaient déroulés chez Anjelica Leary, Jessica, Byrne et tous les inspecteurs impliqués dans l'affaire se retrouvèrent dans le bureau du procureur.

Les charges contre Sean et Michael Farren étaient maintenues, même s'ils étaient tous deux décédés.

Ils avaient pu avoir des complices, et l'enquête sur les circonstances qui avaient entouré les horribles crimes se poursuivait.

En surface, ce dont les enquêteurs étaient quasiment sûrs, c'était que les deux frères, probablement sur ordre de leur grand-mère, Máire Glover Farren, avaient provoqué la mort de Robert Kilgore, Angelo, Mark et Laura Rousseau, Edwin Channing, Danielle Spencer et son fiancé Benjamin Porter, qui travaillait pour la Brinks.

Les traces de sang dans la cave du Stone correspondaient avec celui d'une femme dont le corps avait été découvert flottant dans la rivière Schuylkill. Elle avait reçu une balle dans la tête. Le projectile qui avait été extrait correspondait au M & P de Sean Farren.

La femme avait été identifiée comme étant Megan Haupt, vingt-six ans, une ancienne résidente du quartier de Francisville.

Les deux corps retrouvés près des voies ferrées dans Grays Ferry étaient ceux de Raymond Darden, vingt-quatre ans, et Gary Uchitel, vingt et un ans, tous deux originaires d'Olney. Ils avaient été vus échangeant quelques mots avec un homme qui correspondait à la description de Michael Farren. La balistique avait relié les douilles au Makarov de Farren.

Máire Glover Farren avait été déclarée morte la nuit précédente à l'hôpital de l'université de Pennsylvanie. La cause de son décès était une défaillance cardiaque. À en croire son dossier d'immigration, elle avait quatre-vingt-huit ans.

Le sang contenu dans la fiole qui avait été trouvée dans sa poche n'appartenait à aucune des victimes. Des indices laissaient suggérer qu'il datait de plus de sept décennies. On spéculait qu'il avait appartenu à son défunt mari, Liam Farren.

Avant que quiconque songe à placer des scellés sur la maison de la vieille femme, celle-ci avait été saccagée et réduite en cendres. Mais les habitations récemment restaurées de chaque côté du bâtiment avaient été dans l'ensemble épargnées par les flammes.

La femme chez qui Farren s'était introduit dans Reed Street, ainsi que son bébé, s'étaient totalement remis de leur calvaire.

Lorsque les événements qui avaient mené à la mort de Michael Farren avaient été relatés minute par minute dans l'*Inquirer*, le journaliste qui avait écrit l'article avait reçu un appel d'une femme nommée

Caroline Stanton, qui prétendait posséder un nouveau détail à ajouter à sa chronologie.

Mme Stanton était la propriétaire de City Floral. Elle affirmait que ce soir-là, elle avait reçu la visite d'un homme qui correspondait à la description de Michael Farren, et que celui-ci avait demandé que des fleurs – précisément, des roses, d'une variété différente à chaque fois – soient livrées à une certaine Emily Carson à la bibliothèque Queen Memorial, jusqu'à ce qu'il ne reste plus rien de l'argent qu'il avait laissé.

Elle avait ajouté que l'homme avait posé un cabas sur le comptoir.

À l'intérieur, il y avait quinze mille dollars.

Byrne et Jessica se tenaient face aux ruines qui avaient été la maison de Máire Farren. De temps à autre, des gens passaient et prenaient des photos et des vidéos avec leur téléphone portable.

« C'était un musée, déclara Byrne. Je ne crois pas que quoi que ce soit là-dedans avait moins de soixante ans. »

Il lui avait parlé du carré Sator gravé sur le mur de la cave, des photos représentant des moyettes de maïs.

« Vous croyez vraiment que la vieille femme se prenait pour une sorte de créature mythologique ? »

Byrne ne répondit pas immédiatement.

« Je ne sais pas. Mais vous savez aussi bien que moi que quand les gens ont une croyance profonde – n'importe quel genre de croyance –, ça peut être une chose très puissante. »

Jessica resta silencieuse.

« Vous nous avez sauvés dans cette maison, partenaire », dit Byrne.

Jessica se rappela le moment où Byrne était entré, mains levées. Quand il avait posé sa veste de costume sur l'accoudoir du canapé, il avait fait en sorte que la photo de lui qu'elle avait prise pour Sophie ressorte de sa poche. Quand il lui avait fait un signe en tendant trois doigts de chaque main, elle avait compris qu'elle devrait trouver un moyen de remplacer la photo de Danny Farren sur le mur. C'était la troisième de la troisième rangée. Elle avait dû agir à la dernière seconde.

« Je considère ça comme un effort collectif, répliqua-t-elle. Et nous n'avons pas sauvé tout le monde. »

Byrne regarda brièvement en direction du Stone.

« Ils ne pouvaient pas être sauvés, Jess. »

À 5 heures cet après-midi-là, le maire et le commissaire de police tinrent une conférence de presse.

Byrne décida de ne pas y assister.

57

Quand Byrne se gara devant la maison d'Anjelica Leary, il y avait encore quelques badauds qui prenaient des photos. Une camionnette de l'équipe scientifique était garée un demi-bloc plus loin, et les techniciens emballaient ce qu'ils avaient trouvé sur la scène principale. Comme trois ou quatre agences avaient été impliquées, une multitude de détails devaient être réglés.

Une fusillade impliquant un agent de police, surtout depuis quelques années, était examinée avec plus d'attention qu'une fusillade qui n'en impliquait pas.

Quant à la maison d'Anjelica Leary, sans les plaques de contreplaqué qui recouvraient la fenêtre de devant, personne n'aurait jamais pu deviner ce qui s'y était déroulé.

Byrne échangea quelques mots avec les techniciens. Ils s'apprêtaient à inspecter la boutique fermée qui se trouvait à côté de la maison de Leary. Comme Farren y était entré afin d'accéder à la maison voisine, le bâtiment devait être passé au crible.

L'unité cynophile s'était assurée qu'il n'y avait pas d'explosifs. Mais ça ne signifiait pas que d'autres pièges n'avaient pas été délibérément installés.

Byrne sonna à la porte, redescendit du perron. Quelques instants plus tard Anjelica ouvrit. Malgré les événements stressants qui s'étaient déroulés chez elle, elle semblait plus jeune, plus vivante que la dernière fois qu'il l'avait vue.

« Kevin ! dit-elle. Quelle belle surprise !

— Je ne dérange pas ?

— Jamais. Je vous en prie, entrez.

— Merci.

— Vous voulez quelque chose ? Je n'ai encore emballé ni le café ni le thé.

— Non, ça ira. Merci.

— J'ai peut-être un peu de goutte quelque part.

— C'est tentant, mais je suis encore en service pour quelques heures. »

Byrne pénétra dans le salon. C'était comme s'il n'y avait jamais mis les pieds. La première fois qu'il y était entré, il n'avait eu qu'une chose en tête : sauver les innocents présents dans la pièce, désamorcer la situation. Désormais l'endroit ressemblait simplement au salon d'une agréable maison ancienne. Pas de goules ni de démons. Le seul vestige était une bâche de déménageur étalée à l'endroit où Michael Farren était tombé.

Le long du mur où il avait punaisé ses photos, il y avait des douzaines de cartons de déménagement, fermés et prêts à être emportés.

« La dernière fois que j'ai quitté le quartier, c'était après le meurtre de Catriona. J'étais dans un tel brouillard. Je savais juste que je ne pouvais pas rester dans un endroit hanté par son esprit. »

Byrne avait finalement accepté un café. Ils étaient assis à la petite table du coin-repas d'Anjelica.

Il pensa à la fillette, à la façon qu'elle avait eue d'illuminer le quartier avec ses manières douces et son calme. Il songea à ses fleurs et aux rubans dans ses cheveux. Le temps n'avait pas estompé son souvenir. Elle serait toujours une enfant.

« Pourquoi êtes-vous revenue ? » demanda-t-il.

Anjelica réfléchit un moment.

« Quand mon second mariage a périclité, je ne savais plus trop quoi faire. Je suppose qu'on se raccroche à ce qu'on connaît.

— En effet », convint Byrne.

Son appartement était désormais à moins d'un kilomètre et demi de l'endroit où il était né et avait grandi. Il avait tenté d'acheter et de restaurer une maison, mais il s'était avéré qu'elle recélait trop de fantômes.

« Où partez-vous ? demanda-t-il.

— Croyez-le ou non, je vais en Irlande.

— Je vous envie.

— Ma mère y est née. Dans le comté de Clare.

— Ça doit être magnifique.

— Vous n'y êtes jamais allé ? »

Byrne secoua la tête.

« Seulement dans les films. »

Anjelica sourit.

« Quel est votre préféré ? »

Bonne question, pensa Byrne. Il y en avait tant.

« *Huit heures de sursis* est pas mal du tout. Mais ma préférence va quand même à *L'Homme tranquille*.

— Vous aimez donc les vieux films.

— Oui.

— Moi aussi, dit-elle. Cette Maureen O'Hara était unique, pas vrai ? »

Byrne s'était souvent dit que sa défunte mère avait une certaine ressemblance avec l'actrice. C'était une des raisons pour lesquelles il regardait toujours ce film seul.

« Tout à fait. »

Il vida sa tasse.

« Je ne vais pas vous retenir plus longtemps. Je sais que vous avez beaucoup à faire. Je voulais juste voir comment vous alliez.

— Vous êtes sûr que vous n'en voulez pas un autre ?

— Sûr, mais merci. Philly fait des siennes, et je suis débordé.

— Bon, très bien, dit-elle. C'est agréable que quelqu'un passe prendre des nouvelles. »

Elle marcha jusqu'à l'évier. À l'instant où elle plongea les mains dans l'eau savonneuse, on sonna à la porte. Elle jeta un coup d'œil à Byrne.

« Vous voulez que je réponde ? demanda-t-il.

— Ça ne vous dérange pas ?

— Pas du tout.

— Vous êtes un ange. »

Byrne quitta la cuisine, traversa le salon. Il s'attendait à ce que le visiteur soit un déménageur, ou peut-être quelque agent municipal avec un document à signer. Mais ce n'était ni l'un ni l'autre. En ouvrant la porte, il découvrit un homme de plus de quatre-vingts ans portant un costume bleu marine et une cravate jaune mal assortie. Ses cheveux blancs clairsemés étaient soigneusement peignés, et même à travers la porte écran Byrne sentit son après-rasage, une marque des années 1970. L'homme portait entre ses mains un carton blanc du genre de ceux dont on se sert pour ranger les documents administratifs.

« Bonjour, dit Byrne.

— Bonjour à vous, monsieur. »

Byrne ouvrit la porte écran.

« Je peux vous aider ?

— Je viens voir Anjelica Leary. Elle est là ?

— Absolument, répondit Byrne. Puis-je savoir qui vous êtes ?

— Je m'appelle Jack. Jack Permutter. »

Byrne ouvrit la porte en grand.

« Entrez, monsieur Permutter. Je vais vous annoncer. »

Lorsque Jack tenta de négocier la dernière marche, Byrne vit qu'il avait un peu de mal.

« Laissez-moi prendre ça.

— Merci beaucoup. »

Il saisit le carton, le posa sur la table de l'entrée. Il était lourd. Anjelica sortit bientôt de la cuisine en se séchant les mains. Elle sourit.

« Deux hommes qui me rendent visite le même jour, déclara-t-elle. De quoi faire tourner la tête à une fille. »

Elle traversa la pièce, étreignit fermement Jack. Lorsqu'ils se séparèrent, Byrne vit que les yeux de l'homme étaient embués. Il était clair qu'ils avaient une relation personnelle, et il eut soudain le sentiment d'être de trop dans cette pièce.

Percevant peut-être sa gêne, Anjelica fit les présentations.

« Kevin, voici mon cher ami Jack. »

Byrne tendit la main.

« Enchanté. »

Jack jeta un coup d'œil par la fenêtre, en direction du taxi qui attendait au bord du trottoir. Il se tourna de nouveau vers Anjelica et désigna la table de l'entrée.

« J'ai rapporté le carton que vous m'aviez demandé de garder. Je ne savais pas quand vous partiez.

— Ce n'était pas la peine, déclara Anjelica. J'aurais pu venir le chercher.

— Ça ne me dérangeait pas », répondit Jack.

Elle l'étreignit une fois de plus.

« Nous nous reverrons. »

L'homme se tourna vers Byrne.

« Ravi de vous avoir rencontré, jeune homme.

— Tout l'honneur est pour moi. »

Il le regarda marcher lentement vers le taxi qui attendait. Lorsque celui-ci démarra, un camion de déménagement prit sa place.

Anjelica resta quelques instants silencieuse.

« Jack est souffrant », déclara-t-elle.

Elle lui parla de sa maladie, ainsi que de celles de certains de ses autres patients. Il était clair qu'elle tenait à eux.

Lorsque la conversation retomba, Byrne désigna le carton que Jack avait apporté.

« Vous voulez que je mette ça dans le camion ? demanda-t-il.

— Oh, ne vous donnez pas cette peine. Je peux le faire.

— Laissez-moi vous aider. Ça ne me dérange pas du tout.

— Non, inutile de… »

Avant qu'Anjelica ait pu l'en empêcher, Byrne souleva le carton. Lorsque le rabat supérieur s'entrouvrit, il regarda à l'intérieur et vit des morceaux de tuyau découpés, des bouchons en acier galvanisé, du ruban adhésif, des mèches.

Ce fut une illumination soudaine. En un instant il comprit. Quarante années concentrées dans un instant. Comment avait-il pu être si aveugle ?

Il se tourna pour faire face à Anjelica. Elle le regardait fixement. Ses yeux ne laissaient aucune place au doute.

« Vous ? » demanda-t-il.

Anjelica ne répondit rien. Elle prit place dans le fauteuil près de la cheminée.

« C'est vous qui avez jeté la bombe cette nuit-là. Danny Farren est innocent.

— Innocent ? » Elle lâcha un éclat de rire grave et sombre. « Danny Farren et son effroyable clan sont bien des choses, Kevin Byrne, mais ils ne sont pas innocents. »

Elle regarda un moment par la fenêtre, se tourna de nouveau vers lui.

« Le bâtiment d'à côté était censé être vide. Je l'avais observé pendant des semaines. Voire plus. Il était condamné. Je ne savais pas que cette femme serait à l'intérieur. Elle n'était pas censée mourir. Personne n'était censé mourir.

— Pourquoi, Anjelica ? »

Elle haussa les épaules.

« Parce que les Farren devaient être stoppés. Si Danny prenait dix ans à cause de la bombe, je savais qu'il mourrait en prison, comme son bâtard de frère. »

Byrne tenta d'ajouter Anjelica à la litanie d'horreurs. Il n'y parvint pas.

« Comment ? demanda-t-il.

— Ça a pris des années, répondit-elle. Mais attention, j'étais encore jolie à l'époque. Pas comme maintenant. » Elle se lissa les cheveux. « Je n'ai pas eu de mal à attirer Danny Farren dans mon lit. Au fil des années, il a commencé à parler, à se vanter. Vous savez comment sont les hommes.

— Et il a parlé des bombes.

— Oh mon Dieu, oui. Et de tellement d'autres choses. Ce qu'il ne m'a pas dit, je l'ai appris sur Internet. Mais toujours à la bibliothèque. J'étais très prudente.

— Comment l'avez-vous attiré là-bas cette nuit-là ? Il apparaît sur la vidéo de surveillance.

— Je lui ai dit que j'avais fait entendre raison à l'homme qui refusait de le payer, le propriétaire de ce bâtiment. Je lui ai dit que j'avais son argent. J'étais de l'autre côté de la rue, dans l'ombre, quand Danny est arrivé. Et quand il est reparti, j'ai jeté la bombe.

— Et ses empreintes sur le ruban adhésif ? »

Angelica jeta un coup d'œil au carton.

« Danny Farren a touché de nombreuses choses chez moi. »

Byrne était abasourdi. Il savait qu'il n'avait rien vu de tout ça parce qu'il n'avait pas cherché dans cette direction.

« Qu'allez-vous faire ? demanda-t-il.

— Vous enregistrez cette conversation ?

— Non.

— Comment puis-je en être sûre ? »

Byrne souleva sa chemise, tourna sur lui-même, se tapota la poitrine.

« Alors je vais exercer mon droit au silence », répondit-elle.

Il désigna le matériel dans le carton.

« Ils vont vous relier à tout ça. Ça ne sera pas difficile.

— Vous n'êtes pas forcé de leur dire, rétorqua-t-elle. Et pourquoi le feriez-vous ? Pour protéger un Farren ?

— Ils y parviendront avec ou sans moi.

— Si telle est la volonté de Dieu, alors soit.

— Jacinta Collins, dit-il. Elle est morte à la clinique.

— C'est ce que j'ai appris.

— Vous êtes-vous rendue dans cette clinique, Anjelica ? L'avez-vous achevée pour que ça se transforme en accusation de meurtre à l'encontre de Danny Farren ? »

Anjelica mit un long moment à répondre.

« Je suis bien allée à la clinique cette nuit-là, à vrai dire. J'ai signé le registre. Je suis sûre qu'il y a des gens dans votre département qui seront capables d'identifier ma signature, même si je n'ai pas utilisé mon vrai nom. »

Byrne ne dit rien.

« J'avais récupéré les cachets de mes patients pendant des semaines, un à un. J'avais peur que Danny s'en tire et soit libéré. Je ne pouvais pas le supporter.

Mais quand le moment est venu de le faire, je suis repartie. Je n'ai pas pu.

— Pourquoi ?

— Cette pauvre femme n'avait rien fait à ma famille. Ce sont les Farren qui l'ont détruite.

— Ils vont ordonner une deuxième autopsie de Jacinta Collins.

— Je ne suis pas médecin, mais je suis une *très* bonne infirmière. Et je crois qu'ils découvriront qu'elle est morte d'une septicémie, comme il est dit dans le dossier.

— Qui a tué Desmond Farren, Anjelica ? »

Elle se leva, marcha jusqu'à la fenêtre qui donnait sur la rue. Dans la lumière douce, Byrne devina la femme plus jeune, celle dont le monde avait implosé cette nuit-là dans le parc de la rivière Schuylkill.

« Je me rappelle quand je l'ai vu pour la première fois, dit-elle. Des Farren, je veux dire. Lui et son drôle de costume blanc. Vous vous souvenez de cette horrible tenue ?

— Oui.

— Mais attention, je ne savais pas qu'il était idiot, poursuivit-elle. Je le trouvais assez bel homme, à vrai dire. Comme tous les Farren. Et puis, un jour, nous étions au marché. Celui de South Street. Catriona n'était qu'une petite fille. Elle avait toujours ses dents de lait, vous savez ? Desmond était dehors ce matin-là, en train d'ouvrir des noix avec son pied sur le trottoir et de les manger. Vous imaginez ça ? »

Byrne ne répondit rien.

« Il lui a fait de l'œil, ce jour-là. À ma Catriona.

— Comment le savez-vous ? »

Anjelica lissa les plis de sa jupe.

« Une mère sait. » Elle se tourna vers lui. « Je ne me suis jamais ôté ça de la tête. L'odeur des gaz d'échappement des bus, le bruit des noix qui craquaient. Ça fait quarante ans que je ne peux pas revivre ça sans que mon cœur se mette à saigner. »

Elle se rassit.

« Je ne sais pas qui a tué Des Farren, inspecteur. J'aurais assurément aimé le faire moi-même et brûler ses restes, mais j'avais encore peur à l'époque. Plus maintenant.

— Est-ce que c'est Jimmy ? »

Anjelica ne répondit rien.

« Il va être procureur, madame Leary.

— Donc, nous revenons au "madame" ? Le temps est décidément bien cruel quand on a quelques taches de vieillesse sur les mains et un peu de cheveux gris. »

Byrne attendit une réponse.

« Le procureur James Doyle, Dieu le bénisse, dit-elle. Un garçon de Devil's Pocket. Un homme qui croit s'être fait à la force du poignet.

— Êtes-vous vraiment prête pour ce qui vous attend ?

— Je suis en enfer depuis quarante ans, Kevin Byrne. Quelques années de plus ne me briseront pas. Quand le dernier des Farren sera mort, je dormirai comme un bébé, aussi froid et dur que soit le lit. »

Elle jeta un coup d'œil à l'un des cartons de déménagement. Au-dessus il y avait une photo encadrée. C'était un gros plan de Catriona Daugherty en train de sourire.

« Je ne sais peut-être pas grand-chose, mais il y a une chose dont je suis certaine », dit-elle.

Elle se retourna vers lui. La jeune mère au supplice qu'il avait vue dans le parc cette nuit-là avait disparu. Il avait désormais devant lui une meurtrière.

« Quoi ? demanda-t-il.

— Le monde est rempli de larmes. »

58

Le 4 juillet, quatre jours après que Jimmy Doyle se fut assuré que son parti le nomme pour devenir le prochain procureur de la ville de Philadelphie, Byrne se tenait à la lisière du parc de la rivière Schuylkill.

Après le feu d'artifice, alors que les derniers fêtards étaient partis en titubant, il marcha jusqu'au bosquet proche du terrain de baseball.

Il s'était dit qu'il y trouverait l'homme qu'il cherchait, et il avait vu juste.

« Félicitations, maître. »

Jimmy Doyle se tourna vers lui. Il sembla étonné, mais pas stupéfait.

« Merci, Kevin. »

Ils ne se serrèrent pas la main. Après quelques instants, Jimmy s'agenouilla, arracha quelques brins d'herbe, les sentit.

« C'est l'odeur qui me ramène en arrière, dit-il. Et toi ? »

Byrne acquiesça.

« Toujours.

— Les bretzels tendres, les glaces italiennes, le pop-corn caramélisé. Étions-nous réellement si jeunes ?

— Nous l'étions. »

Jimmy marcha jusqu'à la zone où le corps de Catriona avait été découvert. Byrne ne se souvenait pas qu'elle était si proche de la pente qui descendait vers les voies ferrées et la rivière. Il supposait que de nombreuses choses semblaient plus grandes quand vous aviez cet âge-là. Les relations paraissaient plus étroites, les événements, plus sombres, plus intenses. Le temps était un grand voleur de détails. Il songea pendant un instant à l'eau qui avait coulé sur cet endroit au cours des quarante dernières années, aux secrets qu'elle avait emportés avec elle.

Il avait remis à ses collègues le pistolet ainsi que le passe de bus et les lunettes qui se trouvaient dans le carton. Il avait fait une déposition complète concernant son implication dans l'incident avec Desmond Farren dans ce parc même. Advienne que pourrait.

Il n'avait pas fallu longtemps pour découvrir que Jimmy Patrick Doyle était associé minoritaire dans Greene Towne LLC, la société qui restaurait les maisons mitoyennes de Devil's Pocket. Byrne savait que le fait qu'il avait rendu les objets n'avait pas échappé au radar de Doyle. Inutile d'insulter l'intelligence de cet homme en pensant le contraire.

« L'*Inquirer* va creuser, dit-il. Il y aura des répercussions au fait que cette arme ait été retrouvée dans un bâtiment qui t'appartient. Et aussi le passe de bus de Farren, ses lunettes. »

Jimmy se tourna pour lui faire face.

« Je vais répondre à la question, dit-il.

— Quelle question ?

— Celle que tu veux poser. »

Byrne resta silencieux.

« Ce n'est pas moi qui ai placé le carton là-bas, Kevin. Ni il y a quarante ans, ni il y a vingt ans, ni le mois dernier. La dernière fois que j'ai vu cette arme, c'était quelques semaines avant le 4 juillet. En 1976.

— Es-tu retourné à l'endroit où tu l'avais cachée à l'origine ? »

Jimmy hésita avant de répondre.

« Oui. Ne serait-ce que pour m'assurer qu'elle était toujours là, qu'elle n'avait pas pu servir à tuer Des Farren.

— Et ?

— Elle avait disparu.

— Qui savait qu'elle était là ? » Jimmy éclata de rire. « Qui ne savait *pas* qu'elle était là-bas ? Tu le savais. Dave et Ronan. Mon beau-père.

— Tommy était au courant pour l'arme ?

— Tommy Doyle savait tout. Enfoiré d'alcoolo violent qu'il était. »

Byrne s'écarta de quelques pas.

« Ronan est mort dans cet accident en 1996. Les flics disent qu'il y avait d'autres traces de pneus. Tu n'étais pas là-bas, n'est-ce pas, Jimmy ? »

Il ne répondit rien.

« Et Dave. Dave se fait descendre à Pittsburgh pendant que tu y es. Tu sais quelque chose à ce sujet ?

— Juste ce que j'ai lu dans le journal.

— Qu'est-ce qui s'est passé dans le parc cette nuit de 1976 ? demanda Byrne. Où es-tu allé ? »

Jimmy regarda par-dessus la rivière.

« Je suis allé chercher mon beau-père. Lui et Bobby Anselmo.

— Pour quoi faire ?

— J'étais peut-être capable de jouer les durs, Kevin, mais j'étais juste un gamin gringalet. Je savais que mon beau-père détestait les Farren. S'il y avait eu la moindre possibilité que Des Farren ait été mêlé à la mort de Catriona, Tommy l'aurait tué.

— Pourquoi ne l'a-t-il pas fait ?

— Je n'ai réussi à trouver ni l'un ni l'autre cette nuit-là. Je suis juste rentré chez moi. » Jimmy regarda Byrne. Il laissa un long moment s'écouler. « Et toi, qu'est-ce que tu as fait, Kevin ? »

Byrne s'était attendu à cette question.

« Après ton départ, j'ai perdu Des Farren dans la foule. J'ai perdu *tout le monde* dans la foule.

— J'ai essayé de te joindre sur ce talkie-walkie, dit Jimmy. Tu n'as jamais répondu.

— Parce que la pile était absente.

— Absente, tu veux dire à plat ?

— Absente comme dans pas là, répondit Byrne. Je suis arrivé à l'angle de la 27e et Lombard, tu n'y étais pas. J'ai essayé de te joindre sur le talkie-walkie, et il ne fonctionnait pas.

— Je me souviens qu'il y avait une pile dedans quand tu me l'as rendu.

— Parce que j'en avais remis une. »

Jimmy acquiesça. Byrne se demandait s'il analysait tout ça dans son cerveau d'avocat, s'il calculait l'effet que ça produirait sur un juge et un jury.

« Dave Carmody, déclara Jimmy. Ça a toujours été le maillon faible.

— Il était fort à d'autres égards, répliqua Byrne. Il n'y jamais eu un gosse plus loyal.

— Il s'est toujours senti responsable. Il avait le sentiment qu'on avait poussé Des à tuer Catriona. Ronan aussi. Je ne crois pas que la culpabilité et la honte aient jamais quitté leur cœur.

— Le dossier Des Farren est toujours ouvert, dit Byrne.

— Comme celui de Catriona. Si tu trouves quoi que ce soit, tu me l'apportes et je le présente à un grand jury. Tu as ma parole. »

Byrne prit un moment pour mettre de l'ordre dans ses idées.

« Je me rappelle une réunion dans ton bureau durant laquelle tu m'as dit d'aller partout où l'affaire me mènerait, dit-il.

— C'était vrai, et ça l'est encore maintenant.

— Tu es sûr que c'est ce que tu veux ?

— Personne n'a jamais pu te convaincre de t'écarter du droit chemin, Kevin.

— Malgré les nombreuses fois où j'ai été complice de larcins, aussi bien petits que grands.

— Malgré tout ça, dit Jimmy. Mais je maintiens ce que j'ai dit. Le procureur le maintient. La ville de Philadelphie le maintient.

— On dirait un discours de campagne. »

Jimmy esquissa le sourire qui l'avait aidé à arriver là où il en était.

« Tu as raison, dit-il. Un peu trop pompeux. »

Jimmy Doyle scruta le parc.

À cet instant, Byrne revit le gamin arrogant de Devil's Pocket.

« Suis ton cœur, Kevin, ajouta Jimmy. Va là où te mènera ton serment. Tu as toujours été le meilleur d'entre nous. »

Les deux hommes devinrent silencieux. Il n'y avait que le son de la rivière.

C'est Byrne qui parla le premier.

« Tu vas gagner.

— Rien n'est joué d'avance à Philly, objecta Jimmy.

— Tu vas gagner, répéta Byrne.

— Tu devrais songer à rejoindre l'unité criminelle du bureau du procureur, Kevin. Plus besoin de courir et de te faire tirer dessus, mais tu gardes ta plaque et ton titre. Tu en prendrais la tête dès le premier jour.

— Je suis heureux où je suis. »

Jimmy porta la main à son revers de veste, tira l'œillet qui y était accroché. Il s'accroupit, le posa à l'endroit où le corps de Catriona Daugherty avait été découvert.

« Tu sais, Catie avait ce truc. Parfois elle semblait si légère, si éthérée, que la moindre brise aurait pu l'emporter. » Il se releva. « Elle m'admirait. Mais je n'ai pas su prendre soin d'elle. Peut-être que je ne mérite pas ce job. Je n'ai même pas réussi à protéger une enfant de onze ans.

— Une dernière question.

— Vas-y.

— Tu as demandé à ce que Jessica soit sur l'affaire le jour où le carton a été retrouvé. Comment ça se fait, Jim ?

— Ça me fait peur quand tu m'appelles Jim.

— C'est toi qui as demandé à Eddie Shaughnessy d'entrer en contact avec moi ? Est-ce que tu t'attendais à ce que Jessica garde un œil sur moi ? À ce qu'elle surveille l'enquête ? »

Jimmy Doyle ne répondit rien.

« Mon Dieu.

— Quoi ? demanda Jimmy.

— C'était vraiment mal la connaître. »

59

À la fin du mois d'août, ce qui avait commencé par recouvrir un mur de sa chambre s'étendait désormais sur les quatre. Des dates, des heures, des endroits, des croquis, des photos, des transcriptions.

Tout était là, mais il n'arrivait pas à mettre le doigt dessus.

Le jour de la fête du Travail il décrocha tout, fit cinq piles nettes. Puis il décida de tout raccrocher, mais pas tout de suite.

Il passa les coups de fil qu'il avait repoussés, chacun rouvrant une vieille blessure – des endroits où il n'avait rien à faire, d'autres où il n'avait jamais envisagé d'aller.

Durant les six dernières semaines, il avait pris soin de rendre régulièrement visite à Jessica. Chaque fois elle avait parlé de ce qui l'attendait au bureau du procureur, de ce qui risquait de changer quand Jimmy Doyle prendrait ses nouvelles fonctions, de son avenir.

Et même si ça le peinait profondément, Byrne avait – pour le moment – gardé pour lui ce qu'il pensait de Jimmy Doyle, ce qu'il soupçonnait.

Le lendemain de la fête du Travail, il prit l'avion pour Cleveland, loua une voiture à l'aéroport Hopkins International et appela le département de police local. Il parla à un inspecteur nommé Jack Paris, un bon flic avec qui il avait travaillé une fois par le passé.

Paris contacta le bureau du shérif du comté de Summit.

Après quoi Byrne roula jusqu'à une petite ville proche d'Akron.

Le lendemain il était de retour dans son appartement avec un nouveau carton à ajouter au désordre de plus en plus envahissant.

Il revint au jour où tout avait commencé.

Le 4 juillet 1976.

60

Il la voyait dans le parc et aux alentours depuis quelques semaines. C'était une fillette timide qui rougissait tout le temps. Ce jour-là – le seul qui comptait depuis quarante ans, l'anniversaire du meurtre de sa propre fille – il la vit seule.

Et il sut.

Il vit les deux facettes de son propre esprit, de son cœur, les explosions dans le ciel, le pilonnage de cap Espérance, il sentit l'odeur de la rose, le parfum des orchidées.

Le ruban jaune pâle. Tous *les rubans pâles.*

Ils regardèrent le feu d'artifice ensemble.

« Comment on t'appelle ? demanda-t-il.

— Moi ?

— Oui. Est-ce qu'on t'appelle Cyndi June ?

— Non, idiot. Mon nom est Catriona Margaret. »

61

Le texto était de Byrne. Jessica était en train de préparer sa déclaration liminaire pour une affaire de vol, mais elle laissa tomber ce qu'elle faisait et se rendit à East Falls.

Laurel Hill était un vaste cimetière qui abritait trente-trois mille monuments et plus de dix mille caveaux de famille. C'était le deuxième plus grand cimetière rural des États-Unis.

Jessica trouva Byrne dans une section proche de West Indiana Avenue. Il avait l'air de ne pas avoir dormi depuis des semaines.

« Salut, partenaire.

— Salut, répondit-il. Merci d'être venue.

— Vous pensiez que je ne le ferais pas ? »

Il haussa les épaules.

« Je ne savais pas à qui d'autre le dire.

— Vous avez une mine superbe. »

Byrne sourit.

« Flatteuse.

— Mon unique vertu.

— Qu'est-ce qui se passe avec Anjelica Leary ?

— On commence à monter un dossier contre elle. Le procureur a relâché Danny Farren. Il est à l'hôpital. Il n'en a plus pour longtemps. »

Byrne désigna un banc. Dessus était posé un carton blanc. Ils s'assirent.

Il lui raconta l'histoire, toute l'histoire, de ses étés à Devil's Pocket et de cette terrible nuit du 4 juillet 1976. Pendant que la ville célébrait le bicentenaire, un récit sombre avait commencé à prendre forme dans la vie et le cœur de Kevin Byrne.

Il lui raconta comment, la veille, ses amis et lui avaient surpris Desmond Farren à épier la fillette, comment Jimmy Doyle l'avait saigné.

« Jimmy lui a donné un coup de couteau ?

— Il l'a poignardé à la jambe, oui, répondit Byrne. On s'attendait à ce que les frères Farren réagissent, à ce qu'ils liquident Jimmy, mais ils ne l'ont pas fait. Même quand Des Farren a été retrouvé mort. Il ne s'est rien passé. »

Jessica savait qu'il y avait autre chose. Elle attendit.

Byrne désigna un monument bas à proximité. Jessica regarda la stèle. Elle disait :

FLAGG
CHARLES ANN CYNTHIA

« Qui est-ce ? demanda-t-elle.

— Il s'appelait Charles Flagg. Aumônier militaire pendant la Seconde Guerre mondiale. Il tenait une petite boutique dans Devil's Pocket appelée F & B. Il faisait aussi partie du comité de surveillance du quartier. »

Jessica se contenta de l'écouter.

« Il s'avère que Flagg s'est tiré une balle cette nuit du 4 juillet, quelques heures après le meurtre de Catriona. J'ai travaillé à rebours à partir de là.

— À rebours jusqu'où ? »

Byrne ouvrit le carton, en tira une page dactylographiée, la lui tendit.

Jessica vit immédiatement le motif récurrent. Le document recensait cinq meurtres.

4 juillet 1936. Cynthia June Flagg, 10 ans. Non élucidé.

4 juillet 1946. Anna Blossom Gresham, 10 ans. Non élucidé.

4 juillet 1956. Constance Lenore Schute, 11 ans. Non élucidé.

4 juillet 1966. Victoria Francis Jones, 10 ans. Non élucidé.

4 juillet 1976. Catriona Margaret Daugherty, 11 ans. Non élucidé.

« Desmond Farren n'a pas tué la fillette, prononça Jessica. Il n'a pas tué Catriona Daugherty.

— Non, répondit Byrne. C'était Flagg. »

Il enfonça de nouveau la main dans le carton à côté de lui, en tira une édition usée à reliure de cuir de la Bible du roi Jacques et cinq enveloppes en plastique. Chacune contenait un ruban à cheveux, à chaque fois d'une couleur pastel différente.

« J'ai passé quelques coups de fil, expliqua-t-il. J'ai localisé le petit-fils de Flagg qui, s'avère-t-il, travaille pour le bureau du shérif du comté de Summit, dans l'Ohio. Après la mort de Flagg, ses effets personnels ont été rangés dans un carton et déplacés une douzaine de fois. Sa confession est là. Personne n'a ouvert cette bible en quarante ans. »

Jessica regarda de nouveau la feuille de papier.

« À chaque fois le 4 juillet, toutes les victimes âgées de dix ou onze ans. Et après ça s'arrête. »

Byrne acquiesça.

« J'ai vérifié tous les mois de juillet depuis. J'ai aussi élargi mes recherches à juin et août. Rien qui se rapproche de ça.

— Comment ça se fait que personne n'ait remarqué la répétition ? » demanda Jessica.

Dès qu'elle eut prononcé ces mots, elle regretta de l'avoir fait. À un moment elle avait fait partie de ces personnes qui n'avaient rien vu. Byrne exprima ce qu'elle ressentait.

« Personne ne regardait au bon endroit.

— Donc tout ça, les dominos qui ont commencé à tomber après le meurtre de Catriona Daugherty, aurait pu ne jamais se produire. »

Byrne ne répondit pas. C'était inutile. Ils avaient tous deux entendu et ressenti les répercussions de la musique du hasard.

« Flagg vivait dans chacun de ces quartiers au moment des meurtres », reprit Byrne. Il souleva une épaisse chemise. « Ces enquêtes commencent ici et maintenant. J'ai déjà parlé au capitaine. »

Jessica allait lui demander s'il était sûr que c'était ce qu'il voulait, mais elle savait que oui. Elle le regarda replacer doucement les rubans dans le carton, suivis par la vieille bible.

Elle jeta un coup d'œil à sa montre. Elle n'avait aucune envie de partir, mais elle avait une tonne de travail sur son bureau.

« Appelez-moi si vous avez besoin de moi, dit-elle. De jour comme de nuit. Même si c'est juste pour parler.

— Merci, partenaire, répondit-il. Ça me va droit au cœur. »

Jessica se leva, regagna sa voiture, grimpa dedans. Elle songea aux meurtres. Sa fille n'était pas beaucoup plus âgée que ces gamines quand elles avaient été assassinées. Elle ne pouvait s'imaginer un tel chagrin.

Elle savait que Byrne se lancerait désormais dans une expédition pour rendre visite aux membres encore vivants des familles de ces fillettes mortes, pour leur raconter l'histoire telle qu'il pensait qu'elle s'était déroulée.

Elle ressortit de sa voiture, traversa le cimetière jusqu'à l'endroit où se tenait Byrne, lui posa une main sur l'épaule.

Elle ne le laisserait pas faire ce voyage seul.

REMERCIEMENTS

Merci à :

– Jane Berkey, Meg Ruley, Peggy Boulos Smith, Rebecca Scherer et tout le monde à la Jane Rotrosen Agency ;

– Ed Wood, Catherine Burke, Thalia Proctor, Kirsteen Astor et la géniale équipe de Little, Brown UK ;

– Michael Krotz, David Najfach, David Wilhite, Kevin McKenzie, Kathleen Heraghty, Mike Driscoll, Jimmy Williams, Annette Haralson et Kathleen Franco MD ;

– les hommes et les femmes de la police de Philadelphie ;

– les habitants de Devil's Pocket. Merci de m'avoir laissé emprunter le quartier, déplacer quelques frontières et installer mon récit dans vos rues.

Composition et mise en pages
FACOMPO, Lisieux

Achevé d'imprimer en Espagne
par Liberdúplex
à Sant Llorenç d'Hortons (Barcelone)

S28847/01